Julie Hastrup
Todessommer

PIPER

Zu diesem Buch

An einem heißen Tag im Juli verschwindet die neunjährige Sophie Kyhn Larsen von einem Spielplatz in Kopenhagen. Zunächst fällt der Verdacht auf den alkoholkranken Vater des Kindes, doch als ein weiteres Mädchen verschwindet, wird Ermittlerin Rebekka Holm klar, dass sie dem falschen Täter auf der Spur ist. Auch wenn sie es zunächst nicht wahrhaben will, erkennt sie schließlich: Der eiskalte Entführer könnte ihr näher sein, als sie es für möglich gehalten hätte. Zu vieles weist darauf hin, dass der Mörder aus den eigenen Reihen kommt.

Julie Hastrup, geboren 1968, ist Journalistin und Bestseller-Autorin. Sie hat schon längst einen Platz unter den »großen Frauen« der dänischen Kriminalliteratur eingenommen. »Todessommer« ist der dritte Teil der beliebten Thriller-Serie um die Ermittlerin Rebekka Holm. Julia Hastrup lebt zusammen mit ihrem Mann und ihren zwei Kindern in Kopenhagen.

Julie Hastrup

TODESSOMMER

Thriller

Aus dem Dänischen von
Hanne Hammer

Piper München Zürich

Mehr über unsere Autoren und Bücher:
www.piper.de

Von Julie Hastrup liegen bei Piper vor:
Blut für Blut
Vergeltung
Todessommer

FSC
www.fsc.org
MIX
Papier aus verantwortungsvollen Quellen
FSC® C014496

Deutsche Erstausgabe
April 2014

Titel der dänischen Originalausgabe:
»Blodig Genvej«, Rosinante, Kopenhagen 2011

Umschlaggestaltung und Artwork: Cornelia Niere, München
Umschlagmotiv: Yolande de Kort/Trevillion Images (Mädchen)
Satz: Kösel, Krugzell
Gesetzt aus der Quadraat
Papier: Munken Print von Arctic Paper Munkedals AB, Schweden
Druck und Bindung: GGP Media GmbH, Pößneck
Printed in Germany ISBN 978-3-492-30165-7

Für Morten

JULI

»Sofie, lauf nicht zu weit weg. Es gibt bald Essen.«

Die Stimme ihrer Mutter perlt durch die frische Luft und rauscht an Sofie vorbei, die, so schnell sie kann, zum steilen Grashügel läuft. Sofie ignoriert die Stimme, sie will nicht umkehren, sie will auf den Hügel hinauf, sie klammert sich mit den Fingern an dem groben Netz fest und schwingt sich der Kuppe des Hügels entgegen. Sie hat sich seit Wochen auf diesen Ausflug zum Naturspielplatz gefreut, sie haben ihn wegen des Regenwetters mehrmals verschoben, und obwohl Onkel Bo doch nicht aufgetaucht ist, wie er es versprochen hat, spürt sie die Vorfreude wie ein Prickeln auf der Haut.

»Fie, Fie ...«, sie hört die Stimme ihres kleinen Bruders irgendwo aus der Menschenmenge unter sich und hält kurz inne. Sie nimmt ihn sonst immer mit, das erwarten die Erwachsenen von ihr. Aber jetzt mag sie nicht. Nicht heute. Sie blinzelt in das grelle Licht, schließt eine Sekunde die Augen, nimmt die Gerüche in sich auf: nach saftigem Gras, nach Schweiß und Grill, und die Geräusche: ein Summen von Kinderstimmen, einzelne Freudenschreie, einen Hund, der bellt.

Kurz darauf erreicht sie die Kuppe, außer Atem und stolz. Sie lässt den Blick über das Gelände schweifen, hat das Gefühl, auf dem Gipfel der Welt zu stehen, unter ihr wogt die Menschenmenge, vor allem Kinder, wie kleine, farbige Wellen. Sie entdeckt ihren Bruder in der Menge, erkennt das blonde, abstehende Haar, die etwas zu engen Shorts. Er steht verloren in einer Gruppe älterer Kinder, dreht das rotbackige Gesicht erst zur einen und dann zur anderen Seite, es ist offensichtlich, dass er in dem Gewimmel noch immer nach ihr sucht. Sie verspürt den Drang, ihn gegen das Schubsen und Drängeln der anderen Kinder zu beschützen, so wie sie ihn vor den endlosen Streitereien zu Hause beschützt, vor dem traurigen Gesicht der Mutter und vor allem vor Steffens heftigen Wutausbrüchen, die die Wände der Wohnung noch viele Stunden danach erzittern lassen.

Gerade als Sofie hinunterlaufen will, bemerkt sie, dass ihr Bruder aus ihrem Gesichtsfeld verschwunden ist. Eine große Erleichterung erfasst sie. Was soll sie mit der ganzen Zeit anfangen?, denkt sie und kaut inbrünstig auf dem weichen Kaugummi mit Erdbeergeschmack, ihrer Lieblingssorte. Sie steckt die Hand in die Tasche, hält die Geldscheine gut fest. Sie hat jetzt Geld, mehr als ihre Freundinnen, und es ist leicht verdientes Geld. Niemand hat etwas gemerkt, es ist ihr Geheimnis. Ihrer beider Geheimnis. Sie bläst eine große Blase, die für einige Sekunden ihre Sicht verdeckt, bevor sie mit einem kleinen Knall zerplatzt.

Langsam steigt sie auf der anderen Seite des Grashügels hinab. Ein paar große Jungen spielen auf dem Rasen Volleyball, ihre Oberkörper sind nackt, und die Muskeln bewegen sich geschmeidig unter der sonnengebräunten Haut. Ein Stück entfernt entdeckt sie ihre Familie, ihre Mutter kniet im Gras und packt das Picknick aus, Steffen hantiert am Grill herum. Von hier aus wirkt er klein. Wenn er doch nur so klein wäre, wenn er Amok läuft. Dann könnte sie ihn mir nichts, dir nichts in der Hand zerdrücken, ganz platt quetschen. Der Gedanke bringt sie zum Lächeln.

»Hau ab.« Sofie bekommt einen Stoß in den Rücken und dreht sich um. Ein gleichaltriger Junge sieht sie trotzig an, und sie spürt die Wut vor ihren Augen aufflammen. Sie will ihre Ruhe haben, sie will nicht gestört werden. Der Junge drängt sich mit einem höhnischen Grinsen an ihr vorbei, und sie hat gute Lust, ihn auf den Rücken zu schlagen, aber sie tut es nicht. Sie traut sich nicht. Stattdessen ballt sie die Fäuste so fest, dass die Geldscheine in der Hand feucht werden, und wartet darauf, dass er abhaut.

Die Sonne knallt vom Himmel, groß und gelb. Sofie spürt, dass sie zu warm angezogen ist, der Schweiß läuft ihr den Nacken hinunter. Sie zieht den langärmligen Pullover aus, bindet ihn sich um die Taille. Darunter trägt sie ein dünnes, lila Trägerhemd mit Spitzenkante, ihr Lieblingsunterhemd. Sie sieht an sich herab, betrachtet den mageren Brustkorb und den Bauch, der leicht über den Rand ihrer Jeans hängt und ein wenig zu weich ist. Maria hat einen ganz flachen Bauch, ihr Nabel guckt wie eine runde, harte Kugel aus ihm hervor, sie hat Glück. Maria hat immer Glück. Sofie verweilt einen Moment beim Gedanken an ihre beste Freundin. Auf dem Schulhof laufen sie oft Arm in Arm herum, doch manchmal ignoriert Maria sie, und dann muss sie alleine umhergehen, während Maria zusammen mit einem der anderen Mädchen herumläuft.

Ihr Blick fällt auf ein Gelände am Weg, das dicht mit Bäumen und Sträuchern bewachsen ist. Sie geht auf einem Holzplankenpfad hinein und ist plötzlich von Erdhügeln, dichtem Gebüsch und hohen Bäumen umgeben. Es ist wie ein kleiner Wald. In der Nähe des Zauns, der das Gelände zum Weg hin begrenzt, befindet sich eine halb fertige Höhle. Sie lächelt vor sich hin und sieht sich um. Hier sind keine Menschen, keine lärmenden Kinder. Hier hat sie ihre Ruhe. Sie bricht einen

Zweig ab, läuft durchs Gras und sticht damit in die Erde. Sie beschließt, die Höhle fertig zu bauen, sie richtig schön zu machen. Sie sammelt Zweige mit großen, saftig grünen Blättern. Sie ist allein, sie hat das alles für sich, und plötzlich erfüllt sie ein Glücksgefühl, das im Bauch kribbelt wie Mineralwasser.

Entschlossen baut sie weiter an der Höhle, sie nimmt langsam Form an, das Dach strotzt vor Grün und sieht aus wie eins der Dächer in den Geschichtsbüchern in der Schule. Der Schweiß läuft ihr herunter, sie keucht atemlos, wischt ihn mit einem Zipfel des Unterhemds ab. Wenn sie doch am Strand wäre und baden könnte. Aber das wollen ihre Mutter und Steffen nicht. Das ist zu weit, sagen sie. Maria badet jetzt bestimmt. Sofie weiß, dass sie irgendwo im Ausland Ferien macht und mit dem Flugzeug geflogen ist. Nach Spanien bestimmt. Sofie schnauft, während sie sich das Ausland vorstellt. Maria war früher schon einmal dort, es gibt einen Swimmingpool, Palmen und große Eisdesserts. Maria hat Glück.

Sie hört ein Scharren und dreht sich um. Ein Auto hat draußen auf dem Weg gehalten, und irgendetwas lässt sie kurz zögern, bevor sie sich wieder ihrer Höhlenbauerei widmet. In eine Seite hat sie ein Guckloch gebaut, und einen Moment wünscht sie, ihr kleiner Bruder wäre hier, um die Höhle zu bewundern, oder besser noch Maria, aber es ist niemand da. Sie überlegt, ihre Mutter zu holen, gibt die Idee jedoch mit einem Schnauben auf. Es prickelt leicht in den Augen, wenn sie an zu Hause denkt, und sie scheucht die Gedanken schnell fort.

Die Höhle ist fast fertig, sie ist schön geworden. Sie ist ein Schloss, ein schönes Schloss, in dem niemand herumschreit. Sie hat einen eigenen Hund, der ihr überallhin folgt, fast spürt sie seine feuchte Schnauze an ihren Beinen. Jetzt kann sie Essen sammeln und spielen, dass sie …

Auf einmal ist ihr kalt, die hohen Bäume erscheinen ihr dunkel und bedrohlich, mit langen, schwarzen Armen, die sich nach ihr ausstrecken. Sie schaudert und will den Pullover überziehen, als sich plötzlich ein dunkler Schatten in ihr Gesichtsfeld schiebt. Schnell blickt sie auf. Er starrt auf sie herunter, und in dem Augenblick, als sie seinem Blick begegnet, weiß sie, dass etwas ganz und gar nicht stimmt.

Saved by the bell. Rebekka konnte sich nicht erinnern, jemals dankbarer für das Klingeln des Telefons gewesen zu sein als jetzt, wo sie gegenüber von Michael auf dem Sofa saß und das schlechte Gewissen ihr ins Gesicht geschrieben stand. Es waren gerade mal drei Wochen vergangen, seit sie sich das letzte Mal gesehen hatten, und trotzdem hatte sie es in dieser kurzen Zeit geschafft, mit einem anderen Mann, nämlich ihrem schwedischen Kollegen Niclas, der zu einem kurzen Besuch in Dänemark gewesen war, im Bett zu landen. Sie war über sich selbst entsetzt – dabei hatte es sich so gut angefühlt, dass es ihr schwerfiel, irgendetwas zu bereuen.

Sie fand das klingelnde Handy auf der Fensterbank und erkannte auf dem Display die Nummer von Henrik Brodersen, dem Chef der Mordkommission. Sie hatte kaum Hallo gesagt, als er auch schon lospolterte: »Rebekka, bist du das? Ein Kind ist verschwunden …«

Ein Kind. Rebekka merkte, wie ihr Puls schneller ging.

»Ein neunjähriges Mädchen. Sofie Kyhn Larsen. Sie ist heute vom Naturspielplatz im Valby Park verschwunden. Das liegt ganz in der Nähe deiner Wohnung.«

»Ich kenne den Park nur vom Hörensagen, muss aber gestehen, dass ich noch nie dort war. Wann ist sie verschwunden?«

»Den genauen Zeitpunkt wissen wir nicht. Die Familie, das heißt die Mutter, der Stiefvater, ihr älterer und ihr jüngerer Bruder sowie ein älteres Ehepaar aus dem Haus, in dem die Familie wohnt, sind gegen dreizehn Uhr in den Valby Park gekommen. Den Erklärungen der Erwachsenen zufolge sind die Kinder alleine herumgelaufen und haben gespielt. Erst als sie gegen vierzehn Uhr dreißig picknicken wollten, haben sie nach Sofie Ausschau gehalten. Sie haben gut und gern anderthalb Stunden nach ihr gesucht, sie unter anderem mehrmals auf ihrem Handy angerufen, aber das war ausgeschaltet. Der Stiefvater hat Sofies Pullover auf einer kleinen Lichtung in der Nähe des Wegs gefunden, was darauf deuten könnte, dass ihr etwas passiert ist. Danach haben sie uns angerufen. Da war es sechzehn Uhr dreiundfünfzig.«

Rebekka warf einen Blick auf ihre Armbanduhr. Es war kurz vor sieben. Demnach waren zwischen viereinhalb und sechs Stunden vergangen, seit das Mädchen verschwunden war. Wie alle erfahrenen Ermittler wusste auch sie, dass die Zeit ein wesentlicher Faktor ist, wenn ein Kind verschwindet. Denn mit jeder Stunde, die vergeht, steigt das Risiko, dass das Kind nicht mehr lebend aufgefunden wird. Rebekka bekam von ihrem Chef die nötigen Instruktionen, legte auf und drehte sich dann zu Michael um, der während des Gesprächs auf dem Sofa sitzen geblieben war. Er starrte geistesabwesend vor sich hin und schien von dem Telefonat nichts mitbekommen zu haben.

»Michael.« Sie ging zu ihm. Beim Klang ihrer Stimme fuhr er zusammen und wandte sich zu ihr.

»Ja?«

Eine Schmeißfliege summte auf der Fensterbank, und für einen Moment war ihr verzweifeltes Summen das einzige Geräusch im Raum.

»Ich muss los. Brodersen hat eben angerufen. Ein Kind ist von einem Spielplatz hier in der Nähe verschwunden, ein neunjähriges Mädchen.«

»Oh nein ...« Michaels sonnengebräuntes Gesicht wurde eine Spur bleicher. Rebekka nickte und dachte kurz an seine Tochter Amalie, die im gleichen Alter war. Er stand langsam auf, und einen Augenblick standen sie sich steif und unbeholfen gegenüber wie zwei Fremde, unsicher, was sie jetzt tun sollten.

»Wir müssen miteinander reden. Und zwar richtig, du weißt schon. Bald.«

Rebekka fuhr sich mit der Hand durchs Haar, und Michael ging zur Tür. Sie folgte ihm in die Diele, wo er vorhin seine Sachen hingeworfen hatte, voller Wiedersehensfreude, nachdem sie mehrere Wochen lang nur sporadisch telefoniert hatten. In wenigen Minuten war es ihr gelungen, seine Freude durch Verwirrung zu ersetzen, und Rebekka merkte, wie das Schuldgefühl ihr einen leichten Stich versetzte. Warum musste sie die Dinge so kompliziert machen? Da stand ein gut aussehender Mann vor ihr, ein reifer, liebevoller Mann, der sie genauso wollte, wie sie war. Warum reichte ihr das nicht?

Michael griff nach seiner Sporttasche und sah sie mit dunklen Augen an. Gleich würde er die Worte aussprechen, die keiner von ihnen auszusprechen gewagt hatte.

»Es funktioniert nicht, Rebekka. So nicht.«

Sie nickte langsam, wagte nicht, ihm in die Augen zu sehen, starrte stattdessen auf die abgenutzten Holzdielen.

»Du hast recht. Es funktioniert nicht …«

Michael öffnete den Mund, als wollte er protestieren, schwieg aber. Er beugte sich zu ihr hinunter, küsste sie flüchtig aufs Haar und schloss leise die Tür hinter sich.

Rebekka starrte einige Sekunden auf die Tür, während sich ein seltsamer Cocktail aus Panik, Erleichterung und einer Art Wehmut in ihrem Körper ausbreitete. Sollte sie hinter ihm herlaufen, schreien, dass das Ganze ein Missverständnis sei, ihn anflehen zu bleiben? Sie rief sich das Gefühl in Erinnerung, in seinen Armen zu liegen, seinen Geruch nach Wind und Waschpulver, seine blauen Augen, die von Lachfältchen eingerahmt wurden, und erkannte, dass sie sich nirgendwo und niemals sicherer gefühlt hatte als genau dort. Sie musste noch mal richtig mit ihm reden, beschloss sie, doch dann tauchte Niclas vor ihrem inneren Auge auf, ein flimmerndes Bild aus kräftigen Muskeln und salzigen Küssen, und ihre Verwirrung war total.

Ihr blieb nichts anderes übrig, als auf dem Absatz kehrtzumachen, ihre Tasche zu holen und zum Valby Park zu fahren.

Rebekka traf wenige Minuten später im Valby Park ein. Obwohl sie im selben Stadtteil wohnte, kannte sie sich nicht besonders gut aus. Sie lief mehrmals die Woche im Park Søndermarken und auf dem Vestre Kirkegård, kaufte jedoch meistens auf dem Heimweg vom Polizeipräsidium in Vesterbro ein und hatte nur selten Zeit, in ihrem Viertel spazieren zu gehen.

Als sie ihren Wagen gegenüber vom Eingang zum Spielplatz abstellte, bemerkte sie, dass die Artillerie bereits eingetroffen war. Ein paar Meter von ihr entfernt standen einige Polizeiautos, der blaue Kastenwagen der Kriminaltechnik und ein paar Hundewagen. Sie eilte zu den Kollegen, die vor dem Eingang des Naturspielplatzes standen und sich unterhielten. Der Chef der Mordkommission drehte sich in dem Augenblick zu ihr um, in dem sie näher kam, als hätte er ihre Anwesenheit trotz der zwischen ihnen liegenden Meter gespürt. Neben ihm stand Gundersen, der Vizechef der Abteilung, zu dem Rebekka, wie mehrere ihrer Kollegen auch, ein eher gespanntes Verhältnis hatte. Gundersen war Mitte fünfzig, untersetzt, prahlerisch veranlagt und dafür bekannt, hart durchzugreifen und es mit den Regeln nicht so genau zu nehmen, wenn er potenzielle Mörder verhörte. Empathie und psychologisches Gespür waren nicht gerade seine starke Seite, was dazu führte, dass viele einen Bogen um ihn machten.

Henrik Brodersen hingegen schätzte Rebekka sehr. Er war analytisch und ein guter Chef, der sinnvoll die Aufgaben verteilte und seinen Leuten, nicht zuletzt Rebekka, so viel Vertrauen entgegenbrachte, dass er gerne seine Macht teilte und wichtige Aufgaben an sie deligierte. Dass er darüber hinaus noch freundlich und gerecht war, trug nur noch mehr zu seiner Beliebtheit in der Mordkommission bei, und dass er selbst mit dem störrischen Gundersen fertig wurde, unterstrich seine Größe.

»Gut, dass du so schnell hier sein konntest, Rebekka. So sieht sie aus.« Er reichte Rebekka ein Farbfoto von einem blonden Mädchen mit runden, blauen Augen, das direkt in die Kamera sah. Rebekka prägte sich das Gesicht des Mädchens ein und gab ihm das Foto zurück. Brodersen nickte in Richtung des Naturspielplatzes.

»Wir haben das Gelände abgesperrt, die Hunde durchkämmen es gerade nach Spuren. Und wir haben zwei Hubschrauber in der Luft, die das Gebiet absuchen. Die Techniker nehmen die Stelle genauer in Augenschein, wo der Stiefvater Sofies Pullover gefunden haben will. Die Familie haben wir nach Hause geschickt. Sie waren alle total erschöpft und brauchten etwas zu essen und zu trinken. Natürlich haben wir sie schon kurz zum Verlauf befragt, aber ich denke, du solltest gleich zu ihnen fahren. Reza ist auch unterwegs.«

Reza Aghajan war Rebekkas Partner und engster Kollege. In dem halben Jahr, das sie jetzt als Ermittlerin bei der Mordkommission arbeitete, hatten sie sich ein Büro geteilt, und sie hatte Reza, der aus dem Iran kam, aber den größten Teil seines vierunddreißigjährigen Lebens in Dänemark verbracht hatte, bereits in ihr Herz geschlossen.

»Reza?«, rief sie überrascht. »Ich dachte, er wäre im Urlaub.«

»Das dachte ich auch, aber als ich ihn angerufen habe, ist er ans Telefon gegangen. Er klang etwas verwirrt, meinte aber, dass er in einer knappen Stunde hier sein könnte.« Brodersen räusperte sich. »Nun gut, dann gebe ich dir einen kurzen Überblick über den Verlauf, während wir uns umsehen. Zieh dir nur den Schutzanzug an.«

Kurz darauf begaben sie sich durch die Absperrung auf ein grünes Areal mit Hügeln, Klettertürmen, Rutschbahnen, Sportplätzen, hohen Bäumen und viel dichtem Gebüsch. Die Techniker, die sich methodisch zu der Stelle vorarbeiteten, an der Sofies Pullover gefunden worden war, hatten den Naturspielplatz in Felder aufgeteilt.

»Das Gebiet ist riesig. Vierundsechzig Hektar. Vom Valby Park aus gibt es einen direkten Zugang zum Strand von Kalveboderne. Der Naturspielplatz ist der größte im Land. Doch nun zu den Fakten. Die Familie ist gegen dreizehn Uhr im Park eingetroffen. Außer Sofie, dem verschwundenen Mädchen, war ihre Mutter dabei, Anita Kyhn, der Stiefvater, ein gewisser Steffen Olsen ...«

»Ein unangenehmer Typ, dieser Stiefvater«, warf Gundersen atemlos ein.

Der Chef der Mordkommission runzelte kurz die Stirn, bevor er mit seinem Bericht fortfuhr: »Die beiden Halbbrüder des Mädchens waren auch mit von der Partie, der jüngere Bruder im Alter von drei Jahren und ein größerer Junge von sechzehn, siebzehn Jahren. Außerdem war ein älteres Ehepaar aus dem Haus dabei. Der Mutter zufolge ist Sofie kurz nachdem sie hier im Park eingetroffen sind auf Erkundungstour gegangen. Die Mutter ist die Letzte, die sie gesehen hat. Sofie ist in diese Richtung gelaufen.«

Er zeigte Richtung Süden zu einem hohen Grashügel, auf dem ein Hundeführer in einem Schutzanzug mit einem Schäferhund herumlief, der eifrig das Gras beschnüffelte.

»Die Mutter ist also die Letzte, die Sofie mit Sicherheit gesehen hat. Das bestätigen auch die übrigen Familienmitglieder und das ältere Ehepaar, das die Familie ziemlich gut kennt, soweit ich das verstanden habe.«

Brodersen blieb so abrupt stehen, dass Rebekka und Gundersen hinter ihm fast zusammenstießen. Rebekka biss sich nachdenklich auf die Lippe, während sich die vielen Informationen langsam setzten.

»Wo genau wurde der Pullover gefunden?«

»Hier drüben. Aber wir dürfen keine Spuren zerstören.«

Brodersen führte Rebekka zu einem Wäldchen am Rand des Spielplatzes. Sie gingen durch das hohe Gras und standen kurz darauf unter ein paar schwankenden Bäumen, unter denen sich eine Höhle befand. Wenige Meter davon entfernt war die Einzäunung aus Maschendraht heruntergetreten, sodass man direkt vom Rasen auf den Weg treten konnte, an dem die Autos parkten.

»Der Stiefvater, Steffen Olsen, hat erklärt, dass er den Pullover vor der Höhle gefunden hat, wo Sofie aller Wahrscheinlichkeit nach gespielt hat. Wir haben den Pullover an die Technik geschickt.«

»Wenn man ein Kind entführen will, ist dieser Platz nahezu ideal«, sagte Rebekka und sah sich um.

»Genau. Er liegt zwar etwas abseits, aber man kann ganz in der Nähe parken.«

»Was meint die Familie, was mit der Tochter passiert ist?«, fragte Rebekka und warf ihrem Chef einen verstohlenen Blick zu.

»Sie verstehen das alles nicht. Es gibt einen leiblichen Vater, der irgendwo im Hintergrund herumspukt, und die Mutter hat angedeutet, dass er die Tochter mitgenommen haben könnte. Wir versuchen, Kontakt zu ihm aufzunehmen, aber er dürfte sturzbetrunken und somit ziemlich instabil zu sein. Wir haben einen Wagen zu ihm geschickt.«

»Kannst du dir vorstellen, dass wir es mit einer Entführung innerhalb der Familie zu tun haben?«

»Natürlich, aber ich kann mir auch noch düsterere Szenarien vorstellen.«

»Der Pullover gibt natürlich Anlass zur Besorgnis. Andererseits war es heute Nachmittag auch ziemlich warm.«

Rebekka schlug nach einer Mücke, doch die hatte offenbar schon ihren Blutdurst an ihrer Wange gestillt, die jetzt heftig juckte. Sie blickte sich um. Zwischen den hohen Bäumen war es kühl und duftete intensiv nach Gras.

»Mit wie vielen Zeugen konnten wir bisher reden?«, fragte sie.

»Nur mit wenigen, und leider hatten sie auch nichts Interessantes zu berichten. Noch nicht. Doch wegen des schönen Wetters war der Spielplatz heute gut besucht. Als wir gerufen wurden, war der größte Teil der Besucher allerdings bereits wieder fort. Aber jetzt, wo nach dem Mädchen gefahndet wird, dürften viele Hinweise aus der Bevölkerung eingehen. Irgendjemand muss sie gesehen haben, der Park war voller Kinder und Erwachsener. So, wie es im Moment aussieht, müssen wir uns mit der Statistik trösten, und die sagt immerhin, dass Kindermorde bei uns eher selten sind. Glücklicherweise. In meiner ganzen Zeit in der Abteilung habe ich nur mit sehr wenigen Fällen zu tun gehabt.«

Rebekka hatte noch nie in einem Fall ermittelt, in dem ein Kind das Mordopfer war. Allein der Gedanke an ein totes Kind erschreckte sie zutiefst. Sie hatte immer versucht, ihre Gefühle völlig aus dem Spiel zu lassen, wenn sie bei ihrer Arbeit mit missbrauchten oder misshandelten Kindern zu tun gehabt hatte.

»Ryan Sullivan ist gerade in Kopenhagen«, fiel ihr plötzlich ein. »Er gehört dem FBI an, und sein Spezialgebiet sind verschwundene Kinder. Kennst du ihn?«

Brodersen nickte. »Ich habe ihn und seinen Kollegen Ted Palmer sogar vorhin begrüßt. Sie hatten nämlich ein Meeting mit der Direktion. Das ist ein spannendes Projekt, an dem sie gerade arbeiten … Du kennst ihn von deiner Zeit beim FBI?«

Rebekka nickte. Sie hatte Ryan Sullivan vor vier Jahren kennengelernt, als sie einige Monate beim FBI in den Vereinigten Staaten gewesen war. Zwischen ihnen hatte sich eine Freundschaft entwickelt, die sie in den vergangenen Jahren mithilfe von E-Mails und Telefonaten am Leben erhalten hatten. Ryan hatte sie heute direkt nach seiner Ankunft in Kopenhagen angerufen, dem ersten Stopp auf seiner und Ted Palmers Europatour. Sie hatten sich für den kommenden Tag zum Brunch verabredet, ein Termin, den sie jetzt nach dem Verschwinden von Sofie würde absagen müssen, doch sie wollte den aktuellen Fall möglichst bald mit Ryan diskutieren.

»Ryan weiß alles, was es über verschwundene Kinder zu wissen gibt, das Timing könnte nicht besser sein«, meinte sie.

»Er ist eine Kapazität, daran besteht kein Zweifel. Leider sind er und Ted Palmer in den kommenden Monaten permanent unterwegs, aber ich habe vollstes Vertrauen, dass wir diesen Fall selbst lösen können«, antwortete Brodersen.

Rebekka nickte und blickte sich forschend um. »Es könnte sich schließlich auch um einen Unfall handeln. Ich meine, der Park grenzt ans Wasser und an dieses Naturschutzgebiet, Kalveboderne. Vielleicht hat sie wegen der Hitze Lust auf ein Bad bekommen?«

»Das wäre natürlich eine Möglichkeit, doch um ans Wasser zu kommen, hätte sie mehrere Kilometer weit gehen müssen. Ich glaube eher nicht daran, aber natürlich ist alles offen. Den Eltern zufolge ist das Mädchen eine Einzelgängerin, die gern in der Nachbarschaft herumstreift.«

»Die Eltern haben sicher überall angerufen ...«

Brodersen nickte. »Natürlich haben sie die engste Familie, die Freunde und die Mitschülerinnen angerufen, um zu hören, ob sie mit einer von ihnen nach Hause gegangen ist, doch im Moment sind nur wenige da, schließlich sind gerade Sommerferien. Viele sind in ihrem Sommerhaus oder im Ausland, und von denjenigen, mit denen sie gesprochen haben, hat niemand Sofie gesehen. Sofie ist noch nie von zu Hause weggelaufen, doch die Mutter kann nicht ausschließen, dass sie so etwas tun könnte. Es kann ja auch sein, dass wir sie in ein paar Stunden auf der Strøget aufgreifen.«

Brodersen klang jedoch wenig überzeugt. Warum sollte eine Neunjährige weglaufen? Die meisten Kinder, die von zu Hause ausbüxten, waren mindestens elf oder zwölf Jahre alt.

Sie verließen die schattigen Bäume und gingen zurück zum Naturspielplatz. Hinter den Baumkronen schimmerte eine rosafarbene Abendsonne, und die Luft war noch immer so feuchtwarm, dass die Schutzanzüge am Körper klebten. Ein paar Beamte winkten Brodersen zu sich, und Rebekka beschloss, das Gebiet auf eigene Faust zu erkunden. Sie stieg auf den höchsten Hügel hinauf, blieb kurz oben stehen und ließ den Blick über die grüne Umgebung schweifen, die sich vor ihr ausbreitete.

Links konnte sie hinter einer langen Reihe von Bäumen mehrere Wohnblöcke ausmachen, ansonsten war die Sicht in alle Richtungen frei. Sie schloss einen Augenblick die Augen, rief sich das Gesicht des Mädchens in Erinnerung, stellte sie sich hier auf dem Spielplatz vor, lachend, spielend … und dann?

Als sie kurz darauf wieder mit Brodersen, Gundersen und ein paar anderen Kollegen unten auf dem Weg stand, kam einer der Hundeführer auf sie zugelaufen, während er mit seinem iPhone winkte. Er blieb atemlos stehen, und der Schäferhund setzte sich brav hin.

»Trojan hat hinter den Bäumen am Weg zum Rosengarten ein rosanes Handy gefunden.«

Der Hundeführer zeigte geschäftig zu dem kleinen Wald hinüber, wo der Stiefvater auch Sofies Pullover gefunden hatte.

»Die Techniker sind jetzt da drüben. Aber ich habe mit meinem iPhone ein paar Fotos davon gemacht.«

Der Hundeführer zeigte ihnen zwei Fotos von einem rosafarbenen Handy, das im hohen Gras versteckt lag. Die Farbe war auffällig, und an einem Handyanhänger baumelten ein paar kleine Plastikbären in verschiedenen Farben. Das Display war kaputt, vermutlich war es auf etwas Hartes gefallen.

Gundersen konnte seine Aufregung nicht verbergen, während er auf das Handy zeigte. »Das sieht genauso aus, wie die Eltern Sofies Handy beschrieben haben.«

Brodersen nickte ernst. »Genau. Auch die Bären stimmen. Es muss sofort in die Technik und auf DNA untersucht werden. Außerdem brauchen wir eine Liste über die letzten Anrufe.« Er drehte sich zu Rebekka um. »Ich denke, du solltest der Familie jetzt einen Besuch abstatten. Sag nichts von dem Handy, wir wollen sie nicht unnötig beunruhigen. Ich will mir erst ganz sicher sein, dass es Sofies Handy ist.«

Rebekka nickte, und Brodersen ging zu den parkenden Autos. Sie folgte ihm, und schon ein paar Minuten später war sie auf dem Weg zu der Familie, die nur wenige Kilometer entfernt wohnte.

Søren Thomsen drückte die Nase gegen die Fensterscheibe, während er angestrengt versuchte zu verfolgen, was unten auf dem Naturspielplatz passierte. Die Bäume versperrten ihm die Sicht, doch dazwischen konnte er das gestreifte Absperrband der Polizei erkennen. Beim Einkaufen vor ein paar Stunden hatte er die Polizeiautos in einer langen Reihe eintreffen sehen und sofort ein seltsames Gefühl im Bauch verspürt, ein düsteres Gefühl von Jüngstem Gericht, obwohl er nicht an so etwas glaubte. Oder vielleicht doch? Jedenfalls hatte er Angst davor und stellte sich vor, wie ihm die Augen ausgehackt werden würden, wenn dieser Tag gekommen wäre.

Diese Leute mit den Blättchen hatten ihm an jenem Nachmittag davon erzählt, als die Einsamkeit so überwältigend gewesen war, dass er sie zu einem Gespräch in die Wohnung gelassen hatte. Sie hatten ihn freundlich, aber ernst angesehen und mit leisen, traurigen Stimmen davon gesprochen, was einen erwartete, wenn man sich nicht Jehova anschloss. Søren war zutiefst beunruhigt gewesen, als er sie anderthalb Stunden später wieder zur Tür begleitet hatte. Eine der Damen hatte nach seiner Hand gegriffen und sie ein wenig zu lange festgehalten, bevor sie ihm ein paar Blättchen zugesteckt hatte. Søren wusste genau, dass seine Mutter ihn zwingen würde, die Blättchen wegzuwerfen, wenn sie sie sah. Deshalb hatte er sie in seinem Schlafzimmer versteckt und schaute nur am Abend heimlich hinein. Es hatte ihn erschreckt, was dort stand, und plötzlich war ihm klar geworden, dass auch er jemand war, dem Gott niemals seine Sünden vergeben würde.

Ein Polizist ging mit einem angeleinten Hund an den Bäumen entlang, und Søren zog schnell den Kopf ein. Er war nicht besonders schlau, das hatte er oft genug zu hören bekommen, aber er wusste zumindest so viel, dass er sich bedeckt halten sollte. Søren schaltete den Fernseher ein. Er blieb einen Moment ganz still stehen, während die Bilder aus dem Afghanistankrieg auf ihn einströmten. Ein weiterer dänischer Soldat war in der Provinz Helmand ermordet worden. Schnell griff er nach der Fernbedienung, und der Fernseher schaltete sich mit einem leisen Seufzen aus.

Søren war unschlüssig, der Gedanke an all die Polizisten, die jetzt im Viertel herumliefen, machte ihn ängstlich und aufgedreht zugleich. Vielleicht half es, wenn er sich einen Karl-Stegger-Film ansah, das half normalerweise in jeder Situation. Er ging zum Regal und sah die unzähligen Filme mit dem verstorbenen Schauspieler durch, die er hatte. Einhundertneunzehn waren es, um genau zu sein. Seit seiner frühesten Jugend war Søren ein Karl-Stegger-Fan, und wenn ihn jemand fragte, warum er gerade Karl Stegger so besonders mochte, konnte er das nicht erklären, sondern nur antworten, dass ihn der Anblick des rundlichen Schauspielers immer so fröhlich mache.

Er zog einen Film aus der Reihe *Der Poet und Lillemor* heraus und schob ihn in den DVD-Player. Dann machte er es sich in dem abgenutzten Lehnstuhl gemütlich. Er war jetzt ein bisschen ruhiger und verspürte eine kribbelnde Vorfreude im Bauch, obwohl er den Film schon mindestens hundertmal gesehen hatte.

In dem Moment, in dem Rebekka die Handbremse anzog, kam Reza auf ihr Auto zu. Es war mehrere Wochen her, seit sie ihn das letzte Mal gesehen hatte, und sie stieg aus und umarmte ihn kurz. Reza erstarrte etwas, denn er mochte keine Umarmungen, und sie ließ ihn sofort wieder los. Einen Moment waren beide ein wenig verlegen, dann lächelten sie sich an. Wie jemand, der gerade aus den Ferien kam, sah Reza allerdings nicht aus. Ganz im Gegenteil. Er war blass, und seine Augen waren blutunterlaufen, als hätte er lange Zeit schlecht geschlafen. Sie sah ihn besorgt an.

»Hattest du schöne Ferien?«, fragte sie, und er lächelte schnell und murmelte etwas, das wie »okay« klang und lenkte das Gespräch schnell auf die Ermittlungen.

»Warst du drüben im Park?«

Sie nickte. »Ich habe ein kurzes Briefing bekommen, mir ein wenig den Ort angesehen, und als ich gerade gehen wollte, hat einer der Hunde ein paar Hundert Meter weiter weg das Handy des Mädchens gefunden. Oder besser gesagt, wir vermuten, dass es ihr Handy ist. Es hat jedoch einige besondere Kennzeichen, darunter einen Handyanhänger mit ein paar kleinen Plastikbären. Es wird wohl ihres sein, leider.«

»Das klingt nicht gut.«

»Nein, und das Display war kaputt, als wäre es auf etwas Hartes gefallen, auf einen großen Stein zum Beispiel. Aber wir werden sehen. Erwähne es vor der Familie bitte nicht, Brodersen möchte erst sicher sein, dass es wirklich ihr Handy ist.« Sie drehte sich um und sah an einem grauen Betonbau hoch.

»Kommst du? Hier müsste es sein. Im dritten Stock.«

Kurz darauf befanden sie sich vor der Wohnungstür, dritter Stock rechts. Auf einem kleineren Porzellanschild standen die Namen Kyhn und Olsen. Ein Mann mit einer Tonsur, allem Anschein nach in den Dreißigern, öffnete ihnen in dem Augenblick die Tür, in dem sie klingelten. Er war groß und muskulös und hatte eine solariumsgebräunte Lederhaut, deren Farbe in starkem Kontrast zu seinem engen, weißen T-Shirt stand. Über den rechten Bizeps wand sich eine tätowierte Schlange.

»Steffen Olsen. Kommen Sie herein.« Er gab ihnen beiden die Hand, sein Händedruck war fest. »Ich bin Sofies Stiefvater oder wie man das nennen soll.« Ein kleines Lächeln huschte über seine fülligen Lippen. Er führte sie in eine größere Wohnküche, wo eine blasse, sehnige Frau mit einer Packung Kleenex und einem vollen Aschenbecher mehr über dem Tisch lag als dass sie saß. An der orangefarbenen Wand hinter ihr hingen ein paar große Farbfotos der Kinder, zwei Jungen und ein Mädchen, Seite an Seite. Rebekka erkannte Sofie sofort. Sie stellten sich vor, sagten ein paar tröstende Worte und setzten sich. Rebekka merkte, dass Anita Kyhns Augen an ihr klebten.

»Gibt es etwas Neues?«

Rebekka schüttelte langsam den Kopf. »Leider nein, noch nicht«, antwortete sie und fügte hinzu: »Aber wir haben Hubschrauber, Hunde und viele Polizisten im Einsatz, die gerade die Umgebung absuchen. Sie können ganz beruhigt sein, wir tun alles, um Ihre Tochter zu finden.«

Steffen Olsen setzte sich neben seine Frau, und das Paar bestätigte noch einmal die Geschichte, die der Chef der Mordkommission Rebekka erzählt hatte.

»Sofie hatte sich so auf den Waldausflug gefreut, so hatten wir die Unternehmung genannt. Wir kommen nicht oft raus, und obwohl wir so nahe am Naturspielplatz wohnen, gehen wir eigentlich nur selten zusammen dorthin. Man muss immer viel Zeug einpacken, und das …« Anitas Stimme versagte.

»Wir sind ein bisschen träge, wenn es darum geht, Ausflüge und so was zu machen. Wir sind gerne zu Hause«, warf Steffen ein, und Anita nickte zustimmend.

»Sofie hat uns schon so lange in den Ohren gelegen, dass wir zusammen einen Ausflug dorthin machen sollen«, sagte sie. »Mit einem Picknickkorb und allem Drum und Dran. Eigentlich hatten wir den Ausflug schon vor einer Woche machen wollen, aber da war das Wetter zu schlecht, deshalb haben wir ihn verschoben. Heute hat es dann geklappt. Wir sind zusammen mit unseren Nachbarn losgezogen, Egon und Lillian, sie sind so eine Art Ersatzgroßeltern für die Kinder. Bo hätte eigentlich auch noch mitkommen sollen, aber er ist nicht aufgetaucht …«

Rebekka sah Reza schnell von der Seite an.

»Wer ist Bo?«, wollte Reza wissen, und Steffen Olsen erklärte, dass das sein jüngerer Bruder sei, der oft zu Gast bei ihnen sei und den die Kinder liebten.

»Haben Sie überprüft, ob sie bei ihm ist?«

Steffen nickte. »Natürlich. Aber sie sehen sich nur, wenn die Familie sich trifft. Ich glaube nicht einmal, dass sie weiß, wo er wohnt. Bo war total geschockt, als er gehört hat, dass Sofie verschwunden ist.«

Anita Kyhn griff nach der Hand ihres Mannes und zog sie zu sich hin. Steffen Olsen sah Rebekka und Reza verlegen an, als würde er sich bei der Berührung unwohl fühlen. Anita Kyhn schien seinen Unwillen jedoch nicht zu bemerken, Tränen liefen ihre mageren Wangen hinunter.

»Ich verstehe das nicht. Sie ist wie vom Erdboden verschluckt. Das ist doch nicht möglich.«

»Haben Sie eine Telefonliste von Sofies Klassenkameraden gemacht und die Namen und Telefonnummern der engsten Familienangehörigen und Freunde notiert, zu denen wir Kontakt aufnehmen können?«

Anita Kyhn nickte und fuhr sich mit der Hand durch den dünnen Pferdeschwanz. »Steffen hat die Liste schon abtelefoniert, aber jetzt in den Sommerferien sind viele nicht zu Hause. Die meisten sind in ihrem Sommerhaus. Sofie hat sich so gewünscht, dass wir in den Ferien ein Häuschen mieten. Wenn wir das getan hätten, wäre sie nicht verschwunden.« Anita Kyhn sah sie verzweifelt an.

Steffens Gesicht verhärtete sich. »Fie hat einfach nicht begriffen, dass wir uns das nicht leisten können.«

Anita Kyhn nickte und putzte sich die Nase.

»Wie ist Sofie eigentlich – ist sie von Natur aus lebhaft oder eher zurückhaltend?«, wollte Reza wissen.

Anita und Steffen machten einen nachdenklichen Eindruck. Schließlich beantwortete Anita die Frage.

»Sie ist schon etwas still, in sich gekehrt könnte man wohl sagen. Sie hat nicht viele Freundinnen …«

»Sie hatte doch Maria. Maria aus ihrer Klasse«, warf Steffen ein.

»Ja, aber Maria ist beliebt. Sie ist auch mit anderen Mädchen zusammen, spielt sie gegeneinander aus, und dann ist Sofie am Boden zerstört. Unter Erwachsenen fühlt sie sich aber sehr wohl, obwohl sie ein wenig schüchtern ist.« Anita Kyhns Stimme zitterte leicht. Steffen zuckte mit den Schultern.

»Sie haben erzählt, dass sie gerne durch die Gegend streift …«

»Ja, aber das ist doch etwas anderes.« Anita Kyhns Stimme stieg an, nahm einen schrillen Ton an. »Sie ist noch nie einfach so verschwunden, und sie hat immer Bescheid gesagt, wenn sie sich verspätet hat. Es sieht ihr nicht ähnlich, nicht ans Handy zu gehen, sie liebt dieses Telefon.«

Anita vergrub das Gesicht in den Händen und schaukelte auf ihrem Stuhl hin und her. Steffen blieb sitzen, unbeweglich.

Einen Augenblick war die Stille erdrückend. Geräusche aus den umliegenden Zimmern, eine Reihe gedämpfter, anhaltender Schüsse, vermutlich von einem Computerspiel, und etwas, das wie die Titelmelodie vor den Nachrichten klang, sickerten langsam zu ihnen durch.

»Soweit wir das verstanden haben, gab es Probleme mit Sofies biologischem Vater. Wer ist er?«

Steffen schnaubte verhalten, als Reza die Frage stellte. Anita Kyhn nahm die Hände von ihrem Gesicht. Die Wimperntusche hatte dunkle Streifen unter den Augen hinterlassen.

»Er heißt Allan. Allan Larsen. Wir waren nur kurze Zeit zusammen, und Sofie ist das Ergebnis.«

»Er ist absolut unmöglich, dieser Allan«, warf Steffen ein und verdrehte die Augen.

»Hat Sofie Kontakt zu ihrem Vater?«

»Selten«, sagte Steffen. »Allan ist ziemlich instabil. Er ist ein Quartalssäufer, und das ist längst nicht alles.«

»Was meinen Sie damit?«

»Dass er Drogen nimmt, natürlich. Er kann das nicht steuern, das hat er noch nie gekonnt. Ich kenne Allan in- und auswendig, er ist ein alter Bekannter, Anita und ich haben uns über ihn kennengelernt.«

Anita nickte bestätigend, und einen kurzen Moment kroch ein kleines Lächeln in ihre Mundwinkel.

»Sie haben aber schon Allan Larsen angerufen, ob Sofie zu ihm gefahren ist?«

Beide nickten.

»Natürlich, obwohl ich bezweifle, dass Fie das tun würde. Allan ist übrigens nicht ans Telefon gegangen. Ich habe ihm eine Nachricht hinterlassen, dass er so schnell wie möglich zurückrufen soll.« Steffen machte eine ausladende Handbewegung und fügte hinzu: »Er ist nicht der Typ, der zurückruft, eher im Gegenteil.«

Rebekka und Reza baten, sich die Wohnung ansehen zu dürfen. Steffen erhob sich bereitwillig, um sie herumzuführen. Anita Kyhn blieb wie paralysiert auf ihrem Platz sitzen.

»Die Wohnung ist nicht sonderlich groß für uns alle, aber gemütlich«, meinte Steffen mit einem strahlenden Lächeln. Seine Selbstsicherheit in Kombination mit seinem massigen Aussehen führte vermutlich dazu, dass viele Menschen ihn eher einschüchternd fanden. Daher schien er es gewohnt zu sein, die Leute durch ein strahlendes Lächeln für sich zu gewinnen.

Sie gingen von der Wohnküche in die Diele, an einem Badezimmer und einem verdunkelten Schlafzimmer vorbei und weiter ins Wohnzimmer.

»Treten Sie ein.« Das breite Lächeln klebte weiter auf Steffens Gesicht.

Die Wände des Wohnzimmers waren blau gestrichen, es gab ein Ecksofa aus schwarzem Leder und einen Flachbildfernseher, der eine ganze Wand dominierte. An der gegenüberliegenden Wand standen mehrere Terrarien.

»Was befindet sich denn da drinnen?«, fragte Reza ängstlich.

»Schlangen.« Steffens Lächeln wurde noch breiter, als er sah, dass Reza schnell einen Schritt zurücktrat.

»Keine Sorge, sie sind nicht giftig. Das sind ganz gewöhnliche Boas oder Riesenschlangen, wenn Sie so wollen.«

Reza sah nicht gerade beruhigt aus.

»Wie viele Schlangen haben Sie?« Rebekka trat näher und sah in eins der Terrarien. Sie entdeckte eine große, orange gefleckte Schlange, die in einem Teil eines ausgehöhlten Baumstamms lag.

»Wir oder besser gesagt ich habe fünf. Schlangen sind mein großes Hobby. Anita mag sie nicht besonders, aber sie musste mich so nehmen, wie ich bin, als wir zusammengezogen sind. Ich musste sie schließlich auch nehmen, wie sie ist – ich meine, sie hat zwei Kinder. Im Verhältnis dazu ist so eine kleine Schlangensammlung doch gar nichts.«

Rebekka stellte sich vor das größte Terrarium und schauderte, als sie in die Augen eines langen, fetten Reptils blickte, das sie mit totem Blick direkt anstarrte.

»Das ist Dorte. Sie war meine erste Schlange und ist deshalb für mich etwas Besonderes. Das ist eine orange Regenbogenboa. Ich habe sie vor sieben Jahren gekauft, sie ist meine Kleine.«

Dorte. Seine Kleine. Rebekka biss sich fest auf die Lippe, um nicht unpassenderweise über die absurde Wendung zu kichern, die das Gespräch genommen hatte. Rebekkas beste Freundin hieß Dorte. Sie würde ihr demnächst von ihrer Namensvetterin erzählen. Rebekka räusperte sich.

»Was hält Sofie von den Schlangen?«

Steffens Gesicht verzog sich, und er schaute sie mürrisch an. Es war offensichtlich, dass seine Laune starken Schwankungen unterlag.

»Fie hatte Angst vor ihnen, wie die meisten anderen Menschen auch, wenn sie sie das erste Mal sehen. Zu Anfang hat sie sie nicht gemocht, doch als sie sie besser kennengelernt hat, fand sie es interessant, sie zu beobachten. Ihr jüngerer Bruder Patrick ist ganz verrückt nach ihnen.« Beim Gedanken an seinen Sohn leuchtete Steffens Gesicht auf. »Das ist er immer schon gewesen, seit er ganz klein war.«

»Wir würden uns gerne Sofies Zimmer ansehen.«

»Natürlich. Das ist gleich nebenan, sie hat es sich mit Patrick geteilt, aber im Moment schläft er bei uns im Schlafzimmer.«

Steffen führte sie in ein unaufgeräumtes Kinderzimmer. Rebekka dankte ihm und bat darum, sich in Ruhe umsehen zu dürfen.

»Natürlich.« Er zögerte kurz, dann wandte er sich zum Gehen, während er murmelte, dass er wohl besser nach seiner Frau sehen sollte.

Überall auf dem Boden lagen Spielsachen. Rebekka und Reza mussten über diverse Stapel steigen, während sie sich umsahen. An der einen Wand stand Sofies zerwühltes Bett, an der gegenüberliegenden befand sich ein Kinderschreibtisch mit einer kleinen roten Lampe. Reza öffnete eine Schublade nach der anderen, während Rebekka den Kleiderschrank durchforstete, der ziemlich vollgestopft war.

»Ziemlich unordentlich hier, nicht?« Reza sah Rebekka an, die nachdenklich nickte.

»Wo würde ein kleines Mädchen, das gezwungen ist, sich das Zimmer mit seinem kleinen Bruder zu teilen, wohl seine

Schätze verstecken?«, fragte sie sich leise und dachte an ihre eigene Kindheit. Sie hatte sich ein kleines Zimmer mit ihrem jüngeren Bruder Robin geteilt, und obwohl sie ihn über alles geliebt hatte, hatte sie ihre Schätze vor ihm unter der Matratze versteckt. Rebekka ging zu Sofies schmalem Bett und hob energisch die Matratze an. Zwischen den Lamellen steckte ein schmuddeliger, weißer Briefumschlag. Rebekka streckte die Hand danach aus.

»Ein Brief?« Reza erhob sich von dem Schreibtischstuhl und trat zu seiner Kollegin, die vorsichtig den Umschlag öffnete. Es steckte kein Brief darin, dafür enthielt der Umschlag Geldscheine, sie zählte insgesamt eintausendeinhundert Kronen.

Reza stieß einen Pfiff aus. »Das ist viel Geld für ein kleines Mädchen. Aber sie kann natürlich gespart haben.«

»Mag sein, doch es wundert mich, dass sie das Geld dann unter der Matratze versteckt. Warum hat sie es nicht auf einem Sparkonto oder zumindest in einer Spardose?«

Beide sahen zu dem Regal hinüber, in dem zwei Spardosen standen, eine Pinguindame und ein Pinguinherr. Reza nahm sie aus dem Regal und schüttelte sie. Es klapperte ein wenig, offenbar waren nur kleine Münzen darin.

Wenig später standen sie wieder in der Küche. Anita saß noch genau dort, wo sie sie eben verlassen hatten, und starrte apathisch vor sich hin, eine brennende Zigarette in der Hand. Steffen blätterte in einer Fußballzeitschrift. Reza erzählte ihnen von den Geldscheinen, die sie gefunden hatten, und die beiden wirkten schockiert von der Höhe des Betrags. Sofie bekomme zu Weihnachten und zum Geburtstag nie Geld, weil ihr immer irgendetwas an Kleidung oder Spielsachen fehle, erklärten sie einstimmig. Sie hatten keine Ahnung, woher das Geld kommen konnte.

Rebekka biss sich auf die Lippe. Wofür wurde Sofie bezahlt, und wer bezahlte sie? Reza unterrichtete Anita und Steffen über den derzeitigen Plan, die Suche auch während der Nacht fortzusetzen. Steffen hörte aufmerksam zu, während Anita nichts um sich herum wahrzunehmen schien. Plötzlich richtete sie sich auf. Ihr Gesicht hatte sich verändert, die Augen waren jetzt groß und schwarz, der Mund stand offen wie ein Krater. Sie hielt sich mit ihren schmalen Händen die Ohren zu und stieß einen Schrei aus, der die Luft zerriss und für einen Augenblick alle lähmte. Dann sank sie in sich zusammen, richtete den Blick auf Rebekka und sagte mit fast normaler Stimme: »Sofie ist tot.«

»Sie dürfen nicht ...« Rebekka machte einen Schritt auf die Frau zu, die heftig den Kopf schüttelte und die Hände vor sich hielt, als wollte sie alle wegstoßen.

»Sind Sie selbst Mutter?« Sie starrte Rebekka an.

»Nein, das nicht, aber ich ...«

»Dann verstehen Sie auch nicht, was ich meine. Sie ist tot. Sofie ist tot. Das weiß ich. Ich spüre es hier drinnen.«

Sie schlug sich fest auf die Brust, und es klang hohl. Dann brach sie weinend zusammen. Rebekka setzte sich neben sie, legte ihre Hand auf die Hand der Frau.

»Sie brauchen Hilfe. Ich kann einen Psychologen von der Krisenintervention kommen lassen, oder Sie können selbst dorthin gehen, wenn Ihnen das lieber ist?«

Anita Kyhn weigerte sich, professionelle Hilfe anzunehmen, und nach diversen Überredungsversuchen gaben sie auf. Steffen gelang es, sie ins Schlafzimmer zu bringen, wo sie sich leise unterhielten. Wenige Minuten später tauchte er wieder auf und lächelte sie flüchtig an.

»Sie ruht sich jetzt aus.«

Er begleitete sie ins Treppenhaus und schloss vorsichtig die Tür hinter sich. Er schien ihnen noch etwas Wichtiges sagen zu wollen, und schließlich brach es aus ihm hervor: »Was Allan, Fies biologischen Vater, angeht … Ich könnte mir durchaus vorstellen, dass er etwas mit ihrem Verschwinden zu tun hat. Das habe ich schon in dem Moment gedacht, als wir sie nicht finden konnten. Er ist absolut unberechenbar und hat uns über die Jahre schon mit allem Möglichen gedroht. Erst wollte er Sofie haben, dann wollte er sie überhaupt nicht sehen, dann hat er damit gedroht, sich umzubringen, dann damit, Sofie umzubringen, und schließlich wollte er uns alle umbringen.«

Steffen sah sie triumphierend an, um sich zu vergewissern, dass seine Beschreibung von Allan Larsen Einruck auf die Polizei gemacht hatte.

»Sofies Vater hat damit gedroht, Sofie umzubringen? Warum haben Sie uns das nicht früher gesagt?«

Steffen zuckte mit den Schultern, seine Freude verblasste und wurde durch Ärger ersetzt.

»Das weiß ich nicht. Ich habe doch nicht geglaubt, dass er das ernst gemeint hat. Ich habe das für sein übliches Säufergeschwätz gehalten. So ist er schon immer gewesen, nach außen der große Zampano, nach innen so klein mit Hut.«

»Hat er Ihnen kürzlich gedroht?«

Steffen dachte einen Augenblick nach, bevor er antwortete. »Ich kann mich nicht genau erinnern, Anita weiß das besser, aber ich glaube, zuletzt im Frühjahr. Zu Weihnachten macht er das übrigens regelmäßig. Da wird er total sentimental und will, dass Fie zu ihm kommt, manchmal will er sogar, das sie ganz bei ihm wohnt.«

»Wie steht Sofie zu ihrem Vater?«

»Sie mochte ihn nicht und hat es gehasst, wenn sie ihn besuchen sollte. Sie hat geweint und gesagt, dass sie nicht will … aber wir haben sie immer gezwungen. Wir brauchen ja auch ein bisschen Ruhe.«

»Hat sie mal gesagt, warum sie ihren Vater nicht besuchen mag?«, fragte Rebekka.

Steffen schüttelte den Kopf. »Ich verstehe sie ja nur zu gut. Allan ist ein dummes Schwein. Ich habe ihr immer gesagt: Fie, du hast auch nicht an erster Stelle in der Schlange gestanden, als Gott die Väter verteilt hat.« Er lachte kurz und fügte hinzu: »Sie sollten mal seine Wohnung sehen. Wie die aussieht. Überall liegt Zeug rum, nein, nicht nur Zeug – Müll.«

»Es ist doch keine Drohung, wenn man mit seinem Kind zusammenwohnen oder es einfach öfter sehen will.«

»Natürlich nicht. Aber er hat gesagt, dass niemand sie haben soll, wenn er sie nicht haben kann.«

Rebekka und Reza sahen sich von der Seite an. Dann verabschiedeten sie sich und eilten die Treppe hinunter.

Bo verbrannte sich den Daumen an der Flamme des Feuerzeugs, als er den Tabak auf dem Silberpapier röstete, doch der Schmerz berührte ihn nicht. Er empfand gar nichts. Seit Steffen ihn angerufen und ihm erzählt hatte, dass Sofie verschwunden war, fühlte er sich vollkommen kraftlos, wie gelähmt.

Eben hatte er die Nachrichten gesehen, und Sofie war auf dem Bildschirm erschienen, ihr schönes Gesicht hatte die ganze Mattscheibe eingenommen, und es war ihm vorgekommen, als wären die großen, blauen Augen direkt auf ihn gerichtet gewesen, als könnte sie ihn sehen, wie er da auf dem Sofa saß, in seiner schmuddeligen Jogginghose und dem T-Shirt, in dem er auch geschlafen hatte. Er hatte den Fernseher sofort ausgeschaltet, die Anlage angestellt und sein Lieblingslied aufgelegt: *Sweet Child O'Mine* von Guns N'Roses. Das Lied erinnerte ihn jedesmal an sie.

She's got eyes of the bluest skies
As if they thought of rain
I hate to look into those eyes
And see an ounce of pain
Her hair reminds me of a warm safe place
Where as child I'd hide
And pray for the thunder
And the rain
To quietly pass me by
Sweet child o'mine
Sweet love of mine.

Seine groben Finger zitterten heftig, während er ein bisschen Hasch unter den gerösteten Tabak rieb. Er betrachtete seine schmutzigen Fingernägel, die Narben auf dem Handrücken, die vereinzelten dunklen Haare. Immer ging alles schief bei ihm. Immer. Er sah Sofie vor sich, ihren dünnen Körper, ihre schmalen Schultern, auf die das lange, blonde Haar fiel, ihre klaren, blauen Augen. Er hatte sie von Anfang an gemocht. So sollte seine eigene Tochter aussehen, falls er irgendwann einmal eine haben würde, was er allmählich stark bezweifelte.

Steffen hatte beide Kinder bei sich gehabt, als Bo ihnen das erste Mal begegnet war. Den mürrischen Mark, stumm und ernst, und Sofie, fein und zart wie eine Puppe, sie war damals vier oder fünf Jahre alt gewesen. Steffen hatte die beiden sofort aufs Sofa vor den Fernseher gesetzt und ihnen gesagt, dass sie die Klappe halten sollten. Sie hatten ohne zu protestieren gehorcht, und Bo erinnerte sich noch immer an Sofies Beine, die so klein gewesen waren, und an die Socken, die sich um die schmalen Knöchel gekringelt hatten.

Der Joint war fertig, und Bo zündete ihn schnell mit dem glühend heißen Feuerzeug an, inhalierte tief in die Lungen und hielt die Luft an, während er hoffte, dass der Rausch sofort einsetzen würde. So wie jetzt hielt er es nicht eine Minute länger aus.

Dunkelheit umfing Rebekka und Reza, als sie vor dem Wohnhaus standen, in dem Sofies Familie wohnte. Auf dem Parkplatz hielten ein paar Streifenwagen, momentan wurde das gesamte Wohnhaus durchsucht, und mehrere Gruppen von Polizisten waren unterwegs, um in der Nachbarschaft Klinken zu putzen. Rebekka sah zu den erleuchteten Fenstern des Gebäudes hoch und spürte, wie sich ihr Herz bei dem Gedanken daran zusammenkrampfte, was die Familie gerade durchmachte. Reza, der leise in sein Handy gesprochen hatte, drehte sich zu ihr um.

»Ich habe gerade erfahren, dass bei Allan Larsen niemand zu Hause ist. Ein Nachbar hat erzählt, dass er ihn seit Tagen nicht gesehen hat.«

Sie gingen zu ihren Autos.

»Was ist dein momentanes Gefühl?« Rebekka sah Reza neugierig an.

»Ich weiß nicht recht, aber mir ist aufgefallen, dass Steffen sehr schnell damit war, Sofies biologischen Vater als offensichtlichen Täter hinzustellen.«

Rebekka nickte. »Da hast du recht. Aber etwas anderes hat mich noch sehr viel mehr beunruhigt.«

Sie spürte, dass Reza sie ansah, abwartend.

»Ist dir auch aufgefallen, dass er jedes Mal, wenn er von dem Mädchen gesprochen hat, die Vergangenheitsform verwendet hat? Als würde sie nicht mehr leben.«

Søren hatte der Mutter wie immer das Abendessen gebracht, doch er erinnerte sich nicht, was er ihr aufgewärmt hatte. Die Wirklichkeit fühlte sich nicht länger wirklich an, sondern eher nebelhaft. Die Mutter lag seit acht Jahren mit einer ihrer eigenen Aussage zufolge unheilbaren Darmkrankheit im Bett, an der sie bald sterben würde. Anfangs hatte sie noch selbst auf die Toilette gehen können, dann nur noch mit fremder Hilfe, und im letzten Jahr hatte Søren eine Art Bettpfanne für sie konstruieren müssen, die er aus einer alten Waschschüssel gebaut hatte. Er leerte sie immer mit geschlossenen Augen und angehaltenem Atem, und hinterher wusch er sich die Hände mit kochend heißem Wasser und Seife, wieder und wieder.

Die Mutter hatte mehrmals gesagt, dass er beim Amt anrufen und einen Pflegedienst beantragen solle, dass es für ihn zu viel sei, sich um sie und die Wohnung zu kümmern, er sei schließlich nicht wie die anderen. Er hatte nicht einmal in Erwägung gezogen, Hilfe zu beantragen, denn er ertrug keine fremden Menschen in der Wohnung. Amtliche Formulare und Papiere verwirrten ihn, er wusste nie, wo er unterschreiben musste oder was er da unterschrieb. Nein, da half er sich lieber allein.

»Irgendwas ist los, Søren. Ich kenne dich doch.«

Die Mutter sah ihn aus ihren tief liegenden Augen an. Er starrte auf ihre Finger, die krumm wie Baumzweige waren und ihn immer an die Hexe in Walt Disneys *Schneewittchen und die sieben Zwerge* erinnerten, einen Film, der einen einschüchternden und unauslöschlichen Eindruck auf ihn gemacht hatte, als er ihn als Kind im Kino gesehen hatte. Als er ihre Finger spürte, die seinen Arm umfassten, konnte er einen erschrockenen Seufzer nicht unterdrücken.

»Søren, antworte mir.«

Ihre Stimme war so rostig wie die Wasserrohre im Badezimmer, zu denen er ängstlich hinüberschielte, wenn er ins Bad ging, um zu pinkeln oder sich die Haare zu kämmen. Die Rohre waren furchtbar verrostet und verbeult und sahen aus, als könnten sie jeden Moment bersten und alles überschwemmen, was ihn dazu zwingen würde, Hilfe zu rufen. Das hieße, dass fremde Menschen in die Wohnung kämen. Fremde Menschen, die Fragen stellten und in seinen Sachen herumwühlten. Allein der Gedanke daran, dass jemand seine Sachen in Augenschein nehmen könnte, ließ ihn am ganzen Körper zittern.

»Es ist nichts, Mama.«

Er wollte nach dem halb leeren Teller greifen, denn wie üblich hatte die Mutter nur an dem Essen gepickt, und normalerweise würde er die Reste draußen in der Küche in sich hineinschaufeln, ewig hungrig und unersättlich, wie er war, doch heute hatte er keinen Appetit.

Sie verstärkte den Griff um seinen Arm. Es tat fast weh, dabei mochte er das nicht, er hasste es, angefasst zu werden.

»Ich spüre das, Søren. Ich spüre, dass etwas passiert ist.«

Er befreite sich aus ihrem Griff. Sie ist schwach und alt, sie ist ungefährlich, sagte er sich und ging mit langen ruhigen Schritten zum Fenster hinüber, zog die Gardinen zu für den Fall, dass sie aufstehen und zum Fenster torkeln und vielleicht doch die Polizei sehen würde, die sich noch immer dort unten zu schaffen machte.

»Ist es schon Abend, Søren?« Ihre Unsicherheit, ob es Tag oder Abend war, ließ die Angst schwinden. Er näherte sich ihr, versuchte, die Gerüche ihres sterbenden Körpers zu ignorieren, den süßlichen Geruch, der sich in seine Nasenlöcher drängte und dort stundenlang hängen blieb.

»Ja, Mama. Möchtest du noch etwas haben, bevor ich ins Bett gehe? Ein Glas warme Milch zum Beispiel?«

Sie schüttelte den Kopf, er wünschte ihr Gute Nacht und schloss leise die Tür hinter sich. Als er in sein eigenes Zimmer taumelte, hatte er das Gefühl, als würden seine Beine unter ihm nachgeben. Atemlos erreichte er seine Tür und verriegelte sie schnell von innen.

Rebekka und Reza trafen gleichzeitig im Präsidium ein, wo sich auch mehrere der Ermittler gerade einfanden. Sie warfen ihre Sachen in das gemeinsame Büro, dann verschwand

Reza auf den Gang hinaus. Rebekka setzte sich an ihren Schreibtisch, fuhr ihren Computer hoch und ging ihre E-Mails durch. Anschließend checkte sie schnell die Websites der Zeitungen und stellte fest, dass die Geschichte von der verschwundenen Sofie überall *die* Nachricht war. Sie sah auf die Uhr: Es war fast elf, und sie spürte plötzlich einen nagenden Hunger, denn sie hatte seit dem Mittag nichts mehr gegessen und hoffte, dass jemand für das gemeinsame Briefing, das in wenigen Minuten anfangen sollte, etwas Essbares gekauft hatte, Kekse oder Süßigkeiten.

»Gut. Fangen wir an.« Brodersen schob die Brille auf der Nase nach oben und ließ den Blick über die Gruppe von Ermittlern wandern. Die Gespräche verstummten. Sie saßen im Besprechungszimmer, und hinter ihm hingen bereits eine Fotografie von Sofie und eine vergrößerte Karte des Naturspielplatzes. Der Chef der Mordkommission brauchte ein paar Minuten, um die Fakten zu umreißen und zu bestätigen, dass das gefundene Handy Sofie gehörte – eine Nachricht, die, obwohl von den meisten erwartet, eine Welle des Unbehagens auslöste, weil sie ihre schlimmsten Befürchtungen bestätigte, dass das Mädchen einem Verbrechen zum Opfer gefallen war.

Rebekka goss sich eine Tasse starken Kaffee ein und schaufelte mehrere Löffel Zucker hinein, da sie einsehen musste, dass es nichts zu essen geben würde, nicht einmal einen trockenen Keks. Brodersen skizzierte in groben Zügen die bisherige Ermittlung. Die Hunde hatten die Spur des

Mädchens auf dem asphaltierten Weg verloren, der an dem Spielplatz entlangführte, was dafür sprach, dass sie von dort aus in einem Auto mitgefahren war.

Die Nachforschungen aus der Luft hatten ebenfalls keine Ergebnisse gebracht. Trotzdem wollte man früh am nächsten Morgen Taucher in den Gewässern von Kalveboderne tauchen lassen. Man hatte in der Hälfte der angrenzenden Wohnhäuser Klinken geputzt. Die übrigen Bewohner sollten in den kommenden Tagen aufgesucht werden.

Der Chef der Mordkommission erzählte, dass Gundersen die Ermittlungen leiten solle. Dann wurden die Aufgaben unter den verschiedenen Ermittlern verteilt. Rebekka und Reza sollten am morgigen Tag mit der Familie des Mädchens reden.

Eine Stunde später schlenderte Rebekka zu ihrem Büro. Das Foto von Sofie hatte sich auf ihrer Netzhaut eingebrannt, sie wurde es nicht mehr los. Die klaren Kinderaugen strahlten etwas Schmerzhaftes aus, sie konnte nicht mit Sicherheit sagen, was es war, doch der Blick berührte sie.

Rebekka öffnete die Tür zu ihrem Büro und schaltete den Fernseher ein, der in einer Ecke hing. Gerade liefen die Nachrichten, und auf dem Bildschirm erschien Brodersen, ernst, die Hände auf dem Rücken, während er kurz die wenigen Fakten wiedergab, die sie hatten.

Reza kam herein, er verschickte eifrig SMS und gab einen erschrockenen Aufschrei von sich, als er Rebekka im Halbdunkel sitzen sah.

»Habe ich dich erschreckt?«

»Ich dachte, du wärst gefahren.« Er schnitt eine Grimasse, eilte zu seinem Schreibtisch und sammelte schnell seine Sachen zusammen.

»Können wir nicht noch eine Tasse Chai zusammen trinken? Wie sonst. Es ist so lange her, dass wir miteinander geredet haben.«

Rebekka drehte ihren Bürostuhl zu Reza hin. Er sah schnell zu ihr hinüber. »Das müssen wir auf morgen verschieben, Rebekka. Ich hab es total eilig.«

»Alles klar. Ich freue mich schon darauf, mehr über deine Ferien zu erfahren.«

»Ja«, murmelte Reza, verabschiedete sich und verschwand aus der Tür.

Sie schloss einige Sekunden die Augen, versuchte, den Kopf durch eine kurze Meditation freizubekommen, gab ihr Vorhaben jedoch schnell wieder auf. Das Adrenalin pumpte mit unverminderter Kraft durch ihre Adern, sie konnte nichts dagegen tun. Sie richtete sich in ihrem Stuhl auf, streckte den Rücken und ging noch einmal die wenigen Zeugenaussagen durch.

Nach einer unruhigen Nacht mit wirren Träumen schlug Rebekka verwirrt die Augen auf. Sie erinnerte sich nicht genau an die Träume, doch sie lagen wie eine dünne, klebrige Haut auf ihren Gedanken und machten es ihr schwer sich zu konzentrieren. Sie entschloss sich, eine Runde zu laufen, es war schließlich erst kurz nach sechs, und bis zu der Morgenbesprechung um acht war noch reichlich Zeit. Sie zog ihre Laufsachen an, schnürte die neuen Schuhe zu, die ihr in Neonpink entgegenleuchteten, und lief los.

Es würde ein warmer Tag werden, die Sonne stand bereits

hoch am Himmel, klar und gelb, und die Vögel sangen in den Gärten, an denen sie vorbeikam. Sie entschied sich für die Runde über den Vestre Kirkegård, sie wechselte immer zwischen dieser Strecke und der durch Søndermarken ab. Der Kies knirschte unter den neuen Schuhen, die Muskeln wurden langsam warm und weich, und Rebekka spürte ihren Puls rhythmisch schlagen. Die verwirrenden Träume verflüchtigten sich allmählich, und genau eine Stunde später traf sie mit roten Wangen und einem klaren Kopf im Präsidium ein.

Das Briefing war kurz und bündig. Die nächtliche Suche nach Sofie hatte – leider – nichts ergeben. Es war ihnen auch nicht gelungen, mit Sofies biologischem Vater, Allan Larsen, in Kontakt zu kommen, und man hielt die Möglichkeit, dass er in ihr Verschwinden involviert sein könnte, für groß. Der Fall sah am ehesten nach einer familiären Entführung aus. Die Presse hatte die Geschichte mit offenen Armen aufgenommen, es waren Sommerferien und damit Saure-Gurken-Zeit. Sofies Gesicht prangte auf den Titelseiten aller Tageszeitungen, und die Fernsehsender brachten ihr Verschwinden als *die* Story. Rebekka blickte sich um, hielt nach Reza Ausschau und sah ihn in der Tür stehen, wieder schrieb er eine SMS. Sie winkte ihm zu, und er lächelte schnell zurück.

Auf dem Weg in ihr gemeinsames Büro besprachen sie die Strategie für die bevorstehenden Befragungen. Rebekka schlug vor, mit Sofies Eltern anzufangen, danach mit den Geschwistern und den Nachbarn, die beim Ausflug dabei gewesen waren, zu sprechen und schließlich ihrem Onkel Bo einen Besuch abzustatten.

»Meine Mutter schläft, und Steffen ist drüben bei seiner Arbeit im Jugendklub.«

Ein pickliger Junge im Teenageralter ließ Rebekka und Reza in die Wohnung.

»Du musst Sofies großer Bruder Mark sein, nicht wahr?«

Der Junge nickte, und eine leichte Röte stieg ihm ins Gesicht.

»Wir müssen ohnehin mit dir reden, dann können wir ja gleich damit anfangen«, schlug Rebekka vor.

Kurz darauf saß sie auf der Bettkante in Marks engem, verrauchtem Zimmer. Reza war in den Klub gegangen, um sich mit Steffen zu unterhalten. Mark saß in der hintersten Ecke seines Betts und rauchte mit zusammengekniffenen Augen eine Zigarette, während Rebekka ihm erklärte, dass er nicht verpflichtet sei, mit ihr zu reden. Mark nickte, meinte aber, dass er gerne mit ihr sprechen wolle.

»Es muss schwer für dich sein im Moment.« Rebekka sah ihn eindringlich an, doch er antwortete nicht, sondern schien ganz mit seiner Zigarette beschäftigt. Er inhalierte tief, dann schlug er sich mit den Fingern auf die Wange, woraufhin eine Reihe von Rauchringen aus seinem Mund entwich. Rebekka erinnerte sich, wie sie als Teenager stundenlang versucht hatte, Rauchringe zu produzieren, während sie in ihrem Zimmer gesessen und darauf gewartet hatte, dass die Zeit verging.

Sie sah sich verstohlen in dem kleinen Raum um. Auf dem Boden lagen Stapel von Schmutzwäsche, Zeitschriften, leere Flaschen und Süßigkeitenverpackungen. Es war offensichtlich, dass hier lange keiner aufgeräumt hatte.

»Wie ist dein Verhältnis zu Sofie?«

Mark zog noch einmal an seiner Zigarette und stieß langsam den Rauch aus. »Okay.«

»Versuch bitte, mir etwas über sie zu erzählen.«

Mark drückte die Zigarette in dem vollen Aschenbecher aus. Ein wenig Asche fiel auf das Laken. Er ließ sie liegen, und Rebekka widerstand dem Drang, sie wegzubürsten.

»Wir haben nicht so viel miteinander zu tun.« Seine Stimme war brüchig, als hätte er zu viel getrunken, was er vermutlich auch hatte.

»Seid ihr so etwas wie Vertraute, erzählt ihr euch Geheimnisse, die ihr nicht mit anderen teilt?«

Mark schüttelte den Kopf. »Nein, wir haben kein besonders enges Verhältnis. Nicht, dass wir nicht gut miteinander auskommen würden, aber wir sind eben keine dicken Freunde.« Er zögerte und fügte dann hinzu: »Das liegt auch am Altersunterschied. Ich werde in ein paar Wochen siebzehn – sie wird nächstes Frühjahr erst zehn.«

Rebekka nickte verständnisvoll. Sie erinnerte sich plötzlich an Robins fettige Hand in ihrer, die Erinnerung schwappte in ihrem Bewusstsein hin und her wie eine Welle, bevor sie sich wieder zurückzog.

»Ich bin mir sicher, dass du trotzdem ein gutes Gespür dafür hast, wie es Sofie so geht, und umgekehrt?«

Mark nickte. »Ja, sie ist einigermaßen gut in der Schule, im Gegensatz zu mir.« Er lachte heiser.

»Du bist nicht gut in der Schule?«

Er schüttelte heftig den Kopf und räusperte sich. »Mir ist es immer schwergefallen, zu lesen, zu schreiben und zu rechnen – diese ganzen Sachen. Ich hab ADHS und bin Legastheniker. Deshalb geh ich auch nicht mehr in die Schule.«

»Was machst du dann?«

Er zuckte mit den Schultern. Zündete sich eine neue Zigarette an. »Nichts. Ich ziehe mit den Jungs um die Häuser und so. Spiele Xbox und sehe mir Filme an. Und rauche.«

»Ich gehe mal davon aus, dass du nur Zigaretten meinst, wenn du sagst, du rauchst.«

Sie lächelte ihn an, und er erwiderte das Lächeln. Ein paar schöne weiße Zähne wurden sichtbar, ein kleiner Funke entzündete sich in den ernsten Augen, erlosch aber langsam wieder, während auch das Lächeln schwand.

»Hat deine Schwester auch Freunde und Freundinnen?«

Erneutes Schulterzucken. »Ich bin nicht so viel zu Hause. Ich bin meistens mit meinen Kumpels oder meiner Freundin zusammen. Wenn ich zu Hause bin, sitze ich die meiste Zeit hier drinnen. Aber sie hat bestimmt ein paar Freundinnen, wir bringen nur sehr selten Freunde mit nach Hause. Meiner Mutter wird das schnell zu viel. Tanja, meine Freundin, war nur ein- oder zweimal bei mir zu Hause.« Mark seufzte leise.

»Ist es bei Tanja zu Hause denn schön?«, fragte Rebekka mitfühlend und dachte an ihre eigene Jugend. Sie hatte auch nur selten Freunde zu Besuch gehabt. Irgendwie war ihr das in dem Reihenhaus in Ringkøbing nicht in den Sinn gekommen.

Mark lächelte. »Tanja ist gerade in eine eigene Wohnung gezogen. Es ist nur ein Einzimmerapartment, aber es ist trotzdem gemütlich. Die Wohnung liegt in Hvidovre, also nicht so weit weg.«

Rebekka lächelte ebenfalls. »Was kannst du mir sonst noch über deine Schwester erzählen?«

»Sofie läuft gern alleine herum, sie streift oft durchs Viertel, alle hier kennen sie.«

»Hat sie dir mal von ihren Streifzügen erzählt? Wen sie getroffen hat oder ob sie jemanden besucht?«

Mark schüttelte den Kopf.

»Wir haben unter dem Bett deiner Schwester Geld gefunden. Eintausendeinhundert Kronen, um genau zu sein«, fuhr Rebekka fort.

Mark nickte. »Das hat Steffen mir erzählt. Gestern. Als Sie wieder weg waren.«

»Weißt du, woher Sofie das Geld hat?«

Mark schüttelte erneut den Kopf. »Von unserer Mutter hat sie es nicht, das ist sicher. Sie hat kein Geld, und wir bekommen nie Geld geschenkt. Wir bekommen nur Sachen, die wir ohnehin brauchen, Kleidung und so.« Er zögerte kurz und fuhr fort: »Es kann sein, dass sie es sich mit irgendwelchen kleinen Jobs verdient hat. Vielleicht hat sie für die alten Leute im Viertel eingekauft oder so. Das würde zu ihr passen.«

Rebekka nickte nachdenklich. Ihr war selbst schon dieser Gedanke gekommen, und sie hoffte fest, dass die Dienste, die Sofie für das Geld geleistet hatte, vollkommen unschuldiger Art waren.

»Du hast vorhin gesagt, dass du die meiste Zeit in deinem Zimmer verbringst. Warum?«

Mark spielte einen Augenblick an einem Kissen mit einem verwaschenen Druck von Michael Jackson herum.

»Ich kann die Streitereien zwischen meiner Mutter und Steffen nicht ab. Sie schreien sich die ganze Zeit an. Es ist zum Wahnsinnigwerden.«

»Worüber streiten sie?«

Mark seufzte resigniert. »Man müsste wohl eher fragen, worüber streiten sie *nicht*? Sie streiten sich über alles. Über

Geld, über Essen, über die Schlangen und über uns. Vor allem über uns, also über mich und Sofie. Steffen findet, dass an uns so gut wie alles verkehrt ist. Er sagt, dass ich stinkfaul bin und dass Sofie total verwöhnt ist.«

»Findest du auch, dass an Steffen so gut wie alles verkehrt ist?«

Ein flüchtiges Lächeln huschte über Marks Gesicht. »Manchmal ist er schon ganz okay. Aber seine Stimmung schwankt so stark, dass man nie weiß, woran man bei ihm ist.«

Die Beschreibung des Stiefvaters bestätigte Rebekkas ersten Eindruck von Steffen Olsen.

»Und wie kommt Sofie mit Steffen aus?«, wollte sie wissen.

»Schlecht«, lautete die prompte Antwort.

»Wie schlecht?«

»Sie hat Angst vor ihm. Und er kann sie nicht ausstehen. Ihr Wesen nervt ihn, sagt er. Er kommt zum Beispiel überhaupt nicht damit zurecht, dass sie solche Angst vor Schlangen hat. Sie liegt immer da und weint und hält sich die Ohren zu, wenn sie gefüttert werden. Sie werden mit lebendigen Mäusen und Ratten gefüttert, und natürlich schreien die Tiere, wenn sie in den Käfig zu den Schlangen kommen. Das sind Todesschreie. Ich finde auch, dass das furchtbar klingt, aber ich stelle dann eben die Anlage lauter.«

Mark nickte zu einer größeren Stereoanlage in einer Ecke des kleinen Zimmers hinüber. Rebekka schauderte, während sie sich die entsetzte Sofie vorstellte, die sich die Ohren zuhielt, während die Schlangen gierig ihre lebendige Beute verzehrten.

»Hat Sofie denn einen Grund, Angst vor Steffen zu haben?«

Ein dunkler Schatten glitt über das Gesicht des jungen Mannes. »Nach außen hin macht Steffen einen netten Eindruck, und er ist ja auch ganz nett, aber wenn man nicht genau das tut, was er will, betrachtet er einen als Feind. So ist das. Als Feind. Alle haben eine Heidenangst vor ihm. Meine Mutter, wir, Bo, die Jugendlichen aus dem Kontra. Alle.«

»Sofies Angst ist also begründet, meinst du?«

Mark nickte. »Er hat ihr einmal den Arm gebrochen, weil sie nicht schnell genug in ihr Zimmer gegangen ist.«

»Was sagst du da?«

»Ich war nicht zu Hause, als es passiert ist. Sofie hat es mir erzählt. Als ich meine Mutter gefragt habe, ob das stimmt, hat sie gesagt, dass das gelogen ist und dass Sofie unten im Hof hingefallen ist.«

»Aber du hast deiner Schwester geglaubt?«

»Ja.«

»Wann war das?«

»Irgendwann im Frühjahr. Ich weiß nicht mehr genau.«

Rebekka ballte die Hände zu Fäusten und versuchte, ihre Gefühle aus ihrer Stimme herauszuhalten. »Was glaubst du, wo Sofie steckt? Wir denken, dass sie vielleicht bei ihrem leiblichen Vater ist ...«

Mark lachte gedämpft. »Das würde sie freiwillig nie tun. Er ist ein Idiot. Ein Riesenidiot. Da ist mir Steffen schon lieber, wenn ich wählen müsste.«

»Kann ja sein, dass sie nicht freiwillig mit ihm gegangen ist.«

»Sie meinen, dass Allan sie gekidnappt hat?« Marks Blick war höhnisch.

»Etwas in der Art, ja.«

»Das ist unmöglich. Allan ist entweder stockbesoffen

oder auf Drogen. Und zwar immer. Sogar ein kleines Kind könnte ihm davonlaufen. Selbst Patrick würde es schaffen, ihm abzuhauen.«

»Was glaubst du dann, wo Sofie ist?«

Mark zog an der Zigarette, sein Gesicht wurde wieder verschlossen. Dann stieß er den Rauch mit einem tiefen Seufzer aus und sagte: »Ich glaube, dass sie tot ist. Oder besser gesagt – ich glaube das nicht nur. Ich bin mir ganz sicher. Sie ist tot.«

»Gibt es etwas Neues?«

Bo sah Steffen, seinen Bruder, der auf seinem Sofa herumhing und seine Zigaretten rauchte, eindringlich an. Es war typisch, dass Steffen ihn anschnorrte, obwohl er derjenige von ihnen war, der mehr Geld hatte, dachte Bo und spürte, wie seine ständige Gereiztheit über den Bruder trotz der ernsten Lage direkt unter der Oberfläche brodelte. Steffen hatte ihn vor zehn Minuten durch ein anhaltendes Klingeln aus seinem Rausch geweckt. Zunächst hatte er nicht zu öffnen gewagt, sondern nur ein zögerliches Ja in die Sprechanlage gehaucht. »Ich bin's«, hatte Steffen gebellt, und Bo hatte ihn schnell hereingelassen, während sich eine wohlbekannte Angst in seinem Bauch regte.

»Gibt es etwas Neues von Sofie?«, wiederholte Bo und schob seinem großen Bruder großzügig die Zigarettenschachtel hin. Steffens Augen ruhten auf ihm, abschätzend. Die Lederhaut darunter war faltig und ließ ihn alt aussehen, verhärmt.

»Wo warst du? Du wolltest doch kommen. Sofie hatte sich auf dich gefreut.«

Sofie hatte sich gefreut. Sofie hatte sich auf ihn gefreut. Steffens Worte lösten eine Lawine in Bos Innerem aus, die Gefühle stürzten zusammen und rissen einander mit wie Dominosteine, und plötzlich hatte er Schwierigkeiten sich auszudrücken. Stattdessen runzelte er die Stirn und trat einen Schritt auf seinen großen Bruder zu.

»Was meinst du?«

»Was ich meine?« Steffen erhob sich so heftig wie ein Springteufel vom Sofa. Das kannte Bo von ihm, und er wich erschrocken einen Schritt zurück. Steffen kam noch näher auf ihn zu, ihre Gesichter waren jetzt nur wenige Zentimeter voneinander entfernt, und der Größenunterschied von ungefähr zehn Zentimetern, der zu Steffens Vorteil ausfiel, untermauerte das Kräfteverhältnis. Bo wurde noch kleiner.

»Du weißt genau, was ich meine«, zischte Steffen. »Du warst zu dem Ausflug eingeladen, du hattest zugesagt, aber du bist nicht gekommen. Du hast nicht mal abgesagt, und als ich dich angerufen habe, um zu hören, wo du bleibst, bist du nicht ans Telefon gegangen. Wo warst du? Das ist eine einfache Frage. Antworte mir.«

Steffen atmete tief ein, seine Nasenlöcher weiteten sich und verliehen ihm ein unheimliches Aussehen, das Bo früher einen riesigen Schrecken eingejagt hatte. Jetzt fühlte er sich nur müde.

»Du glaubst doch nicht etwa …?« Bo beendete den Satz nicht, er war zu grausam, um ihn auszusprechen, zu grausam, um ihn ins Universum zu entlassen.

»Ich will nur wissen, wo du warst. Ich frage dich ein letztes Mal.«

Die Lust, seinen Bruder anzubrüllen, übermannte Bo. Was ging ihn das an, wo er gewesen war? Er hatte ihm nichts mehr zu sagen! Doch er widerstand dem Drang, die Worte herauszulassen. Stattdessen verschränkte er die Arme und sah demonstrativ zu seinem Bruder hoch.

»Ich bin nicht gekommen, weil ich es nicht gepackt habe. Das ist alles. Ich habe das ganze Familientrara mit schreienden Kindern, Picknickkorb und Decken auf der Wiese nicht ertragen.«

Steffens wachsamer Blick ließ langsam von ihm ab.

»Das hättest du doch gleich sagen können, oder? Jetzt haben wir die Polizei am Hals, und es ist plötzlich ungeheuer interessant, dass du nicht gekommen bist. Verstehst du das nicht? Das macht uns alle interessanter für sie.«

Bo fiel noch ein wenig mehr in sich zusammen, die Arme glitten an den Seiten hinunter, während er sich vorstellte, wie die Polizei ihn misstrauisch ansah.

»Ich habe nichts getan. Das weißt du doch, Steffen. Oder nicht?« Bos Stimme stieg um eine Oktave. Steffen sah ihn kalt an, und sie bewegten sich in rasantem Tempo zurück in die Kindheit. Bo trat einen Schritt von seinem Bruder weg. Steffen zuckte mit den Schultern, als würde das Gespräch ihn langweilen, trotz seiner Intensität und Brisanz.

»Ich weiß es nicht, Bo. Aber du musst selbst sehen, wie du aus der Nummer mit der Polizei wieder rauskommst. Ich kann nicht weiter dein Babysitter sein.«

Steffen ging mit langen Schritten zur Wohnungstür. Als er nach seinem Kapuzenpullover griff, der an der Garderobe in der Diele hing, drehte er sich zu seinem Bruder um.

»Wenn ich du wäre, würde ich mal lüften. Es stinkt nach Hasch.«

Die Tür fiel hart hinter ihm ins Schloss und Bo hörte, wie sich Steffens Schritte entfernten. Einen Augenblick lang stand er unbeweglich da, während Wellen dunkler Angst ihn durchströmten. Was sollte er tun, wenn die Polizei kam? Was zum Teufel sollte er tun? Sein Kopf fühlte sich leer an, wie immer, er hatte keine Idee, keine Initiative, keine Energie.

Bo sah sich in dem halb leeren Wohnzimmer um, ließ den Blick über das Regalsystem mit dem Kostbarsten wandern, das er besaß, nämlich seine Anlage, dann über die leeren Bierflaschen, die mehrere Regalbretter füllten, über die Umzugskartons in der Ecke, die nie ausgepackt worden waren, obwohl er bald zehn Jahre in der Wohnung wohnte. Wo sollte er anfangen? Es gab so viel, was er tun könnte, doch seine Arme fühlten sich schwer an, er konnte sie kaum heben, und mit allerletzter Kraft öffnete er seufzend die Fenster.

Rebekka atmete tief durch. Das Gespräch mit Mark hatte sie in ein ziemliches Dilemma gestürzt, und jetzt lief sie vor dem Haus, in dem Sofies Familie wohnte, auf und ab, während sie den Fall mit Brodersen besprach. Die Geschichte mit dem gebrochenen Arm beunruhigte sie und bedeutete, dass sie so schnell wie möglich beim Arzt und den Behörden Informationen über die Familie einholen mussten. Sie hatte das nagende Gefühl, dass Mark mit seiner Vermutung recht hatte, dass Sofie etwas Schlimmes passiert war. Dass sie tot war. Rebekka hatte ihn mehrmals gefragt, warum er so überzeugt davon war, aber er hatte nur immer wieder gesagt, dass er das nicht weiter erklären könne, sich aber sicher sei. Ob Mark womöglich seine Schwester umgebracht hatte?, wollte Brodersen wissen. Natürlich bestand diese Möglichkeit, obwohl sie nach Rebekkas Einschätzung minimal war. Mark schien es nicht nervös zu machen, mit ihr zu reden, und er hätte wohl kaum von sich aus erzählt, dass er glaubte, seine Schwester sei tot, wenn er sie selbst umgebracht hatte.

Gerade als sie das Gespräch beendete, kam Reza um die Ecke. Sie gab ihm eine kurze Zusammenfassung der Befragung von Mark und wollte wissen, wie die Unterhaltung mit Steffen verlaufen sei.

Reza stöhnte laut. »Ich wollte zu diesem Jugendklub gehen, doch dort war alles verriegelt und verrammelt. Von Steffen Olsen keine Spur.«

Rebekka runzelte die Stirn. »Merkwürdig. Dann machen wir weiter mit unseren Befragungen.«

»Yes, mam.«

Wenige Minuten später klopften sie bei den Nachbarn. Ein unrasierter Mann mittleren Alters öffnete ihnen und stellte sich als Egon Kjeldsen vor.

»Kommen Sie herein.« Der Mann führte sie in ein Wohnzimmer, das vom Schnitt her dem von Anita und Steffen entsprach, nur gab es hier keine Terrarien mit Schlangen, sondern ein Aquarium mit zahlreichen Fischen in leuchtenden Farben. Egon Kjeldsen zeigte auf das Aquarium.

»Das ist mein großes Hobby, zum Verdruss meiner Frau. Sie findet Fische sterbenslangweilig, wahrscheinlich weil man nicht mit ihnen kuscheln kann. Sie hätte lieber einen Köter.«

Egon Kjeldsen lachte laut und zog an den Trägern, die

seine Hose über dem kugelrunden Bauch festhielten. Es gab einen kleinen Knall, als er sie wieder losließ.

»Einen Köter«, wiederholte er. »Die sind teuer in der Haltung, das kann ich Ihnen sagen.« Er kratzte sich am Kopf und fügte hinzu: »Aber ich habe ihr gesagt, dass sie sich ruhig einen Köter anschaffen kann. Von *ihrem* Geld.« Er sah Rebekka und Reza herausfordernd an, die ihn lediglich verständnislos anstarrten.

Rebekka fand den Mann widerlich. Sie ließ den Blick über seinen korpulenten Körper wandern, suchte seine Hände nach Kratzern ab, die nackten, beharrten Arme nach Schrammen. Es gab keine.

Währenddessen fuhr Egon Kjeldsen im selben herablassenden Ton fort: »Na ja, das ist jetzt für Insider, aber ich sage das, weil meine Frau kein eigenes Geld verdient. Es wird also nichts mit dem Hund.«

»Wir ermitteln auf Hochtouren, um Sofie Kyhn Larsen so schnell wie möglich zu finden«, sagte Reza, und der Mann nickte brummig.

»Ja, dann … Sie können da drüben auf dem Sofa Platz nehmen. Lillian, kommst du?«

Eine kräftige grauhaarige Frau kam mit einer Kanne dampfend heißem Kaffee ins Wohnzimmer. Sie lächelte sie entschuldigend an.

»Ich wusste ja gar nicht, was ich Ihnen anbieten soll. Sie trinken wohl keinen Alkohol, obwohl ein kleiner Schnaps sicher guttäte. Ich hab mir gedacht, dass Kaffee bestimmt richtig ist. Sie haben ja noch einiges vor sich. Sie muss schließlich bald gefunden werden, die kleine Sofie.«

Die Stimme der Frau zitterte leicht, als sie den Namen des Kindes aussprach. »Oh, ich habe die Milch vergessen.«

»Lillian.« Egon Kjeldsen klang verärgert. »Hör auf, die Polizisten mit deinem Geschwätz aufzuhalten. Hol einfach die Milch.«

Rebekka widerstand dem Drang, dem Mann einen Klaps auf den Hinterkopf zu geben, und ging stattdessen mit der plaudernden Lillian in die Küche, um die vergessene Milch zu holen, die auf dem Esstisch stand.

»Ich muss mich beeilen, sonst wird Egon grantig.«

Lillian Kjeldsens Hals war mit rötlichen Stressflecken übersät. Rebekka legte der Frau beruhigend die Hand auf den Arm und lächelte sie an.

»Dann wird Egon eben grantig. Es ist wichtiger, dass wir uns auf Sofie konzentrieren.«

»Ach, Sofie. Ich mag mir gar nicht vorstellen, dass ihr etwas Schlimmes passiert sein könnte.«

Rebekka bat sie, von Sofie zu erzählen.

»Ach, sie ist so ein liebes Mädchen, die Sofie. Wirklich.« Lillian Kjeldsens Falten glätteten sich für einen Augenblick.

»Wie gut kennen Sie sie?«

»Gut oder vielleicht ziemlich gut, denn wie gut kennt man letztendlich einen Menschen, wenn es darauf ankommt?« Das war mehr eine rhetorische Frage. Dann begann Lillian Kjeldsen kleine Anekdoten von Sofies guten und schlechten Seiten zu erzählen. Sofie sei ein sensibles Mädchen, erklärte sie, während sie nervös das Milchkännchen hin und her schob.

»Man könnte schon sagen, dass sie eine Einzelgängerin ist und ihre Geheimnisse hat. Aber manchmal vertraut sie sich mir an. Ach, ich weiß nicht ...« Der Ausdruck in Lillian Kjeldsens Gesicht veränderte sich von einer Sekunde auf die andere. Rebekka trat näher an sie heran, schwieg jedoch und wartete, während sie die Frau beobachtete, die ganz offensichtlich mit ihrem Gewissen kämpfte.

»Lillian«, klang es barsch aus dem Wohnzimmer, »die Milch!«

Lillian Kjeldsen zuckte zusammen. »Ich komme. Ich rede nur gerade mit der Kommissarin.«

Aus dem Wohnzimmer war ein Brummen zu vernehmen.

»Wo waren wir?« Lillian Kjeldsen blickte freundlich zu Rebekka hoch, die deutlich spürte, dass die Frau ganz genau wusste, wo sie waren.

»Sie haben gesagt, dass Sofie sich Ihnen hin und wieder anvertraut hat. Was hat sie Ihnen erzählt?«

»Nun ja.« Erneutes Zögern. »Ich möchte natürlich nicht in Schwierigkeiten kommen.« Lillian Kjeldsen ging auf ihren kräftigen Beinen unruhig auf und ab. Rebekka legte die Hand auf den molligen Arm der Frau.

»Es ist äußerst wichtig, dass Sie mir alles erzählen, was Sie wissen, damit wir Sofie so schnell wie möglich finden.«

»Natürlich. Ich will nur niemandem Schwierigkeiten machen, und schon gar nicht, wo ich nicht weiß, ob das nicht nur Kindergemecker war.«

»Kindergemecker?«

Lillian Kjeldsen lachte. Ihr Lachen war kräftig wie die Frau selbst. »Kindergemecker, ja. So habe ich das immer genannt, als meine eigenen Kinder noch klein waren. Sie wissen schon, die Kinder meckern über die alltäglichsten Dinge. So sind sie nun mal.«

Und die Erwachsenen auch, dachte Rebekka im Stillen.

»Worüber hat Sofie denn gemeckert?«

»Am meisten hat sie sich über Steffen aufgeregt, über ihren Stiefvater.«

Rebekka merkte, wie ihr Puls schneller wurde.

»Ich bin mir sicher, dass da nichts dran ist. Ich meine, wir wohnen eine Etage unter ihnen, und ich habe nie etwas gehört … irgendetwas Gewalttätiges, meine ich.« Sie verstummte.

»Sofie ist leider nicht da, um mir ihre Geschichte zu erzählen. Heute müssen Sie ihre Stimme sein. Was hat Steffen getan, was Sofie nicht gefallen hat?«

Lillian Kjeldsen spielte erneut mit dem Milchkännchen, drehte es zur Hälfte herum.

»Steffen neigt dazu, gewalttätig zu werden, wenn er wütend ist. Das ist einfach so.«

»Hat Sofie erzählt oder besser, hat sie den Eindruck erweckt, dass er sie geschlagen oder sich sexuell an ihr vergangen hätte?«

»Guter Gott, nein. Ganz und gar nicht.« Lillian Kjeldsen zögerte und fügte hinzu: »Sie hat einen Zwischenfall erwähnt, wo er hart zugefasst hat, er hat sie nicht direkt geschlagen, aber er hat sie festgehalten. Ich glaube, sie findet ihn einfach zu streng. Sie ist der Meinung, dass er sie und Mark anders behandelt als den kleinen Patrick, der sein biologisches Kind ist.«

»Finden Sie auch, dass er die Kinder unterschiedlich behandelt?«

Lillian Kjeldsens Blick flackerte kurz. »Ein bisschen vielleicht. Aber ich glaube, das lässt sich nicht vermeiden, wenn ein eigenes Kind dazukommt. Steffen ist ganz verrückt nach Patrick. Aber das hat doch jetzt für Steffen keine negativen Auswirkungen, oder? Ich meine, er hat Sofie doch nichts getan, das weiß ich. Ich kenne Steffen nur als hilfsbereiten, netten Mann.«

»Sofie hat sich im Frühjahr den Arm gebrochen, oder?«

Rebekka sah die Frau eindringlich an, die den Blick niederschlug.

»Sofie hat ihrem Bruder Mark erzählt, dass Steffen ihr den Arm gebrochen hat.«

Lillian Kjeldsen schüttelte den Kopf. »Das hat sie mir auch erzählt. Aber ich habe ihr das nicht geglaubt, und das tue ich noch immer nicht. Sie ist im Hof hingefallen, das haben mir sowohl Anita als auch Steffen erzählt. Ich weiß, dass Steffen so etwas nie tun würde. Nie.«

Als sie zurück ins Wohnzimmer kamen, beschrieb Egon Kjeldsen gerade ausführlich sämtliche Fische im Aquarium und ihre Eigentümlichkeiten, und Reza versuchte, interessiert auszusehen, während er ein Gähnen unterdrückte.

Das Ehepaar bestätigte Steffens und Anitas Aussage, was den von langer Hand geplanten Ausflug zum Naturspielplatz anging. Alles sei völlig normal gewesen, sagten sie, nur Sofies großer Bruder, Mark, habe einen mürrischen Eindruck gemacht, aber das sei nichts Neues, so sei er eben, und sie hätten sich inzwischen daran gewöhnt und ließen ihn in Frieden. Sie hatten ziemlich lange am Eingang des Spielplatzes auf Steffens Bruder Bo gewartet, doch als er nicht aufgetaucht war, hatten sie sich eine passende Stelle für das Picknick gesucht.

»Ich meine, dass Steffen seinen Bruder ein paarmal angerufen hat, aber Bo ist nicht ans Telefon gegangen, und irgendwann hat er es aufgegeben. Er wirkte leicht verärgert und hat gesagt, dass das typisch Bo sei, aber kurz darauf war er wieder gut drauf.«

»Waren Sie die ganze Zeit zusammen?«

Die Eheleute tauschten einen schnellen Blick, und Rebekka hatte das Gefühl, dass sie sich genau in dem Punkt abgesprochen hatten. Egon Kjeldsen räusperte sich.

»Die Kinder, also Sofie und Patrick, sind sofort losgelaufen. Mark hat sich auch kurz darauf davongemacht, aber wir Erwachsenen haben eine ganze Zeit zusammengesessen. Steffen und ich waren für das Grillen der Würstchen zuständig und du, Lillian, du hast mit Anita gequatscht, nicht?«

Lillian Kjeldsen nickte eifrig. »Anita und ich haben zusammen das Essen ausgepackt und alles vorbereitet. Es war ein schöner Tag, so warm und sonnig.«

»Wann ist Ihnen klar geworden, dass Sofie weg war?«

»Erst als wir essen wollten. Ich glaube, das Essen war gegen halb drei fertig. Das kommt doch hin, Egon, oder?«

Lillian Kjeldsen warf ihrem Mann einen vielsagenden Blick zu, der als Antwort nickte.

»Also hat keiner von Ihnen Sofie gesehen, nachdem sie sich nach Ihrer Ankunft auf dem Spielplatz selbstständig gemacht hat?«

Die Kjeldsens sahen sich an und schüttelten gleichzeitig den Kopf.

»Wir haben sie nicht gesehen«, meinte Egon, »aber wir haben ja auch geglaubt, dass sie auf dem Naturspielplatz unterwegs war und dass sie vielleicht ein paar gleichaltrige Mädchen zum Spielen gefunden hatte.«

»Hat irgendwann einer von Ihnen die Gruppe verlassen?«

Lillian Kjeldsen sah auf ihre molligen Hände und ließ ihren Blick dort ruhen, als wollte sie den Augenkontakt mit den Ermittlern meiden. Rebekka sah sie aufmerksam an.

»Also, die Kinder waren weg, alle drei. Auch Mark. Steffen ist zwischendurch einmal weggegangen, für eine halbe

Stunde oder so. Er wollte im Klub ein paar Unterlagen holen oder so.«

»Eine halbe Stunde reicht doch wohl kaum, um in den Klub und wieder zurückzufahren?«

Egon Kjeldsen schlürfte laut, während er einen Schluck Kaffee trank.

»Ich meine, er hat eine knappe Stunde gebraucht«, antwortete er, trocknete sich mit dem Handrücken den Mund ab und fügte hinzu: »Er hat einen fröhlichen Eindruck gemacht, als er zurückkam. Schien irgendwie erleichtert.«

Lillian Kjeldsen nickte zustimmend. »Genau, und so verhält man sich doch nicht, wenn man ...«

»Lillian, pass auf, was du sagst.«

Egon Kjeldsen erhob die Stimme und warf seiner Frau einen warnenden Blick zu, woraufhin Lillian Kjeldsen erschrocken schwieg. Rebekka sah Reza von der Seite an und stellte fest, dass die Bemerkung auch auf ihn Eindruck gemacht hatte.

»Sie wurden unterbrochen?« Rebekka sah Lillian auffordernd an, die eine abwehrende Handbewegung machte.

»Nein, nein, das war nichts von Bedeutung. Egon hat recht. Manchmal rede ich einfach zu viel. Also, zunächst haben Egon, Steffen und ich nach Sofie gesucht, während Anita zusammen mit Patrick bei den Decken geblieben ist. Wir haben uns erst ernsthaft Sorgen gemacht, als Steffen mit Sofies Pullover zurückgekommen ist, den er in einem Gebüsch am Weg gefunden hatte.«

Egon Kjeldsen nickte. »Steffen ist zurück in die Wohnung gefahren, um nachzusehen, ob Sofie nach Hause gegangen war. Anita wollte auf dem Spielplatz nach ihr suchen. Sie ist zwischen den Leuten herumgelaufen und hat nach Sofie gerufen. Wegen des herrlichen Wetters war es an dem Tag ziemlich voll, viele Leute waren unterwegs. Leider haben wir sie nicht gefunden.«

»Bo Olsen« stand in kaum noch lesbaren Blockbuchstaben auf der Klingel. Rebekka und Reza läuteten mehrmals, bevor sie in ein heruntergekommenes, säuerlich riechendes Treppenhaus eingelassen wurden. An der Fahrstuhltür hing ein Zettel. *Außer Betrieb. Reparaturdienst ist benachrichtigt.* Der Zettel war mit einem Datum von Anfang Juni versehen, und Rebekka musste lächeln. Der Reparaturdienst ließ offenbar auf sich warten.

Bo Olsen trippelte nervös in der Tür hin und her, als sie ein wenig außer Atem in der fünften Etage ankamen. Er sah seinem Bruder, Steffen, so gar nicht ähnlich. Bo war kleiner und zierlicher, sein Haar war dunkel und zerzaust, und er hatte einen intensiven, fast stechenden Blick.

Sie reichten sich die Hand, und er führte sie in die Wohnung, die aus einem großen Wohnzimmer mit einem Balkon zum Hof und einem kleineren, verdunkelten Raum bestand. Obwohl die Fenster weit offen standen, war der Geruch nach Hasch unverkennbar. Sie setzten sich auf ein abgenutztes Ledersofa, und Rebekka erklärte, warum sie da waren.

»Ich glaube eigentlich nicht, dass ich irgendetwas beitragen kann … zu den Ermittlungen.«

Bo rutschte unruhig hin und her, und Rebekka sah ihn freundlich, aber aufmerksam an.

»Ich bin mir sicher, dass Sie das können. Sie können uns von Sofie erzählen.«

Bos Blick flackerte. Er griff nach den Zigaretten auf dem Sofatisch, spielte kurz mit ihnen herum und legte sie wieder zurück.

»Ich weiß nicht recht, was ich sagen soll.« Sein Blick begegnete Rebekkas.

»Soweit wir das verstanden haben, mag Sofie Sie sehr?«

Eine flüchtige Röte färbte Bos Wangen. Er zuckte mit den Schultern. »Na ja – kann schon sein. Sofie ist ein nettes Mädchen. Wir haben viel Spaß miteinander. Ich bin so eine Art Onkel, der mit ihr spielt, und das liebt sie, genau wie Patrick.«

»Wie ist Sofie?«

»Ach, ich weiß nicht.« Er zögerte, wirkte plötzlich verschämt, bevor er fortfuhr: »Sofie ist ein ganz gewöhnliches nettes neunjähriges Mädchen. Lebensfroh, ein wenig still, sehr hilfsbereit – ein ganz normales Mädchen eben.«

Bo machte eine resignierte Armbewegung und hoffte, dass sie sich mit dieser Aussage zufriedengeben würden.

»Wann haben Sie Sofie das letzte Mal gesehen?«

»Wann war das doch gleich?« Er durchforstete sein Gedächtnis. »Das ist bestimmt schon ein paar Wochen her.« Er lachte nervös. »Ich kann mir Daten und Termine so schlecht merken.«

»Das ist uns bekannt. Sie waren nicht bei dem Ausflug gestern dabei, oder?«

»Nein, war ich nicht.«

»Warum nicht?«

»Ach, mir war einfach nicht nach diesem Familientrara.« Bo griff erneut nach den Zigaretten, schlug lässig eine heraus, zündete sie an und blies den blauen Rauch in die Luft, bis er zwischen ihm und den Ermittlern eine dicke Mauer bildete.

Rebekka und Reza sahen ihn ruhig an, und die Stille zwischen ihnen wuchs, bis er sie nicht länger ertrug und herausplatzte: »Ich habe verschlafen ... mir fällt es schwer, Verabredungen einzuhalten. Sie können meinen Bruder fragen, er findet das total ärgerlich.«

Bo hielt inne und schien den Blick der beiden Ermittler zu meiden. Stattdessen konzentrierte er sich auf die glühende Zigarette in seiner Hand. Sie zischte leise.

»Hatten Sie gestern irgendwann Kontakt zu Sofie?«

Bo schüttelte den Kopf.

»Was glauben Sie, wo Sofie ist?«

Bo schüttelte erneut den Kopf, während ihm der Schweiß am Körper hinunterzulaufen begann. Obwohl sie beide freundlich waren, konnten sie jetzt gerne gehen. Das Ganze war unangenehm. All die Fragen rotierten in seinem trägen Gehirn, und das Verlangen nach einem Joint wuchs. Kaum hatten sie sich verabschiedet und die Wohnung verlassen, rollte er sich zu einer Kugel auf dem Sofa zusammen. Genau wie er das als Kind getan hatte. Wenn man eine kleine Kugel war, sah einen niemand.

Jetzt war keine Polizei mehr auf der Straße. Søren hatte Stunden damit verbracht, durch die Fenster den Park und die Straße zu beobachten, jedoch keine Polizeiautos oder Männer in Uniform mehr gesehen, weshalb er jetzt beschloss, sich zum Kaufmann um die Ecke zu wagen. Er zog seinen Anorak an und trottete in die Küche, wo er die leeren Flaschen in einem fleckigen Einkaufsnetz sammelte. Die brachten zwölf Kronen, rechnete er aus. Er durchquerte schnell die längliche Diele, wo an mehreren Stellen die geblümte Tapete abging. Søren rief sich ins Gedächtnis, wie sie damals in diese Wohnung gezogen waren. Das war Mitte der Sechzigerjahre gewesen, er war damals noch ein kleiner Junge und erinnerte sich noch heute an den Geruch des Tapetenkleisters, den der Maler in seinem Eimer gehabt hatte, und an die Tapetenrollen. Die Blumen waren damals noch frisch und bunt gewesen, jetzt war die rote Farbe verblasst, aber damals war es ihm so vorgekommen, als hätten sie den Sommer zu Besuch. Jeden Tag. Er erinnerte sich, wie er mit seinem kleinen, roten Koffer Stunden im Flur verbracht und gespielt hatte, in seinem eigenen Garten zu sein.

»Mama?«

Er klopfte vorsichtig an die Tür zum Schlafzimmer seiner Mutter. Keine Antwort. Er legte das Ohr an die Tür und lauschte. Leise hörte er ihren röchelnden Atem, durch ihr jahrelanges Rauchen rasselten die Lungen seiner Mutter auf diese ganz charakteristische Weise. Søren lächelte angesichts des Geräuschs. Dann lebte sie also, ein wenig noch. Er beschloss, sie schlafen zu lassen und selbst zu entscheiden, was sie brauchten, wenn er im Geschäft stand. Er schloss sorgfältig die Tür hinter sich und stieg langsam die Treppe hinunter.

Wenig später stand er unten auf dem Bürgersteig. Er blinzelte in die Sonne, und die Wärme überraschte ihn. Er war zu dick angezogen, ein Unterhemd und ein Hemd, zwar kurzärmlig, aber trotzdem, einen Anorak und eine dunkle

Hose. Der Schweiß lief ihm langsam den Nacken hinunter, und er ging schnell die Straße entlang. Zwei kleine Mädchen kamen ihm entgegen, ganz in ihre Unterhaltung vertieft. Er blieb stehen und sah sie an, und augenblicklich verstummte ihr Gespräch, während sie ihn misstrauisch musterten, als sie an ihm vorbeigingen.

»Hallo«, sagte er versuchsweise und strich sich schnell mit der Hand durch das wassergekämmte, dunkle Haar, doch die Mädchen antworteten nicht, gingen einfach weiter. Das eine, das weniger hübsche, das mit den dünnen mausbraunen Zöpfen, drehte sich zu ihm um und streckte ihm schnell die Zunge heraus. Das blonde Mädchen ignorierte ihn einfach, und er spürte einen flüchtigen Schmerz im Bauch.

Er blickte ihnen noch immer nach. Sie hatten sich inzwischen ein gutes Stück von ihm entfernt, aber nicht so weit, dass er nicht sah, wie die mit den Zöpfen den Kopf zu ihm umdrehte und ihn ansah und der Blonden etwas zuflüsterte, woraufhin die sich sofort umsah und ihn anglotzte. Søren krümmte sich innerlich und spürte den Ärger unter der Haut kribbeln. Sie sollten ihn nicht ignorieren. Das sollten sie wirklich nicht.

Die Wärme ließ die Luft flirren, und Rebekka spürte, wie ihr der Schweiß am Körper hinunterlief. Sie sehnte sich zurück in das Sommerhaus ihrer Tante in Veddinge Bakker, das sie gerade geerbt hatte. Sie hatte zwar nur wenige Tage dort oben verbringen können, doch sie hatte sie in vollen Zügen genossen – die Hagebuttensträucher, den staubigen Weg, der zum Meer hinunterführte und mit herabgefallenen Tannenzapfen bedeckt war, das kühle, salzige Wasser, den Geruch von Tang und vor allem die Stille, so weit weg von dem Trubel und der Unruhe der Stadt. Sie würde das Sommerhaus nicht verkaufen, obwohl der Immobilienmakler vor Ort gemeint hatte, dass sie aufgrund seiner Lage, nur wenige Minuten vom Meer entfernt, einen guten Preis erzielen würde. Sie hatte beschlossen, so oft es sich einrichten ließ, dort oben zu wohnen. Sie brauchte anderthalb Stunden, um von Veddinge Bakker ins Präsidium zu kommen, und sie liebte diese Fahrt. Sie konnte hinter dem Steuer gut denken, während das Radio lief.

Gerade waren sie die Ermittlung noch einmal durchgegangen. Noch immer gab es keine Spur von Sofie Kyhn Larsen. Die Taucher hatten ergebnislos nach ihr gesucht, und weder den Hunden noch den Hubschraubern oder den Polizisten war es gelungen, weitere Spuren zu finden. Sofie war immer noch *die* Geschichte in der Presse, ihr Gesicht prangte auf den Titelseiten sämtlicher Boulevardzeitungen, ihr Name wurde im Radio genannt, und ihr Foto war im Fernsehen zu sehen. Die Telefone klingelten permanent, und die Hinweise der Anrufer wurden notiert und an die verschiedenen Ermittler weitergegeben. Es galt, die Spreu vom Weizen zu trennen, was sich bei Fällen mit hohem Medieninteresse als besonders schwierig darstellen konnte. Diese Art Fälle ließen fast immer ein paar verstörte Menschen kriminelle Handlungen gestehen, die sie nicht begangen hatten und diese falschen Geständnisse führten dazu, dass die Polizei eine Menge Ressourcen unnötig verschwendete.

Rebekka ging die diversen Vernehmungen und Befragungen durch und trug sie im Anschluss in ein Analyseprogramm ein, mit dem sich eine genaue Zeitlinie aus den unterschiedlichen Erklärungen erstellen ließ. Anschließend nahm sie die Involvierten noch einmal genauer unter die Lupe. Steffen, Anita, Mark, die Nachbarn Egon und Lillian Kjeldsen. Sie dachte an Bo, der vor ihrem inneren Auge auftauchte und wieder verschwand. Da war irgendetwas, was sie störte, etwas, das er ihnen nicht erzählt hatte, doch das Gefühl war schwach und nicht fassbar.

Sie wischte sich den Schweiß von der Stirn, überlegte kurz, wo Reza wohl sein mochte, und stürzte sich erneut in die Arbeit. Die nächsten Stunden arbeitete sie konzentriert. Sie war ganz in die eingegangenen Hinweise aus der Bevölkerung vertieft, als die Tür aufging. Gundersen füllte die Türöffnung aus, und sein rotwangiges Gesicht strahlte.

»Wir haben eine Zeugin.« Er trommelte dramatisch mit den Fingern gegen den Türrahmen, und Rebekka blickte interessiert zu ihm hoch.

»Glaubwürdig?«

»Es sieht so aus. Ich habe nur kurz am Telefon mit ihr gesprochen. Mittelalt, entgegenkommend und so weiter. Sie war mit ihrem Enkelkind und ihrem Mann unterwegs. Ich habe mir gedacht, dass ihr oder du sie gleich befragen könnt? Ich muss zu einem Strategietreffen der Direktion.«

Gundersen verdrehte die Augen, als wäre das Treffen die reinste Tortur. Rebekka zweifelte jedoch keinen Moment daran, dass er mehr als jeder andere in der Abteilung diese Treffen liebte, das Gefühl, wichtig zu sein. Das Gerücht ging um, dass der Chef der Mordkommission, Henrik Brodersen, sich mit Pensionsplänen trug, und es bestand kein Zweifel, dass der Vizechef auf den attraktiven Posten aus war und alles tun würde, um an höchster Stelle gut dazustehen.

Gundersen trat ganz ins Zimmer, während er mit einem Ausdruck winkte.

»Es handelt sich, wie gesagt, um ein Ehepaar mittleren Alters, das mit seinem kleinen Enkelkind unterwegs war. Die Frau glaubt gesehen zu haben, wie ein Mann ein Mädchen, auf das unsere Beschreibung von Sofie Kyhn Larsen passt, zu einem Auto getragen hat. Die beiden sind ihr aufgefallen, weil sie es seltsam fand, dass er ein so großes Mädchen getragen hat.«

Rebekkas Magen krampfte. Falls das wirklich Sofie gewesen war, dann war die Chance, dass die Geschichte gut ausgehen würde, jetzt wesentlich geringer. Sie nickte nachdenklich und ließ sich die Kontaktdaten der Frau geben. Gundersen verschwand schnell wieder aus ihrem Büro, und wenige Sekunden später tauchte Reza auf, in eine Parfümwolke gehüllt. Es war Rebekka ein Rätsel, warum ihr Kollege immer in Aftershave baden musste. Der Duft verursachte ihr Übelkeit, aber sie schaffte es einfach nicht, etwas zu sagen. So gut kannten sie sich nun auch wieder nicht.

Rebekka klärte ihn schnell über die Zeugin auf. Reza erzählte, dass er gerade Anita Kyhn über den Fund von Sofies Handy unterrichtet hatte, woraufhin diese, wie erwartet, völlig außer sich gewesen war. Noch während er mit ihr in der Küche gesessen hatte, war Steffen nach Hause gekommen, und Reza hatte ihn gebeten, später ins Präsidium zu fahren.

»Du kannst mir glauben, dass er ganz schön erschrocken ausgesehen hat, als ich ihn gebeten habe, herzukommen.« Es fiel Reza sichtlich schwer, ein Grinsen zu unterdrücken.

»Hm.« Rebekka hörte nur mit halbem Ohr zu, sie war wieder in ihre eigenen Gedanken versunken. Sie konnte das Bild von Sofie, die von einem Mann fortgetragen wurde, nur schwer aus ihren Gedanken verdrängen. In ihrem Eifer, mehr zu erfahren, konnte sie es kaum erwarten, dass die Zeugin auftauchte.

»Okay, ich muss noch mal weg«, meinte Reza. »Ich bin natürlich heute Nachmittag zurück, wenn Steffen Olsen kommt.«

»Du gehst wieder?« Rebekka blickte fragend zu ihm hoch. Reza nickte. Er stand vor dem fleckigen Spiegel in der Ecke des Büros und kämmte sich die Haare mit der Haarbürste, die immer in seiner obersten Schreibtischschublade lag. Rebekka musste lächeln. Sie kannte niemanden, der mehr auf seine Frisur achtete als Reza. Er legte die Bürste schnell in die Schublade zurück und fügte hinzu: »Simonsen wird mich vertreten. Es tut mir leid, aber sonst hatte niemand Zeit.«

Und schon war er draußen. Rebekka runzelte die Stirn. Was zum Teufel war mit ihm los? Und ausgerechnet Simonsen als Stellvertreter. Sie seufzte tief, während sie sich erhob, um Kaffee aufzusetzen. Simonsen war der jüngste Ermittler in ihrer Abteilung und ein ziemlicher Besserwisser, der unablässig auf die Fehler seiner Kollegen hinwies und alles tat, damit die Chefs seine Arbeitsergebnisse zur Kenntnis nahmen. Kurz gesagt, ein unerträglicher Typ, den sie normalerweise mied, wo es nur ging.

Die nächsten zehn Minuten verwandte Rebekka darauf, alles vorzubereiten. Saubere Kaffeetassen mussten her, und das Büro musste aufgeräumt werden. Sie und Reza waren ziemlich unordentlich, überall im Raum lagen Papierstapel herum, und auf den Schreibtischen gab es eingetrocknete Kaffeeflecken in den unterschiedlichsten Größen. Rebekka beseitigte die schlimmsten Spuren von Kaffee und Krümeln und schob ein paar Stapel mit den Zehenspitzen diskret in die Ecke. Langsam sackten die Türme in sich zusammen, die Unterlagen breiteten sich auf dem blauen Teppichboden aus und nahmen noch mehr Platz ein als vorher. Rebekka sah sich das Chaos einen Moment an, dann beschloss sie, Unordnung Unordnung sein zu lassen.

»Da bin ich.«

Simonsen stapfte ins Büro und begann sofort, Rebekka über einige seiner letzten Ruhmestaten aufzuklären, wurde aber glücklicherweise schon bald von einem älteren Ehepaar unterbrochen. Die beiden sahen sich verschüchtert im Büro um und setzten sich vorsichtig auf die äußerste Kante ihrer Stühle. Rebekka gab sich große Mühe, dass sie sich wohlfühlten. Sie goss ihnen heißen Kaffee ein, bot ihnen Kekse an und machte Small Talk, bis die Frau entspannt genug schien, um mit der eigentlichen Befragung zu beginnen.

»Ich war so erschrocken, als ich das Bild des kleinen Mädchens im Fernsehen gesehen habe. Ich meine, man denkt doch nicht, dass man jemals in so etwas verwickelt wird und sich, wie soll ich sagen, plötzlich im Auge des Orkans befindet.« Sie beugte sich zu Rebekka vor und flüsterte: »Gibt es irgendetwas Neues? Man hofft schließlich noch immer, dass ihr nichts Schlimmes passiert ist. Ihr ist doch nichts geschehen, oder?«

Simonsen antwortete an Rebekkas Stelle. »Wir können zum momentanen Stand der Ermittlungen leider nichts sagen. Wir versichern Ihnen, dass alle Ressourcen eingesetzt werden, um Sofie Kyhn Larsen zu finden. Und wir hoffen, dass Sie oder Ihr Mann wichtige Informationen beisteuern können, die uns weiterhelfen.«

»Natürlich.« Die Frau richtete sich auf ihrem Stuhl auf und streckte ihren Rücken. »Es fällt mir schwer, mich zu erinnern, was genau ich gesehen habe, auch weil ich nicht geglaubt habe, dass diese Episode irgendeine Bedeutung für mich oder jemand anderen haben könnte. Na gut, wo waren wir ...«

»Du wolltest erzählen, was du gesehen hast, von Anfang an«, half der Ehemann, schwieg aber sofort, als seine Frau ihm einen wütenden Blick zuwarf.

»Würde es Ihnen helfen, wenn wir zu dem Naturspielplatz hinausfahren und uns den Ort noch einmal ansehen?«, fragte Rebekka. Die Erfahrung hatte gezeigt, dass es den meisten Zeugen sehr viel leichter fiel, sich wichtige Details in Erinnerung zu rufen, wenn man sie an den Ort zurückbrachte, wo der Vorfall sich ereignet hatte.

»Vermutlich ja. Es ist hier drinnen«, die Frau zeigte mit dem Finger auf ihren Kopf, »aber es fällt mir schwer, mich an alles genau zu erinnern.«

Eine halbe Stunde später parkten Rebekka und Simonsen das zivile Polizeiauto neben der Einzäunung des Naturspielplatzes. Das Ehepaar stieg aus, die schlaffen Wangen der Frau hatten Farbe angenommen, und sie zeigte aufgeregt zu der anderen Seite des Wegs hinüber, ein paar Meter von der Stelle entfernt, an der Steffen Sofies Pullover gefunden hatte.

»Es war dort drüben.«

Die Frau ging mit schnellen Schritten den Weg zu dem Rasen hinüber, der an das Wäldchen am Rand des Spielplatzes grenzte. Rebekkas Herz schlug schneller.

»Er ist da über den Rasen gekommen, als wäre er über den Zaun gestiegen. Er hat sie getragen, wie man ein Kind trägt, das schläft, Sie wissen schon – einen Arm unter den Schultern und einen unter den Beinen.«

Rebekka und Simonsen hörten abwartend zu, was die Frau erzählte. Anita Kyhn zufolge war ihre Tochter ungefähr einen Meter dreißig groß und wog zirka dreißig Kilo.

»Hatten Sie den Eindruck, dass das Mädchen schlief …?«

Die Frau nickte. »Ja, die Arme hingen schlaff herunter … sie hat geschlafen, vielleicht war sie auch krank. Ich weiß es nicht. Ich habe die beiden nicht so genau gesehen, es ging alles so schnell. Ich habe sie nur ganz kurz gesehen. Unser Auto stand dort drüben bei dem Schild.« Die Frau zeigte auf ein Schild in ungefähr zwanzig Metern Entfernung.

»Was fällt Ihnen als Erstes zu dem Mann ein, der sie getragen hat?«

»Dass er dunkles Haar hatte, sehr dunkles, möglicherweise schwarzes.«

Bo hatte dunkle Haare, während Steffen und Mark blond waren. Die Frau sah mit einem vorsichtigen Lächeln zu Rebekka hoch und erinnerte sie an einen kleinen Hund, der auf eine Leckerei hoffte. Rebekka mochte sie nicht, ihr Bemühen um Lob hatte etwas Unterwürfiges. Sie schluckte ihr Unbehagen hinunter.

»Gut. Und weiter? Können Sie etwas zu Alter, Körperbau, Gesichtszügen und Hautfarbe sagen?«

Das Lächeln auf dem Gesicht der Frau verblasste.

»Leider nein. Ich habe immer wieder nachgedacht, mir die Episode immer wieder ins Gedächtnis gerufen. Ich sehe nur diesen schwarzhaarigen Mann, der ein Schulmädchen trägt. Mehr ist da nicht …«

»Sie sagen, dass der Mann dunkles oder schwarzes Haar hatte. War er womöglich Afrikaner …?«

»Nein, es war nicht lockig, es war kurz, glatt und schwarz.«

»Was ist mit der Hautfarbe? Hatte er eine dunkle Hautfarbe?«

Die Frau biss sich skeptisch auf die Lippe. »Ich weiß es nicht. Ich denke, seine Haut war nicht sehr dunkel, sonst wäre mir das wohl aufgefallen. Aber sie kann schon mittelbraun gewesen sein.«

»Lassen Sie sich Zeit. Sehen Sie sich in Ruhe um.«

Die Frau stand eine Weile da, verlagerte das Gewicht erst auf ihren einen Gesundheitsschuh und dann auf den anderen und sah sich vorsichtig um. Dann meinte sie plötzlich: »Er war nicht mehr jung, glaube ich. Es war kein ganz junger Mann. Aber ich kann nicht erklären, wie ich darauf gekommen bin, denn ich erinnere mich nicht wirklich an seine Gesichtszüge, aber da war irgendetwas an seiner Haltung.«

»Auf welches Alter würden Sie denn tippen?«

»Ach, heute ist es so schwer, das Alter der Leute zu bestimmen. Mit Schönheitschirurgie lässt sich doch alles bewerkstelligen. Die Leute verwandeln sich, verstecken sich, verkleiden sich. Ich weiß nicht, warum ich das plötzlich mit dem Verkleiden sage …« Wieder ein entschuldigendes Lächeln.

»Ich bin mir sicher, dass Ihnen genau diese Worte einfallen, weil sie von Bedeutung sind. Versuchen Sie nachzudenken.« Rebekka lächelte der Frau aufmunternd zu.

»Wie können Sie so sicher sein, dass das überhaupt Sofie Kyhn Larsen war, die Sie gesehen haben?«, wollte Simonsen wissen. Die Frau sah ihn an, während plötzlich eine bekümmerte Falte ihre Augenbrauen teilte.

»Ich habe sie doch gesehen … oder genauer gesagt, ich habe etwas von ihr gesehen.« Die Falte wurde tiefer. Rebekka spürte die Hoffnung schwinden und war gleichzeitig erleichtert. Wenn das Mädchen, das die Frau gesehen hatte, doch nicht Sofie gewesen war, bestand immer noch Hoffnung, dass kein Verbrechen vorlag.

Eine Amsel zwitscherte laut in ihrer Nähe.

»Ganz sicher bin ich mir nicht. Aber irgendwie doch. Sie hatte die Sachen an, die in dem Steckbrief aufgelistet sind, das lila Unterhemd und den Rock. Und sie hatte langes, blondes Haar.« Die Frau stand einen Augenblick mit hängenden Armen da, dann brach es leise aus ihr heraus: »Ich fühle mich so schlecht, so richtig schlecht, weil ich nichts unternommen habe. Wenn ich sie doch angesprochen hätte … oder mir die Nummer des Autos aufgeschrieben hätte.«

Rebekka antwortete nicht, sondern nickte nur. Die Tendenz in der Bevölkerung war leider die, dass mehr und mehr Leute geneigt waren, den Mund zu halten und sich nicht einzumischen aus Angst, selbst angegriffen zu werden.

»Versuchen Sie, die Augen zu schließen und an das Auto zu denken. Marke, Farbe, andere Kennzeichen.«

Die Frau schloss gehorsam die Augen. Einige Minuten stand sie so da, bis sie besorgniserregend zu schwanken begann. Sie schlug die Augen wieder auf und schüttelte langsam den Kopf.

»Das Auto war dunkel, vielleicht schwarz oder dunkelblau, ja, ich glaube, es war dunkelblau. Ein ganz gewöhnliches Auto mit vier Türen.«

Ein vorsichtiges Lächeln ließ ihr Gesicht weicher erscheinen.

»Ich kenne mich mit Autos nicht aus. Mein Mann, Kurt,

ist da viel besser.« Der Ehemann nickte, eindeutig zufrieden, in das Gespräch einbezogen zu werden.

»Haben Sie etwas gesehen?«, wandte sich Simonsen an den Mann, der den Mund aufmachte, um zu antworten, von seiner Frau aber mit einer Handbewegung zum Schweigen gebracht wurde wie ein störendes Insekt und nur den grauen Kopf schüttelte.

»Kurt hat die Episode leider nicht mitbekommen. Er saß mit Hjalte auf dem Spielplatz. Hjalte ist unser Enkel. Wegen ihm waren wir überhaupt auf dem Naturspielplatz. Ich bin nur zum Auto gegangen, um Hjaltes Schnuller zu holen. Er braucht ihn nicht mehr so oft, aber er war am Klettergerüst gefallen und völlig untröstlich.«

Die Frau holte Luft und fuhr unverdrossen fort: »Ich habe Kurt von dem Mann und dem Mädchen erzählt, als ich wieder bei ihm und Hjalte war, weil der Vorfall Eindruck auf mich gemacht hatte.«

Ihre Augen wurden feucht, und sie sah aus, als würde sie jeden Augenblick in Tränen ausbrechen. Der Mann drückte ihr vorsichtig den Arm. Sie ließ es einige Sekunden zu, bevor sie sich seinem Griff entwand. Dann gingen sie langsam zurück zum Auto.

Rebekka und Simonsen warfen sich einen triumphierenden Blick zu. Ihr kleiner Ausflug mit der Zeugin hatte Früchte getragen. Sie wussten jetzt, dass sie nach einem erwachsenen Mann mit sehr dunklem, möglicherweise schwarzem, kurzem Haar suchten, der ein dunkles Auto mit vier Türen fuhr. Rebekka warf einen Blick auf ihre Armbanduhr, es war fast vier Uhr nachmittags, und Sofie Kyhn Larsen war inzwischen seit über vierundzwanzig Stunden verschwunden.

Sie saßen im Auto und wollten gerade zurück ins Präsidium fahren, als die Frau plötzlich rief: »Ja, jetzt erinnere ich mich. Am Rock des Mädchens war ein rosanes Handy befestigt, von dem ein paar bunte kleine Bären herabhingen.«

»Meiner Meinung nach spricht immer mehr dafür, dass Sofies Vater, Allan Larsen, seine Tochter entführt hat.« Gundersen warf Rebekka einen vielsagenden Blick zu, die in seinem zwar kleinen, aber von ihm allein genutzten Büro stand, um über die Geschehnisse des Tages zu berichten. Reza bereitete in der Zwischenzeit alles für die Vernehmung von Steffen vor.

»Allan Larsen hat schwarze oder zumindest sehr dunkle Haare.« Gundersen schob ihr über den Tisch ein vergrößertes Foto aus der Verbrecherkartei zu. Rebekka griff danach und sah es sich genau an. Allan Larsen hatte dunkle Haare, das war richtig, schwarze, halblange Bartstoppeln und dunkle Augen, und Rebekka fragte sich einen Moment, wie es ihm gelungen war, ein so blondes Mädchen wie Sofie zu zeugen.

»Er *könnte* es sein«, stimmte sie Gundersen zu. »Was hat er auf dem Kerbholz?«

»Ach, Kleinigkeiten. Ruhestörung, Vandalismus, gelegentlicher Drogenverkauf und diverse Ladendiebstähle. So ist das eben mit Junkies. Aber von wirklichen Gewaltdelikten kann man nicht sprechen.«

Gundersen lehnte sich dynamisch in seinem Bürostuhl

zurück, der knarrend unter seinem Gewicht nachgab, und platzierte seine schweren Beine mit einem Seufzer auf dem Schreibtisch. Sie sprachen kurz die Aufgaben für den kommenden Tag durch. Es waren mehrere Hundert Hinweise eingegangen – hauptsächlich von Leuten, die zur gleichen Zeit wie Sofie und ihre Familie in dem Park gewesen waren, aber auch von Menschen, die meinten, irgendwelche Personen zu kennen, die etwas mit ihrem Verschwinden zu tun haben könnten.

Auf dem Weg zurück in ihr Büro rief Rebekka sich das Gespräch mit der Zeugin in Erinnerung. Die Frau hatte etwas Interessantes zu dem Mann gesagt, den sie gesehen hatte, etwas, das Rebekka stutzig gemacht hatte, doch sie kam nicht darauf, was da verschwommen in ihrem Bewusstsein lagerte, und hoffte, dass es ihr bald einfallen würde.

Steffen Olsen saß bereits in ihrem Büro, als Rebekka zurückkam. Auf dem Weg durch die dunklen, hallenden Gänge des Präsidiums hatte sie über Gundersens Vermutung nachgedacht, dass Sofies biologischer Vater, Allan Larsen, hinter der Entführung stehen könnte. Gundersens Annahme war logisch, und wie alle Ermittler wusste auch sie, dass für die meisten Fälle von Kindesentführung, Kindesmissbrauch und Mord an Kindern ein Elternteil verantwortlich war. Je jünger das Kind, desto höher die Wahrscheinlichkeit, dass die Eltern involviert waren. Trotzdem konnte sie nicht umhin, über andere Möglichkeiten nachzudenken.

Allan Larsen war ganz zweifellos ein unangenehmer Typ, doch sie hatte Schwierigkeiten, ihn sich als Entführer vorzustellen. Konnte ein Junkie seine knapp dreißig Kilo schwere Tochter zu seinem Auto tragen, und besaß er überhaupt ein Auto? Dem Verkehrsregister zufolge hatte Allan Larsen nur einmal in den Achtzigern für kurze Zeit ein Auto gehabt. Höchstwahrscheinlich hatte er nicht einmal genug Geld, um sich eins zu mieten – denn wenn er wirklich so war, wie die Familie ihn beschrieb, würde er sein Geld eher für Alkohol und Drogen ausgeben. Er konnte sich natürlich ein Auto geliehen oder mit einem Komplizen zusammengearbeitet haben, aber Rebekka verwarf den Gedanken. Sie ärgerte sich, weil sie Gundersen nicht davon hatte überzeugen können, dass sie sich auch auf andere Verdächtige als Allan Larsen konzentrieren sollten. Auf Sofies Stiefvater, Steffen Olsen, zum Beispiel.

Steffen drehte sich schnell auf dem Stuhl um, als Rebekka das Büro betrat. Reza hatte gerade Kaffee eingegossen und war dabei, das Gespräch einzuleiten. Rebekka nickte freundlich, setzte sich leise auf ihren Stuhl und ließ Reza mit der Befragung beginnen.

»Wenn Sie behaupten, in den Jugendklub zu gehen, entspricht das nicht immer der Wahrheit.« Reza sah den Mann ernst an.

»Wie meinen Sie das?«

»Mark, Ihr Stiefsohn, hat gesagt, dass Sie im Klub seien, als wir Ihnen einen Besuch abgestattet haben, und ich bin hingegangen, um mit Ihnen zu reden, aber Sie waren nicht da.«

»Mark lügt, das tut er immer. Er bringt andere liebend gern in Schwierigkeiten. Sie sehen ja selbst, wie weit er dabei geht. Der Junge ist nicht sonderlich helle, er leidet an so einigem und darüber hinaus ist er meistens bekifft oder betrunken. Leider. Ich war bei meinem kleinen Bruder, bei Bo. Wir sehen uns oft. Wir stehen einander sehr nahe. Unsere Eltern sind gestorben, als wir noch sehr jung waren.«

Steffen lächelte selbstsicher, und Rebekka verspürte den plötzlichen Drang, seinem riesigen Ego einen Stoß zu versetzen. Sie erwiderte sein Lächeln und sagte: »Wie ich gehört habe, hat Sofie sich im letzten Jahr den Arm gebrochen?«

Steffens Pupillen zogen sich blitzschnell zusammen, doch es gelang ihm, ruhig sitzen zu bleiben und ihr lediglich einen kühlen Blick zuzuwerfen. Sie sah ihn vor ihrem inneren Auge, wie er als junger Mann vor dem Spiegel gestanden und dieses kühle Auftreten immer wieder geübt hatte.

»Das stimmt, ja.«

Rebekka schenkte sich mit ruhigen Bewegungen einen Kaffee ein und spürte Steffens Blick auf sich ruhen, während sie Vollmilch dazugoss und sich ärgerte, dass sie keine Magermilch hatten. Ihre Jeans saßen langsam ein wenig stramm in der Taille.

»Was denken Sie?« Steffen fiel es sichtlich schwer, seine Erregung zu unterdrücken.

»Ich denke nichts Bestimmtes. Ich stelle lediglich fest, dass sie sich den Arm gebrochen hatte.«

Rebekka antwortete mit ihrer freundlichsten Stimme und trank einen Schluck Kaffee, der stark und ein wenig bitter schmeckte. Ein klassischer Reza-Kaffee.

»Sie ist unglücklich gefallen. Unten im Hof. Vermutlich ist sie über irgendetwas gestolpert, ich erinnere mich nicht an die Einzelheiten, weil ich nicht zu Hause war, als es passiert ist.«

Rebekka musterte ihn eingehend. Sie zweifelte keinen Augenblick daran, dass er log, und sie hoffte, dass sie die Krankenakte, wenn sie sie bekamen, gegen ihn verwenden konnten. Reza bat ihn, noch einmal den genauen Handlungsverlauf durchzugehen von dem Augenblick an, in dem er und die übrige Familie im Park angekommen waren bis zu dem Moment, als sie entdeckt hatten, dass Sofie verschwunden war.

»Ihren Nachbarn zufolge waren Sie ziemlich lange weg. Eine Stunde, meinten sie.«

Steffen kniff die Augen zusammen.

»Ich war drüben im Klub. Ich musste ein paar Unterlagen holen, die ich vergessen hatte auf die Post zu bringen.«

»Sie haben seit Wochen einen Ausflug geplant, und mittendrin fällt Ihnen ein, dass sie ein paar Unterlagen aus dem Büro brauchen, und das, obwohl Sie im Urlaub sind? Habe ich das richtig verstanden?«

»Das haben Sie.«

»Sie sind mit dem Auto gefahren?«

Steffen nickte.

»Was haben Sie für ein Auto?«

»Das wissen Sie doch ganz genau. Wir haben einen Mazda. Dunkelblau. Alt. Einer Ihrer Kollegen hat ihn sich angesehen.«

»Sie sagen, Sie sind mit dem Auto gefahren, und trotzdem haben Sie eine Stunde für den Hin- und Rückweg gebraucht? Man fährt knapp zehn Minuten vom Park bis zum Klub. Aber Sie waren eine ganze Stunde weg. Wir sind uns doch einig, dass das ziemlich lange ist, nicht?«

Steffen nickte erneut und rieb sich mit der Hand über das Gesicht. »Es hat etwas gedauert. Sie kennen das doch selbst, man war lange nicht im Büro, und dann sind da die Post, ein paar Mails und alles mögliche andere zu erledigen. Da läuft einem die Zeit weg.«

Natürlich kannten sie das. Aber trotzdem.

Steffen beugte sich vor, sah Rebekka eindringlich an und ließ den Blick dann zu Reza wandern.

»Ich liebe meine Arbeit. Sie können gerne einmal im Klub vorbeikommen, dann führe ich Sie herum.«

Sie nickten freundlich. Möglicherweise würden sie ihn beim Wort nehmen. Rebekka räusperte sich.

»Ich möchte, dass Sie uns erzählen, wie Sie in dem dichten Gebüsch auf die Höhle gestoßen sind, bei der Sie Sofies Pullover gefunden haben. Der Platz liegt abseits, kannten Sie das Gelände von früher?«

»Ich war noch nie dort, aber ich habe im Gebüsch nachgesehen, weil ich gedacht habe, dass es Fie ähnlich sehen würde, sich an so einem Ort zu verstecken. Sie liebt Höhlen, und dann habe ich ihren Pullover gefunden und gewusst, dass ich recht hatte.«

»Woher wussten Sie, dass es ihr Pullover war?«

Steffen schien aufrichtig verblüfft über die Frage.

»Öh, ich bin davon ausgegangen. Sie hat jedenfalls so einen.«

Sie sahen ihn ruhig an. Steffen Olsen war auf dem Stuhl ein wenig geschrumpft. Rebekka verstärkte den Druck.

»Als wir gestern miteinander geredet haben, ist uns beiden aufgefallen, dass Sie von Sofie in der Vergangenheitsform gesprochen haben. Wie erklären Sie sich das?«

»In der Vergangenheitsform? Ich verstehe nicht ...«

»Sie haben in der Vergangenheitsform von ihr gesprochen, als würde sie nicht mehr leben.«

Alle Farbe wich aus Steffens Gesicht, und er starrte sie mit glasigen Augen an. »Ich weiß nicht, was mit ihr passiert ist. Ich habe nicht die leiseste Ahnung.«

Kurz darauf ließen sie ihn gehen.

»Wir können auf jeden Fall festhalten, dass Steffen Olsen keine schwarzen Haare hat«, konstatierte Reza, als sie wieder alleine im Büro waren.

»Das stimmt, aber er hat ein Motiv, und die Möglichkeit, dass er etwas mit der Sache zu tun hat, besteht. Nicht, dass ich davon überzeugt bin, dass er es war, aber er lügt, was seinen Aufenthaltsort betrifft, während Sofie vom Naturspielplatz verschwunden ist. Das sagt mir mein Bauchgefühl. Und ich möchte darauf wetten, dass er ihr auch den Arm gebrochen hat. Warum sollte sie das erzählen, wenn es nicht stimmt?« Rebekka trank einen letzten Schluck Kaffee, der in der Zwischenzeit kalt geworden war.

»Was hast du eigentlich vorhin gemacht?«, fragte sie unvermittelt.

»Äh, nur ein paar Besorgungen«, antwortete Reza schnell und ging zu seinem Computer. »Ich schreibe den Bericht schon noch, keine Sorge«, fuhr er fort, und bald hörte man das Geräusch seiner Finger auf der Tastatur. Rebekka sah ihn kurz an, bevor sie sich ihrem eigenen Rechner zuwandte.

Das Läuten der Türklingel kam so unerwartet, dass Søren sich den Abendkaffee in den Schoß kippte. Im selben Moment lachte Karl Stegger von der Mattscheibe, und Søren warf ihm einen zornigen Blick zu. Der Kaffee ging durch die Hose, breitete sich zu einem großen, dunklen Fleck aus und brannte auf den Oberschenkeln. Trotzdem blieb Søren sitzen, bis das Klingeln so insistierend wurde, dass er es nicht länger ignorieren konnte.

»Ich komme«, rief er, stellte den DVD-Player auf Pause und trottete, das Herz in der Hose, durch die verwohnte Diele, während er sich damit zu beruhigen versuchte, dass es bestimmt nur ein Nachbar war, der etwas fragen wollte oder wieder diese Heiligen mit ihren unheimlichen Heftchen. Diesmal würde er sie allerdings nicht hereinlassen, beschloss er, das Erlebnis war zu erschreckend gewesen. Er hakte die Kette auf und öffnete die Wohnungstür, von der die Farbe abblätterte. Vor der Tür standen zwei Beamte, zwei jüngere Männer, die ihn freundlich anlächelten. Das Herz blieb ihm fast in der Brust stehen. Ihre Uniformen waren blauschwarz und glänzend, *Polizei* war mit Goldfaden daraufgestickt. Søren schluckte und wagte kaum, zu ihnen hochzusehen.

»Sie sind Søren Thomsen?«

Ein seltsamer tierischer Laut entwich seinem Mund, doch die Kriminalbeamten nahmen ihn für ein Ja.

»Jonas Møller und Torben Hansen, Mordkommission Kopenhagen. Dürfen wir einen Augenblick hereinkommen? Wir haben ein paar Fragen. Reine Formsache.«

Er ließ sie mit zitternden Händen herein. Der eine von ihnen, der älter aussah, mit den Pockennarben und dem verschlagenen Blick, sah ihn so merkwürdig an, fand er. Sie standen ein wenig steif und unbeholfen in der kleinen Diele, in der kein Platz für drei Erwachsene auf einmal war, und

Søren drückte sich gegen die Tür zu seinem Zimmer. Wenn die Mutter sie nur nicht hörte. Ihr Schlafzimmer lag glücklicherweise am anderen Ende der Wohnung, direkt neben der Küche, aber trotzdem.

»Sie haben es vermutlich schon in den Nachrichten gesehen, aber dieses kleine Mädchen, Sofie Kyhn Larsen, ist gestern von dem Naturspielplatz dort unten verschwunden«, meinte der Beamte und reichte ihm eine Fotografie. »Sie wohnt nur ein paar Häuser weiter. Kennen Sie sie?«

Søren schüttelte heftig den Kopf. »Nein!«, rief er mit einer Stimme, die fremd klang.

Der Beamte mit dem verschlagenen Blick trat näher, und Søren wich zurück, die Türklinke drückte sich jetzt direkt in seinen Rücken, er konnte nicht entkommen.

»Sie haben eine gute Aussicht auf den Spielplatz. Die Eltern haben ihre Tochter gegen dreizehn Uhr das letzte Mal gesehen, da ist sie spielen gegangen. Ist Ihnen gestern irgendetwas Ungewöhnliches aufgefallen? Leute auf der Straße, die einen verdächtigen Eindruck gemacht haben, Autos – vor allem dunkle, Männer mit schwarzen Haaren, Weinen, Schreie …?«

»Nein, nichts davon.« Søren spürte, wie ihm der Schweiß das Gesicht hinunterlief, widerstand jedoch dem Drang, sich mit der Hand über die Stirn zu fahren. »Ich habe auch nicht aus dem Fenster gesehen«, fügte er schnell hinzu.

Der Polizist mit der Fotografie schwenkte sie erneut vor seinen Augen.

»Sind sie sicher, dass Sie das Mädchen noch nie zuvor gesehen haben? Sie wohnen schließlich nur ein paar Hundert Meter von ihr entfernt, und Sofie ist oft im Viertel unterwegs gewesen. Sie kennt auch viele Anwohner.«

Søren beugte sich leicht vor, tat, als würde er sich das Foto genau ansehen, obwohl er vor Sofies Gesicht am liebsten die Augen verschlossen hätte. Es kostete ihn alle Kraft, sich zusammenzunehmen, als er im Brustton der Überzeugung von sich gab, dass er sie noch nie gesehen habe.

Nach einigen Minuten bedankten sich die Beamten und verließen die Wohnung. Als er die Tür hinter ihnen schließen wollte, drehte der Pockennarbige sich noch einmal zu ihm um, die verschlagenen Augen studierten ihn ein paar Sekunden lang, bevor er die Tür schloss.

Søren stand einen Moment wie paralysiert da und starrte die Wohnungstür an. Die Angst pumpte durch seinen Körper, immer heftiger, und er presste die Hände fest gegen die Schläfen, um den Druck zu mindern, doch es gelang ihm nicht. Schwarze und rote Flammen züngelten in seinem Inneren, und er wollte ihnen gerade nachgeben, als er das leise Rufen seiner Mutter hörte:

»Søren, wer ist da? Haben wir Besuch?«

Er drehte sich um, die Flammen verzogen sich, erloschen langsam. Er fuhr sich mit den Händen durch das Gesicht, das nass von Schweiß war, oder waren das Tränen? Dann streckte er sich, atmete tief durch und rief: »Ich komme, Mama.«

Rebekka kam gerade aus der Dusche, als sie ihr Handy klingeln hörte. Auf dem Display las sie Dortes Namen, und einen kurzen Moment erwog sie, einfach nicht dranzugehen. Sie war ohnehin zu spät dran und wollte sich in zehn Minuten mit Ryan Sullivan in einer Weinstube in der Møntergade treffen. Sie meldete sich trotzdem. Dorte machte gerade eine schwere Zeit durch. Sie und ihr Mann Hans-David, mit dem sie seit zehn Jahren verheiratet war, hatten eine Beziehungspause. Das war hart, nicht zuletzt für ihre beiden Kinder, Anton und Alma.

»Hallo, Dorte. Das wird jetzt ein Blitzgespräch – ich bin auf dem Weg aus der Tür.«

»Aha – und wohin?«

»Ich treffe mich mit meinem amerikanischen Freund Ryan. Dem Ermittler Ryan Sullivan, den ich vor ein paar Jahren beim FBI kennengelernt habe. Ich habe dir bestimmt von ihm erzählt.«

»Oh, und der ist gerade hier?« Dortes Stimme stieg an, und Rebekka musste lächeln. Dorte liebte Männer, und Ryan würde sie bestimmt attraktiv finden. »Das hat aber doch wohl nichts mit diesem widerwärtigen Fall von dem verschwundenen kleinen Mädchen zu tun?«

»Überhaupt nicht. Es ist ein Zufall, dass er gerade hier ist, obwohl das Timing wirklich gut ist, das muss man schon sagen. Verschwundene Kinder sind schließlich sein Spezialgebiet. Ist bei dir und den Kindern alles in Ordnung?«

»Dieser Fall verursacht mir Gänsehaut, Bekka. Aber danke, es ist alles in Ordnung. Hans-David und ich haben nächste Woche ein ›Date‹. Um uns auszusprechen und so. Das hat unser Paartherapeut vorgeschlagen.« Sie seufzte dramatisch und fügte hinzu: »Ich wollte auch nur hören, ob es dir gut geht. Es ist immerhin ein paar Wochen her, seit wir uns das letzte Mal gesprochen haben.«

»Ich habe dir so viel zu erzählen«, sagte Rebekka und dachte an Niclas Lundell, den schwedischen Ermittler, der sie vor ein paar Wochen auf dem Sofa verführt hatte. Sie wollte jetzt lieber keine Andeutungen machen, wohl wissend, dass Dorte einen ausführlichen Bericht aus ihr herauslocken würde, denn dafür hatte sie im Moment keine Zeit. Stattdessen erzählte sie ihr, dass sie und Michael Schluss gemacht hatten, eine Auszeit nahmen oder was immer jetzt der Stand der Dinge zwischen ihnen war. Ihr war es noch immer unklar.

»Das ist nicht wahr, Bekka. Ihr habt euch doch gern.« Dorte klang aufrichtig überrascht, und Rebekka biss sich auf die Lippe. Das stimmte. Sie hatten sich gern gehabt – bis sie plötzlich in Niclas' Armen gelegen hatte.

»Das habe ich auch geglaubt«, antwortete sie und spürte eine gewisse Sehnsucht nach Michael. »Aber es funktioniert nicht. Wir haben unterschiedliche Erwartungen an die Beziehung. Und jetzt muss ich los.«

»Wir müssen unbedingt was ausmachen«, antwortete Dorte. »Ich will Details. Bald.«

»Hi, Rebekka, good to see you.«

Ryan Sullivan erhob sich lächelnd, als Rebekka fast eine halbe Stunde zu spät und ein wenig außer Atem in der Weinstube eintraf. Sie hatte Ryan knapp vier Jahre nicht gesehen, doch er sah noch genauso aus, wie sie ihn von ihrer Zeit beim FBI in Quantico im Staat Virginia in Erinnerung hatte, wo sie beide an einer längeren Fortbildung teilgenommen hatten. Als sie ihn damals kennenlernte, war er bereits ein erfahrener Ermittler gewesen. Sie hatten einen Teil ihrer

Freizeit miteinander verbracht, und Ryan hatte sie großzügig an seiner reichhaltigen Berufserfahrung teilhaben lassen. In den vergangenen vier Jahren hatte sie immer wieder davon profitiert, wenn sie ihm zu konkreten Fragen im Zuge einer Ermittlung eine E-Mail geschickt oder ihn angerufen hatte. Ryan hatte sich jedes Mal reichlich Zeit genommen und ihr hilfreiche Ratschläge erteilt. Er war eine Art Mentor für sie geworden, obwohl sie sich seit ihrem Aufenthalt beim FBI nicht mehr gesehen hatten.

Ryan war mittlerweile Anfang fünfzig. Er war groß und hatte eine hellbraune Haut, die mit Sommersprossen übersät war. Das früher rotbraune Haar war in den vergangenen Jahren etwas ergraut und spärlicher geworden, doch die Augen waren noch genauso, wie sie sie im Gedächtnis hatte, groß und bernsteinfarben und von vielen Lachfältchen umrahmt. Er ähnelte einem großen, gutmütigen Bluthund.

»Bitte entschuldige, dass ich so spät bin. Wie ich schon am Telefon gesagt habe, arbeiten wir an einem Fall …«

»Ich weiß – das verschwundene Mädchen.«

»Genau«, Rebekka senkte die Stimme, »und es sieht nicht gut aus. Sie ist wie vom Erdboden verschluckt … Wir haben nicht eine konkrete Spur, der wir nachgehen können. Wir haben ihr Handy gefunden, ihren Pullover und eine Zeugin, die …«

»Setz dich, Rebekka, und erzähl mir von dem Fall. Allerdings siehst du aus, als könntest du etwas zu trinken und zu essen gebrauchen, ein Glas Wein oder ein Bier?«

Sie ließ sich dankbar auf das weiche Sofa fallen, und kurz darauf standen ein großes Glas Rotwein und ein Teller mit Tapas vor ihr. Sie prosteten sich zu, und sie trank einen Schluck Wein und biss in ein Stück Knoblauchbrot mit

Tomatensalsa. Das Essen schmeckte köstlich, und ein paar Minuten unterhielten sie sich unbeschwert miteinander.

Ryan und sein Kollege Ted Palmer waren am späten Nachmittag des Vortags in Kopenhagen angekommen, um an einer Konferenz teilzunehmen, die den Startschuss für eine größere Europatournee bilden sollte. In den kommenden zwei Monaten würden sie innerhalb der EU hin und her reisen und von ihren Erfahrungen mit dem amerikanischen Alarmsystem Amber Alert berichten. Dieses nationale Alarmsystem trat in Kraft, wenn ein Kind verschwunden war und man ein Verbrechen befürchtete. Es bestand aus einem Netzwerk von lokaler Polizei, FBI, Radiostationen, TV-Stationen, elektronischen Reklametafeln an den Straßen und SMS-Warnungen.

»In den letzten Jahren hat es von der Europäischen Kommission mehrmals Vorschläge gegeben, ein internationales Einsatzprogramm wie unser amerikanisches zu schaffen. Viele Länder haben überhaupt kein System, und es herrscht Bedarf an einem gemeinsamen, international koordinierten Programm. Man könnte sagen, dass der Fall Madeleine McCann in Portugal diesen Bedarf auch hier in Europa verdeutlicht hat«, erklärte Ryan.

»Wie viele Kinder verschwinden jährlich in Europa?«, fragte Rebekka und schob sich eine Olive in den Mund.

»Niemand kennt die genaue Zahl, doch dem National Center for Missing and Exploited Children in den USA zufolge geht man von ungefähr sieben bis acht Millionen Kindern aus, die pro Jahr weltweit verschwinden.«

»Wow.«

»Darunter fallen auch Kinder, die verschwinden und nach ein paar Stunden in guter Verfassung wieder auftauchen.

Dann sind da all die Flüchtlingskinder ohne Begleitung, die spurlos in den EU-Ländern verschwinden. Beim Großteil der Fälle handelt es sich jedoch um Kinder, die von zu Hause weglaufen. Nur wenige Prozent der Kinder aus den EU-Ländern werden von Fremden entführt.«

»Ich bin der Meinung, dass die Medien einen wichtigen Beitrag für die Ermittlungen leisten, wenn in Dänemark ein Kind verschwindet«, sagte Rebekka.

Ryan nickte. »Das stimmt, ein verschwundenes Kind und vielmehr noch ein ermordetes Kind ist für die Medien der westlichen Länder eine gute Story, genau wie in den USA. Allerdings könnte man den gesamten Einsatz der Medien noch effektiver gestalten, wie es bei uns der Fall ist, und somit noch mehr verschwundene Kinder finden – rechtzeitig, wohlgemerkt. Wir wissen, dass fünfundsiebzig Prozent der Kinder, die von Fremden entführt und ermordet werden, innerhalb der ersten drei Stunden nach ihrer Entführung getötet werden.«

Rebekka nickte ernst. »Darüber bin ich mir sehr wohl im Klaren, und deshalb sind wir auch so frustriert, dass wir im Fall Sofie noch nicht weitergekommen sind. Wie lange wirst du in Dänemark bleiben?«

Ryan griff nach seinem Weinglas, um mit ihr anzustoßen. »Nur ein paar Tage, aber ich komme bald wieder. Dein Chef, Brodersen, war so freundlich, Ted und mir im Präsidium ein Büro zur Verfügung zu stellen, das wir nutzen können, solange wir hier sind. Ansonsten wohnen wir im Hotel Strand in der Havnegade. Kopenhagen soll unsere Basis sein. Das habe ich durchgesetzt – deinetwegen.«

Ryan lächelte sie an, und Rebekka musste das warme Lächeln, das die Augen strahlen ließ, einfach erwidern. Sie erinnerte sich an Ted Palmer als einen ehrgeizigen und begabten Ermittler, jedoch ohne die Empathie, die sowohl sie als auch Ryan besaßen. Ryan spielte an seiner Serviette herum und sah sie an.

»In ein paar Tagen geht's nach Deutschland, dann nach Frankreich, Portugal und Spanien – wir werden also viel unterwegs sein, aber es wird sicher interessant. Als Ted Palmer und ich uns mit deinem Chef gegtroffen haben, hat er uns kurz von dem verschwundenen Mädchen erzählt. Er war sehr interessiert an unserer Sicht der Ermittlung. Für uns könnte das Timing nicht besser sein. Leider, muss man sagen.«

Rebekka nickte und legte ihm kurz den Fall Sofie Kyhn Larsen dar.

»Natürlich muss zunächst die Familie im Fokus des Interesses stehen. Eine depressive Mutter, ein versoffener biologischer Vater, ein aggressiver Stiefvater, ein drogensüchtiger Onkel und vielleicht ein eifersüchtiger großer Bruder … Morde durch Fremde, die nicht zur Familie gehören, sind unglaublich selten, vor allem hier in Skandinavien«, meinte Ryan.

Rebekka nickte eifrig. »Meine Chefs, besonders Gundersen, konzentrieren sich vor allem auf den biologischen Vater Allan Larsen, der im Übrigen nicht aufzutreiben ist, obwohl wir mit mehreren Streifenwagen nach ihm gesucht haben.«

»Es erscheint ja auch verdächtig, dass der Vater nahezu gleichzeitig wie die Tochter verschwunden ist.«

»So ist es, und ich will auch gar nicht ausschließen, dass er etwas damit zu tun haben könnte, aber er ist offenbar häufig mehrere Tage hintereinander auf Sauftour und nicht auffindbar. Ich habe eher das Gefühl, dass der Stiefvater, Steffen Olsen, irgendetwas auf dem Kerbholz hat.«

Sie erzählte ihm von dem gebrochenen Arm, dem Pullover, den Steffen im Gebüsch des Naturspielplatzes gefunden hatte, und von den vielen Geldscheinen, die sie unter Sofies Matratze entdeckt hatten. Ryan hörte aufmerksam zu und lächelte sie hin und wieder aufmunternd an, während sie sprach.

»Lass uns die Aussagen Punkt für Punkt durchgehen«, sagte er nach einem kurzen Schweigen. »Ich denke aber, dass wir uns noch ein Glas bestellen sollten. Was meinst du?«

Sie nahm dankend an, spürte, wie sie sich entspannte, und freute sich über Ryans aufrichtiges Interesse an Sofie.

Es roch noch immer schwach nach Michael, als Rebekka gegen Mitternacht in die Wohnung zurückkam, und sie spürte ein sehnsüchtiges Ziehen im Bauch. Sie wünschte sich plötzlich, dass er in ihrem Bett läge und auf sie wartete, und sie stellte sich vor, wie seine großen, trockenen Hände über ihren Körper glitten, stark und sanft zugleich. Er würde sie nach dem Fall fragen und ihr beruhigend übers Haar streichen, während sie ihm von ihrem Tag erzählte. Sie würden die Vernehmungen durchgehen, er würde ihr seine Sicht der Dinge darlegen, Kommentare abgeben, gute Ratschläge erteilen, und obwohl sie in Mordermittlungen mehr Erfahrung hatte als er, war Michael immer ein wertvoller Zuhörer. Vernünftig, analytisch und mit einer guten Portion Einsicht in das menschliche Wesen.

Einen Moment war sie versucht, ihn anzurufen, ihm zu sagen, dass sie ihn vermisste, sich für ihre Kälte und ihr Unvermögen zu entschuldigen. Doch sie ließ es bleiben. Stattdessen warf sie Jacke und Tasche in die Diele, drehte eine Runde durch die Wohnung, um überall das Licht einzuschalten, und landete schließlich in der Küche. Aus dem Schrank holte sie sich eine Flasche Rotwein, öffnete sie und schenkte sich ein Glas voll, auf dem noch immer ein leichter Lippenstiftabdruck zu sehen war. Sie musste gründlicher spülen.

Der Wein schmeckte irgendwie sauer, fand sie und trank noch einen Schluck. Sie setzte sich auf das Sofa, zappte zwischen den Kanälen hin und her, ohne nach etwas zu suchen, als sie hörte, dass eine SMS auf ihrem Handy einging. Sie war von Gundersen, der schrieb, dass die Zeugin vom Naturspielplatz inzwischen Sofies Vater als denjenigen identifiziert hatte, den sie mit Sofie gesehen hatte. Aufgrund dieser Zeugenaussage waren jetzt mehrere Streifenwagen unterwegs, um Allan Larsen so schnell wie möglich zu finden.

Rebekka trank aus, während sie sich vorzustellen versuchte, wie der versoffene Kleinkriminelle Allan seine Tochter entführte. Hatte jemand wie er, mit einem eskalierenden Drogen- und Alkoholproblem, überhaupt ein Interesse daran, ein Kind im Schlepptau zu haben? War er nicht letztlich dankbar dafür, dass es eine Mutter gab, die sich um ihr gemeinsames Kind kümmerte, während er sein Leben in diversen Kneipen verbrachte? Er konnte sich das Mädchen natürlich in einem Anfall von Wahnsinn geschnappt haben, genauso wie es um Erpressung gehen konnte.

Sie spürte, wie sie langsam dösig wurde, ging ins Bad, um

sich die Zähne zu putzen, und kroch ins Bett. Sie zog die Decke über den Kopf, schloss die Augen und ließ ihren Gedanken freien Lauf, doch obwohl sie sich Mühe gab, nicht an die kleine Sofie zu denken, ließen sie die Vorstellungen, was ihr passiert sein mochte, nicht los.

»Wo warst du eigentlich? Du warst plötzlich einfach verschwunden.«

Anitas Stimme zerriss die Stille im Schlafzimmer. Das Morgenlicht drang durch die Lamellen des Rollos, hellgrau mit einem Streifen von Morgenröte. Keiner von ihnen hatte geschlafen. Sie hatten die ganze Nacht unbeweglich Seite an Seite gelegen und ins Dunkel gelauscht. Die Nachbarn oben hatten sich gestritten, wie üblich, ein paar Jugendliche hatten im Hof Flaschen zerdeppert und sich lautstark über den Krach amüsiert. Irgendwann war der Laut einer Sirene zu ihnen hereingedrungen und hatte sie erstarren lassen, bis das Tschilpen der Amseln draußen im Gebüsch einen neuen Tag ankündigte.

Steffen antwortete nicht auf die Frage, kniff nur die Augen fest zu, als wären sie Rollos, die ihn vor der Wirklichkeit abschirmen könnten.

»Wo warst du?«, wiederholte sie und fügte hinzu: »Du warst plötzlich verschwunden, und es hat ewig gedauert, bis du zurückgekommen bist, über eine Stunde.«

Anitas Stimme war leise, fast zärtlich, doch mit einem gefährlichen Unterton. Steffen räusperte sich, er hatte ihr weiter den Rücken zugewandt, er mochte sich nicht zu ihr umdrehen, mochte sie nicht ansehen. Er zog die Decke fester um sich, sie roch muffig, nach ihnen allen. Ein klaustrophobischer Geruch.

»Zum allerletzten Mal: Ich war drüben im Klub. Mir ist plötzlich eingefallen, dass ich ein paar wichtige Papiere für die Stadtverwaltung noch nicht ausgefüllt hatte. Ich habe sie zur Post gebracht.«

Anita war still geworden, ihr Atem kaum hörbar. Er wartete. Noch immer keine Reaktion. Vielleicht war sie eingeschlafen, die letzten vierundzwanzig Stunden waren anstrengend gewesen, mit Tränen, Schreien und vielen unbeantworteten Fragen. Die Müdigkeit lastete wie eine dicke Decke auf ihm, die Muskeln fühlten sich schwach an, ein ungewohntes Gefühl. Normalerweise fühlte er sich gesund und stark, hatte Oberwasser.

Steffen wollte gerade erleichtert aufatmen, als er spürte, wie sich Anitas scharfe Nägel in seinen Rücken bohrten, seine Haut aufrissen, während sie ihm ins Ohr zischte: »Du hast sie umgebracht, du Schwein. Ich weiß das. Gib es doch zu, du konntest sie noch nie leiden. Du hast sie gehasst ... Was glaubst du, was die Polizei sagt, wenn ich ihnen das mit dem Arm erzähle?«

Er schob sie mit einer solchen Kraft von sich, dass sie mit einem Knall auf dem Boden landete. Er hörte sie nach Luft schnappen. Wie konnte sie es wagen, so mit ihm zu reden, ihn zu beschuldigen? Er erwog einen kurzen Moment, ob er es schaffen würde, aufzustehen und ihr die Tracht Prügel zu verpassen, die sie verdient hatte, entschloss sich jedoch, seine Kräfte zu schonen. Sie sollten jetzt nicht noch mehr Aufmerksamkeit auf sich lenken.

Steffen rief sich das Gespräch mit den Ermittlern im Präsidium in Erinnerung, Rebekka Holm und Reza irgendwas. Er spürte noch immer den abschätzenden Blick der Ermittlerin auf sich ruhen, und ein Gefühl von Unwohlsein breitete sich in seinem Körper aus. Unmittelbar bevor er wegdriftete, überlegte er, ob es Anita einfallen könnte, ihn während des Schlafs zu überfallen, vielleicht mit einem Messer, doch er kam zu dem Schluss, dass sie das nicht wagen würde. Dann schlief er ein.

———

»Wir konzentrieren uns zu hundert Prozent darauf, Sofies biologischen Vater, Allan Larsen, zu finden. Wir haben einen Durchsuchungsbeschluss bekommen und uns seine Wohnung angeschaut, aber weder eine Spur von dem Mädchen noch einen Hinweis auf seinen Aufenthaltsort gefunden. Das Einzige, was wir gefunden haben, waren leere Flaschen und Müll.«

Gundersen eröffnete die Morgenbesprechung und ließ seinen scharfen Blick durchs Zimmer wandern, in dem es trotz der frühen Stunde bereits schwül war. Die Kollegen gähnten, nickten, scharrten mit den Füßen. Rebekka sah sich nach Brodersen um, aber er war nicht da.

»Wir *müssen* ihn finden. Unsere einzige Zeugin hat bestätigt, dass es Allan Larsen war, den sie vorgestern gesehen hat, wie er gegen vierzehn Uhr ein Kind vom Naturspielplatz weggetragen hat, auf das die Beschreibung von Sofie passt. Das heißt, wir konzentrieren uns darauf, ihn zu finden, und werden mit großer Wahrscheinlichkeit den Fall abschließen können, wenn uns das gelingt.«

Rebekka hob die Hand zum Zeichen, dass sie etwas sagen wollte, und Gundersen nickte ihr kurz zu.

»Ich hätte gerne eine Erklärung dafür, wie die Zeugin Allan Larsen identifizieren konnte, wenn es, soweit mir bekannt, gar keine offizielle Fotoidentifizierung gegeben hat, wie es die Regeln vorschreiben?«

Gundersen stöhnte verärgert auf. »Rebekka, ich habe die Zeugin gestern Abend selbst befragt, um mit ihr die Geschehnisse auf dem Naturspielplatz durchzugehen. Auf meinem Schreibtisch lagen ein paar Fotos von Allan Larsen, die ich vergessen hatte wegzuräumen. Sie hat sie plötzlich gesehen und gesagt, dass das der Mann sei, der Sofie weggetragen habe.«

»Du hattest diese Fotos ganz zufällig da herumliegen, als sie kam?«, meinte Rebekka sarkastisch und ärgerte sich, dass Gundersen als Chef die Regeln brach, was ein Strafverfahren mit einem Knall zum Einsturz bringen konnte.

»Ja, Rebekka, sie lagen ganz zufällig da, und jetzt wäre es schön, wenn du mich den Tagesplan durchgehen lassen würdest.«

Rebekka biss wütend die Zähne aufeinander, verschränkte die Arme und wünschte, dass Brodersen da wäre.

»Allan Larsen ist verschwunden«, fuhr Gundersen fort, »genau wie seine Tochter, und er hat über die Jahre der Familie wiederholt damit gedroht, das Kind zu sich zu holen. Wir müssen ihn finden und mit ihm Sofie, so schnell wie möglich. Der Vater ist unberechenbar …«

»Du hast völlig recht, dass Allan Larsen unberechenbar ist«, warf Rebekka ein und sah, wie Gundersens Gesicht rot anlief, weil sie ihn mitten in einem Satz unterbrach. »Aber von Allan Larsens Drohungen wissen wir nur über Sofies

Mutter und den Stiefvater, nicht aber von Allan Larsen selbst.«

»Das ist richtig, liegt aber daran, dass wir Larsen bisher nicht finden konnten, weil er mit seiner Tochter abgehauen ist.«

Gundersen verschränkte die Arme und warf ihr einen grimmigen Blick zu, der sie mit aller Deutlichkeit zum Schweigen aufforderte, doch Rebekka ließ sich nicht einschüchtern.

»Natürlich muss Allan Larsen gefunden werden«, sagte sie. »Aber Simonsen und ich sind mit der Zeugin zum Naturspielplatz gefahren, und sie hat daran festgehalten, dass sie das Gesicht des Mannes nicht deutlich gesehen hat, er war zu weit weg. Sie war sich insgesamt sehr unsicher …«

»Sie hatte nicht die geringsten Zweifel, als sie das Foto von Allan Larsen gesehen hat.«

»Ich meine nur, dass es andere in Sofies Umfeld gibt, die es ebenfalls verdienen, unter die Lupe genommen zu werden. Eine depressive Mutter, ein aggressiver Stiefvater, ein Onkel, der …«

»Rebekka, keine Sorge. Wir gehen professionell vor und sehen uns alle Möglichkeiten ganz genau an.« Gundersens Stimme troff vor Sarkasmus.

»Ich möchte nur darauf aufmerksam machen, dass ich das Gefühl habe …«

Gundersen lächelte sie höhnisch an. »Mit Gefühlen kommen wir hier in der Abteilung nicht weiter.«

Gundersen und Simonsen sahen sich an, und auch Simonsens Lächeln wurde immer spöttischer. Rebekka lehnte sich zurück und umklammerte den Stuhl, während sie beiden einen hasserfüllten Blick zuwarf.

Als sie kurz darauf in ihrem Büro saß, holte sie ein Blatt Papier aus der Schreibtischschublade. In die Mitte schrieb sie *Sofie* und malte einen Kreis darum herum, in den sie *Steffen*, *Bo*, *Mark* und *Allan* schrieb. Vier Personen in der nächsten Umgebung, die kein Alibi für die Stunden hatten, in denen Sofie verschwunden war. Mark setzte sie schnell in Klammern. Was sollte er für ein Motiv haben? Zum anderen bezweifelte sie, dass er genug Initiative besaß, um eine Entführung durchzuziehen. Er hatte keinen Führerschein, und, was am wichtigsten war, die Beschreibung des Entführers passte nicht auf ihn.

Sie holte sich Allan Larsens Strafregisterauszug. Wie Gundersen gesagt hatte, war Allan Larsen diverse Male verurteilt worden, meistens wegen Diebstählen, aber nie wegen Gewaltdelikten. Die Stadtverwaltung hatte eine Unmenge an Material über Allan Larsen geschickt. Der Mann war im Vorruhestand, und das seit frühester Jugend. Er litt an Hepatitis C und war der Krankenakte zufolge ein Mensch, der sowohl physisch als auch psychisch von seinem schweren Leben gezeichnet war. Es gab keine Vermerke bezüglich irgendwelcher Drohungen. Ganz im Gegenteil beschrieben diverse Sachbearbeiter Allan Larsen als einen Mann ohne große Ressourcen, der jedoch freundlich und kooperativ war. Er hatte mehrere Entzüge hinter sich, doch es war ihm nie gelungen, länger als ein paar Monate trocken und clean zu bleiben.

Bo erwachte davon, dass ihm die Sonne ins Gesicht schien. Er blieb einen Moment ganz still liegen, fast ohne zu atmen, während er die Wärme genoss, die sich wie eine Liebkosung auf seiner Haut anfühlte. Kurz darauf schlug er die Augen auf, blinzelte ins Licht und wunderte sich, dass die Sonne überhaupt durch die schmutzigen Fenster drang. Er hatte nie Fenster geputzt, obwohl er seit knapp zehn Jahren in der Wohnung wohnte. Vielleicht war das Licht ein Zeichen?

Bo zweifelte nicht, dass es mehr gab als die sichtbare Welt. Er spürte das, hatte oft einen siebten Sinn, fing Stimmungen und Gefühle ein und wusste bisweilen schon im Vorfeld, was gleich passieren würde. Allerdings behielt er seine übernatürlichen Wahrnehmungen für sich; die wenigen Male, die er versucht hatte, Steffen in seine Gedanken einzuweihen, hatten damit geendet, dass der Bruder sich vor Lachen gekrümmt hatte. Steffen hatte ihm klar zu verstehen gegeben, dass Bo seiner Meinung nach Unsinn redete, wenn er über Dinge aus dem Jenseits sprach, und deshalb schwieg Bo lieber.

Aber die kleine Blaumeise, die einmal am Todestag ihrer Mutter auf seinem Balkon gesessen hatte, war ganz sicher die Mama gewesen. Das wusste er einfach. Sie hatte dort auf dem Balkon gesessen und so schön gesungen, und als er die Balkontür geöffnet hatte, war sie nicht weggeflogen, sondern hatte nur den Kopf schräg gelegt, ihn angesehen und weitergezwitschert.

Bo rollte sich auf die Seite. Sein Körper tat weh und war schwer, fast wie tot, und er streckte vorsichtig die Glieder, um sie zum Leben zu erwecken. Jetzt musste er nur noch aufstehen, irgendwie ins Bad kommen und dann in die Küche, um zu frühstücken. Ihm fiel ein, dass er vergessen hatte einzukaufen, im Kühlschrank herrschte gähnende Leere. Am Vorabend war er schwindelig vor Hunger ins Bett gesunken.

Er musste sich zusammenreißen und nicht immer die gesamte Sozialhilfe für Hasch ausgeben. Bo schloss die Augen. Es gab so viel, was man im Leben tun musste, und er verstand nicht, wie andere Menschen die täglichen Aufgaben wie Arbeiten, Saubermachen und Kinder aufziehen so leicht bewältigten, wenn er es nicht einmal fertigbrachte, aus dem Bett aufzustehen. Was hatten die anderen, das ihm fehlte?

Seine Gedanken kreisten erneut um seinen älteren Bruder, der durchs Leben jonglierte. Steffen hatte Anita, Patrick, Mark und Sofie – und bei dem Gedanken an Sofie verkrampfte sich Bos Herz kurz und heftig. Steffen hatte auch seinen Job im Klub, wo die jungen Typen zu ihm aufsahen. Steffen hatte sein Gewichtheben, seine Schlangen und vor allem sein Selbstvertrauen. Und er selbst – was hatte er außer seiner sparsam möblierten Anderthalbzimmerwohnung und seinem enormen Verbrauch an Hasch?

Der Neid traf ihn wie ein plötzlicher Peitschenschlag. Früher hatte Steffen auch Drogen genommen, Sozialhilfe bezogen und auf dem Sofa herumgelungert. Doch ihm war es gelungen, clean zu werden und etwas aus sich zu machen. Und jetzt passierte Steffen endlich einmal etwas Schlimmes. Etwas, das er nicht steuern oder regeln konnte. Steffen war schachmatt gesetzt. Der Gedanke, dass sein älterer Bruder auch einmal in der Klemme war, fühlte sich wunderbar und verboten an. Dann tauchte das Bild von Sofie wieder auf seiner Netzhaut auf. Ihre blauen Augen, die ihm bewundernd folgten, wenn sie ihn besuchte, ihre Zuwendung, ihr Eifer, ihm zu gefallen. Er hatte ihre Zuneigung genossen und sie mit der Aufmerksamkeit überschüttet, nach der sie so offensichtlich gierte.

»Wir haben die Liste der Gespräche bekommen, die von Sofies Handy aus geführt wurden«, berichtete Brodersen.

Die Energie im Besprechungszimmer war gut, und die hohe Presseaufmerksamkeit, die Sofie und der Fahndung nach Allan Larsen zuteilwurde, ließ die Telefonleitungen glühen. Die Fenster zur Straße standen offen. Das schöne Wetter hatte die Besucherzahlen des Tivoli um mehrere Prozent ansteigen lassen, und die Freudenschreie von den Fahrgeschäften drangen bis zu den Ermittlern herein, die aufmerksam der letzten Entwicklung im Fall Sofie lauschten.

»Ein Teil der Anrufe geht natürlich zu ihr nach Hause, das heißt zu Anita Kyhn und Steffen Larsen, ein paar zu den Nachbarn, dem Ehepaar Kjeldsen, und einige zu ihrem großen Bruder und zu ein paar Freundinnen. Das einzig Auffällige ist die Tatsache, dass Sofie häufig mit Bo Olsen, also ihrem Onkel, telefoniert hat. Wenn ich häufig sage, meine ich das wortwörtlich. Sie hat durchschnittlich ein- bis zweimal mit ihm telefoniert oder ihm eine SMS geschickt …«, er blickte über den Brillenrand, um zu sehen, ob er die Aufmerksamkeit aller hatte, bevor er den Satz vollendete, »und zwar täglich.«

Ein Raunen ging durch den Raum, das sofort von lautem Gemurmel abgelöst wurde. Einer wollte wissen, ob die SMS noch zugänglich seien. Brodersen nickte, zog einen Ausdruck aus einem Stapel, der auf dem Tisch hinter ihm lag, rückte seine Brille zurecht und begann zu lesen:

»Am neunundzwanzigsten Juni diesen Jahres schreibt Sofie an Bo: *Was machst du?* Worauf er antwortet: *Mich langweilen. Und du?* Und sie schreibt: *Vermisst du mich?* Und er antwortet: *Ja*, gefolgt von einem Smiley.«

Die Ermittler rutschten hin und her, peinlich berührt. Brodersen schob seine Brille zurück in die Stirn und blickte ernst. »Es gibt eine ganze Menge von Beispielen für diese Art von Korrespondenz zwischen den beiden, aber sie wird nie intimer, und man kann hineinlesen, was man will. Doch es besteht kein Zweifel, dass Sofie ihren Onkel oft besucht hat, wovon ihre Eltern keine Ahnung haben.«

Sein Blick suchte Rebekkas und Rezas. »Ihr habt Bo Olsen gestern befragt. Soweit ich es dem Protokoll entnehmen kann, hat er nichts davon gesagt, dass er täglich Telefonkontakt mit ihr hatte und dass sie ihn oft besucht hat, oder?«

»Ganz im Gegenteil. Er hat uns den Eindruck vermittelt, dass er Sofie für ein nettes Mädchen hält und sonst nichts. Die SMS erschüttern mich, muss ich zugeben.«

Brodersen nickte ernst. »Das ändert unseren Blickwinkel oder weitet ihn zumindest aus. Unser Hauptinteresse richtet sich nach wie vor auf Sofies biologischen Vater, Allan Larsen, doch es besteht kein Zweifel, dass wir noch einmal mit Bo Olsen reden müssen. Heute, und zwar hier im Präsidium. Mittlerweile sind massenhaft Hinweise aus der Bevölkerung eingegangen, die wir gerade durchgehen. Mehrere davon scheinen interessant, aber keiner springt sofort ins Auge, leider …«

Es klopfte an der Tür. Brodersens Sekretärin, eine Frau mittleren Alters mit einer dicken Schicht Lippenstift, reichte ihm einen Zettel, den er mit gerunzelter Stirn las. Er nickte kurz, sie verschwand wieder, und er wandte sich mit erleichtertem Gesichtsausdruck an die Versammlung.

»Wir haben gerade einen Hinweis zu Allan Larsen hereinbekommen. Demzufolge soll er sich im Moment auf einer Bank im Jagdvej aufhalten. Rebekka und Reza, bringt ihn so schnell wie möglich hierher. Ich schicke noch einen extra Wagen hin, falls er Ärger macht.« Brodersen lächelte schwach. »Was für ein Pech für Gundersen, dass er gerade in einer Besprechung sitzt. Er hätte Allan Larsen bestimmt liebend gern selbst hergebracht.«

Das Meer war eiskalt, als Søren sich zwang unterzutauchen, und er schrie kurz auf, als ihm das Wasser bis zum Kinn reichte. Er machte ein paar Schwimmzüge, mehr um sich zu beweisen, dass er schwimmen konnte, als dass er Lust dazu hatte, und atmete erleichtert auf, als er wieder festen Boden unter den Füßen hatte. Dann stieg er aus dem Wasser, ging zu seinem Handtuch, das am Strand lag, und setzte sich. Das war ein guter Platz, den er sich da ausgesucht hatte. Hier konnte er in aller Ruhe sitzen und den Kindern zusehen, ohne dass jemand das merkwürdig finden würde. Über die Jahre war es schwieriger geworden, Kinder zu beobachten. Die Zeitungen waren voll von diesen Pädophiliegeschichten, er konnte das Wort kaum aussprechen. Früher hatte er sich auf einen Spielplatz setzen können, doch jetzt stand oft auf irgendwelchen Schildern, dass Erwachsene nur zusammen mit Kindern willkommen seien. Die wenigen Male, die er sich trotzdem auf einen Spielplatz gewagt hatte, war er von den Müttern schief angesehen worden und schnell wieder verduftet. Doch heute würde er den Anblick genießen. Er hatte ein Recht, hier zu sein.

Die Sonne brannte auf seine blasse Haut, und nach dem Schwimmen spürte er das Herz heftig in seiner Brust schlagen. Das Wasser war kalt gewesen, zu kalt für ihn. Er blickte an sich hinunter, sein runder, weißer Bauch stand wie eine Marmorkugel vor. Er versuchte, die Luft einzuhalten, ohne dass das eine nennenswerte Auswirkung gehabt hätte, der Bauch wurde nicht weniger. Vor ihm lief eine kleinere Gruppe von Kindern herum, die am Ufersaum spielten. Sie schienen ihren Spaß zu haben, denn sie lachten laut, während sie sich mit Wasser bespritzten. Søren lächelte und wünschte sich, einer von ihnen zu sein, mitspielen zu können. Sein Blick fiel auf ein Mädchen von sechs, sieben Jahren, das besonders reizend war. Sie trug einen roten Badeanzug mit weißen Punkten und lief lachend durch den Sand, während das Haar hinter ihr herflatterte. Søren schluckte, ballte die Hände zu Fäusten. Er hätte zu gerne gewusst, wie sie hieß. Es musste ein schöner Name sein wie Isabella oder …

»Annika. Komm her, Annika.« Eine Frauenstimme riss ihn abrupt aus seinen Tagträumen. Das Mädchen in dem gepunkteten Badeanzug blieb stehen. Dann lief es zu seiner Mutter, die es bei der Hand nahm und mit sich fortzog, während sie Søren misstrauisch ansah.

Er blickte schnell in die andere Richtung, während sein Gehirn auf Hochtouren arbeitete. Annika. Den Namen hatte er noch nicht so oft gehört, aber er war schön. Woher kannte er ihn nur? Er runzelte die Stirn, während er fieberhaft sein

Gedächtnis durchforstete. Annika, Annika, Annika. Er hätte beinahe einen lauten Jubelschrei von sich gegeben, als es ihm einfiel. Annika. So hieß das kleine dunkelhaarige Mädchen in den Pippi-Langstrumpf-Filmen.

Er drehte den Kopf, um noch einen Blick auf das Mädchen zu erhaschen, doch sie und ihre Mutter hatten sich einen anderen Platz gesucht, so weit von ihm weg, dass sie zu zwei Schemen geworden waren, die in dem weißen Sonnenlicht flimmerten.

»Sind Sie Allan Larsen?«

»Wer will das wissen?«

Rebekka zeigte dem Mann auf der Bank ihre Polizeimarke, und er beugte sich unsicher vor, während er seinen Blick zu fokussieren versuchte. Er sah genauso aus wie auf dem Foto, krankhaft mager, fettiges Haar, blasse Haut, fleckige Kleidung, und er stank nach einer Mischung aus Urin und Alkohol. Am anderen Ende der Bank stand ein Kasten Bier, von dem ungefähr die Hälfte ausgetrunken war.

»Wir haben Sie gesucht.«

»Warum denn das?« Allan Larsen zog eine Flasche Aquavit aus der Innentasche, setzte sie an den Mund und schüttete den Alkohol in sich hinein.

»Sie sollten jetzt aufhören zu trinken.«

Reza machte einen Schritt auf Allan zu, doch Rebekka hielt ihn mit einer Hand zurück. Sie trat noch dichter an Allan heran, trotzte dem Gestank.

»Wo waren Sie?«

»Hier und da.« Allan lächelte sie mit seinen blutunterlaufenen Augen an und entblößte ein paar schiefe Zahnstummel.

»Das ist wichtig, Allan. Wir müssen mit Ihnen reden. Sie müssen mit aufs Präsidium kommen.«

»Warum? Ich hab seit Monaten keinen Scheiß mehr gebaut.«

»Kommen Sie bitte mit, Allan. Wir sagen es Ihnen dort.«

»Ja, aber ich sitz doch grad hier und hab meinen Spaß mit Grit. Griiit!«, rief er laut, und aus dem Gebüsch hinter ihnen erhob sich eine Frauengestalt, die sich gerade den Reißverschluss ihrer Jeans zuzog. Sie schwankte gewaltig.

»Grit. Das ist die Polizei. Ich soll mit, sagen sie ...«

»Musst du gar nicht. Er hat nix gemacht. Wir sitzen doch nur hier und haben unseren Spaß ...«

Die Frau näherte sich Rebekka mit einem drohenden Gesichtsausdruck. Genau wie Allan Larsen war sie ungepflegt, das Haar hing in fettigen Strähnen herab, und ihre Hose und das T-Shirt wiesen große Flecken auf. Rebekka blieb unbeeindruckt stehen, was die Frau innehalten ließ. Rebekka wandte sich erneut an Allan Larsen.

»Allan, es geht um Ihre Tochter, um Sofie.«

»Was?« Allan Larsen wirkte plötzlich nüchtern, als der Name seiner Tochter fiel. Er stand abrupt auf, schwankte kräftig und fiel Rebekka beinahe in die Arme.

»Ist ihr was passiert?«

»Das wissen wir nicht. Kommen Sie jetzt bitte mit.«

Rebekka drehte sich um und ging zum Auto, gefolgt von Reza, der Allan Larsen stützen musste. Rebekka bat die Kollegen im Streifenwagen, Grit mitzunehmen, um auch sie über ihr und Allans Tun und Treiben in den vergangenen Tagen zu befragen.

Grit stand noch an der Bank und machte sich ein Bier auf. Sie trank einen Schluck aus der Flasche und drehte sich in dem Moment zu ihnen um, als sie die Autotüren schließen wollten, um zu fahren.

»Allan!«, rief sie.

»Ja?« Er steckte den Kopf aus der offenen Autotür.

»Ich pass auf das Bier auf.«

»Okay.«

»Und noch was, Allan.« Sie machte ein paar wacklige Schritte auf ihn zu. »Ich hatte keine Ahnung, dass du eine Tochter hast.«

Die Fahrt zurück ins Präsidium erschien ihnen lang mit dem betrunkenen Allan Larsen. Sie mussten unterwegs mehrere Male anhalten, weil er sich übergeben musste. Reza wandte angewidert das Gesicht ab, während der Mann sich vorbeugte und seinen Magen in den Rinnstein entleerte. Rebekka bemühte sich, ein Grinsen zu unterdrücken, sie kannte Reza gut genug, um zu wissen, dass er äußerst sensibel war, was Ausscheidungen betraf. Sie hatte, seit sie zusammenarbeiteten, schon mehrmals erlebt, wie ihm in solchen Situationen schlecht geworden war.

Es bestand kein Zweifel, dass Allan tagelang durchgesoffen hatte, und Rebekka fragte sich, ob sie ihn zur Ausnüchterung schicken sollten, bevor sie ihn vernahmen, kam jedoch zu dem Schluss, dass sie vorrangig versuchen mussten, etwas aus ihm herauszubekommen, was sie bei ihrer Suche nach Sofie weiterbrachte. Sie boten ihm an, die Dusche zu benutzen, was er annahm. Unterdessen kochte Reza eine Kanne starken Kaffee.

Eine halbe Stunde später saß Sofies Vater ihnen in sich zusammengesunken gegenüber, während sie ihm erklärten, dass seine neunjährige Tochter seit achtundvierzig Stunden verschwunden war. Allan Larsen vergrub das Gesicht in den Händen und versuchte, die Information zu verdauen.

»Man wirft Ihnen nichts vor, und Sie sind auch nicht verpflichtet, eine Aussage zu machen ...«

Rebekka informierte ihn über seine Rechte, und als sie fertig war, sah sie ihn eindringlich an.

»Ich habe damit nichts zu tun.« Er trank einen Schluck Kaffee, seine Hände zitterten unkontrolliert.

»Sie haben uns noch immer nicht erzählt, wo Sie die letzten Tage waren, Allan.«

»Nee, das stimmt.« Allan Larsen starrte mit leerem Blick vor sich hin. »Ich kann mich nicht richtig erinnern. Alles ist schwarz. Ich hab getrunken und Dope genommen ... zusammen mit dieser Grit. Hey, Sie haben sie doch getroffen, verdammt. Gerade eben. Mit der war ich zusammen. Jetzt dämmert es mir ...«

Allan Larsen lächelte erleichtert, und Rebekka stellte ein weiteres Mal fest, dass seine Zähne in einem unglaublich schlechten Zustand waren. Er konnte damit unmöglich normales Essen kauen.

»Sie haben mit ihr zusammen Dope genommen, sagen Sie, und getrunken ...«

Allan Larsen nickte. »Ein bisschen mehr als sonst. Wir haben es krachen lassen, Grit und ich.«

»Wann haben Sie denn damit angefangen, es krachen zu lassen?«

Allan Larsen zuckte mit den Schultern.

»Können Sie jeden einzelnen Tag nachvollziehen?«

»Seh ich so aus?« Allan lachte plötzlich, und Rebekka schrieb das unpassende Lachen seinen Promille zu.

»Allan, sehen Sie – wir haben ein Problem, und zwar ein großes.«

Allans Blick wurde unsicher.

»Wir haben eine Zeugin, die gesehen hat, wie Sie Sofie vom Naturspielplatz im Valby Park weggetragen haben.«

»Was?« Allan Larsen sah sie aufrichtig überrascht an.

Sie nickte ruhig.

»Das stimmt aber nicht, verdammt.« Er versuchte sich zu erheben, gab es jedoch auf, als Reza sich gleichzeitig anschickte aufzustehen.

»Das stimmt nicht«, wiederholte er, und Rebekka hatte den Eindruck, echte Angst in seinem Blick ausmachen zu können.

»Grit und ich waren in Nørrebro unterwegs, in verschiedenen Kneipen. Sie können die Barkeeper selbst fragen. Ich versuche mich zu erinnern …«

»Sofie ist verschwunden. Wir haben auf dem Naturspielplatz ihren Pullover und ihr Handy gefunden, aber sonst haben wir nichts, dem wir nachgehen könnten. Wissen Sie, wo sie ist?«

Allan Larsen schüttelte heftig den Kopf. »Ich erinnere mich, dass wir zu Grits Eltern gefahren sind. Ich weiß nicht mehr, welcher Tag das war, aber wir sind da immer willkommen. Es gibt warmes Essen und so. Sie können sie selbst fragen. Die sind supernett. Grit hat Glück, dass sie sie hat.«

»Allan, Ihre Tochter ist weg. Sie ist vor zwei Tagen verschwunden, und bis auf den Pullover und das Handy haben wir keine konkrete Spur. Es ist ernst. Sie sollten sich Sorgen machen.« Reza starrte den Mann, der ihm gegenübersaß, ärgerlich an.

»Ich mache mir ja auch Sorgen. Große sogar.«

Allan Larsen pulte sich Schorf von seinem Handrücken, bis Blut aus der Wunde trat. Reza rückte unwillkürlich ein Stück von ihm ab. Rebekka warf Allan eine Küchenrolle zu. Er riss ein Stück ab und drückte es auf seine Hand.

»Wir haben gehört, dass Sie wiederholt Drohungen ausgesprochen haben, gegen Ihre Tochter Sofie und ihre ...«

»Niemals. Ich habe Sofie nie bedroht. Das würde mir nicht mal im Traum einfallen.«

»Unseren Informationen zufolge haben Sie der Mutter Ihrer Tochter, Anita Kyhn, gedroht und Ihrem ...«

»Ich habe niemandem gedroht.«

»Allan.« Rebekka sprach leise und eindringlich.

»Mehrere Personen haben unabhängig voneinander erklärt, dass Sie im Lauf der Jahre Ihre Exfreundin Anita Kyhn und Ihre gemeinsame Tochter Sofie des Öfteren bedroht haben. Sie sollen unter anderem gesagt haben, dass Sie Sofie gerne öfter bei sich hätten, und damit gedroht haben, dass niemand sie haben soll, wenn sie nicht zu Ihnen kommen darf.«

Allans Blick verdunkelte sich vor Wut. »Ich möchte drauf wetten, dass Anita und Steffen Ihnen diesen Scheiß erzählt haben. Anita ist eine Hexe. Eine Hexe, sag ich nur. Man hält sie für schwach und unschuldig, doch um sich Vorteile zu verschaffen, ist sie zu fast allem fähig. Da können Sie Steffen fragen. Ich bin mir sicher, dass er auch seine Kämpfe mit ihr hat, das lässt sich nämlich nicht vermeiden. Sie ist unnachgiebig, auch Sofie gegenüber. Sofie hat Angst vor ihr, aber sie traut sich nicht, was zu sagen, auch nicht zu mir. Aber ich spüre das.« Er griff nach dem Kaffee, trank einen großen Schluck und fügte hinzu: »Sind Sie sicher, dass Anita nichts mit dem Ganzen zu tun hat? Oder Steffen? Es kann gut sein, dass er Ihnen gegenüber den netten Stiefvater mimt, aber er mag Anitas Kinder nicht, weder Sofie noch Mark. Woher wissen Sie denn, dass sie ihm nicht einfach zu Willen war und Sofie auf die Seite geschafft hat?«

Allan lehnte sich im Stuhl zurück, verschränkte die Arme und starrte sie trotzig an.

»Das ist eine ernste Anklage, die Sie da vorbringen«, sagte Reza und stand auf, um sich die Beine zu vertreten.

Allan nickte. »Das kann gut sein, aber alles, was ich sage, ist wahr.«

»Haben Sie konkrete Beispiele dafür, dass Sofie Angst vor ihrer Mutter hat? Hat Sofie von irgendwelchen Übergriffen zu Hause erzählt oder …«

Allan schüttelte den Kopf. »Nein, Sofie und ich haben kein sehr enges Verhältnis. Dafür hat Anita schon gesorgt. Sie spricht schlecht von mir, das hat sie immer getan. Sie ist raffiniert, genau wie ihre Mutter. Die ganze Familie ist unangenehm, die ganze Familie Kyhn, ich hätt mich nie mit denen einlassen dürfen, aber damals war ich eben jung und dumm …«

Allan Larsen trank schlürfend noch einen Schluck Kaffee.

»Wie oft sehen Sie Ihre Tochter?«

»Nicht oft. Sofie kommt, wie gesagt, nicht gern zu mir. Es war immer ein Kampf, eine Zeit mit ihr auszumachen, und irgendwann hab ich aufgegeben. Außerdem, was hab ich ihr schon zu bieten? Ich hab einen Schrotthaufen von einer

Wohnung, und dann ist da noch das Dope und das Bier ...« Allan Larsen senkte den Kopf.

»Sie sind sich darüber im Klaren, dass sie ein Suchtproblem haben. Trotzdem drohen Sie damit, dass Sie Ihre Tochter öfter sehen wollen, dass sie vielleicht sogar bei Ihnen wohnen soll?«

»Ich hab nie gewollt, dass sie bei mir wohnt. Aber hin und wieder war ich eben verzweifelt, das ist mir klar. Ich vermisse sie doch, auch wenn ich ... süchtig bin. Ich wünschte, alles wäre anders.«

»Wann haben Sie Ihre Tochter das letzte Mal gesehen?«

»Ach, das war ...« Allan zählte an den Fingern. »Das war irgendwann im Frühjahr. Ja, das war um ihren Geburtstag herum. Sie ist am 19. April neun Jahre alt geworden. Ich war natürlich nicht zu Kaffee und Kuchen bei Anita zu Hause eingeladen, aber ich hab Sofie angerufen, und wir haben verabredet, dass wir zusammen ins Tivoli gehen, wenn es etwas wärmer ist. Wir haben uns Anfang Mai getroffen, sind eine Weile herumgebummelt und schließlich in diesem Bärenladen am Eingang des Tivoli gelandet, ich weiß nicht mehr, wie der heißt. Ich hab ihr ein Kaninchen mit Kleidern gekauft, das hat mich einen Fünfhundertkronenschein gekostet, aber gut, sie hat sich gefreut. Es kommt selten vor, dass sie fröhlich ist, richtig fröhlich, meine ich.«

Allan Larsen zögerte, entfernte das kleine Stück Küchenrolle, das er vorhin auf seine Wunde gedrückt hatte und fügte hinzu: »Seitdem hab ich sie nicht mehr gesehen.«

»Was haben Sie Montag gemacht?«

»Das hab ich doch gesagt. Ich war mit Grit zusammen. Wir sind um die Häuser gezogen, haben getrunken, Dope genommen, geredet und bei ihren Eltern geschlafen.«

Reza wollte wissen, was für ein Verhältnis er zu Grit hatte, woraufhin Allan schwach lächelte.

»Das können Sie sich doch denken. Wir schlafen hin und wieder miteinander. Ansonsten ist da nichts Besonderes. Von meiner Seite jedenfalls nicht. Ich finde sie, ehrlich gesagt, nicht so appetitlich. Aber wenn die Tage lang sind und die Abende auch, braucht man manchmal ... beinah hätt ich gesagt, etwas Liebe ...«, Allan lachte heiser, »... aber das ist wohl nur Körperwärme, die man braucht. Den Laut eines anderen Menschen.«

Rebekkas Hals schnürte sich zusammen. Sie trank einen Schluck Kaffee, versuchte, sich auf das Gespräch und auf Reza zu konzentrieren, der einen weiteren tapferen Versuch startete, herauszubekommen, was Allan zu dem Zeitpunkt gemacht hatte, als seine Tochter verschwunden war. Es gelang ihm nicht. Rebekka schlich sich hinaus und schickte eine SMS mit einer kurzen Zusammenfassung der Vernehmung an Gundersen, der sie sofort zurückrief.

»Wir haben nichts gegen ihn in der Hand«, sagte sie. »Er leugnet jede Kenntnis von Sofies Verschwinden. Ich kann ihn nicht hierbehalten.«

»Ich vernehme gerade Bo Olsen, aber sobald ich hier wegkomme, mache ich mit Allan Larsen weiter. Schick ihn runter zu Danny und den anderen.«

Ein Beamter holte kurz darauf den verwirrten Allan Larsen ab. An der Tür drehte er sich um und sah Rebekka mit seinen dunklen Augen an. Dann verschwand er zwischen Danny und einem anderen Beamten den Gang hinunter. Rebekka und Reza schauten sich kleinlaut an.

»Was meinst du?« Rebekka sah zu Reza hinüber, der mit den Schultern zuckte.

»Mein Gefühl ist, dass er die Wahrheit sagt. Er schien aufrichtig überrascht, dass seine Tochter verschwunden ist. Es wundert mich allerdings, dass er die Steckbriefe mit Sofies Foto nicht gesehen hat, die hängen doch überall.«

»Stimmt, aber er war wohl ziemlich betrunken, und da bekommt man nicht so viel mit. Diese Grit dürfte auch keine große Hilfe gewesen sein, sie wusste ja nicht einmal, dass er eine Tochter hat. Ich rufe eben bei Super an und höre, was sie aus ihr herausbekommen haben.«

Rebekka musste mehrmals über die Zentrale gehen, bevor sie bei Super, dem ältesten Ermittler in der Abteilung, durchkam. Grits Eltern hatten mittlerweile bestätigt, dass das Paar an dem Tag, an dem Sofie verschwunden war, bei ihnen in Rødovre übernachtet hatte. Rebekka bedankte sich und legte auf.

»Damit ist Allan aus der Sache raus«, sagte sie zu Reza. »Sofie war jedenfalls nicht bei ihm, obwohl wir das natürlich noch genau überprüfen müssen.«

Ihr Kollege nickte, ging zum Bücherregal und suchte etwas in den Akten. Rebekka kaute nachdenklich auf der Innenseite ihrer Wange herum, eine Unart, die sie sich bereits in der Kindheit angewöhnt hatte.

»Weißt du was, ich glaube ihm sogar. Was sollte er mit der Entführung seiner Tochter bezwecken? Außerdem bin ich der festen Überzeugung, dass er zu schwach ist, physisch wie mental, so ein Projekt durchzuziehen. Bo Olsen wird gerade von Gundersen verhört, und auch Steffen Olsen geht mir nicht aus dem Kopf. Ich habe aus dem Krankenhaus gerade die Akte über Sofies gebrochenen Arm bekommen. Darin steht, dass die Erklärung der Mutter widersprüchlich war und dass Sofie sich geweigert hat zu erzählen, wie sie sich den Arm gebrochen hat, was mein Gefühl nur noch verstärkt.«

Sie sah, dass Reza etwas einwenden wollte und fügte schnell hinzu: »Ich bin mir durchaus darüber im Klaren, dass ein gebrochener Arm Steffen Olsen noch nicht zu einem Entführer macht, aber irgendetwas an ihm stört mich.« Sie spürte den Geschmack von Blut im Mund, ihre Wange brannte. Dann sah sie Reza an.

»Lass uns noch einmal mit Steffen reden. Und zwar jetzt.«

Alles war so schnell gegangen. Bo war vom penetranten Läuten der Türklingel erwacht, und bevor es ihm richtig bewusst gewesen war, standen zwei völlig fremde Beamte in seinem Wohnzimmer und forderten ihn auf, mit ins Präsidium zu kommen. Sie wollten gerne etwas mit ihm besprechen, erklärten sie, irgendetwas mit dem Anrufspeicher auf seinem Handy. Anrufspeicher? Er war in den Sachen mitgegangen, in denen er auch geschlafen hatte, einem verwaschenen T-Shirt und einer ziemlich schmutzigen Jeans. In ihrem Auto hatte er selbst gemerkt, dass er stank – nach einer Mischung aus Rauch, altem Schweiß und Schmutz.

Bo schaukelte nervös auf dem Stuhl hin und her. Sie hatten ihm Kaffee angeboten, aber er verabscheute Kaffee. Man dürfe nicht rauchen, sagten sie, dazu müsse man hinunter in den Hof gehen, und dafür sei jetzt keine Zeit, er müsse warten. Bo war wie benommen, und der Drang, eine Zigarette zu rauchen, wurde mit jeder Minute stärker. Die beiden Polizisten saßen ihm gegenüber, ein älterer grauhaariger mit schmalen, harten Augen, der sich als Gundersen vorgestellt hatte, und ein jüngerer namens Simonsen, der die ganze Zeit spöttisch guckte.

»Sie sehen so aus, als ginge es Ihnen schlecht, Bo?« Gundersen beugte sich zu ihm vor, und Bo wich erschrocken zurück. Die verschwitzte Haut des Mannes glänzte hellrot, und Bo kam es vor, als würden die Gesichtszüge des Ermittlers zerfließen, als stünde er im Spiegelsaal des Tivoli. Bo kniff schnell die Augen zusammen in der Hoffnung, dass alles nur ein böser Traum war, ein Albtraum, aus dem er bald aufwachen würde. Doch der Polizist sprach weiter: »Sie machen einen nervösen Eindruck, Bo, als wüssten Sie nicht, wohin mit sich selbst. Keine Sorge, wir werden Ihnen helfen. Sie brauchen nichts anderes zu tun, als uns die Wahrheit zu sagen.«

Bo antwortete nicht, kniff lediglich die Lippen fest zusammen.

»Kommen Sie, Bo. Erzählen sie uns, was Sie und Sofie miteinander hatten?«

Bo schlug die Augen auf und starrte einen Moment direkt in das hellrote Gesicht, bevor er antwortete: »Sie ist ein nettes Mädchen, und wir haben Spaß zusammen. Ich mag sie, sie hat es nicht leicht im Leben. Aber ich weiß nicht, ob wir etwas miteinander haben ...«

»Sie wissen nicht, ob Sie etwas miteinander haben, sagen Sie?« Ein leichtes Rascheln war zu hören, Gundersen kramte nach etwas, bevor er fortfuhr: »Sehen Sie, was ich hier habe, Bo?«

Er hielt ein rosafarbenes Handy hoch, das wie Sofies aussah. Bo nickte.

»Ich habe hier Sofies Handy. Wir sind die Anrufliste

durchgegangen, und wissen Sie, mit wem Sofie in den Monaten, seit sie das Handy hat, am meisten telefoniert hat?«

Bo schüttelte den Kopf.

»Ich werde es Ihnen sagen.« Gundersen beugte sich über die abgenutzte Tischplatte, sein Körper wirkte plötzlich groß und bedrohlich, und Bo drückte sich gegen die Rückenlehne des Stuhls.

»Mit Ihnen, Bo. Sie und Sofie haben durchschnittlich zweimal pro Tag miteinander telefoniert oder sich eine SMS geschickt. Ich werde Ihnen jetzt ein paar SMS vorlesen für den Fall, dass Sie ihren Inhalt vergessen haben. *Fie, ich vermisse dich. Wann kommst du mich besuchen?* Oder wie ist es mit dieser? *Hallo, Süße, kannst du heute Nachmittag nach der Schule vorbeikommen?*«

»Wir sind nur ...«, Bo suchte nach dem richtigen Wort, aber sein Gehirn war träge, verweigerte ihm die Zusammenarbeit. »Wir sind nur Freunde«, fügte er lahm hinzu.

»Sie müssen verdammt gute Freunde sein, Sie und Sofie.« Jetzt übernahm der jüngere Beamte, Simonsen.

»Sie hat mir geholfen«, sagte er und hörte die Schwäche in seiner Stimme.

»Aha, tatsächlich? Womit hat Sofie Onkel Bo denn geholfen?«

»Sie ist zum Kiosk gegangen und hat mir Zigaretten geholt und so was.« Bo starrte auf den Tisch hinunter, er spürte, wie seine verschwitzten Handflächen aneinanderklebten.

»Hat Sofie ihrem Onkel auch noch andere Dienste erwiesen?«

Bo blickte verwirrt zu dem Beamten hoch, verstand nicht,

was er meinte, und mochte den unangenehmen Unterton in seiner Stimme nicht.

»Nein«, murmelte er. »Wir haben zusammen Musik gehört, Fernsehen gesehen oder geredet.«

»Haben Sie Sofie Geld gegeben, damit sie für Sie eingekauft hat?«

Bo schüttelte heftig den Kopf. »Nein, ich habe nicht so viel Geld. Das weiß sie. Aber sie darf sich immer eine Limo oder was Süßes mitbringen. Sie liebt Schaumdelfine und Kaugummi.«

Er spürte, dass sie ihn beide ansahen. Einige Sekunden herrschte Schweigen.

»Wie alt sind Sie, Bo?« Die Frage kam von Simonsen.

Bo sah ihn einen Moment fragend an. »Dreiunddreißig«, murmelte er dann.

Simonsen nickte. »Sie sind dreiunddreißig Jahre alt. Sofie ist neun. Wie passt das zusammen? Ein erwachsener Mann und ein kleines Mädchen?«

»Ja, also ...«

»Finden Sie das normal?«, fuhr Simonsen fort.

»Sofies Eltern, Anita und Ihr Bruder Steffen, wissen nicht, dass Sofie Sie besucht hat«, warf Gundersen ein. »Wie kommt das? Wenn Sie nichts zu verbergen haben?«

Bos Mund war trocken, während die Handflächen schweißnass waren. »Ich weiß es nicht ...«

»War es ein Geheimnis, dass Sofie Sie besucht hat?«

»Nee.« Bo zuckte mit den Schultern, wusste nicht genau, wie er das erklären sollte. »Nee, es war mehr so ... dass Steffen wütend geworden wäre ... wenn er es gewusst hätte ...«

»Wenn er gewusst hätte, was wirklich zwischen Ihnen und Sofie passierte, wenn sie Sie besucht hat? Daraus kann man ihm keinen Vorwurf machen. Mir fällt es auch schwer zu glauben, dass die Sache so unschuldig ist, wie Sie sie darstellen.«

Bo hatte das Gefühl, dass sich der Boden unter ihm auftat. Er wollte gerne alles erklären, doch die Worte saßen wie ein Kloß in seinem Hals, und er bekam keinen Laut heraus. Wie sollte er es so erklären, dass es jemand verstand? Sofie gehörte zu Steffen, aber letztendlich gehörte sie doch zu ihm. Sofie hatte von dem Moment an, als er sie kennengelernt hatte, nach Aufmerksamkeit gelechzt, und er hatte sich nach jemandem gesehnt, der ihn brauchte. So einfach war das, doch er konnte nichts sagen, wenn ihre misstrauischen Augen an ihm klebten. Nein, da konnte er schon eher mit der Beamtin reden, der Frau mit den langen, dunklen Haaren und den etwas traurigen Augen. Ob er sie bitten konnte, mit ihr reden zu dürfen? Er räusperte sich, um seine Stimme unter Kontrolle zu bekommen.

»Ich möchte gerne mit der Frau sprechen, wie heißt sie noch mal? Rebekka irgendwas.«

Gundersen und Simonsen warfen sich einen vielsagenden Blick zu. »Sie meinen bestimmt Rebekka Holm.«

Bo nickte, und der Gedanke an Rebekka Holm ließ Erleichterung ihn ihm aufflackern.

»Das geht im Moment nicht. Sie ist unterwegs. Sie müssen mit uns vorliebnehmen.«

Bo sackte auf seinem Stuhl in sich zusammen. So war es immer, wenn er sich etwas wünschte. Er bekam es nie.

Der Klub Kontra war in einem niedrigen, weißen Betonblock untergebracht. Vor dem Eingang standen ein paar junge Männer mit Migrationshintergrund und rauchten, während sie gedämpft miteinander redeten. Sie guckten Rebekka und Reza träge hinterher, während diese im Gebäude verschwanden. Steffen war im Billardzimmer, wo er ein paar Jungen im Teenageralter mit den Regeln des Spiels vertraut machte. Er strahlte, als er die Ermittler sah, und begrüßte sie überschwänglich.

»Kommen Sie mit, ich habe mich darauf gefreut, Ihnen alles zu zeigen.« Er führte sie durch eine Reihe von hellen Räumen mit Sofas und Bücherregalen, ein Spielzimmer und einen großen Trainingssaal, in dem eine Gruppe junger Männer Gewichte stemmte, während der Schweiß an ihren muskulösen Körpern hinunterlief. Die Führung endete in Steffens Büro. An der Pinnwand hing ein großes Farbfoto von Patrick, während es von Mark und Sofie keine Bilder gab. In der Ecke des Schreibtischs stand eine verblühte Pflanze, die Rebekka sehr an eine Hanfpflanze erinnerte.

»Was kann ich Ihnen anbieten? Limo oder Mineralwasser?«

Steffen lächelte übertrieben, seine Bewegungen waren schnell und energiegeladen. Rebekka war sich sicher, dass er mit Leichtigkeit die Leute von der Stadtverwaltung ebenso wie andere einflussreiche Personen von seinen Qualitäten überzeugte. Sie baten beide um Mineralwasser, und Steffen verschwand aus dem Raum, um es ihnen zu holen. Er war schnell wieder zurück, machte mit einer routinierten Bewegung das Wasser auf und setzte sich ihnen gut gelaunt gegenüber.

»Ich bin seit dem letzten Jahr Leiter des Klubs. Unser Ziel

ist es, die jungen Leute, in erster Linie Jugendliche mit Migrationshintergrund, von der Straße wegzubekommen. Natürlich sind alle gleichermaßen willkommen. Hier können sie sich treffen, Dart oder Billard spielen, trainieren, eine Gemeinschaft erleben, in der Kriminalität keinen hohen Stellenwert hat. Sie können Gesprächstermine mit uns, den Angestellten, vereinbaren, wir sind so eine Art Berater, wir sagen ihnen, welche Möglichkeiten sie haben.«

»Was haben Sie selbst für einen Hintergrund?«

»Ha, ich wusste, dass diese Frage kommen würde.« Steffens Lächeln wurde breiter und füllte schließlich das ganze Gesicht. Die Zähne hoben sich weiß von der solariumsgebräunten Haut ab. In einem der Vorderzähne funkelte etwas. Ein Diamant? Rebekka schauderte.

»Wir arbeiten nach dem gleichen Prinzip wie die Anonymen Alkoholiker, das heißt, dass die Helfer die entsprechende Problematik persönlich kennen. So ist es hier auch. Ich habe früher Drogen genommen, und als ich noch ganz jung war, habe ich mich auf der Straße herumgetrieben und randaliert. Ich hätte durchaus als Hardcore-Krimineller enden können, hätte ich mich nicht zusammengerissen. Ich hatte die Idee zu dem Klub, und nach ein paar Jahren war die Stadtverwaltung dabei. Gerade ist eine Untersuchung unter den Nutzern des Klubs durchgeführt worden, die gezeigt hat, dass die Einrichtung ein Erfolg ist. Die Jugendlichen sind beschäftigt, und die Kriminalitätsrate im Viertel ist gesunken.«

»Klingt ja wie die reinste Erfolgsgeschichte.« Reza lächelte Steffen zurückhaltend an, der nickte und seinen ohnehin schon geraden Rücken streckte.

»Das ist auch so, und ich bin sehr stolz auf das Projekt.

Wir hoffen, dass die Idee sich auf andere Stadtteile ausweitet.«

»Kommt Mark auch hierher?«, fragte Rebekka mit unschuldigem Gesichtsausdruck.

Steffen durchschaute sie, seine Augen wurden schmal.

»Nicht alle wollen gerettet werden«, antwortete er kurz angebunden.

Ein junger Somalier ging draußen am Fenster vorbei, und Steffen klopfte mit dem Knöchel so fest gegen die Fensterscheibe, dass der Mann erschrocken zusammenfuhr.

»Asad, komm rein. Wir haben Gäste, die du kurz begrüßen solltest.«

Kurz darauf stand Asad mit hängenden Schultern und niedergeschlagenen Augen vor ihnen. Steffen klopfte ihm jovial auf die Schulter, während er von dem zwanzigjährigen Asad erzählte, der mitten in der achten Klasse aufgrund seines massiven Khat-Missbrauchs die Schule geschmissen hatte. Dank des Klubs war der junge Mann jetzt clean und arbeitete als Lehrling in einem Sportgeschäft. Asad selbst sagte nicht viel, murmelte nur irgendetwas vor sich hin, während er verlegen am Reißverschluss seines Kapuzenpullovers herumspielte. Schließlich ließ Steffen ihn gehen.

Rebekka lächelte ihn freundlich an. »Mir ist aufgefallen, Steffen, dass Sie am Eingang des Klubs eine Überwachungskamera haben.«

»Ach, die ist nur selten in Betrieb. Die hängt dort mehr als Präventivmaßnahme …«

»Wir möchten Sie bitten, uns das Band oder die Bänder von dem Tag zu überlassen, an dem Sofie verschwunden ist. Es könnte doch sein, dass die Kamera an dem Tag in Betrieb war. Wir möchten das gerne überprüfen«, fuhr Reza freundlich fort.

»Aha.« Steffens Blick flackerte.

»Wenn ich Sie wäre, würde ich uns die Bänder freiwillig geben. Wenn nicht, beschreiten wir den Rechtsweg.«

»Immer mit der Ruhe.« Steffen erhob sich abrupt von seinem Stuhl. »Natürlich gebe ich Ihnen das Band, wenn ich es habe. Wir verwenden die Bänder nämlich mehrmals. Ich muss das gerade überprüfen.« Er eilte aus dem Zimmer und kam kurz darauf mit einem kleinen Band zurück, das er Reza zögernd übergab.

»Bleiben Sie dabei, dass Sie an dem Tag, an dem Ihre Stieftochter vom Naturspielplatz verschwunden ist, in den Klub gefahren sind?«

Steffen nickte. »Ja, ich bin aber durch den Hintereingang hineingegangen, wo keine Kamera hängt, nur dass Sie das wissen.«

Rebekka sah Steffen an, der eine gefühlte Ewigkeit zurückstarrte, bevor er den Blick niederschlug.

»Mir macht das alles zu schaffen«, meinte Steffen und blickte sie gequält an. Was würde jetzt kommen? Ein Geständnis?

»Es macht mir zu schaffen, dass Fie verschwunden ist, schon allein wegen meiner Arbeit. Ich bekomme schließlich Geld dafür, dass ich auf die Jugendlichen hier im Kontra achtgebe, und dann versage ich an der Heimatfront. Ich kann nicht mal auf meine eigenen Kinder aufpassen.«

Steffens Stimme war belegt vor Erregung, und er verbarg das Gesicht in den Händen.

Rebekka und Reza warteten, bis er die Fassung wiedererlangt hatte, doch sein plötzlicher Stimmungsumschwung verwirrte Rebekka erneut. Warum verhielt er sich so? Ihr gingen allmählich die Ideen aus. Sofie war von Verdächtigen umgeben, und trotzdem fiel es den Ermittlern schwer, etwas Konkretes zu finden, womit sie sie festnageln konnten.

Steffen brachte sie zum Auto. Die jungen Männer standen noch genauso wie bei ihrer Ankunft in der Nachmittagssonne, die flimmerte und lange, dunkle Schatten auf den hellgrauen Asphalt warf.

Brodersen leitete die nachmittägliche Einsatzbesprechung. Sein kurzes, stahlgraues Haar war wie üblich streng nach hinten gekämmt, das Hemd sauber und faltenfrei und passte zu dem frisch gebügelten Jackett, doch trotz seines perfekten Äußeren konnte der Chef der Mordkommission die Müdigkeit in seinem Gesicht nicht verbergen. Rebekka hatte ein Gerücht gehört, dass Brodersens Frau wieder an Brustkrebs erkrankt und dass das der Grund dafür sei, dass er sich anderthalb Jahre früher als vorgesehen von seinem Posten als Chef der Mordkommission zurückziehen wollte. Das Gerücht war von Brodersen selbst nicht bestätigt worden, und Rebekka wollte ihn nicht fragen. Sie vertraute darauf, dass er sie und den Rest der Abteilung informieren würde, wenn und falls das notwendig sein sollte.

Gundersen stand neben Brodersen, sein rotwangiges Gesicht war verbissen, und Rebekka nahm an, dass er vor Wut kochte, weil er sowohl Allan Larsen als auch Bo Olsen hatte gehen lassen müssen. Die Ermittlung stagnierte mit anderen Worten, und unter den Ermittlern machte sich eine beginnende Erschöpfung breit. Es war jetzt zweieinhalb Tage her, dass Sofie Kyhn Larsen spurlos vom Naturspielplatz verschwunden war, und trotz der umfangreichen Berichterstattung seitens der Presse und den zahlreichen Hinweisen aus der Bevölkerung waren sie einer Aufklärung, wo das Kind steckte, keinen Schritt näher gekommen. Gleichzeitig wuchs die Angst, dass das Kind einem Verbrechen zum Opfer gefallen sein könnte.

Rebekka beobachtete ihre Kollegen. Simonsen verschickte eifrig SMS, während er gleichzeitig in regelmäßigen Abständen seinem Kollegen Jonas etwas zuflüsterte, einem gut aussehenden, jungen Typen mit dunklem Haar und leuchtend blauen Augen, der, wie sie wusste, jedes Mal, wenn er das Vorzimmer betrat, die nicht mehr ganz jungen Sekretärinnen glücklich machte, die sich an ihm nicht sattsehen konnten. Reza wippte mit verschränkten Armen ungeduldig auf seinem Stuhl herum, während er seinen Chefs zuhörte, die sich dabei abwechselten, die ereignislosen Ereignisse des Tages zusammenzufassen. Er hatte abgenommen, dachte Rebekka plötzlich und ließ ihren Blick über den Körper ihres Partners wandern. Reza aß gern, genau wie sie selbst, und konnte sich richtiggehend für Essen begeistern. Er hegte eine besondere Vorliebe für die persische Küche und ließ sich gern mit Begeisterung darüber aus. Deshalb hatte er, so lange Rebekka ihn kannte, einen Bauch gehabt, der sich nicht verbergen ließ, obwohl er es mit lose sitzenden Hemden eifrig probierte. Doch jetzt war der Bauch weg, das Gesicht war schlanker, was die dunklen Augen noch größer erscheinen ließ.

Rebekkas Blick wanderte zurück zu Simonsen und Jonas, die über irgendetwas kicherten. Jonas drehte ihr das Gesicht zu, und einen kurzen Moment trafen sich ihre Blicke, bevor Rebekka in ihrer Tasche schnell nach etwas sehr Wichtigem suchte.

Rebekka war todmüde, als sie das Präsidium verließ und in ihre Wohnung im Valbygårdsvej fuhr. Sie betrachtete sich kurz im Rückspiegel. Die Sonnenbräune, die sie sich im Sommerhaus in Veddinge Bakker zugelegt hatte, war in nur wenigen Tagen verschwunden. Stattdessen starrten sie ein Paar große, matte Augen aus einem blassen Gesicht an.

Sie wollte gerade in den Valbygårdsvej hinunter abbiegen, als der Gedanke an die leere Wohnung sie einen schnellen Entschluss fassen und weiter geradeaus Richtung Valby Park fahren ließ.

Eine imponierende Wolkenformation glitt über den rosa Abendhimmel. Der laue Sommerabend hatte die Leute aus ihren Wohnungen gelockt, und der Park war voller Menschen, die verstreut auf den weiten Grünflächen saßen. Junge Paare, die sich küssten, Familien mit Kindern, die Essen auf mitgebrachten Decken auspackten, Hunde, die schwanzwedelnd in der Menschenmenge herumliefen. Rebekka spazierte durch den großen Park, prägte sich die Umgebung ein, die Laute, die Gerüche. Es war unbegreiflich, dass ein Kind von einem Ort wie diesem verschwinden konnte, und dann doch wieder nicht. In der Menschenmenge konnte man leicht verloren gehen, dachte sie und erinnerte sich plötzlich an eine Familientragödie vor ein paar Jahren, als ein kleiner Junge im Disneyland Paris vor den Augen Tausender Menschen verschwunden war. Er war nie wieder aufgetaucht.

Eine Biene summte um sie herum, sie scheuchte sie mit ruhigen Bewegungen fort und ging weiter zu dem kleinen Wäldchen, wo Sofies Pullover gefunden worden war. Rebekka folgte dem Weg, kam an verschiedenen mit Gras bewachsenen Hügeln vorbei und stand kurz darauf unter den schattigen Bäumen. Die Höhle war noch da, nur ein Teil des Dachs war eingestürzt. Sie beugte sich vor, suchte im Gras nach ein paar Zweigen und reparierte das Loch. Dann ging sie zu dem heruntergetretenen Maschendraht hinüber, der das Gebiet zum Weg hin abgrenzte, ließ den Blick auf den geparkten Autos verweilen, während sie sich ein weiteres Mal vorstellte, wie Sofie zu dem ungefähr dreißig Meter entfernt stehenden Wagen getragen worden war. Warum hatte er sie getragen? Es musste einen Grund dafür geben. War ihr übel gewesen, war sie betäubt oder bereits tot gewesen?

Kinder wurden auf viele Arten dazu verführt, mit Erwachsenen mitzugehen, mithilfe von Süßigkeiten, Kätzchen oder Hundewelpen, mit dem Versprechen, dass ihre Mutter im Auto wartete. Aber es gab auch zahlreiche Fälle, in denen der Entführer sich das Kind geschnappt und in ein wartendes Auto getragen hatte. So war es zum Beispiel der zehnjährigen Natascha Kampusch aus Österreich ergangen, die Ende der Neunziger auf dem Schulweg aufgegriffen und in ein Auto gezerrt worden war. Der Entführer, ein geisteskranker Mann, hatte sie im Keller seines Hauses eingesperrt gehalten, bis es ihr nach acht Jahren Gefangenschaft gelungen war abzuhauen. Die Geschichte hatte die Welt schockiert, war aber leider kein Einzelfall.

Als sie zehn Minuten später die Tür zu ihrer Wohnung

aufschloss, zitterte sie vor Erschöpfung. Solch eine Müdigkeit kannte sie gar nicht, dachte sie und gähnte laut. Sie zog schnell ihre Jeans aus und goss sich ein Glas Wein ein. Dann ging sie die Post durch, in der nichts von Interesse war, nur Werbung und eine langweilige Telefonrechnung, die sie nicht öffnen mochte. Sie trank hastig den letzten Schluck Wein, übersprang das Zähneputzen und kroch unter die Decke. Doch als sie der Müdigkeit endlich nachgeben konnte, fand sie keinen Schlaf. Die Gedanken wirbelten ihr durch den Kopf. Gedanken an die Ermittlung, aber auch an Michael und Niclas ... Sie hätte auch ihre Eltern anrufen sollen, ihre Mutter freute sich immer so, wenn sie sich meldete, sie hätte nach ihrem Vater fragen sollen und sich erkundigen, wie es seinen kranken Lungen ging, sie hätte ...

Rebekka schloss fest die Augen, fühlte sich plötzlich innerlich leer, leer und müde. Die Vögel sangen noch immer leise in der Sommernacht, es war beruhigend und ein wenig nervtötend. Sie lag ganz still unter der Decke, bis sich der Schlaf endlich ihrer erbarmte.

Am nächsten Morgen gab es trotz des massiven Einsatzes von Polizei und Bevölkerung noch immer keine Spur von Sofie Kyhn Larsen. Das Verschwinden des Mädchens dominierte weiter die Nachrichten, und die Journalisten erfanden endlose Geschichten, was mit ihr passiert sein könnte. Tatsache war jedoch, dass niemand der Aufklärung auch nur einen Schritt näher gekommen war. Gundersen wanderte in den Gängen auf und ab und verhielt sich seinen Kollegen gegenüber launisch und tyrannisch, während der Chef der Mordkommission eher resigniert wirkte. Rebekka arbeitete unermüdlich weiter, ging jeden einzelnen Anruf akribisch durch, durchforstete jedes Journal mit der Lupe, ob sie irgendetwas übersehen hatten. Ein Wolkenbruch wusch die Straßen kurzfristig sauber und brachte Kühle mit sich, eine angenehme Unterbrechung der Hitze.

Sie hatte gerade ein Gespräch beendet, in dem sie einem weiteren ergebnislosen Hinweis nachgegangen war, als Reza anrief. Er erklärte, dass er in der Technik sitze und dass sie das Überwachungsband aus dem Klub Kontra durchgegangen seien. Entgegen seiner Aussage war Steffen nicht im Klub gewesen, als seine Stieftochter verschwunden war. Die Überwachungskamera war so angebracht, dass man den unteren Teil der Tür zu seinem Büro sehen konnte, und zur fraglichen Zeit war niemand dort hineingegangen. Rebekka biss die Zähne fest zusammen. Irgendetwas war mit Steffen Olsen. Er verbarg etwas und war trotzdem so dumm zu lügen, obwohl er wusste, dass die Polizei sich das Überwachungsband ansehen würde.

Reza versprach, innerhalb der nächsten halben Stunde zurück zu sein, und Rebekka stürzte sich wieder zuversichtlicher in die Arbeit. Nach wenigen Minuten kam Simonsen zur Tür hereingestürmt.

»Du musst sofort in deinen Posteingang gucken.«

Das Gesicht ihres Kollegen glühte vor Erregung.

»Was ist denn los?«, fragte Rebekka neugierig, und Simonsen strahlte über das ganze Gesicht, glücklich über ihre Reaktion.

»Wir haben einen anonymen Brief bekommen, dass der Stiefvater des Mädchens, Steffen Olsen, hinter der Entführung steht. Der Brief ist bei den Technikern, aber sie haben dir ein Foto des Schreibens gemailt.«

Noch eine Spur in die richtige Richtung. Rebekka klickte auf den Posteingang. Sie hatte zwanzig neue Mails und ließ die Maus an ihnen hinuntergleiten, während sie die entsprechende Mail suchte.

»Ruhig, Rebekka, ganz ruhig«, sagte Simonsen und klopfte ihr fest auf die Schulter und legte damit genau das Verhalten an den Tag, was der Grund dafür war, dass Rebekka ihn nicht mochte. »Da ist sie.«

Rebekka beugte sich über den Computer, während sie von einer kindlichen Lust übermannt wurde, den Bildschirm zu verdecken. Simonsen stieß sie leicht an, und sie ließ ihn mitgucken. Das Foto zeigte eine ganz gewöhnliche linierte DIN-A4-Seite, auf der in ausgeschnittenen Buchstaben stand:

Sofies Stiefater hat es getan.

»Der Brief ist in Hvidovre abgestempelt, und wir hoffen, dass die Technik etwas Brauchbares findet, Fingerabdrücke und DNA. Was sagst du dazu?«

Simonsen sah sie erwartungsvoll an, und Rebekka studierte erneut das Foto des anonymen Briefs.

»Das ist interessant und unseriös zugleich, wenn ich ehrlich sein soll. Mein erster Gedanke ist, dass ein Kind dahintersteckt, wegen des Rechtschreibfehlers. Was sagen die Chefs?«

Rebekka sah zu Simonsen hoch, während sie sich mit der Hand durch das lange Haar fuhr. Es klebte an ihrem Gesicht, denn trotz des Regens war es im Büro noch immer schwül.

»Gundersen war ganz aus dem Häuschen. Es hat ihn

wahnsinnig gemacht, nicht weiterzukommen«, sagte Simonsen.

»Wie uns alle. Aber es gibt mehrere Hinweise, die auf Steffen Olsen weisen«, sagte Rebekka zufrieden und erzählte Simonsen von Steffen Olsens Lüge, wo er zur Tatzeit gewesen sein wollte.

»Wir müssen ihn vorladen und in die Mangel nehmen«, sagte Simonsen. »Hast du Gundersen davon erzählt?«

Rebekka schüttelte den Kopf. »Reza und ich fahren zu ihm und bringen ihn mit, und dann überlassen wir Gundersen das Vergnügen, ihn sich vorzunehmen.«

Simonsen lachte kurz auf, und einen Moment lang war die Stimmung zwischen ihnen gelöst, was nur selten vorkam. In diesem Moment traf Reza ein. Er sah sie verblüfft an. Simonsen deutete zum Computer und erzählte ihm von dem gerade eingegangenen Brief. Kurz darauf verschwand er aus ihrem Büro.

»Meine Güte, ist er nicht furchtbar?«, brach es aus Rebekka heraus, als sie sich sicher war, dass der Kollege sie nicht mehr hören konnte.

Reza lachte und entblößte seine kreideweißen Zähne.

»Hast du mal darüber nachgedacht, wie er wohl werden wird, falls Gundersen nach Brodersens Pensionierung Chef der Mordkommission wird?«, antwortete Reza.

»Sag es nicht! Simonsen ist Gundersens rechte Hand und sein Liebling. Wenn Gundersen Chef wird, dann wird das hier ein Terrorregime. Das halte ich nicht aus«, antwortete Rebekka und stöhnte resigniert.

»Es ist doch gar nicht sicher, dass er wirklich Brodersens Nachfolger wird. Vielleicht gibt es ja noch andere Kandidaten für den Job«, meinte Reza.

»Und wer sollte das sein?« Rebekka sah ihn fragend an.

»Du zum Beispiel.«

»Ich?« Sie schaute ihn überrascht an. Reza nickte, und ihre Wangen wurden plötzlich ganz heiß. Dass er eine so hohe Meinung von ihr hatte! Obwohl sie die selbst auch hatte. Die Vision, in der Hierarchie aufzusteigen und eines Tages Chefin zu werden, begleitete sie, seit sie zurückdenken konnte, doch es schmeichelte ihr, dass sie nicht die Einzige war, die sich das vorstellen konnte. Sie lachte verlegen.

»Danke für das Vertrauen, Reza, aber ich glaube nicht, dass die Direktion mich im Augenblick als geeignete Kandidatin für den Posten ansieht.«

»Das kannst du nicht wissen«, antwortete Reza kryptisch, dann wurden sie von einem klingelnden Telefon unterbrochen.

»Steffen, Sie lügen.« Gundersens Stimme war einschüchternd barsch. »Sie haben erzählt, dass Sie im Klub waren, als Sofie verschwunden ist – aber Sie haben wohl nicht an die Überwachungskamera gedacht.«

Steffen saß ihnen gegenüber. Rebekka und Reza hatten ihn im Kontra abgeholt und ins Präsidium gebracht, wo Gundersen wie ein geifernder Löwe gewartet hatte, sich auf ihn zu stürzen.

»Ich bin zur Hintertür reingegangen.« Steffen starrte mit zusammengekniffenen Augen vor sich hin.

»Steffen Olsen, Sie lügen. Sie sitzen hier und lügen uns offen ins Gesicht, Sie …«

»Ich habe eine Affäre, verdammt. Wieso kapieren Sie das denn nicht?«, schrie Steffen plötzlich mit vor Erregung hochrotem Gesicht. Die Schlagader am Hals pochte hart und rhythmisch. Einen Augenblick herrschte Stille. Steffen sank leicht in sich zusammen.

»Warum haben Sie das nicht gleich gesagt? Es ist trotz allem immer noch besser, eine Affäre zu haben, als ein kleines Kind zu entführen, bei dem es sich noch dazu um die eigene Stieftochter handelt.« Gundersen sah Steffen entrüstet an.

Rebekka versuchte, ruhig mit Steffen zu reden, eine vertrauliche Stimmung aufzubauen, doch das war schwierig mit Gundersen an der Seite, der dauernd gereizt brummelte.

»Ich finde, es geht niemanden was an, was ich tue und treibe. Mehr ist da nicht.« Steffen verschränkte die Arme und starrte wütend vor sich hin. »Außerdem«, fügte er spöttisch hinzu, »war mir nicht klar, dass *ich* unter Verdacht stehe.«

»Alle sind verdächtig. Alle.«

Gundersen starrte Steffen an. Es fiel ihm sichtlich schwer, sein Unbehagen nicht offen zu zeigen. Im Gegensatz zu Brodersen konnte er seine Gefühle nicht hinter einem Pokerface verbergen. Rebekka beugte sich zu Steffen vor, nahm Augenkontakt auf.

»Mit wem haben Sie eine Affäre?«

»Scheiße, verdammt.« Steffen verbarg das Gesicht in den Händen, blieb einen Moment so sitzen, während er ganz offensichtlich seine Möglichkeiten abwog. Dann nahm er die Hände fort und begegnete ihrem Blick. »Okay. Sie heißt Vibs … Vibeke Dahl.«

»Wie lange geht das schon?« Gundersen war jetzt ungeduldig, seine langen, kräftigen Finger trommelten schlecht gelaunt auf den abgenutzten Schreibtisch.

»Also, wir hatten nicht gleich eine Affäre ...« Steffen wurde von einem schnaubenden Vizechef unterbrochen, der von seinem Stuhl aufgestanden war und mit der Faust laut auf den Tisch schlug.

»Es ist mir scheißegal, wie Sie das nennen. Sagen Sie doch einfach, was Sache ist!«

Steffen sah schockiert zu ihm hoch.

»Wer ist diese Vibeke Dahl?«, fuhr Rebekka ruhig fort.

Steffen stöhnte demonstrativ. »Sie ist eine wunderbare Frau von Mitte dreißig, sie lebt alleine, hat aber ein Kind, das aber die meiste Zeit bei seinem Vater ist. Ich weiß nicht einmal, ob es ein Mädchen oder ein Junge ist. Wir reden nicht über unsere Kinder. Nie. Vibs und ich sehen uns, wenn es in unsere Pläne passt, das Ganze ist unverbindlich, wir haben einfach Spaß miteinander.« Steffen lächelte vor sich hin.

»Woher kennen Sie sie?«

»Wir haben uns vor einiger Zeit auf einer Mieterversammlung kennengelernt. Da war irgendwas zwischen uns, eine physische Anziehung, wir haben das beide gespürt, aber nichts weiter unternommen. Trotzdem habe ich mich dabei erwischt, dass ich hin und wieder an sie gedacht habe – ziemlich albern eigentlich, da ich zu dem Zeitpunkt rein gar nichts über sie wusste. Sie hätte ja die reinste Psychopathin sein können.« Steffen konnte nicht umhin zu lachen, woraufhin Gundersen laut in die Hände klatschte.

»Und weiter? Sie können ruhig ein wenig Tempo zulegen. Es geht hier immerhin um das Verschwinden eines Kindes.«

»Ja, ja – immer mit der Ruhe.« Steffen starrte den Vizechef wütend an. »Ich versuche, das Ganze so ausführlich wie möglich zu erklären, damit man mir nicht vorwirft, dass ich einfach Sachen überspringe, etwas verschweige …«

»Weiter.«

Gundersens Gesichtsfarbe hatte sich von rosa zu dunkelrot verfärbt. Es würde nicht mehr lange dauern, bis er explodierte, wenn Steffen nicht etwas Tempo zulegte. Rebekka überlegte kurz, ob sie eine andere Strategie verwenden sollten, beschloss jedoch, Gundersen die Vernehmung steuern zu lassen. Sie bedienten sich unterschiedlicher Vernehmungstechniken. Rebekkas Spezialgebiet war die kognitive Methode, bei der man sich reichlich Zeit ließ, sich kameradschaftlich gab, den zu Vernehmenden frei reden ließ. Gundersen dagegen vertrat eine altmodischere Linie.

Steffen beugte sich vor, trank einen Schluck Kaffee und fuhr mit seiner Erklärung fort: »Wir haben uns bei einem Grillfest im Hof wiedergetroffen. Anita war wie üblich deprimiert, weshalb sie mit den beiden Kleineren schon früh in die Wohnung hochgegangen ist, während ich noch geblieben bin. Es war gemütlich, die Stimmung war gut, und plötzlich hatten Vibs und ich zusammen Bardienst und …« Er lachte erneut. »Zugegeben, ich habe dafür gesorgt, dass wir zusammen dran waren.« Er schielte zu Gundersen hinüber, dessen Kopf an einen Dampfkochtopf erinnerte.

»Wir haben es richtig gut zusammen, Vibs und ich. Man kann klasse mit ihr reden, nicht wie mit Anita, die immer mürrisch ist, immer muffig und die einem nur einsilbig antwortet. Ich möchte von meiner Arbeit erzählen können, aber Anita will davon nichts hören.«

Fand das Gespräch denn nie ein Ende? Rebekka starrte

mutlos vor sich hin. Dann räusperte sie sich. »Ihnen fehlt ein Alibi für die anderthalb Stunden, die Sie auf dem Ausflug verschwunden sind. Kann diese Vibeke Ihnen das geben?«

Steffen blickte zu Boden und nickte ruhig, dann sah er wieder Rebekka an. »Anita erfährt davon nichts, oder? Sie sind doch diskret, nehme ich an.«

Rebekka sah ihn müde an, nickte kurz und reichte ihm ein Stück Papier. »Seien Sie so freundlich und schreiben Sie uns den vollen Namen, die Adresse und die Handynummer Ihrer Geliebten auf.«

Steffen runzelte die Brauen. »Ich möchte gerne zuerst mit ihr reden, ist das in Ordnung?«

»Sofort«, sagte Rebekka nur, und Steffen beugte sich mit einer ärgerlichen Grimasse über den Tisch und schrieb.

Das Spiegelei war in der abgenutzten Bratpfanne festgepappt, und Søren bemühte sich, die Reste auf den Teller zu kratzen. Es sah nicht appetitlich aus, dachte er, aber die Mutter aß ohnehin nie sonderlich viel. Sie würde das Essen kaum anrühren.

Sein Magen verkrampfte sich. Wenn sie nur nicht noch mehr abnahm. Die Haut hing ihr bereits so lose um die Knochen, als hätte man Stoff darum drapiert. Søren spürte, wie ihm der Schweiß das Rückgrat hinunterlief. Dummer, dummer Søren. Nicht auszudenken, wenn sie verhungerte. Bei dem Gedanken schnürte sich sein Hals zusammen, und er öffnete kurz die Kühlschranktür in der Hoffnung, etwas Appetitlicheres für sie zu finden.

Im Gemüsefach lag ein runzliger Apfel, den er mit auf den Teller legte. Der war gesund, aber würde sie ihn essen? Vermutlich nicht. Er nahm den Apfel wieder weg und sah sich um. Öffnete den Küchenschrank, griff nach einer seiner Kekspackungen und legte großzügig ein paar Kekse auf eine Untertasse. Er hatte sie eigentlich für den Abend zurückgelegt, wo er sich *Vater von vier Kindern* ansehen wollte, aber er konnte wohl ein paar davon entbehren. Er wollte seine Mutter schließlich so lange wie möglich behalten. Sie lebten jetzt fast achtundvierzig Jahre zusammen in dieser Wohnung, zuerst noch mit dem Vater und der großen Schwester, doch die letzten fünfzehn Jahre allein.

»Mama.« Er klopfte vorsichtig an die Tür, von der die Farbe abblätterte. »Mama, es gibt Essen.«

Sie antwortete nicht, und er lauschte an der Tür, während ihn die wohlbekannte Angst übermannte, dass sie tot in ihrem Bett liegen könnte. Sein Herz schlug hart, und er machte die Tür zu dem halb dunklen Schlafzimmer ganz auf, während ihm der Geruch nach Verwesung und Zigarettenrauch entgegenschlug. Er kniff den Mund zusammen und tastete nach dem Schalter an der Wand. Eine Sekunde später beleuchtete die Deckenlampe das Zimmer: die Kommode mit dem alten Fernseher, den unordentlichen Nachttisch, der von schmutzigen Kleenex, Pillengläsern und halb vollen Wassergläsern überquoll, den Boden, auf dem stapelweise schmutzige Kleidung lag, und das Bett, das mitten im Zimmer stand und in dem die Mutter halb versteckt unter einer dicken Decke lag.

»Mama.« Søren schob den Teller auf den Nachttisch. Ein Wasserglas fiel zu Boden und zerdepperte laut. Die Mutter stöhnte leise, und er spürte, wie die Erleichterung sich in seinem Körper ausbreitete. Sie lebte. Er konnte ihre Konturen unter dem schmutzigen Bettbezug erahnen, das schwarze Haarbüschel, grau durchzogen, glänzend vor Fett. Es war lange her, dass er mit ihr im Bad gewesen war, es war so beschwerlich, obwohl sie so dünn geworden war. Ihm tat der Rücken weh, wenn er sie stützte, doch jetzt gelobte er sich, sie bald zu baden, vielleicht schon morgen. Bis dahin würde er das Becken unter dem Bett leeren und etwas lüften, so musste es gehen.

»Hast du die Zeitung und die Zigaretten?«, quäkte sie. Er nickte und legte ihr die Zeitung und eine Packung Prince auf die Decke. Ihre schmale Hand, die durch die gewundenen Adern ganz blau war, griff danach, hielt jedoch in der Luft inne.

»Søren.« Die Mutter klang anders als sonst, schärfer, wie er es aus der Kindheit und der Zeit vor dem unerwarteten Tod des Vaters vor fünfzehn Jahren in Erinnerung hatte.

»Ja, Mama.« Er trat näher ans Kopfende des Betts heran, atmete durch den Mund. Sie streckte die Hand nach ihm aus, suchend wie eine Blinde, und er nahm ihre Hände, schluckte sein Unbehagen hinunter.

»Søren«, wiederholte die Mutter, »diese Sofie, die verschwunden ist – die war doch mal hier, nicht wahr?«

Søren erstarrte. Woher wusste sie das? Er war immer so vorsichtig mit den Mädchen, bat sie, leise zu sein. Der Griff der Mutter wurde fester, und die Panik flatterte in seinem Bauch. Einen Moment herrschte eine erdrückende Stille im Schlafzimmer, bis es aus seiner Mutter herausbrach: »Du hast nichts damit zu tun.«

Das war eine Feststellung, keine Frage, und er schüttelte schnell den Kopf. Sie warf ihm einen finsteren Blick zu, bevor sie ihm stöhnend den Rücken zukehrte. Er blieb stehen, wiegte sich unentschlossen hin und her, ohne zu wissen, was er mit sich anfangen sollte. Dann verließ er den Raum, schloss vorsichtig die Tür hinter sich und ging schnell in sein eigenes Zimmer.

»Seht mal, wen ich hier mitbringe.«

Brodersen kam mit Ryan Sullivan und einem etwas jüngeren schwarzhaarigen Mann ins Büro, den Rebekka als Ted Palmer wiedererkannte.

»Ryan! Ted Palmer!« Rebekka sprang von ihrem Platz auf und ging ihnen entgegen.

»Hallo, Rebekka.« Ryan lächelte, nahm ihre Hände in seine und drückte sie. Ted Palmer begrüßte sie ein wenig zurückhaltender.

»Arbeitet ihr heute hier?«

»Richtig«, meinte Ryan und fuhr lachend fort: »Wir sind fast Nachbarn, das Büro, das man uns freundlicherweise zur Verfügung gestellt hat, liegt nur ein paar Türen weiter.«

Brodersen nickte bestätigend und lächelte, was bei ihm nur äußerst selten vorkam.

»Es ist wunderbar, euch in der Nähe zu haben«, sagte Rebekka und meinte es genauso.

Einige Minuten frischten sie alte Erinnerungen von ihrem Aufenthalt beim FBI auf. Dann winkte Rebekka Reza heran.

»Komm her, Reza, und begrüß meine alten Freunde vom FBI, Ryan Sullivan und Ted Palmer.«

»Wir haben uns gestern schon kurz getroffen«, sagte

Ryan entgegenkommend. Reza nickte, stand auf und gab den beiden Männern die Hand.

»Stimmt«, antwortete er, und die Stimmung im Raum veränderte sich plötzlich, wurde gedrückter. Ted Palmer warf einen Blick auf seine Rolex und machte Ryan ein Zeichen. Der nickte und drückte Rebekkas Hand.

»Die Arbeit ruft, Rebekka, aber wir sehen uns bestimmt noch, bevor wir fahren.«

»Das werden wir«, antwortete Rebekka.

Sie drehte sich zu Reza um, als die drei Männer das Zimmer verlassen hatten. »Wo hast du Ryan und Ted getroffen?«

»Auf der Besprechung gestern. Brodersen hatte sie gebeten, ihren Senf dazuzugeben. Das konnten sie aus guten Gründen jedoch nicht, da sie die Details nicht kannten, aber sie hatten ein paar Ideen. Nicht, dass etwas Neues dabei gewesen wäre.«

»Allein aus deiner Wortwahl schließe ich, dass du sie nicht magst?«

Reza sah sie an. »Da hast du recht. Ich finde sie ziemlich arrogant. Und rassistisch. Vor allem Ryan Sullivan.« Reza verschränkte die Arme.

Rebekka starrte ihn sprachlos an. »Rassistisch? Ryan? Das kann ich mir nicht vorstellen. Oder um es anders auszudrücken, ich habe nie mitbekommen, dass er sich anders verhält, wenn er …«, sie suchte nach einem politisch korrekten Ausdruck, »… es mit Farbigen zu tun hat.«

»Dann hättest du einmal hören sollen, wie er gestern mit mir geredet hat. Er war herablassend und hat mich mehrmals mitten in einem Satz unterbrochen. Das war mehr als deutlich.«

Rebekka dachte einen Moment über Rezas Worte nach. Sie hatte vier Monate mit Ryan beim FBI verbracht und war der Meinung, dass sie ihn ganz gut kennengelernt hatte. Natürlich war das vier Jahre her, und Menschen veränderten sich, aber trotzdem. Reza schien ihr zurzeit aber auch etwas leicht reizbar.

»Das tut mir leid«, meinte sie aufrichtig. »Bist du sicher, dass du nicht Ted Palmer meinst? Er kann schon ein wenig kühl oder arrogant wirken.«

Reza zuckte mit den Schultern. »Vergiss es, Rebekka. Es ist ja nicht deine Schuld oder dein Problem«, antwortete er und ging zurück an seinen Schreibtisch.

Bo döste. Der Rausch verzog sich nur langsam, und sein Körper war so schwer, als wäre er hundert Jahre alt. Er hatte sich einen ordentlichen Joint drehen müssen, um nach dem verdammten Verhör seine Nerven zu beruhigen. Bo atmete tief ein, zwang sich, nicht mehr an die Polizei zu denken, und ließ seine Gedanken zu seinem großen Bruder Steffen wandern. Steffen war immer derjenige gewesen, der die Dinge anpackte – im Gegensatz zu ihm, der sich damit begnügte, über das Leben nachzudenken. So war es, seit sie noch ganz klein waren, und das war auch der Grund, weshalb Steffen so viel älter wirkte, obwohl in Wirklichkeit nur knapp drei Jahre zwischen ihnen lagen. Steffen wusste immer, was zu tun war, an wen man sich wenden musste, was man sagte. Und Bo stand immer ein wenig hinter dem Bruder zurück und staunte über dessen Energie.

Bo erinnerte sich an einen Heiligabend, an dem die Eltern nicht nach Hause gekommen waren. Sie wollten nur eben ihren Freunden in der Stammkneipe schöne Weihnachten wünschen, hatten sie gesagt und versprochen, nicht länger als eine Stunde wegzubleiben. Ihre große Schwester hatte Weihnachten bei ihrem Freund gefeiert, und Bo wusste noch gut, wie er und Steffen rastlos in dem Reihenhaus herumgelaufen waren und darauf gewartet hatten, dass die Eltern nach Hause kamen. Sie waren damals zehn und dreizehn Jahre alt gewesen.

Es verging eine Stunde, es vergingen zwei, es vergingen drei. Steffen war in regelmäßigen Abständen auf die dunkle, spiegelglatte Straße hinausgegangen, um zu sehen, ob sie im Anmarsch waren. Doch er war wenig später mit einem kleinlauten Gesichtsausdruck wieder zurück ins Haus gekommen. An den dünnen Armen hatte er Gänsehaut gehabt, der Winter war eisig gewesen. Bo erinnerte sich noch immer an das Gefühl von Panik, den kalten Sog der Verzweiflung im Bauch und die umliegenden Reihenhäuser, die im Glanz der Kerzen erstrahlten. Als vier Stunden vergangen waren, hatte Steffen ihn entschlossen angesehen.

»Na schön, dann machen wir das eben so.«

Steffen hatte die halb aufgetaute Ente in einen großen Kopf getan, nachdem er sie mit Pflaumen und Äpfeln aus dem Weihnachtskorb gefüllt hatte, den sie vom Sozialamt bekommen hatten. Sie hatten gemeinsam Kartoffeln gekocht, Gas und Elektrizität waren glücklicherweise nicht abgeschaltet gewesen, und den Rotkohl hatten sie einfach in eine Schüssel gegeben, direkt aus dem Glas. Steffen hatte den Tisch mit Servietten und allem Drum und Dran gedeckt und den Weihnachtsbaum angemacht, und sie hatten in dem kleinen Wohnzimmer am Esstisch gesessen und sich an der Mahlzeit und den Lichtern und dem Baum gefreut, soweit ihnen das möglich gewesen war. Als die Eltern gegen Mitternacht stockbetrunken die Treppe hochgestolpert waren, hatten sie bereits geschlafen. Wenn Steffen nicht gewesen wäre, hätte Bo sich ins Bett verkrochen und wäre in einer Mischung aus Missmut und Selbstmitleid dort geblieben. Steffen hatte ihren Weihnachtsabend gerettet.

Bo tastete nach der Zigarettenpackung, fischte eine heraus, zündete sie an und inhalierte tief. Es zwickte in den Lungen. Er inhalierte noch tiefer, hielt den Rauch länger fest. Es kam ihm so vor, als wären die anderen mit einem Handbuch fürs Leben ausgerüstet, einem Navigator, der sie hindurchmanövrierte, sodass sie wussten, was zu tun war. Er dagegen war ein Mann, der sich orientierungslos am Startblock herumtrieb und nie aus den Startlöchern kam.

Die Zigarette fiel ihm auf die Decke. Verdammt. Bo richtete sich in eine sitzende Position auf und sah, dass sie bereits ein kleines, schwarzes Loch in den verwaschenen Bettbezug gebrannt hatte. Typisch. Hatte er nicht irgendwo in der Wohnung noch einen Joint versteckt? Er kniff die Augen zusammen und versuchte sich zu erinnern, wo, kam aber nicht darauf, seine Gedanken waren zu sehr auf Steffen konzentriert. Auf all das, was der Bruder besaß. Am schlimmsten war jedoch, dass er auch noch Sofie hatte. Die Sehnsucht nach ihr fühlte sich an wie ein Kinnhaken, und die Wut rumorte in seinem Körper. Steffen hatte sie nicht verdient.

—

Sushi und kaltes Millers. Komm zum Wildpark. Ryan.

Die SMS leuchtete im Display ihres Handys auf, und Rebekka spürte ein wenig Freude in ihrem Bauch kribbeln. Es war später Nachmittag, sie hatte Überstunden gemacht und mit nichts anderem gerechnet, als nach Hause in ihre leere Wohnung zu kommen. Es war schön, Ryan in Reichweite zu haben, nicht zuletzt jetzt, wo sowohl Niclas als auch Michael sich aus ihrem Alltag verabschiedet hatten und Reza ständig mit einem gejagten Ausdruck aus der Tür stürmte. Sie musste mit ihm reden, um zu erfahren, was ihn bedrückte, doch jedes Mal, wenn sie es versuchte, wich er ihr aus. Sie rief Ryan an. Er meldete sich beim ersten Klingelton.

»Danke für die Einladung«, sagte sie. »Ich kann in einer Stunde dort sein.«

»Phantastisch. Treffen wir uns vor dem Haupteingang?«

»Es gibt mehrere Eingänge, aber ich gehe einmal davon aus, dass du den mit dem großen roten Tor in der Nähe des Bahnhofs Klampenborg meinst.«

»Genau.«

Die Nachmittagssonne schien von einem klaren, blauen Himmel, als Rebekka nahe dem Bahnhof Klampenborg parkte. Auf dem Weg zum Eingang des Wildparks warf sie einen Blick nach Bellevue hinunter, wo es vor Menschen nur so wimmelte, die in der flirrenden Hitze wie kleine schwarze Punkte aussahen. Die anhaltende Hitzewelle zog die Menschen an den Strand, sobald die Tagesarbeit getan war.

Ryan stand bereits vor dem Eingang und wartete, als sie kam. Sie winkte, und er erwiderte ihren Gruß mit einem breiten Lächeln. Er hielt einen altmodischen, geflochtenen Picknickkorb und eine dunkelblaue Decke in den Händen.

Sie umarmten sich kurz und gingen durch das Tor in den Wildpark.

»Kennst du einen schönen Platz, wo wir uns hinsetzen können?«

Rebekka nickte, sie war mit Michael mehrere Male hier gewesen, sodass sie die Gegend relativ gut kannte.

»This way, sir«, sagte sie. Ryan lachte und folgte ihr.

Am Fuß einer großen Eiche breitete er die Decke im Gras aus und bat Rebekka, sich zu setzen und zu entspannen. Anschließend öffnete er ihr ein Miller, und sie trank einen Schluck von dem kalten Bier, schloss für einen Augenblick die Augen und versuchte, tief durchzuatmen und Stress und Sorgen wegzuschieben.

»Tataaa. Dinner is served.«

Rebekka schlug die Augen auf. Ryan hatte ein paar Schachteln mit Sushi zusammen mit feuchten Tüchern, Essstäbchen und Sojasoße in kleinen durchsichtigen Behältern auf der Decke angerichtet.

»Das sieht aber schön aus.« Rebekka nahm sich ein Stück Krabben-Nigiri, und wie immer fand sie den Anblick des Sushi sehr viel schöner als den leicht faden Geschmack von rohem Fisch und Reis. Sie musste reichlich eingelegten Ingwer daraufgeben, um sich satt essen zu können.

Beim Essen unterhielten sie sich über Ryans und Teds Rundreise. Sie hatten mehrere Meetings in Kopenhagen gehabt und auch einen Abstecher zur Europäischen Kommission gemacht. Anschließend sollte es nach Deutschland gehen.

»Man bringt uns in vielen europäischen Ländern großes Wohlwollen entgegen, doch mit Wohlwollen allein ist es nicht getan, es muss auch Geld fließen, die Theorie muss in die Praxis umgesetzt werden. Unser Chef hat die ganze Zeit ein Auge auf Ted und mich, wer die bessere Arbeit leistet. Das ist ein Gefühl wie bei einem Endlosexamen.«

»Ist das wahr?« Rebekka stellte das Bier zur Seite und stellte sich vor, dem konstanten Druck durch einen Vorgesetzten ausgesetzt zu sein. Das musste hart sein, und sie dachte dankbar an Brodersen und seinen Führungsstil. Gundersen würde ganz sicher ein Regime führen, das an jenes erinnerte, das Ryan gerade beschrieb, sollte er das Ruder übernehmen.

»Ted und ich konkurrieren nämlich um den Traumjob. In unserer Abteilung ist die Stellung des Head of Unit frei. Und die Reise ist eine Art Test.« Ryan zog dramatisch die Augenbrauen hoch und fuhr fort: »Deshalb sind meine Arbeit und vor allem meine Resultate von so enormer Bedeutung. Schaffe ich es, werde ich wohl bald befördert, und wer sagt dazu schon Nein? Ich träume seit Jahren von dieser Führungsposition, und jetzt ist der Traum endlich in erreichbare Nähe gerückt.«

Rebekka hörte Ryan zu, während ihre Gedanken einen Augenblick um Rezas Worte kreisten, inwieweit sie sich um die Position als Leitung der Mordkommission bewerben sollte. Dann schlug sie sich den Gedanken aus dem Kopf. Die Vorstellung, dass sie in dem Rennen eine Chance haben sollte, war mehr als absurd. Gundersen hatte trotz allem sehr viel mehr Erfahrung als sie.

»Wie weit seid ihr, was das verschwundene Mädchen angeht?«

Rebekka umriss kurz die Ermittlungen der letzten Tage. Ryan hörte ihr aufmerksam zu.

»Ihr habt mit anderen Worten nichts in der Hand?«

»Genau, wir sind alle müde und frustriert und befürchten das Schlimmste für Sofie.«

»Dazu habt ihr auch allen Grund.« Ryan öffnete ein weiteres Miller und bot es ihr an, doch sie schüttelte den Kopf. Sie musste noch mit dem Auto nach Hause fahren.

»Mit großer Wahrscheinlichkeit lebt das Mädchen nicht mehr.«

Rebekka begegnete Ryans ernstem Blick und nickte widerwillig. Das wussten sie sehr wohl, und trotzdem klammerten sie sich an die Hoffnung, das Kind lebend zu finden, nach Hause zu seiner Familie zu bringen, zurück in ein einigermaßen normales Leben.

»Was habt ihr? Umreiß mir doch kurz die familiäre Situation des Mädchens.«

»Einen aggressiven Stiefvater, den wir verdächtigen, dem Mädchen im letzten Frühjahr den Arm gebrochen zu haben, aber wir haben keine Beweise. Der Bruder des Stiefvaters ist ein Drogenwrack. Er hatte täglich SMS- oder Telefonkontakt zu Sofie, und sie hat ihn regelmäßig besucht, um für ihn Besorgungen zu machen. Von diesen Besuchen haben die Eltern wohlgemerkt nichts gewusst. Eine depressive Mutter, die ich noch nicht richtig einschätzen kann, einen dysfunktionalen großen Bruder, der Hasch raucht, und einen biologischen Vater, der Alkoholiker und drogensüchtig ist und Sofies Mutter wiederholt damit gedroht hat, dass auch kein anderer das Mädchen haben soll, wenn er es nicht öfter sehen darf.«

Ryan pfiff laut. »Eine explosive Mischung, könnte man sagen.«

»Und wie. Unser Hauptinteresse richtet sich auf den Stiefvater und seinen Bruder, also den Stiefonkel. Letzterer hat für den Tag kein Alibi, während Ersterer ja eine Stunde bevor Sofies Verschwinden festgestellt wurde, vom Spielplatz verschwunden ist. Unter massivem Druck hat er mittlerweile zugegeben, dass er bei seiner Geliebten war.«

Ryan lachte kurz auf. »Das sagen sie doch immer.«

»Genau. Die Geliebte hat zwar sein Alibi bestätigt, aber trotzdem ...«

»Beide Männer hatten mit anderen Worten die Möglichkeit, das Mädchen zu entführen. Was könnten sie für ein Motiv haben?«

»Steffen, der Stiefvater, und Sofie hatten kein gutes Verhältnis zueinander. Eifersucht, Missbrauch vielleicht, ich weiß es nicht. Womöglich ein Wutanfall, der über das Ziel hinausgeschossen ist. Bo, der Onkel, könnte ein wie auch immer geartetes Verhältnis zu dem Mädchen gehabt haben, das ist noch immer unklar. Sein enger Kontakt zu Sofie, da ist irgendwas ...«

»Wie erklärt er das Ganze?«

»Er hat keine richtige Erklärung, weshalb Gundersen ihn noch immer im Visier hat. Er hat seine Überwachung angeordnet«, sagte sie. »Und außerdem ist da das Geld. Wir haben unter dem Bett des Mädchens eintausendeinhundert Kronen gefunden. Das Einkommen der Familie ist nicht gerade hoch, und die Eltern behaupten, nichts von dem Geld gewusst zu haben. Wir haben keine Ahnung, woher sie es hat. Möglicherweise hat sie es sich irgendwie verdient.«

Ryan nickte.

Rebekka trank einen Schluck von dem Bier, das in der Abendsonne bereits lauwarm geworden war.

»Also steht der biologische Vater des Mädchens nicht mehr im Mittelpunkt des Interesses?«

»Allan Larsen hat ein Alibi. Er war mit einer Saufkumpanin und deren Eltern zusammen. Ich kann ihn mir als Täter ohnehin nicht vorstellen, was mit seinem physischen Zustand zu tun hat. Man könnte ihn anstoßen, und der Mann würde umkippen, im Ernst.«

Ryan lachte, und Rebekka fiel ein. Eine Schar Vögel flog mit flatternden Flügeln und heiseren Schreien erschrocken auf. Die Sonne senkte sich auf die Bäume, glühend rot.

»Fälle, in denen es um Kinder geht, vergisst man nie wieder, und so soll es auch sein. Du findest keinen Polizisten, den ein solcher Fall nicht zutiefst berührt, vor allem wenn das Kind tot aufgefunden wird. Das trifft auch auf die Fälle zu, in denen das Kind nie gefunden wird und die Ermittlung deshalb nicht abgeschlossen werden kann. Wie im Fall Madeleine McCann.« Ryan sah sie ernst an. »Das erste ermordete Kind hat mich auch stark berührt. Die Ermittlung hat mich nicht losgelassen, ich habe Tag und Nacht daran gedacht, und mein einziger Wunsch war der, den Täter hinter Schloss und Riegel zu bringen.«

Ryan starrte einen Augenblick gedankenverloren vor sich hin, dann leuchtete sein Gesicht auf. »Und es ist mir geglückt.« Er lächelte breit, und Rebekka ließ sich davon anstecken.

»Tatsächlich? Erzähl mir endlich was Positives. Was ist passiert?«

»Ja, was ist passiert? Das Mädchen hieß Arlette Fischer. Sie wohnte in einer der wenigen schönen Ecken von Harlan, und davon gibt es nicht viele, das kann ich dir sagen. Eines Tages hat sie für ihre Mutter eine Besorgung gemacht, von der sie nicht mehr nach Hause gekommen ist. Der klassische Mordfall. Ein paar Tage später wurde sie in einem

Waldgebiet am Rand der Stadt gefunden, erwürgt. Ich war gerade frisch von der Polizeischule gekommen, noch recht grün mit anderen Worten, und brannte darauf zu beweisen, dass ich etwas taugte. Der Mord war *das* Thema in den Medien, wie immer, wenn ein Kind ermordet wird. In dem Fall handelte es sich zudem noch um ein entzückendes weißes Mädchen aus einer wohlhabenden Familie. Wir haben rund um die Uhr gearbeitet, und ich habe mich immer wieder an die Familie gewandt, habe intensiv die Familienverhältnisse durchforstet und hatte schließlich einen Schwarzen im Visier, Otis Jackson, der ganz in der Nähe der Familie wohnte. Mir war Otis Jackson bereits durch verschiedene kriminelle Delikte bekannt, Kleindiebstähle, Brandstiftung, Tiermisshandlung und so weiter. Man könnte sagen, dass Otis eine tickende Bombe war, die nur darauf wartete hochzugehen, was ja auch passiert ist, als er Arlette Fischer umgebracht hat. Nun gut, ich habe meinem Chef von meinem Verdacht erzählt, der ihn zunächst abgetan hat. Es gab keine konkreten Beweise, keine Zeugen, aber ich ließ nicht locker, ich biss mich fest. Ich habe ihm mehrere Tage zugesetzt, um einen Durchsuchungsbeschluss für Otis' Haus zu bekommen, und endlich hat der Staatsanwalt zugestimmt. Wir haben Otis' Haus durchsucht, und was haben wir gefunden? Ihren Slip und ein Büschel ausgerissener Haare. Versteckt unter ein paar losen Brettern in Otis' Keller.«

»Good work. Wurde Otis für den Mord verurteilt?«

Ryan lächelte breit. »Und ob er verurteilt wurde. Das kannst du mir glauben. Er wurde gebraten.«

»Gebraten?«

»Er kam auf den Stuhl, den elektrischen.«

»Und du wurdest für deine Beharrlichkeit belohnt?«

»Allerdings. Ich hatte fast so etwas wie einen Heldenstatus. Im Monat darauf wurde ich zum Vizesheriff ernannt. Ich habe den Job einem meiner Kollegen sozusagen vor der Nase weggeschnappt, einem Scheißkerl, der sich in dem Glauben gewiegt hatte, dass der Job ihm gehörte. Ich war noch Monate danach high. Der Fall hat meiner Karriere einen enormen Auftrieb gegeben.«

Rebekka nickte nachdenklich. Ihre Gedanken kreisten wieder um die Frage, wer Brodersens Nachfolger werden würde, wenn der Thron neu besetzt wurde. Diese Ermittlung konnte auch große Auswirkungen auf ihre Zukunft haben. Wenn sie die Aufgabe mit Bravour löste.

Nach dem Ausflug mit Ryan war Rebekka wieder optimistischer. Der laue Sommerabend hatte die Leute in die Cafés gelockt, und als sie durch die Østerbrogade Richtung Stadt fuhr, kam ihr die Idee, spontan bei Dorte vorbeizuschauen, die in einem kleinen Genossenschaftshaus in einer Seitenstraße der Østerbrogade wohnte.

Dorte nahm sie zur Begrüßung begeistert in den Arm. Sie war keineswegs auf dem Weg ins Bett, sondern hatte kinderfrei und genoss die Stille in dem winzigen Garten, der zu dem Haus gehörte, bei einer Flasche Weißwein. Rebekka lächelte, während sie die Decke entgegennahm, die Dorte ihr reichte. Auf ihre Freundin Dorte konnte sie immer zählen. Sie nahm Anteil an ihrem Leben und war großzügig.

Dorte drückte ihr ein Weinglas in die Hand, doch Rebekka lehnte ab. Sie hatte einen Fall auf dem Schreibtisch, der früh am nächsten Morgen auf sie wartete. Die Freundin nickte verständnisvoll.

»Ich lese einfach nichts mehr über den Fall, Bekka, und das hat nichts damit zu tun, dass ich mich nicht für deine Arbeit interessieren würde, denn das tue ich. Aber es tut mir einfach nicht gut, so viel von der kleinen Sofie zu hören. Ich würde sterben, wenn Alma spurlos verschwunden wäre – oder Anton.«

Dorte schauderte. Sie saßen in Decken gehüllt nebeneinander und starrten zu den Häusern der Siedlung Brumleby hinüber, die an den Garten grenzte.

»Wir sind total frustriert, das kannst du mir glauben. Es gibt einfach keine Spur von ihr. Absolut nichts.«

Sie wechselten das Thema. Dorte verging fast vor Neugier, mehr über die Trennung von Michael zu erfahren, und Rebekka erstattete ausführlich Bericht.

»Ich kann es gar nicht glauben, Bekka – ich bin wirklich schockiert. Ich habe euer Verhältnis für stabiler gehalten, ich meine … ihr wart doch ein ganzes Jahr zusammen, oder? Ihr passt so gut zueinander.«

»Ich habe dir nicht alles erzählt.« Rebekka zögerte, spielte an einer der Deckenfransen herum.

»Was hast du mir nicht erzählt? Sag mir, was passiert ist.«

»Ich habe Michael betrogen …«

»Das ist nicht wahr!« Dorte hüpfte fast von ihrem Platz hoch. »Mit wem?«, fragte sie atemlos, als sie sich kurz darauf wieder auf ihrem Stuhl zurücklehnte.

»Mit einem Kollegen. Einem Schweden. Er heißt Niclas Lundell. Wir haben in dieser Vergewaltigungssache zusammengearbeitet …«

»Ich kann mich erinnern, dass du ihn erwähnt hast. Aber warum hast du nicht gesagt, dass da was lief?«

»Weil ich keine Ahnung hatte«, antwortete Rebekka und war froh, dass die zunehmende Dunkelheit ihre Lüge verbarg. Sie hatte sich von dem Augenblick an zu Niclas hingezogen gefühlt, in dem er zum ersten Mal ihr Büro betreten hatte.

»Du hast Michael doch nichts davon erzählt, oder?«

»Natürlich nicht. Er hat gemerkt, dass ich irgendwie angespannt war, und er hatte sich so darauf gefreut, mich zu sehen. Er ist unangemeldet aufgetaucht, wollte mir eine Freude machen, und ich habe mich einfach nur seltsam verhalten, weil ich ein schlechtes Gewissen hatte. Kurz nachdem er gekommen war, hat Brodersen angerufen und von dem verschwundenen Mädchen erzählt, und da haben Michael und ich Schluss gemacht – oder wie man das nennen soll.«

»Ihr habt seitdem nicht miteinander gesprochen?«

Rebekka schüttelte den Kopf.

»Und was ist mit Niclas?«

Rebekka spürte Dortes neugierigen Blick auf sich ruhen und musste lächeln. Ja, was war mit Niclas? Sie hatten Sex gehabt, überraschend und wunderbar, als er frühmorgens bei ihr angeklingelt hatte, um sich von ihr zu verabschieden. Anschließend war er wieder nach Stockholm verschwunden. Sie hatte nichts mehr von ihm gehört, hatte sich auch selbst nicht bei ihm gemeldet, doch es verging kein Tag, an dem sie nicht an ihn dachte und sich sein Bild, wie er groß und nackt vor ihr gestanden hatte, in Erinnerung rief, ein Bild, das ihr noch immer Gänsehaut am ganzen Körper verursachte.

»Da ist nichts mit Niclas«, antwortete sie vage.

»Denkst du an ihn?«

»Hmm, hin und wieder«, gab Rebekka zu und zog die Decke enger um sich.

»Du denkst nonstop an ihn. Gib es zu, Bekka.«

Dorte versetzte ihr einen gutmütigen Hieb.

Rebekka lachte. »Okay. Du hast recht. Ich denke oft an ihn ...«

»Ruf ihn an. Es kann doch sein, dass er auch an dich denkt. Du *musst* ihn anrufen. Verdammt, Bekka, das ist so typisch für dich, es nicht zu tun. Wir anderen hätten ihn längst mit Anrufen bombardiert, und ich wäre sicher nach Stockholm geflogen und hätte vor dem Präsidium auf ihn gewartet.« Dorte schüttelte den Kopf und bekam einen heftigen Lachanfall, der ansteckend wirkte.

»Du hast recht. Das Problem mit mir ist, dass ich mich so etwas nicht traue. Ich nehme es zwar mit einem Mörder auf, aber ich wage nicht, einen Mann anzurufen, in den ich mich verliebt habe.«

Irgendwo aus der Nähe erklangen weiche Jazzrhythmen. Rebekka schloss die Augen.

»Du rufst diesen Niclas an, Bekka. Das ist ein Befehl. Und was Michael angeht – vermisst du ihn?«

Rebekka zuckte mit den Schultern, kuschelte sich tiefer in ihre Decke, die angenehm nach Dortes Parfüm duftete.

»Ein wenig. Es ist irgendwie leer ohne ihn, aber ich weiß nicht, ob ich ihn vermisse oder einfach nur irgendjemanden. Ich bin jetzt sechsunddreißig und weiß noch immer nicht, wie Beziehung geht.«

»Wer weiß das schon? Sieh mich an. Hans-David und ich wissen das kein bisschen.«

»Ihr habt doch Kinder und ein Haus …«

Dorte schnitt eine Grimasse. »An der Oberfläche sehen viele Beziehungen perfekt aus. Aber sieh dich mal gründlich um. Was glaubst du, wie viele Frauen, die hier in Østerbro mit einem Kinderwagen herumspazieren, während zu Hause die Dinkelbrötchen im Ofen backen, in ihrem tiefsten Inneren glücklich sind oder auch nur annähernd zufrieden mit ihrem Leben?«

Als Rebekka eine Stunde später in ihrem Bett lag, ging sie in Gedanken das Gespräch mit Dorte noch einmal durch. Sie fühlte sich von Niclas angezogen, daran bestand kein Zweifel, doch als sie jetzt alleine in dem großen Doppelbett lag, war es trotz allem Michael, den sie am meisten vermisste.

Das graue Licht des Mondes drang durch das Fenster, und plötzlich schlug sie die Decke zur Seite, sprang aus dem Bett und griff nach ihrem Handy. Sie schickte Michael eine SMS: *Ich vermisse dich, ruf an, falls du wach bist* und wartete, wie es ihr schien stundenlang, auf eine Rückmeldung, bis sie erschöpft einschlief.

Als sie am nächsten Morgen aufwachte, hatte er noch immer nicht geantwortet.

AUGUST

Die Wärme hielt bis weit in den August an, und die Natur war farblos und vertrocknet. Bruno Poplawski parkte das Auto in dem verdorrten, gelblichen Gras und stieg aus, während er sich mit einem Taschentuch die Stirn abwischte. Diese Hitze. Jetzt reichte es allmählich, denn die Wärme machte die Leute so träge, und Trägheit war das Letzte, was er im Moment brauchen konnte.

Er blickte über Avedøre Holme und seinen halb fertigen Bau. Die Finanzkrise hatte zu einem abrupten Ende der Bauarbeiten geführt, doch jetzt schien sich das Vorhaben doch noch realisieren zu lassen. Bruno Poplawski ging zu dem sechsstöckigen Gebäude hinüber, während er innerlich fluchte. Die Pläne waren groß angelegt gewesen, und als er den Investoren vor einigen Jahren seine Baupläne unterbreitet hatte, waren sie mehr als angetan gewesen. Das Gebiet war lukrativ, perfekt für eine Bebauung geeignet, und als er jetzt in der flimmernden Hitze dastand, visualisierte er wie so viele Male zuvor, dass die Anlage fertig gebaut und bereits bewohnt war. Er stellte sich die Bewohner vor, fröhliche Erwachsene, die auf den Bänken saßen und miteinander redeten, während die Kinder auf den einladenden Spielplätzen spielten.

Gerade hatte er eine Arbeitskolonne aus seiner polnischen Heimat angeheuert, die die Bauarbeiten fortführen sollte, sobald das Finanzielle geregelt war. Er hatte im letzten Jahr rund um die Uhr gearbeitet, um einen zuverlässigen Investor zu finden, was nicht leicht gewesen war, doch glücklicherweise verfügte er über ausgeprägte Überredungskünste.

Poplawski betrat das halb fertige Gebäude. Er liebte es, den Ort zu inspizieren, und überprüfte regelmäßig, ob sich in dem Haus auch keine Obdachlosen eingenistet hatten oder, was noch schlimmer wäre, Jugendliche, die die rohen Wände und das Mauerwerk mit hässlichem Graffiti besprühten. Er sah sich um. Die Betonmauern ragten grau, aber sauber in die Höhe, und er atmete erleichtert auf. Dann ging er weiter in den Keller, der künftig zu einer Garage für die Bewohner der Anlage werden sollte. Ein größeres Betonrohr, das Teil der Kanalisation war, musste noch angeschlossen werden. Aus dem Rohr lief Wasser, und er machte einen vorsichtigen Schritt über den See, der sich wie ein riesiger, dunkler Schatten auf dem Betonfundament gebildet hatte. Ob das Wasser möglicherweise etwas beschädigen konnte? Er musste das überprüfen.

Poplawski kletterte über ein paar Mauerbrocken und hatte augenblicklich Kalkstaub auf seiner Anzughose. Er bürstete ihn mit den Handflächen ab und beugte sich vor, um zu sehen, ob er das Leck irgendwo ausmachen konnte. Plötzlich sah er, dass irgendetwas in dem Betonrohr lag. Er arbeitete sich näher heran, der Schweiß lief ihm die Stirn hinunter. Es war beschwerlich, zwischen Maschinen und Baumaterialien herumzuklettern, und er wäre beinahe über ein paar lose Mauerbrocken gestolpert. Er kroch ein Stück in das Rohr hinein, und ein Übelkeit erregender, süßlicher Gestank schlug ihm entgegen. Ein Geruch von Verwesung, von Tod.

Stammte er von einem Tierkadaver? Er wusste, dass es in der Gegend Füchse gab und bestimmt auch wilde Katzen. Mit angehaltenem Atem kroch er noch ein Stück weiter. Erst als er ganz nahe daran war, begriff er, was er dort vor sich hatte. Vor ihm lag eine grünliche, aufgedunsene Masse, doch die Konturen ließen keinen Zweifel zu. Das war ein Mensch. Ein kleiner Mensch. Ein Kind?

Das Blut wich aus seinem Kopf, ihm flimmerte vor Augen, und er spürte, wie ihm das Frühstück hochkam. Schnell krabbelte er aus dem Rohr, trat verwirrt ein paar Schritte zurück, glitt in der Pfütze aus und fiel der Länge nach hin. Er landete mit dem Rücken auf dem Betonboden, der Schmerz breitete sich im ganzen Körper aus, doch er kämpfte sich auf alle viere hoch und kroch Richtung Ausgang, während ihm der Schweiß aus allen Poren troff. Seine Brust wurde eng, er bekam plötzlich keine Luft mehr. Du kannst hier nicht liegen bleiben und sterben, dachte er. Du musst raus.

Er robbte über das Fundament, merkte, wie das dünne Jackett zerriss. Mit allerletzter Kraft stieß er die Tür auf und taumelte nach draußen. Eine Schar Vögel flog erschrocken auf, als er auf dem Kies vor dem Gebäude umkippte, und stieg wie dünne, schwarze Striche in den Himmel auf. Das sieht schön aus, dachte Bruno Poplawski und empfand so etwas wie Rührung, ein Gefühl, das er seit Jahrzehnten nicht mehr gespürt hatte. Die großen Ereignisse des Lebens, seine Hochzeit in Warschau, die Geburt der Kinder, die Taufen, Konfirmationen und später die Hochzeiten. Er hatte an allem teilgenommen, es hatte ihn gefreut, er hatte das Ganze genossen, doch nichts davon hatte ihn bis ins Herz berührt, nichts hatte ihm je die Tränen in die Augen getrieben. Bis jetzt. Die Tränen eines halben Jahrhunderts stiegen plötzlich in ihm auf, und während er im Gras lag und den Blick auf den blauen Himmel gerichtet hatte, gab er ihnen nach.

Die morgendliche Laufrunde war in Veddinge Bakker am schönsten. Nichts übertraf den Anblick des Dunstes, der sich über dem Meer ausbreitete, des versengten Grases und der Hagebuttensträucher am Weg, die wunderbar kräutrig dufteten und deren Blüten von Horden gieriger Bienen umschwirrt wurden. Rebekka war die übliche Route gelaufen, nur langsamer als sonst, ihr Körper war schwer und müde, und sie hatte mehrmals stehen bleiben müssen, um Luft zu schnappen. Sie hatte ihre Laufrunde mit einem Bad im kühlen Meer beendet, und jetzt spazierte sie in der blau gestrichenen Küche herum und mahlte Kaffee, während das Radio fröhlich vor sich hin plapperte. Sie gedachte liebevoll ihrer Tante, die ihr die ganze Herrlichkeit vermacht hatte. Obwohl sie nur wenige Male hier gewesen war, fühlte sich das Haus bereits wie ihres an. Sie goss den frisch aufgebrühten Kaffee in eine angeschlagene Tasse und ging nach draußen.

Das Gras war noch immer feucht vom Tau, doch die Sonne stand bereits hoch am Himmel und wärmte sie, während sie vorsichtig durch den Küchengarten ihrer Tante ging, der in Grün schwelgte. Kopfsalat, Kartoffeln, Rhabarber und Johannisbeeren in Hülle und Fülle. Sie genoss es, auf dem Grundstück herumzulaufen, liebte die schattigen Tannen, die in der Brise schwankten, den Duft des Grases, das Zwitschern der Vögel und das ferne Brausen des Meeres. Rebekka ging durch die Terrassentür zurück ins Haus und sah ihr Handy auf dem Esstisch liegen. Der Empfang auf dem Grundstück war unzuverlässig und manchmal musste sie bis zur Garage oder ganz bis zum Weg hinuntergehen, um eine Verbindung zu bekommen, doch im Moment schien der Empfang gut. Zwei Nachrichten waren kurz hintereinander eingegangen, beide waren von Brodersen, und schon bevor sie die Mailbox abhörte, hatte sie ein sicheres Gefühl, worum es ging. Sie sollte recht behalten. Sofie Kyhn Larsen war gefunden worden. Tot.

Es klingelte. Bo saß zurückgelehnt in dem Sitzsack, während aus der Anlage Guns N'Roses dröhnten. Das Hasch entfaltete langsam seine Wirkung, und er war angenehm entspannt, während die Rhythmen kräftig im Körper vibrierten. Bo lachte laut, das war geil. Er ließ die Arme wie Trommelstöcke durch die Luft sausen, ein cooles Solo – er war es, der da trommelte, auf dem Gipfel der Welt, jetzt ging alles in einer höheren Einheit auf.

Er war so in das Stück vertieft, dass eine geraume Zeit verging, ehe er den anhaltenden, penetranten Ton der Klingel wahrnahm. Ach ja. Er erhob sich beschwerlich und stolperte in die Diele. Wer mochte das sein? Die Musik brodelte noch in seinem Blut, und Bo ertappte sich dabei, wie er ein paar unkonventionelle Tanzschritte machte, bevor er sich mit einem »Hallo?« über die Sprechanlage meldete.

»Ich bin's, verdammt. Steffen. Lass mich rein. Sofort.«

Bo drückte den Türöffner und kringelte sich vor Lachen über seine Füße, die nicht still stehen wollten, sondern weiter zu der lauten Musik über die Dielenbretter tanzten. Er hatte sich nie gut bewegen können, das hatte er in seiner Jugend oft genug zu hören bekommen, wenn er sich überhaupt mal auf die Tanzfläche einer Diskothek gewagt hatte, aber jetzt hätten sie ihn sehen sollen. Er drehte sich um sich selbst und musste sich leicht schwindelig am Türrahmen festhalten, während er die Kette aufriss und die Tür öffnete. Vor ihm stand Steffen, aschfahl im Gesicht.

»Sie ist tot. Fie ist tot.«

Die Zeit blieb augenblicklich stehen. Bo starrte ihn an, wie paralysiert. Steffen trat ein, schloss die Tür hinter sich und wiederholte: »Verstehst du, was ich gesagt habe? Fie ist tot.«

Bo wollte den Arm ausstrecken, seinen Bruder umarmen, doch sein Körper gehorchte ihm nicht, die Arme hingen schlaff an den Seiten hinunter, unbrauchbar. Steffen ging weiter ins Wohnzimmer. Bo folgte ihm langsam, während er unverständliche Laute vor sich hin murmelte. Guns N'Roses grölten: »Welcome to the jungle, watch it bring you to your knees, knees, I wanna watch you bleed ...«

»Können wir den Scheiß nicht leiser drehen, verdammt?«

Steffen war mit einem Satz am Regal und riss den Stecker aus der Steckdose, die Musik verstummte sofort. Die Stille war abrupt, anmaßend, und einen Augenblick standen sie nur da und sahen sich ratlos an, dann sank Steffen plötzlich weinend auf dem Ledersofa zusammen. Bos Rausch verzog sich augenblicklich, und er lief in die kleine Küche, um zwei Bier zu holen. Sie tranken schweigend, dann sagte Bo vorsichtig: »Sie ist tot, hast du gesagt? Sofie ist tot?«

Steffen seufzte laut und nickte.

Bo schluckte erneut. »Wie ... wie ist es passiert?«

Steffen trank noch einen Schluck Bier, dann holte er eine Zigarette aus der Hemdtasche und zündete sie an, inhalierte tief, blies den grauen Rauch ins Zimmer und sah Bo von der Seite an. »Wir haben es gerade erst erfahren, deshalb weiß ich nicht wirklich viel. Die Polizei ist sich sicher, dass sie ermordet wurde, umgebracht. Sie war nackt.«

Bo wurde kurz schwarz vor Augen. Er drückte das kalte Bier fest gegen den Bauch, während er die Augen zusammenkniff.

»Willst du gar nicht wissen, wie sie ermordet wurde und wo sie gefunden wurde?«

Steffens Augen bohrten sich in ihn hinein, forschend und hart, und Bo gefror innerlich zu Eis.

»Natürlich, Mann. Ich bin nur total schockiert. Was zum Teufel meinst du eigentlich damit, ob ich das nicht wissen will? Was zum Teufel meinst du?«

Bo sprang vom Sofa auf und brüllte die Worte hinaus. Steffen starrte überrascht zu ihm hoch.

»Antworte mir endlich, Mann. Was meinst du damit?« Bo griff Steffen am T-Shirt und schüttelte ihn. Normalerweise hätte sein Bruder ihn einfach weggestoßen, er war immer der Stärkere gewesen und hatte als junger Mann Kampfsport betrieben, doch jetzt reagierte er nicht auf den physischen Angriff, sondern ließ sich wie eine Stoffpuppe durchschütteln. Bo ließ ihn los, das T-Shirt war am Hals gerissen.

»Entschuldige, Steffen. Ich wollte nicht ...«

Steffen vergrub das Gesicht in den Händen, saß einen Augenblick da und erholte sich. Dann sah er zu seinem kleinen Bruder hoch.

»Das ist alles eine verdammte Scheiße. Fie ist heute Morgen von einem polnischen Bauunternehmer in einem Rohbau draußen in Avedøre Holme gefunden worden. Ich habe keine Ahnung, was passiert ist ... ich bin total durch den Wind.«

Steffens Stimme vibrierte vor Verzweiflung.

Bo setzte sich langsam wieder hin und nickte verständnisvoll. »Warum bist du hier? Das heißt, ich meine – warum bist du nicht bei Anita?«

»Anita!« Steffen schnaubte höhnisch und war wieder ganz der Alte. »Anita ist eine absolute Idiotin, ich halte sie einfach nicht mehr aus. Ich habe den ganzen Vormittag bei ihr gesessen und sie im Arm gehalten, schließlich musste ich ihre Freundin anrufen, damit sie kommt, um sie zu trösten.« Steffen strich sich über seinen kahlen Schädel und fügte hinzu: »Anita ist so verdammt paranoid geworden. Sie glaubt, dass Fie von jemandem umgebracht worden ist, den wir kennen. Der Gedanke lässt sie nicht mehr los. Sie hat diverse Verdächtige im Visier, unter anderem dich. Du hast schließlich kein Alibi.«

Bo wurde innerlich ganz kalt. Er nahm Augenkontakt zu seinem Bruder auf, einige Sekunden bestand die Welt nur aus schwarzen Pupillen und einer trübbraunen Iris in der Farbe, die sie beide von ihrer Mutter geerbt hatten. Steffen war es, der die Stille brach.

»Ich glaube natürlich nicht, dass du etwas damit zu tun hast. Verdammt, ich habe solche Angst ...«

Es war das erste Mal überhaupt, dass Steffen das Wort Angst in den Mund nahm. Bo sah seinen Bruder an. Der letzte Monat hatte seinen Tribut gefordert. Die Muskelmasse war beträchtlich geschwunden, das Gesicht war schwammiger, und die Augen lagen tief in den Höhlen. Er sah alt aus, und ein ungewohntes Gefühl von Bruderliebe übermannte Bo. Er klopfte Steffen verlegen auf den tätowierten Arm, während Steffen leise erzählte, wie Sofies durch die Wärme völlig verweste Leiche gefunden worden war. Bo hörte schweigend zu. Sofies Genick war gebrochen gewesen.

Steffen vergrub das Gesicht in den Händen und brach plötzlich in heftiges Schluchzen aus. Bo fehlten die Worte, er konnte sich nicht erinnern, den Bruder seit ihrer Kindheit weinen gesehen zu haben. Verlegen legte er ihm den Arm um die Schultern und drückte ihn. Steffen ließ es einige Sekunden zu, bevor er sich frei machte.

»Du verstehst das nicht.« Steffens Stimme war belegt.

Bo nickte eifrig. Doch, er verstand ihn, wirklich, er wollte ihn so gern verstehen.

»Du verstehst gar nichts.« Steffen schaute ihn an, der alte Steffen, mit blitzenden Augen, und Bo sah ihn erschrocken an, woraufhin der Bruder sich so schnell von dem Sofa erhob, dass die Bierflasche vor ihm umfiel und die schäumende Flüssigkeit auf den zerkratzten Sofatisch lief.

»Jetzt kann ich sie nicht verlassen. Jedenfalls nicht so bald.«

»Sie verlassen?« Bo sah verwirrt zu ihm hoch. Wovon faselte er? Sie sprachen doch über Sofie, die kleine, liebe Sofie, die nackt und …

»Sie verlassen, ja. Ich halte dieses ganze Familientheater einfach nicht mehr aus. Anita ist die meiste Zeit nur schlecht gelaunt und frustriert. Außerdem gibt es Probleme mit Marks Vater, und dann ist da noch der lächerliche Allan, ganz zu schweigen davon, dass ständig irgendwas mit den

Kindern ist. Ich will meine Freiheit zurück. Ich will mich scheiden lassen. Alleine wohnen. Dann kann Patrick jedes zweite Wochenende zu mir kommen und vielleicht an einem Tag in der Woche. Das wäre perfekt. Ich würde ihn anfangs natürlich etwas vermissen …«, er zögerte, »aber ich nehme ja die Schlangen mit, dann wird es schon gehen.«

Er erhob sich und ging zur Eingangstür. Bo starrte ihm hinterher und schüttelte heftig den Kopf. Er war plötzlich müde bis ins Mark. Steffen hatte recht. Er begriff gar nichts.

Rebekka betrat eilig das Institut für Rechtsmedizin. Sie hatte das Gaspedal durchgetreten und war so schnell gefahren, wie es die Geschwindigkeitsbegrenzung zuließ. Das Bild der lebendigen Sofie Kyhn Larsen tanzte auf ihrer Netzhaut, und es fiel ihr schwer, die Hoffnung aufzugeben, dass die verweste Leiche doch nicht Sofie war. Sie zog den obligatorischen Obduktionskittel an und ging zu ihren Kollegen hinüber. Gundersen, Simonsen und Reza standen mit der erfahrenen und hochgeachteten Gerichtsmedizinerin Inge Aamund zusammen, die ihnen gerade etwas auf dem Computerbildschirm zeigte.

»Rebekka.« Inge Aamund nickte ihr freundlich zu. Mitten im Raum stand der charakteristische Stahltisch, und man konnte die Umrisse eines kleinen Körpers in dem Leichensack erahnen. Rebekka schluckte und richtete den Blick schnell auf die Gerichtsmedizinerin. Inge Aamund näherte sich dem Rentenalter und war eine kleine, zarte Frau, die trotz ihrer aparten Arbeitskleidung mit Mundschutz, Handschuhen und großen Gummistiefeln eine starke und feminine Ausstrahlung hatte.

Rebekka stellte sich neben Reza, der starr vor sich hin guckte. Ihr Kollege hatte gewisse Probleme mit Obduktionen, was dazu führte, dass er den Raum fast immer vorzeitig verlassen musste.

»Bereits bei der Leichenschau am Fundort hat man aufgrund der Stellung der Leiche ein gebrochenes Genick als Todesursache angenommen.« Inge Aamund sah sie ernst an und fügte hinzu: »Die Ultraschalluntersuchung hat die Todesursache bestätigt. Es gibt einen deutlichen Bruch auf der Höhe des dritten Nackenwirbels.« Sie zeigte auf das gräuliche Bild auf dem Monitor.

»Kann es sich um einen Unfall handeln?« Simonsen sah die Rechtsmedizinerin hoffnungsvoll an, die jedoch entschieden den Kopf schüttelte.

»Auf keinen Fall.«

Mit leichten Schritten ging sie zu dem Stahltisch hinüber, zog den Sack auf, und einen Moment später erfüllte ein Übelkeit erregender, süßlicher Gestank die Luft. Reza kniff fest die Augen zusammen, auf seiner Stirn perlte der Schweiß, und seine Gesichtsfarbe hatte einen grünlichen Ton angenommen. Er tat Rebekka leid, und sie sah Gundersen von der Seite an, um seine Reaktion zu sehen, doch ihr Kollege betrachtete konzentriert die Leiche.

Die Obduktion von Sofie nahm die nächsten Stunden in Anspruch. Die Leiche wurde fotografiert, und es wurden Proben aus Vagina und Anus entnommen, um eventuelle Spuren des Täters zu sichern. Der Gerichtsodontologe hatte bereits Proben aus der Mundhöhle entnommen, bevor er die Zahnuntersuchung zur Feststellung der Identität durchgeführt hatte. Anschließend wurden die Nägel sorgfältig auf DNA hin untersucht. Die Leiche wurde gewaschen und noch einmal fotografiert. Anschließend nahm der Assistent der Rechtsmedizin einen y-förmigen Schnitt an der Vorderseite des Halses vor und legte die Halsmuskulatur frei. Die Arbeit schritt in ruhigem Tempo voran, doch die Stimmung im Raum war gedrückt, gedrückter als sonst. Hin und wieder hielt Inge Aamund inne und erklärte etwas. Die fortgeschrittene Verwesung passte zu dem Umstand, dass das Mädchen seit ungefähr fünf Wochen tot war, das heißt, seit kurz nach dem Zeitpunkt des Verschwindens. Der Körper wies diverse Wunden auf, die von Tieren, vermutlich von Ratten, stammten. In die Wunden hatten Schmeißfliegen ihre Eier gelegt, was für eine Leiche in diesem Stadium normal war.

Rebekka spürte Tränen in den Augen brennen. Sie biss die Zähne fest zusammen, so fest, dass ihr Kiefer sich leicht verkrampfte. Fing sie jetzt etwa während einer Obduktion an zu weinen? Das war ihr noch nie passiert, nicht einmal als sie eine junge, unerfahrene Polizeianwärterin gewesen war. Sie blickte konzentriert auf den Boden, während sie darum kämpfte, die Fassung zurückzugewinnen, doch es nutzte nichts, und sie schlich sich hinaus, um zwischen ein paar Schluchzern tief durchzuatmen. Sie versuchte sich zu beruhigen, und als sie zurück in den Obduktionssaal kam, stand die Rechtsmedizinerin mit den entnommenen Organen am Tisch und setzte zu ein paar Schnitten mit dem großen Messer an, das unter den Kollegen auch »Lungenmesser« genannt wurde. Plötzlich hielt Inge Aamund mitten in einer Bewegung inne.

»Riech mal.« Sie wandte sich an ihren Assistenten, der sich mit seinem Mundschutz direkt über die Lungen beugte, schnupperte und nickte. Anschließend blickte Inge Aamund zu den Polizisten hoch, die sie fragend ansahen.

»Die Leiche ist stark verwest, aber ich nehme trotzdem einen schwachen Geruch wahr, bei dem es sich um Äther handeln könnte. Wir schicken noch etwas zusätzliches Lungen- und Hirngewebe in die rechtsmedizinische Diagnostik, um zu sehen, ob es Äther ist.«

Sie nickten. Äther war ein leicht zugängliches Betäubungsmittel, und falls Sofie betäubt gewesen war, als sie vom Spielplatz verschwand, passte das zum Bericht der Zeugin, dass das Mädchen nicht selbst hatte gehen können.

Schließlich fasste Inge Aamund die Ergebnisse der Obduktion zusammen. Sofie Kyhn Larsen war an einem Genickbruch gestorben. Außer dem älteren Bruch des Unterarmknochens waren keine weiteren Anzeichen von Gewalt zu erkennen. Für einen sexuellen Übergriff gab es keine direkten Anzeichen, doch sämtliche Proben waren in die Diagnostik geschickt worden, und man würde, was mögliche DNA-Spuren des Täters anging, das endgültige Ergebnis abwarten müssen.

Der Anblick von Sofie, die halb verwest auf dem Obduktionstisch gelegen hatte, ließ Rebekka nicht los. Obwohl sie nach der Obduktion geduscht und die Kleider gewechselt hatte, klebte der Geruch des Todes an ihrer Haut, und sie hatte im Präsidium zweimal auf die Toilette laufen und sich übergeben müssen. Reza war nach der Obduktion nach Hause gefahren. Es sei ihm schon vorher nicht gut gegangen, hatte er erklärt, und die stundenlange Obduktion hatte sicherlich nicht zu einer Besserung seines Zustands beigetragen.

Gundersen wirkte permanent frustriert, Brodersen war blass und verbissen. Der Fund von Sofie Kyhn Larsen bedeutete eine Wende in der Ermittlung. Aus einer Entführung war ein Mord geworden. Die Techniker durchkämmten das Gebiet nach Spuren, bislang jedoch ergebnislos; auch Sofies Kleider und Schuhe waren weiterhin verschwunden. Brodersen kümmerte sich um die Presse, während Gundersen die laufende Ermittlung koordinierte. Alles musste noch einmal gründlich durchgegangen, die Familie ein weiteres Mal überprüft werden, die Nachbarn, alle. Rebekka machte sich an die Arbeit und studierte gerade ein paar Zeugenaussagen, als das Telefon klingelte. Es war Mark, Sofies großer Bruder. Er machte sich Sorgen um seine Mutter, die, ohne etwas zu essen oder zu trinken, apathisch in der Küche saß. Und das schon seit Stunden. Als Rebekka fragte, wo Steffen sei, antwortete der Junge, dass er das nicht wisse. Er klang traurig, lebte aber etwas auf, als Rebekka versprach, so schnell wie möglich vorbeizukommen.

Nach dem Gespräch starrte sie einen Augenblick nachdenklich vor sich hin. Plötzlich vermisste sie Ryan gewaltig. Das letzte Mal, das sie mit ihm gesprochen hatte, war er in Deutschland gewesen, und das Gespräch war aufgrund der schlechten Verbindung etwas verwirrend gewesen. Rebekka seufzte tief. Sie würde alles darum geben, wenn er jetzt mit der ihm eigenen Ruhe und Kraft in ihr Büro treten und den Fall noch einmal mit ihr durchgehen würde. Kurz darauf stand sie schwerfällig auf und fuhr nach Valby.

—

Anita Kyhn war völlig fertig. Ihre Haut sah aus, als hätte sie sich von den Knochen gelöst, und hing in Falten herunter. Die blutunterlaufenen Augen hatten einen glasigen Schleier, und ihre Bewegungen waren steif, roboterartig. Mark ließ Rebekka in die Wohnung, er lächelte sie vorsichtig an und führte sie in die Küche. Rebekka setzte sich neben Anita, die ihre Anwesenheit kaum wahrnahm. Sie legte ihre Hand auf Anitas, ruhig und fest, und spürte, wie die Frau zitterte.

»Ich muss los, um Patrick im Kindergarten abzuholen.« Mark sah sie an, und sie nickte ihm kurz zu. Dann drehte sie sich wieder zu Anita um und begann von der laufenden Ermittlung zu erzählen. Anita hörte ihr mit ausdruckslosem Gesicht zu. Sie zündete sich eine Zigarette an, inhalierte tief und blies eine Rauchwolke in Rebekkas Richtung.

»Anita, wir müssen noch einmal alle Personen in Ihrer engsten Familie und Ihrem Bekanntenkreis durchgehen. Ist Ihnen noch etwas eingefallen? Sie haben doch erzählt, dass Sofie oft in der Nachbarschaft unterwegs war.«

Anita nickte und zog erneut an ihrer Zigarette. Sie stieß den Rauch langsam aus, dann drehte sie die Zigarette eine Weile zwischen den Fingern, bevor sie sie in dem überfüllten Aschenbecher ablegte. Als sie endlich etwas sagte, war ihre Stimme so rau, als würde sie sie zum ersten Mal nach langer Zeit gebrauchen.

»Sofie ist viel allein rumgelaufen. Hat mit den Leuten geredet … Ich weiß nicht, mit wem. Ich bin nie dazu gekommen, sie zu fragen.«

»Hat sie irgendwann einmal einen Namen genannt oder ausführlicher von jemandem erzählt?« Rebekka sah die Frau eindringlich an, die schwach den Kopf schüttelte, während sie die Zigarette in dem vollen Aschenbecher ausdrückte, bevor sie sich sofort eine neue anzündete.

»Ich kann mich nicht erinnern, dass sie irgendwas von irgendwem erzählt hätte.« Anita seufzte. »Ich habe nie richtig zugehört, wenn sie etwas erzählt hat, ich hab es einfach nicht fertiggebracht. Und das bereue ich jetzt. Ich habe mich nicht an ihr gefreut, solange ich sie noch hatte.« Ihr Mund zitterte.

Rebekka sah sie ruhig an. »Ich glaube, solche Gedanken sind ganz normal, wenn man ein Kind verliert …«

Plötzlich drang heftiges Kinderweinen vom Hof durch das offene Küchenfenster herein, und beide drehten sich um. Ein kleineres Mädchen war hingefallen und hatte sich die Knie aufgeschlagen, und ein paar größere Mädchen trösteten die Kleine.

»Aber das ist jetzt sowieso egal.« Anita hustete heftig. Als sie wieder Luft bekam, zog sie an ihrer Zigarette und lächelte Rebekka entschuldigend an.

»Ich weiß, dass die Dinger mich umbringen. Mein Arzt sagt, dass ich langsam Raucherlungen bekomme, aber wissen Sie was? Es ist mir egal – ich sehne mich nach dem Tod. Ich sehe den Tod als großen, schwarzen Teppich, der sich um mich schmiegt, mich von Kopf bis Fuß zudeckt, und ich kann es kaum erwarten.«

Rebekka rutschte unruhig hin und her. »Es ist normal, in einer solchen Situation so etwas zu denken. Sie haben einen Schock, Sie haben gerade Ihre Tochter verloren.«

»Nein, Sie verstehen das nicht. Ich habe mich immer nach dem Tod gesehnt, das hat nichts mit Sofie zu tun. Schon seit Marks Geburt, als die Beziehung zu seinem Vater in die Brüche gegangen ist – seit damals komme ich mir wie die reinste Katastrophe vor, wie jemand, der eine Fehlentscheidung nach der anderen trifft. Ich kann einfach nicht anders, und deshalb kann ich ruhig sterben – vielleicht wäre die Welt sogar besser dran ohne mich.«

»Anita.«

Anita lächelte vor sich hin, sie wirkte plötzlich auf eine Weise glücklich, wie Rebekka es von Leuten kannte, die einer Sekte angehörten, eine Art wahnsinniger Freude.

»Ihre Kinder …«, begann Rebekka, wurde jedoch unterbrochen.

»Mein Tod würde nicht viel bedeuten. Mark geht bald aus dem Haus, er kommt allein zurecht. Patrick ist noch so klein, er wird mich blitzschnell vergessen. Steffen bin ich gleichgültig. Er wird eine Woche nach der Beerdigung eine andere heiraten, so ist er. Eine neue Frau wird an meine Stelle treten und das Loch ausfüllen, das ich hinterlasse. Dabei ist das Loch nicht besonders groß. Ich war meinen Kindern keine gute Mutter. Sie sind ohne mich besser dran.«

»Das stimmt nicht, Anita … das empfinden Sie jetzt so, jetzt im Moment …«

»Doch, das stimmt, ich könnte verschwinden, und es wäre okay.«

Anita sah direkt durch Rebekka hindurch. Ihre Augen waren glasig, und Rebekka beschloss, einen Polizeipsychologen hinzuzuziehen. Sie verließ die Küche unter dem Vorwand, zur Toilette zu müssen, und rief vom Badezimmer aus an, während sie das Wasser ins Handwaschbecken laufen ließ. Als sie kurz darauf in die Küche zurückkam, sah Anita überrascht zu ihr hoch, als wäre sie gerade erst gekommen.

»Hallo.«

Dann driftete ihr Blick wieder ab. Ob sie Drogen genommen hatte? Sie kam Rebekka eigentlich nicht wie jemand vor, der Drogen nahm, doch da Sofies leiblicher Vater große Drogenprobleme hatte und Steffen früher ebenfalls drogensüchtig gewesen war, konnte sie das nicht völlg ausschließen.

»Ich denke, dass Sie mit einem Psychologen von der Krisenintervention sprechen sollten, Anita. Das hilft, glauben Sie mir.«

Anita schüttelte den Kopf. »Ich kann nicht mehr. Keine Sachbearbeiter, keine Ärzte, keine Psychologen. Ich will meine Ruhe.«

»Anita, es ist aber wichtig. Ihretwegen.« Rebekka nahm ihre Hand, und Anita ließ sie gewähren. Sie schauten beide aus dem Fenster. Das Mädchen im Hof hatte aufgehört zu weinen.

»Neulich habe ich Michael gesehen. In der Stadt.«

Die Stimme ihrer Mutter vibrierte leicht, und Rebekka wusste, dass sie darauf brannte, mehr zu erzählen, aber absichtlich die Zeit in die Länge zog, um sie neugierig zu machen. Rebekka war gerade nach einer langen Laufrunde in Søndermarken aus dem Bad gekommen. Sie stand nackt im Wohnzimmer, während das Wasser aus ihrem nassen Haar tropfte. Sie war davon ausgegangen, dass jemand von der Arbeit anrief, weil sie trotz Anitas Protesten einen Polizeipsychologen zu ihr geschickt hatte und gespannt war, wie es gelaufen war.

»Ach ja«, antwortete Rebekka und drückte ihr nasses Haar mit dem halb trockenen Handtuch aus. Die Dusche hatte nicht die erfrischende Wirkung gehabt, die sie normalerweise hatte. Sie war noch immer müde. Ob sie krank wurde?

»Ihr seht euch nicht mehr?« Die Stimme ihrer Mutter wurde heller, schriller.

»Nun ja«, sagte sie gedehnt. Sie mochte ihrer Mutter nicht mehr als unbedingt nötig erzählen. »Wir haben eine kleine Pause eingelegt. Nichts Dramatisches.«

»Aha.« Die Mutter saugte Luft ein, und Rebekkas Hand schloss sich fester um das Telefon. »Ich habe mir schon gedacht, dass da irgendetwas ... nicht stimmt. Denn Michael war ... mit einer anderen Frau zusammen.«

Jetzt war es heraus. Rebekka spürte den lauten Puls ihrer Mutter fast durch das Telefon.

»Michael kann doch mit einer anderen Frau spazieren gehen ...«

»Sie schienen ...«, die Mutter machte eine Pause, »... miteinander vertraut. Sie gingen ganz eng zusammen, als würden sie sich richtig gut kennen.«

»Das ist in Ordnung für mich, Mama. Das war bestimmt eine Kollegin ...«

»Das sah aber vertrauter aus, nicht sonderlich kollegial.«

»Mama.«

»Ich sage nur, wie es ist, Rebekka. Und ich muss gestehen, dass ich sehr traurig bin, wie sich alles entwickelt. Ich meine – Michael ist ein guter Mann.«

Rebekkas Hand verkrampfte sich. Sie nahm das Handy in die andere Hand und biss die Zähne so fest zusammen, dass sie knirschten. »Mama, ich habe jetzt keine Zeit für dieses

Gespräch. Wir stecken mitten in einer wichtigen Ermittlung.«

»Du hast doch nie Zeit, wenn *ich* anrufe. Ich wollte dich auch nur über die Situation informieren.«

Du hast mich angerufen, um mich zu warnen, mich zu drängen, die Beziehung mit Michael weiterzuführen, dachte Rebekka. Laut sagte sie: »Du weißt doch, dass wir in dem Mord an Sofie Kyhn Larsen ermitteln.«

»Das weiß ich, und das ist furchtbar. Denk nur mal an die armen Eltern. Der Job, den du da machst, Rebekka, ist hart, zu hart. Ich würde mir wünschen ...« Die Mutter schwieg, wie sie das immer mitten in einem Satz tat, wenn sie wollte, das Rebekka nachfragte.

»Was würdest du dir wünschen?«

»Na ja, ich würde mir wünschen, dass du diesen Job aufgibst, Rebekka. Dass du dir eine etwas weniger belastende Arbeit suchst, etwas Weiblicheres, einen Job, der dir auch Zeit für andere Dinge lässt, für einen Mann ... und Kinder. Du bist inzwischen immerhin sechsunddreißig. Du bist nicht mehr jung.«

Rebekka spürte den Ärger im Körper brodeln und widerstand dem Drang aufzulegen. Jetzt würde die Mutter damit beginnen, ihre Vorstellung von dem perfekten Job zu umreißen, gefolgt von dem Wunsch nach baldigem Nachwuchs.

»Ich liebe meine Arbeit, Mama – und ich tue das, was ich am sinnvollsten finde. Das ist mein Leben und meine Entscheidung.«

»Natürlich ist das dein Leben. Ich wünschte mir nur, dass du auch ein wenig an deine Mitmenschen denken würdest ...«

Kunstpause. Ihre Mutter wartete darauf, dass sie ihr in die Falle ging.

»Was in aller Welt meinst du damit?«

»Ich fände es schön, wenn du auch etwas an uns denken würdest, an Vater und mich. Du weißt schließlich nicht, wie lange du uns noch hast.«

»Mama.« Rebekka schwieg, plötzlich spürte sie die Mattigkeit im ganzen Körper.

»Wir haben doch nur dich«, fuhr die Mutter jetzt mit gedämpfter Stimme fort. »Nur dich.«

In ihren Ohren rauschte es. Schwarze, salzige Wellen schlugen über ihr zusammen, deckten sie zu und schienen ihr die Luft aus dem Brustkasten zu drücken. Sie schnappte nach Luft und bekam einen heftigen Hustenanfall, bevor sie sich verabschiedete und auflegte. Sie warf sich einen Bademantel über, ging schnell in die Küche, holte einen Amarone aus dem Weinregal und öffnete ihn mit routinierten Griffen. Sie schenkte die dunkelrote Flüssigkeit in ein Weinglas und kippte den Inhalt in einem Zug hinunter. Der Wein war ein wenig sauer, doch nach zwei Gläsern entfaltete er die gewünschte beruhigende Wirkung. Sie ließ sich auf das Sofa fallen, zappte zwischen den Kanälen hin und her, ohne richtig mitzubekommen, was ausgestrahlt wurde, und schaltete den Fernseher wieder aus. Ihre Gedanken kreisten um das Gespräch mit ihrer Mutter. Sie hatte nicht mehr mit Michael gesprochen, seit er vor knapp anderthalb Monaten ihre Wohnung verlassen hatte, und er hatte nie auf ihre SMS geantwortet.

Nach dem dritten Glas rief sie ihn an. Es klingelte lange, bevor der Anrufbeantworter ansprang. Beim Klang seiner Stimme flammte die Sehnsucht in ihr auf, aber sie legte trotzdem auf, ohne eine Nachricht zu hinterlassen. Sie seufzte wütend. Dann ritt sie der Teufel. Sie ging in das Telefonverzeichnis ihres iPhones und suchte nach Niclas' Nummer. Mit angehaltenem Atem rief sie ihn an.

»Hallo.«

Die Stimme am anderen Ende war hell und sprach ein singendes Schwedisch. Sie gehörte einer Frau. Einen Augenblick flimmerte es Rebekka vor Augen, während sie das Handy an ihre Wange drückte.

»Hallo, wer ist denn da?«, wiederholte die Frauenstimme.

Rebekkas Hals war ganz trocken, die Worte kamen unbeholfen, schienen am Gaumen festzukleben. Sie räusperte sich kräftig.

»Hier spricht Rebekka Holm. Von der Polizei in Kopenhagen. Ich hätte gerne Niclas Lundell gesprochen.«

»Einen Augenblick. Niclaaaas! Niclaaaas! Telefon!«

Einen Moment lang kämpfte sie gegen den Drang an, den Anruf abzubrechen, aufzulegen, ihn zu vergessen, doch sie hatte der Frau am anderen Ende ihren Namen genannt. Rebekka Holm hatte sie gesagt. Es führte kein Weg drumherum. Schritte und ein leiser Wortwechsel waren zu hören, dann war er am Apparat.

»Niclas Lundell.«

Es überraschte sie, dass seine Stimme so formell klang, so erwachsen. Für den Bruchteil einer Sekunde rief sie sich das Gefühl seines kräftigen Körpers in Erinnerung, der sich an ihren drückte, seinen Geruch, seine Hände auf ihrer Haut, zärtlich und fest zugleich.

»Hier spricht Niclas Lundell«, wiederholte er ungeduldig, und sie riss sich zusammen.

»Rebekka. Rebekka Holm.«

Für ein paar lange Sekunden herrschte ein unbeholfenes Schweigen zwischen ihnen.

»Ja«, antwortete er nur, was sie völlig aus dem Konzept brachte. Er wiederholte sein Ja. Sie räusperte sich.

»Ich rufe an, weil ... ich rufe an, weil ... ich wissen wollte, wie es dir geht. Wir haben lange nichts voneinander gehört.«

Plötzlich war sie total blockiert. Die Worte saßen ihr wie ein Kloß im Hals, und sie spürte, wie die Übelkeit sie überrollte. Was war sie doch für eine Idiotin. Dass sie nicht selbst darauf gekommen war, dass Niclas natürlich verheiratet war. Glücklich vermutlich. Mit reizenden Kindern, die ihm ähnlich sahen, von jeder Sorte eins – ein Junge und ein Mädchen. Er hatte nur so unverheiratet gewirkt. Resolut legte sie auf, während ihr die Tränen in die Augen traten. Sie schaltete das Telefon aus und nahm den Rotwein mit ins Bett, die Tränen kratzten in ihrem Hals.

Am nächsten Morgen wachte Rebekka mit heftiger Übelkeit auf. Als sie ins Badezimmer stolperte, wäre sie beinahe über den Gürtel ihres Bademantels gefallen. Sie steckte sich den Finger in den Hals und erbrach sich heftig in die Kloschüssel. Viel zu viel Amarone. Sie musste endlich daraus lernen.

Sie warf den Bademantel auf den Boden, stieg schnell unter die Dusche und blieb lange dort stehen, während sie Kraft sammelte, um einem neuen Tag ins Auge zu sehen. Als sie das Handy einschaltete, sah sie, dass Niclas sie am vergangenen Abend zweimal angerufen hatte. Er hatte keine Nachricht hinterlassen.

»Wer hat Klinken geputzt und mit Søren Thomsen gesprochen? Ich kann die Unterschrift unter dem Bericht nicht lesen.«

Rebekka reichte Reza den Bericht, mit zusammengekniffenen Augen entzifferte er den Namen Jonas Møller. Jonas Møller war der gut aussehende Ermittler, mit dem Rebekka schon mehrmals Augenkontakt gehabt hatte, ohne dass sie ein Wort miteinander gewechselt hatten. Noch nicht.

»Warum?« Reza sah sie verständnislos an.

»Jonas Møller hat geschrieben, dass ein Søren Thomsen, der einige Häuserblocks von Sofie Kyhn Larsen entfernt wohnt, schwarze Haare hat. Deshalb. Ich bin mir darüber im Klaren, dass das möglicherweise verzweifelt wirkt, aber hallo – wir sind verzweifelt. Unsere Zeugin von dem Naturspielplatz hat doch erklärt, dass der Mann, den sie mit Sofie auf dem Arm gesehen hat, schwarze Haare hatte. Es ist immerhin einen Versuch wert.«

»Ich finde nicht, dass die Zeugin sonderlich glaubwürdig wirkt, Rebekka. Sie war schließlich überzeugt, dass es Allan Larsen war, den sie gesehen hat, aber er hat ein wasserdichtes Alibi. Du hast selbst gesagt, dass sie einen unsicheren Eindruck gemacht hat.«

»Trotzdem.« Rebekka umklammerte den Bericht. Sie spürte noch immer den Alkohol, doch sie konnte nicht still sitzen, das Adrenalin pumpte durch ihren Körper, sie musste etwas tun.

»Ich habe nur gedacht, dass ich mir diesen Søren Thomsen mal etwas genauer ansehe.«

»Ist das nicht reine Zeitverschwendung? Mal ganz ehrlich.« Reza blickte sie müde an. Sie war überrascht, dass er überhaupt zur Arbeit erschienen war, wo ihm die Obduktion so sehr zugesetzt hatte. Er wirkte noch immer mitgenommen, fand sie.

»Es kann gut sein, dass das vergeudete Zeit ist, aber ich muss ihn mir selbst ansehen.«

Reza nickte geistesabwesend. Rebekka stand auf und packte ihre Sachen. Sie sah ihren Kollegen kurz an und nahm sich vor, bald richtig mit ihm zu reden, damit sie sich auf den neuesten Stand brachten. Sie hatte ihm auch noch nichts von ihrem Bruch mit Michael erzählt.

»Willst du mit?«, fragte sie und hoffte, dass er Ja sagen würde. Dann könnten sie im Auto miteinander reden.

Doch er schüttelte den Kopf und vertiefte sich wieder in seine Arbeit.

»Reza.«

Er sah auf, ihre Blicke begegneten sich.

»Es ist lange her, seit wir richtig miteinander geredet haben«, fuhr sie fort. »Ich vermisse das. Sollen wir nicht demnächst zusammen zu Abend essen?«

»Du hast recht. Das machen wir. Ich lasse mir was einfallen. Meine Familie möchte dich auch so gern mal kennenlernen.« Ein flüchtiges Lächeln huschte über sein Gesicht, dann war er wieder mit seinen Papieren beschäftigt.

Rebekka erkannte ihn in dem Augenblick, in dem sie das Auto vor dem Haus parkte, wo Søren Thomsen ihren Informationen zufolge wohnen sollte. Er ging über den Bürgersteig, ein gedrungener, kräftiger Mann mit schwarzem, wassergekämmtem, grau durchsetztem Haar und einer altmodischen Brille. Er hatte einen lustigen, hüpfenden Gang und erinnerte sie an die Hauptfigur im Film *Rainman*.

Rebekka stieg aus dem Auto und winkte ihm. Der Mann blieb sofort stehen und starrte sie verblüfft an. Rebekka wedelte heftig mit den Armen.

»Warten Sie. Sind Sie Søren Thomsen?«

Der Mann sah sie erschrocken an. Sie bewegte sich auf ihn zu, was ihn augenblicklich dazu veranlasste fortzulaufen.

»Hallo, Sie brauchen keine Angst zu haben«, rief sie. »Ich möchte nur mit Ihnen reden. Halt!«

Søren Thomsen blieb nicht stehen, sondern lief weiter den Bürgersteig entlang, während sein halb volles Einkaufsnetz ihm um die Beine schlenkerte. Er lief langsam und unbeholfen, und einen kurzen Moment tat er ihr leid. Dann rannte sie ihm hinterher und hatte ihn kurz darauf eingeholt und angehalten. Er schnappte nach Luft. Das kurzärmlige Hemd klebte, nass von Schweiß, an seinem Körper. Rebekka hielt ihn an einem Arm fest und sah ihm in die Augen. Er war ein paar Zentimeter größer als sie.

»Warum laufen Sie denn weg, wenn ich Sie rufe?« Sie holte mit der freien Hand ihre Polizeimarke aus der Tasche.

Søren Thomsen antwortete nicht, sondern starrte sie lediglich kleinlaut an. Er glich einem Mittelding aus einem kleinen, molligen Jungen und einem erwachsenen Mann. Sie ließ ihn los. Søren Thomsen sackte noch ein wenig mehr in sich zusammen.

»Ich möchte gerne mit Ihnen reden. Sie können sich aussuchen, wo. Sollen wir in Ihre Wohnung hochgehen oder lieber ins Präsidium fahren?«

»Ins Präsidium«, murmelte er. Seine Stimme war heller,

als sie erwartet hatte, und erinnerte sie an einen Jungen im Stimmbruch.

Die Antwort überraschte sie. Bei Weitem die meisten Menschen zogen es vor, in ihrer gewohnten, sicheren Umgebung befragt zu werden. Es sei denn, es gab etwas in ihrer Wohnung, was sie vor der Polizei verbergen wollten. Rebekka spürte, wie sich ihr Puls beschleunigte.

»Gut. Dann fahren wir jetzt dorthin.« Sie zeigte zu ihrem Auto hinüber.

»Jetzt?« Er sah sie verständnislos an.

»Jetzt.« Sie ging zu ihrem Auto und spürte, wie er hinter ihr zögerte.

»Ja, aber meine Mutter ...« Es klang wie ein Schrei.

Rebekka drehte sich zu Søren Thomsen um, der sie verzweifelt ansah.

»Ich habe meiner Mutter versprochen, Zigaretten zu holen«, fügte er hinzu und zeigte auf das Einkaufsnetz.

Rebekka lächelte ihn freundlich an. »Dann bringen wir sie ihr eben hoch. Wir können ja in der Zwischenzeit miteinander reden.«

Sie ging entschlossen auf das Treppenhaus zu. Søren Thomsen folgte ihr widerwillig. Ein starker Geruch nach Essen und abgestandener Luft schlug ihnen entgegen, als Søren Thomsen den Schlüssel mit zitternden Händen ins Schloss steckte und die Tür zu seiner Wohnung aufschloss.

»Sie können sich kurz hinsetzen, während ich zu meiner Mutter gehe und ihr die Sachen bringe.« Er führte sie in ein größeres Zimmer, von wo aus man auf die hohen Baumkronen des Naturspielplatzes sah.

»Was für eine schöne Aussicht.« Rebekka ging zum Fenster.

Søren Thomsen sah sie steif an. »Sie sollen sich da hinsetzen.« Er zeigte auf ein abgenutztes geblümtes Sofa, das mitten im Zimmer stand, gegenüber von einem Regal mit Fernseher und mehreren Reihen von DVDs. Rebekka lächelte ihm beruhigend zu und setzte sich.

»Ich komme gleich wieder. Sie müssen aber sitzen bleiben.« Søren Thomsen schob sich aus der Tür, ohne sie aus den Augen zu lassen. Rebekka nickte folgsam.

Kaum hatte er die Tür hinter sich geschlossen, als sie aufstand und zum Bücherregal ging, wo sie die DVDs durchforstete, die säuberlich Seite an Seite standen. Es waren vor allem dänische Filme. Sie öffnete eine der Hüllen, um zu sehen, ob der Inhalt mit der Beschreibung übereinstimmte, doch darin befand sich tatsächlich *Der Poet und Lillemor*. Sie stellte den Film zurück ins Regal und sah sich um. Das Wohnzimmer machte einen verwohnten Eindruck, ein Kleinod aus den Sechzigern, nahm sie an. Sie ging leise zur Tür und hörte aus dem links ans Wohnzimmer grenzenden Raum leise Stimmen. Lautlos schlich sie in die Diele, wandte sich nach rechts und öffnete vorsichtig die nächste Tür. Ein Zimmer voller Umzugskartons. Rebekka schloss die Tür und lauschte mit angehaltenem Atem. Die murmelnden Stimmen waren weiterhin zu hören. Ob sie noch ein Zimmer schaffen würde? Sie machte die nächste Tür auf und trat ein.

Schockiert blieb sie stehen, gelähmt von dem Anblick. Überall waren Kinder. Plakate, Fotos, Comicausschnitte und Kinderzeichnungen hingen dicht nebeneinander, waren mit Heftzwecken und Klebestreifen an der Wand befestigt. Ein Schauer lief ihr den Rücken hinunter. Sie kam zu dem Schluss, dass das Sørens Zimmer sein musste, auf einem Bügel hing ein weißes kurzärmliges Hemd. Allerdings sah das Zimmer nicht wie das eines erwachsenen Mannes aus, sondern wirkte eher wie ein Kinderzimmer, so wie man es vor einigen Jahrzehnten eingerichtet hatte. Sie machte einen weiteren Schritt in den Raum, der sparsam möbliert war, mit einem schmalen Bett an der Wand, einem Schrank, einem Schreibtisch und einem Stuhl. Rebekka tastete nach dem Handy in ihrer Tasche. Die Tasche war leer, sie hatte es im Auto liegen gelassen. Sie wollte sich gerade umdrehen, um zurück ins Wohnzimmer zu gehen, als sie einen leichten Luftzug im Nacken spürte. Sie fuhr herum. Søren Thomsen stand direkt hinter ihr und starrte sie an. Sein Blick war stechend, und ihr war unbehaglich zumute.

»Sie sollten im Wohnzimmer sitzen bleiben.« Die Stimme war monoton und abgehackt, und ihr Unbehagen wuchs. Verhalte dich so, als hättest du Oberwasser, dachte sie, als hättest du die Situation völlig im Griff. Sie nahm sich zusammen und lächelte ihn an.

»Ich habe die Toilette gesucht.«

»Da.« Er zeigte auf die Tür gegenüber.

»Danke.« Sie drängte sich an ihm vorbei, ohne dass er Anstalten gemacht hätte, zur Seite zu treten. Ihre Körper berührten sich kurz, und sie bekam Gänsehaut. Rasch verschloss sie die Badezimmertür hinter sich, die alt und abgenutzt war. Eine gelbliche Badewanne, ein rissiges Handwaschbecken, rostige Wasserrohre und ein unebener Fliesenboden. Sie stand einen Augenblick da, sammelte sich, dann drückte sie die Toilettenspülung und drehte den Wasserhahn auf und beobachtete, wie das Wasser ins Becken lief. Sie ließ sich etwas Wasser über die Hand laufen, betupfte ihre feuchte Stirn, atmete tief durch und schloss die Tür wieder auf.

Søren stand noch genau da, wo sie ihn eben zurückgelassen hatte. Ob er gelauscht hatte? Schweigend gingen sie zurück ins Wohnzimmer und setzten sich. Es war stickig. Der Staub hing dick in der Luft. Rebekka schwitzte und verspürte den Drang, sich die Kleider vom Leib zu reißen, das Fenster zu öffnen und die Lungen mit frischer Luft zu füllen. Sie nahm sich zusammen und unterhielt sich mit ihm über dies und das. Wie lange er schon in der Wohnung lebe? Sein ganzes Leben – achtundvierzig Jahre. Arbeitete er? Nein, das hatte er nie getan, er bezog Rente. Aha, na klar. Sie nickte, lächelte, fragte und hörte zu.

»Søren, ich möchte mit Ihnen über die kleine Sofie Kyhn Larsen reden. Wie Sie sicher wissen, wurde sie gestern tot aufgefunden.«

Søren Thomsen starrte blass vor sich hin. Schweißperlen standen auf seiner Oberlippe.

»Die Polizei hat mich schon befragt. Ich kenne sie nicht. Ich weiß nichts darüber.«

»Ja, das verstehe ich. Trotzdem habe ich gedacht, dass Sie mir vielleicht helfen können.«

Er sah sie verständnislos an, aber sie fuhr unbeeindruckt fort: »Sehen Sie, Sofie war ein Mädchen, das sich gerne mit Erwachsenen unterhalten hat. Sie war redselig, und deshalb habe ich an Sie gedacht, weil Sie Kinder mögen. Ich gehe einmal davon aus, dass Sie eigentlich alle hier im Viertel kennen, Sie wohnen ja auch auch schon ewig hier, nicht wahr?«

Sie sah ihn von der Seite an, während sie die Finger kreuzte, dass er auf ihre Worte anbiss.

»Ja, ich kenne viele hier, das stimmt. Ich bin schließlich hier in der Wohnung zur Welt gekommen.«

»Genau. Und deshalb habe ich mir gedacht, ob Sie nicht der Held des Tages werden und uns ein wenig helfen möchten.« Rebekka zog die Fotografie von Sofie aus der Tasche. »Sehen Sie genau hin, Søren.«

Søren wandte schnell das Gesicht ab.

»Søren.« Rebekka sprach sanft zu ihm, vertraulich. »Søren, ich glaube, dass Sie Sofie gekannt haben.«

Schweigen. Draußen auf der Straße beschleunigte ein Auto. Irgendwo im Haus knallte eine Tür. Sørens Augen flackerten, es war deutlich, dass widerstrebende Gefühle in ihm kämpften. Er öffnete den Mund, wollte etwas sagen, als ein leises Rufen erklang: »Søren, Søren, wo bist du?«

Sørens Lippen wurden zu einem schmalen Strich, und er schüttelte energisch den Kopf. »Nein, ich habe keine Ahnung, wer sie ist.«

»Søren?«

»Das ist die Wahrheit. Ich habe sie noch nie gesehen. Sie müssen jetzt gehen. Meine Mutter ist krank. Ich muss zu ihr.«

Sie standen beide gleichzeitig von dem Sofa auf, und er begleitete sie zur Wohnungstür. Sie sah ihn an.

»Es kann sein, dass ich mich noch einmal bei Ihnen melde.«

Er antwortete nicht, öffnete lediglich die Tür und trat einen Schritt zurück, sodass sie hinausgehen konnte. Er hatte mollige Hände, fiel ihr auf, weiß, weich und ohne Haarwuchs.

»Haben Sie ein Auto, Søren?«

Einen Augenblick hatte es den Anschein, als hätte er die Frage nicht verstanden, dann nickte er bestätigend.

»Welche Farbe hat es?«

»Es ist dunkelblau. Ein dunkelblauer Volvo. Ein Kombi. Sehr alt.«

Als Rebekka wieder in ihrem Wagen saß, rief sie den Chef der Mordkommission an. Sie informierte ihn kurz über die Situation, erzählte von den Kinderzeichnungen, den vielen Kinderfotos aus mehreren Jahrzehnten, die in Sørens Schlafzimmer hingen, und von ihrem Gefühl, dass da etwas nicht stimmte.

Brodersen hörte wie üblich zu. Er schwieg, während sie ihren Vorschlag vorbrachte, und sie wartete nervös, bis sie endlich sein Okay hatte. Er würde sofort ein Team schicken. Sie legte auf, ihr Puls schlug hart und gleichmäßig. Ein Windstoß wirbelte eine Plastiktüte vom Boden auf und ließ sie über den Asphalt schweben. Rebekka beobachtete sie, während sie triumphierend die Fäuste ballte. Sie lief auf dem Bürgersteig auf und ab. In den Ritzen zwischen den Platten wuchs Löwenzahn, und sie achtete darauf, ihn nicht platt zu treten. Sie warf einen schnellen Blick auf das Haus, in dem Søren Thomsen wohnte, und sah, wie die Küchengardine sich ein wenig bewegte. Er behielt sie im Auge.

Die Luft schwirrte vor Erwartungsdruck, und Rebekka hatte das Gefühl, dass die Blicke sämtlicher Ermittler schwer auf ihr lasteten. Brodersen sah sie mit seinen ruhigen, grauen Augen an. Er vertraute ihr. Sie wollte ihn nicht enttäuschen.

Sie stiegen die Treppe hinauf, sechs gestandene Ermittler, darunter Gundersen, Simonsen, Reza und Super. Sie klingelten. Die Klingel hallte. Keine Reaktion. Hatte Søren

Thomsen Lunte gerochen? War er abgehauen? Rebekka biss sich fest in die Innenseite der Wange, bis sich Blutgeschmack in ihrem Mund ausbreitete. Sie klingelten noch einmal. Dann waren schleppende Schritte zu hören, und sie standen einem verblüfften Søren Thomsen gegenüber. Sein Erstaunen wandelte sich jedoch bald in Schrecken, als er das ganze Gefolge hinter ihr sah. Sie erklärten ihm, was sie wollten, informierten ihn über seine Rechte und zeigten ihm den Durchsuchungsbeschluss. Er machte nicht den Eindruck, als würde er viel verstehen, sondern ließ sie lediglich mit hängenden Schultern herein. Sie teilten sich auf und begannen mit der Durchsuchung. Simonsen und ein jüngerer Ermittler gingen den Flur entlang zur Küche. Søren folgte ihnen in einem Schritt Abstand.

»Sie dürfen meine Mutter nicht wecken. Sie schläft. Sie ist krank. Ernsthaft krank.«

Die Stimme war die eines weinerlichen Kindes. Brodersen legte Søren Thomsen den Arm um die Schulter, eine Geste, die eine beruhigende Wirkung haben sollte, Søren Thomsen jedoch so heftig einen Schritt zurückweichen ließ, dass er das Gleichgewicht verlor und mit einem lauten Knall hinfiel. Er blieb auf dem Boden liegen, hielt sich die Hände schützend über den Kopf und jammerte immer wieder: »Nein, nein, nein.« Sie halfen ihm auf die Beine, lotsten ihn in die Küche und beruhigten ihn. Er starrte sie verloren aus seinen dunklen Augen an. Schweiß rann aus den schwarzen Haaren und ließ sie nass glänzen.

Rebekka machte die Tür zum Schlafzimmer der Mutter einen Spalt breit auf und wich einen Schritt zurück, als der Geruch ihr entgegenschlug. Sie schluckte, merkte, wie sich der Speichel in ihrem Mund sammelte, und musste sich zwingen einzutreten. Ein Bett, das an das in einer Klinik erinnerte, stand in der Mitte des Zimmers, und ein Büschel schwarzer Haare war am Rand der Bettdecke zu sehen.

»Frau Thomsen, mein Name ist Rebekka Holm. Ich bin von der Polizei.« Sie ließ die Mordkommission weg, denn sie wollte der Frau keine unnötige Angst einjagen. Ein Gesicht, so runzlig wie ein überreifer Apfel, kam über der Bettdecke zum Vorschein, und zwei dunkle Augen blickten sie ernst an.

»Meine Kollegen und ich werden Ihre Wohnung durchsuchen.«

»Die Wohnung durchsuchen?« Sie sah Rebekka verständnislos an.

»Genau. Wir führen eine Hausdurchsuchung durch, weil der Verdacht besteht, dass sich in Ihrer Wohnung etwas befinden könnte, was mit dem Mord an der neunjährigen Sofie Kyhn Larsen zu tun hat, dem kleinen Mädchen, das vor einem guten Monat vom Naturspielplatz verschwunden ist.«

»Sie vergeuden Ihre Zeit. Søren hat nichts damit zu tun.« Die alte Frau schnaubte wütend, schloss fest die Augen und zog sich die Decke über den Kopf. Rebekka betrachtete sie einen Moment, bevor sie zu den anderen zurückging.

Simonsen öffnete im Wohnzimmer gerade alle Schubladen in dem Regalsystem. Er drehte sich zu ihr um, rümpfte die Nase und meinte impulsiv: »Verdammt, ist das unangenehm hier.« Sie kommentierte das nicht weiter, sondern fragte nach Brodersen und erfuhr, dass er zusammen mit Søren Thomsen in der Küche saß.

Wie in vielen Altbauwohnungen lag die Küche ganz hinten und sah aus, als sei sie seit den Fünfzigerjahren nicht renoviert worden. Eine große Sammlung von blauen Kaffeekannen aus Emaille nahm eine ganze Wand ein, es gab einen alten dreiflammigen Gasherd, der Küchentisch war abgenutzt, und von den Schranktüren blätterte die Farbe. Über allem lag eine dicke Schicht Bratfett von vielen Jahren. Rebekka gab Brodersen zu verstehen, dass sie gerne mit ihm reden wolle, und er erhob sich und überließ Søren einem der anderen Ermittler. Rebekka führte den Chef der Mordkommission in Sørens Schlafzimmer.

»Das hier«, sie zeigte auf die vielen Bilder und Fotos von Kindern, die an den Wänden hingen, »das hier hat mich überzeugt, dass er Sofie kennen muss. Sie wohnen nahe beieinander. Sofie war redselig und Erwachsenen gegenüber offen. Sie kann Besorgungen für ihn gemacht und sich so das Geld verdient haben, das wir unter ihrer Matratze gefunden haben. Oder sie hat es sich mit etwas anderem verdient. Ich habe das Gefühl, dass Sørens Zuneigung zu Kindern das normale Maß überschreitet.«

Sie sahen sich die Fotos genauer an, von denen der Großteil einige Jahrzehnte alt war. Die Kinderzeichnungen waren neueren Datums. Die meisten waren unsigniert, doch auf einigen stand ein Name. Rebekka stieß auf eine Zeichnung von einem Mann, möglicherweise ein Porträt von Søren, denn der Mann war kugelrund und hatte schwarzes Haar, eine Brille und einen großen, fröhlichen Mund, der jedoch, bei genauerem Hinsehen, scharfe Haifischzähne aufwies. Ganz unten in der rechten Ecke der Zeichnung stand *Karina*. Rebekka nahm die Zeichnung von der Wand und zeigte sie Brodersen, der laut brummte – ein Zeichen, dass sein Interesse geweckt war.

Dann begann Rebekka, Sørens schmalen Kleiderschrank zu durchsuchen. Eine Reihe braun karierter Hemden, eine schwarze und zwei braune Hosen hingen auf Bügeln. Sämtliche Socken waren ordentlich zusammengerollt, und in der untersten Schublade lag ein Stapel altmodischer weißer Unterhosen, von denen mehrere im Schritt Löcher hatten. Hinten im Schrank stand ein Paar schwarzer Lackschuhe, die von einer dünnen Schicht Staub bedeckt waren. Es war lange her, dass Søren Thomsen irgendwo gewesen war, wofür er sich gut hatte anziehen müssen. Rebekka zog den Stuhl vor den Schrank und stellte sich darauf, um an die obersten Fächer zu kommen. Sie fand eine alte Sporttasche und stellte mit einer gewissen Enttäuschung fest, dass sie leer war. Simonsen steckte den Kopf zur Tür herein.

»Wir haben die Küche durchsucht, das Badezimmer und das Wohnzimmer sowie das Schlafzimmer der Mutter. Nichts bis auf alte Kleidung, unbestimmbare Pillengläser aus dem letzten Jahrhundert und massenhaft Unrat. Schmutzige Unterwäsche, Taschentücher, pfui Teufel.« Simonsen gab Brechlaute von sich und fügte hinzu: »Das ist wirklich der unangenehmste Ort, an dem ich in letzter Zeit war. Und was jetzt?« Er sah sie abwartend an.

Brodersen hatte sich einen Karton mit Papieren angesehen, vor allem Rechnungen, die zurück bis in die Sechzigerjahre datiert waren. Nun richtete er sich auf und machte eine ausladende Armbewegung zu Rebekka hin.

»Wir machen weiter, bis jeder Quadratzentimeter der Wohnung durchsucht ist. Du kannst dir den Raum mit den Umzugskartons vornehmen.«

Simonsen murmelte etwas und verschwand. Rebekka wand sich innerlich. Was, wenn das eine falsche Spur war? Schnell scannte sie das Zimmer. In der Ecke bei der Tür standen zwei gelbliche Badmintonschläger und ein Karton mit Federbällen, der verhältnismäßig neu aussah. Spielte Søren Federball? Sie hatte Schwierigkeiten, sich den gedrungenen Mann bei einer sportlichen Aktivität vorzustellen. Sie griff nach dem Karton, drehte ihn um und leerte den Inhalt auf den Boden. Aus dem Karton fielen keine Federbälle, sondern Unterhöschen. Mädchenhöschen. In verschiedenen Farben. Abgenutzte, verwaschene und ein paar eindeutig schmutzige. Alarmiert durch ihren Aufschrei, ließ Brodersen alles, was er in den Händen hielt, fallen und eilte zu ihr.

»Verdammt.«

»Das kannst du laut sagen.« Brodersen starrte den Fund an, dann warf er ihr einen kurzen, anerkennenden Blick zu. Rebekka konnte ein triumphierendes Lächeln kaum verbergen.

»Ich habe es gewusst. Irgendwas ist suspekt an dem Mann, allein das Zimmer hier verursacht mir Gänsehaut.«

»Der Fund muss aber nichts mit dem Verschwinden von Sofie Kyhn Larsen oder mit ihrer Ermordung zu tun haben«, wandte Brodersen ein.

»Das ist richtig, aber er ist ein Beweis dafür, dass seine Sexualität auf die eine oder andere Weise krankhaft ist.«

»Ich fordere sofort die Kriminaltechnik an.« Brodersen zog sein Handy aus der Tasche und rief an, während sich Rebekka die Höschen auf dem Boden ansah.

Es waren neun Paar in verschiedenen Größen und Farben. Ein paar verwaschene weiße Höschen mit einem *Hello-Kitty*-Druck für Sechs- bis Achtjährige. Ein paar gestreifte für Zehnjährige. Ein paar kleine grüne mit einer Spitzenkante für Vierjährige. Rebekka schauderte, einen Moment hatte sie das Gefühl, als wiche alles Blut aus ihrem Kopf, und sie kreuzte die Finger, dass das DNA-Material ausreichte, um festzustellen, wem die Höschen gehörten.

Brodersen hatte sein Gespräch inzwischen beendet. Er sah sie ernst an. »Gehen wir zu Søren Thomsen.«

Søren saß noch immer in der Küche. Seine blassen Wangen hatten wieder etwas Farbe angenommen. Einer der Kollegen hatte Kaffee aufgebrüht, und der Duft füllte den Raum aus und verdrängte den scharfen Geruch, der in der ganzen Wohnung hing.

»Søren Thomsen.« Brodersen führte das Wort, und der Ernst der Situation ließ seine Stimme düster klingen.

Søren sah treuherzig zu ihm hoch.

»Søren, wir haben in Ihrem Schlafzimmer einen Stapel gebrauchter Mädchenunterhöschen in einem Federballkarton gefunden.«

Søren Thomsen wurde wieder blass. Brodersen klärte ihn noch einmal über seine Rechte auf. Der Mann saß wie versteinert auf seinem Stuhl, während etwas, das wie Entsetzen aussah, in seine Augen kroch. Dann vergrub er plötzlich das Gesicht in den Armen und brach in heftiges Weinen aus.

Erst viele Stunden später war Rebekka zu Hause in ihrer Wohnung. Sie hatten sich redlich bemüht, Søren Thomsen zum Reden zu bringen, doch selbst als sein Pflichtverteidiger aufgetaucht war, hatte der mollige Mann weiter die Lippen zusammengekniffen und kein Wort gesagt.

Jetzt stand Rebekka in ihrer eigenen Küche, doch während sie normalerweise einen Siegesrausch angesichts des möglichen Durchbruchs gespürt hätte, empfand sie jetzt nichts als Zweifel und Ratlosigkeit. Sie griff nach dem Rest Rotwein vom Vortag, der auf dem Küchentisch stand, goss ihn in ein Glas und lief barfuß durch die Wohnung, während sie an dem Wein nippte und ihren Gedanken freien Lauf ließ. Dabei fühlte sie sich seltsam melancholisch, als würde Søren Thomsens offenkundige Einsamkeit an ihr kleben.

Die nächste Aufgabe würde es sein, die Kinder zu finden, deren Namen auf den Zeichnungen standen, unter anderem diese Karina. Wahrscheinlich handelte es sich um ein Mädchen aus der Nachbarschaft. Søren hatte sich geweigert zu verraten, wer Karina war, und auch seine Mutter hatte beharrlich geschwiegen.

Es war Rebekka gelungen, Sørens ältere Schwester, die in London lebte, telefonisch zu erreichen. Sie hatte gequält geklungen, als sie vom aktuellen Zustand ihrer Mutter, vor allem aber von der Festnahme ihres Bruders erfuhr, doch nicht so gequält, dass sie Rebekka nicht mit fester Stimme zu verstehen gegeben hätte, dass sie unter keinen Umständen nach Kopenhagen kommen könne. Während des langen Telefonats hatte die Schwester erzählt, dass ihr Bruder schon immer anders gewesen sei, eine Art Dorfidiot, der am liebsten für sich war und niemanden außer Karl Stegger und seine Mutter liebte. Allerdings meinte sie, dass Søren nicht geistig behindert sei, er habe sogar einen Führerschein. Ihr Bruder könne niemals ein kleines Mädchen belästigen oder gar ermorden, erklärte sie, denn Søren mochte es nicht, wenn die Menschen ihm zu nahe kamen, er hasse Berührungen und habe aus diesem Grund auch nie eine Freundin gehabt. Auf die Frage, wann der Vater gestorben sei, schwieg die Frau am anderen Ende überrumpelt. Der Vater sei vor fünfzehn Jahren gestorben, erzählte sie mit einem gewissen Zögern. Sie habe damals bereits in London gelebt, habe aber in dieser Zeit natürlich mehrmals mit ihrer Mutter telefoniert. Der Mutter zufolge sei der Vater im Badezimmer gefallen, und statt einen Arzt zu rufen, habe Søren verkündet, dass er auf den Vater aufpassen wolle, bis er wieder gesund sei. Der Vater sei drei Tage später gestorben, der Todesfall jedoch nicht näher untersucht worden. Sie sei nach Dänemark geflogen, um an der Beerdigung teilzunehmen, erzählte die Schwester. Søren sei verzweifelt gewesen, erinnerte sie sich. Der Tod des Vaters habe Sørens ohnehin schon schwächliche Verfassung noch weiter verschlechtert und ihn noch etwas merkwürdiger gemacht. Wie, konnte die Schwester nicht richtig erklären, nur dass der Bruder seine infantilen Seiten noch mehr ausgelebt habe, eine Zeit lang habe er Spielzeug aus den Sechzigern gesammelt und sei zu diesem Zweck zu Flohmärkten im ganzen Land gefahren. Später dann habe er Filme aus den Fünfziger- und Sechzigerjahren zu seinem großen, alles überschattenden Hobby erklärt.

Die Essenz des Gesprächs beschäftigte Rebekka auch jetzt noch, als sie auf dem Sofa in ihrem Wohnzimmer saß. Sie trank Wein und spürte schon bald, wie sich die wohlbekannte Ruhe einstellte. Die Strahlen der Abendsonne fielen sanft auf die Holzböden ihrer Parterrewohnung, und sie betrachtete sie schläfrig, während die Staubkörner in der Luft tanzten.

—

»Søren, man hat uns erzählt, dass Sie kleine Mädchen mögen.«

Simonsen starrte ihn mit zusammengekniffenen Augen an, und Søren machte sich vor Angst auf seinem Stuhl ganz klein. Er schüttelte heftig den Kopf. Nichts sagen. Nichts sagen. Er hatte genug Verhöre im Film gesehen, um zu wissen, dass Schweigen in solchen Situationen Gold wert war. Sein Anwalt, ein magerer Mann mit einem rattenähnlichen Gesicht, hatte ihm das Gleiche geraten. Nichts sagen, nichts sagen. Søren kniff den Mund fest zusammen, schloss die Augen und dachte an die Mutter, die zu Hause lag. Allein. Er bekam Bauchschmerzen, wenn er an sie dachte, sie kam nicht sonderlich lange ohne ihn zurecht. Er öffnete ein Auge und musterte den Polizisten ihm gegenüber. Er war jung, sehr jung und sah ihn streng und wütend an.

»Meine Mutter …«, begann er.

»Ihre Mutter. Was ist mit ihr?«

»Sie ist krank.« Er wagte nicht mehr zu sagen aus Angst, zu viel zu sagen.

»Das wissen wir, Søren.«

»Sie kommt nicht alleine zurecht.«

Der Polizist lehnte sich über den Tisch, der zwischen ihnen stand. »Søren, wenn ich an Ihrer Stelle wäre, würde ich reinen Tisch machen. Es ausspucken. Dann können Sie nach Hause. Nach Hause zu Ihrer Mutter.«

Der Polizist war jetzt ganz nah, und Søren spürte den Drang nachzugeben, alles zu erzählen. Die Worte fuhren Karussell in seinem Kopf. Sein Körper war schwer und müde, er zitterte und sehnte sich nach seinem Bett, seiner Decke und seinem Kopfkissen. Er wollte einfach nur schlafen, und wenn er aufwachte, würde alles wieder normal sein, die täglichen festen Rituale mit Frühstück, Mittagessen und Abendbrot, die Besorgungen beim Kaufmann, die vielen Filme. Der Gedanke war beruhigend.

»Mein Klient ist müde. Lassen Sie ihn jetzt in Ruhe.« Der Anwalt sah Simonsen steif an, der schließlich resigniert nickte. Søren atmete erleichtert auf. Dann spürte er, wie der Polizist ihn erneut betrachtete.

»Erinnern Sie sich an meine Worte, Søren. Es wird Ihnen sehr viel besser gehen, wenn Sie ein Geständnis ablegen.«

Die Augen des Polizisten schnitten in ihn wie scharfe Messer, als er kurz darauf zu seiner Zelle geführt wurde.

Die Jalousien waren ganz zugezogen, trotzdem schlich sich die Herbstsonne zwischen den Lamellen hindurch und heizte Rebekkas und Rezas Büro auf, in dem sie gerade zusammen mit einer Sachbearbeiterin des Jugendamts ein Mädchen aus Søren Thomsens Nachbarschaft befragten. Sie hieß Karina Johansen, war acht Jahre alt und bestätigte, dass sie das Bild von Søren Thomsen und viele der anderen Bilder gemalt hatte, die an der Wand in Sørens Schlafzimmer hingen.

Die Presse hatte von dem Fund der Mädchenunterhöschen Wind bekommen, was zu einer wahren Flut von Anrufen besorgter Eltern aus dem Viertel geführt hatte. Obwohl keine Namen genannt werden durften, hatte die Boulevardpresse den Festgenommenen so detailliert beschrieben, dass diejenigen, die Søren Thomsen kannten, keine Zweifel hatten, um wen es sich handelte. Mehrere der Anrufe hatten sachdienliche Hinweise gebracht. Eine der Anruferinnen war Lone Johansen gewesen, Karinas Mutter. Die Familie wohnte im Nachbarhaus von Søren Thomsen, und Lone Johansen erzählte, dass ihre Tochter, genau wie ein paar andere Mädchen aus dem Viertel, den seltsamen Mann hin und wieder besucht hatte. Die Mutter hatte nie etwas gegen diese Besuche gehabt, denn sie hatte Søren für eine Art verkrüppeltes, Kontakt suchendes Kind gehalten, unschuldig und außerstande, jemandem etwas Böses zu tun. Als Lone Johansen begriffen hatte, dass es *ihr* Søren war, den man festgenommen hatte und den man der Entführung und des Mordes an Sofie Kyhn Larsen beschuldigte, hatte sie panisch versucht, Informationen über Søren aus der Tochter herauszuholen. Es war ihr nicht gelungen, und deshalb war sie mit ihrem Kind zur Polizei gegangen, in der Hoffnung, dass die Beamten mehr Erfolg hätten.

Sie hatten über eine halbe Stunde in dem warmen Büro gesessen und mit Karina über alles Mögliche geredet, über die Schule, über Hanna Montana und über allerlei, was sie sonst noch interessierte, nur nicht über Søren Thomsen. Dann schob Rebekka ihr vorsichtig die Zeichnung von dem Mann mit den scharfen Zähnen hin. »Hast du dieses Bild gemalt?«

Das Mädchen warf einen Blick auf die Zeichnung. »Das ist lange her. Ich zeichne jetzt besser«, antwortete Karina und kaute eifrig auf ihrem Kaugummi herum, dessen synthetisch süßlicher Duft sich im Büro ausbreitete.

»Versuch mal, mir etwas zu dem Bild zu erzählen.«

»Das ist ein Mann«, antwortete Karina, während sie sich etwas pinkfarbenen Lack von einem Fingernagel kratzte.

»Hast du einen Mann gezeichnet, den du kennst?«

Karina blickte auf und nickte. »Das ist doch Søren«, sagte sie nachsichtig.

»Søren? Euer Nachbar?«, fragte Rebekka.

Karina nickte schnell. »Sehen Sie das denn nicht?«, fragte sie verwundert.

»Doch, jetzt, wo du es sagst.« Rebekka lächelte breit und gab dem Mädchen die Zeichnung zurück. »Aber sag mal, Karina, was ist mit Sørens Zähnen?« Sie zeigte auf die scharfen Zähne in Sørens Mund.

Karina blies eine Kaugummiblase, die kurz darauf mit einem kleinen Knall zerplatzte. »So sieht er manchmal aus.«

»Wirklich? Und warum?«

Karina blies noch eine Blase, antwortete aber nicht.

»Karina, kannst du mir sagen, warum Søren so aussieht?«, wiederholte Rebekka.

Das Mädchen wand sich auf seinem Stuhl, es war offensichtlich, dass sie gerade diese Frage nicht beantworten mochte. Rebekka spürte eine kleine Triumphwelle durch ihren Körper fluten.

»Karina, als ich in deinem Alter war, habe ich auch hin und wieder einen älteren Mann besucht. Er hieß Per und war Fischer.«

Karina reagierte nicht sofort, doch Rebekka spürte, dass sie ihr zuhörte. Jetzt galt es, ihre Aufmerksamkeit zu halten, die Geschichte spannend zu machen. »Weißt du, was Per und ich zusammen gemacht haben?«

Das Mädchen schüttelte leicht den Kopf.

Rebekka senkte die Stimme zu einem vertraulichen Flüstern. »Wir haben uns Filme angesehen. Und warmen Kakao mit ganz viel Zucker getrunken und uns seltsame Brote gemacht. Wir haben um die Wette die unappetitlichsten

Kreationen erfunden. Makrelensalat mit Röstzwiebeln, Leberpastete mit Tomate und Salami mit Thunfisch und Mayonnaise. Brrr.« Sie schnitt eine Grimasse, die das Kind laut kichern ließ. »Was machen Søren und du, wenn ihr zusammen seid?«, fragte sie dann ruhig und hielt den Blick des Mädchens fest.

»Meistens reden wir.« Karina schniefte, dann wischte sie sich die Nase an ihrem Pullover ab. »Wir reden und spielen Spiele. Alte Spiele. Mensch ärgere dich nicht und Monopoly. Ich habe ihn damit aufgezogen, dass er so altmodisch ist, da hat er Uno gekauft. Meinetwegen. Wir sehen uns auch Filme an. Er hat so ein paar lustige. Von früher.«

»Das klingt ja nett. Was macht ihr denn, wenn Søren so aussieht, wie du ihn gemalt hast?«

»Dann gibt er mir Geld.«

»Er gibt dir Geld? Wofür bekommst du denn das Geld?« Rebekka rückte näher an Karina heran, während sie ihr Herz ein wenig schneller schlagen spürte. Karinas Blick begann leicht zu flackern, was ihr Gefühl, dass etwas nicht stimmte, nur noch verstärkte.

»Ich habe versprochen, nichts zu verraten.« Karina blickte auf ihre Hände, die pinkfarbenen Nägel waren heruntergekaut, und um das Handgelenk baumelten ein paar geflochtene Bänder in klaren Farben.

»So ein Versprechen gilt nicht bei der Polizei. Da muss man alles erzählen. Das tut Søren auch. Er kennt diese Regel.«

Karina sah weiterhin unsicher aus und spielte an den Bändern herum. Dann sah sie mit dem festen Blick einer Erwachsenen zu Rebekka hoch.

»Er hat mir Geld für mein Höschen gegeben. Er hat mir

hundert Kronen gegeben. Dafür, dass ich ihm mein Höschen gegeben habe. Hundert Kronen.« Sie lächelte bei dem Gedanken an das Geld. »Für hundert Kronen kann man viel kaufen«, fügte sie altklug hinzu.

»Hundert Kronen *sind* viel Geld«, stimmte Rebekka zu und fuhr fort: »Karina, was solltest du denn sonst noch für das Geld tun? Solltest du Søren anfassen?«

Das Mädchen schüttelte den Kopf.

»Hat Søren dich angefasst?«

Erneutes Kopfschütteln.

»Ich sollte nichts anderes machen. Ich sollte nur mein Höschen ausziehen. Wie wenn man ins Bad geht, hat er gesagt.« Wieder eine Blase. Das hellrote Zeug klebte um ihren Mund. »Das war alles. Ich habe nur mein Höschen ausgezogen, während er zugesehen hat. Dann habe ich das Geld bekommen.«

Karina trank einen Schluck von der Limo, die sie zu Beginn der Befragung bekommen hatte.

Draußen vom Gang war lautes Stimmengemurmel zu hören. Im Nachbarbüro klingelte ein Telefon, und auf dem Fenstersims draußen gurrte eine Taube.

»Ich muss mir ganz sicher sein, Karina. Hat Søren dich angefasst, vielleicht nicht mit den Händen, sondern mit irgendetwas anderem, mit einem Gegenstand?«

»Nein, hat er nicht.« Das Mädchen klang jetzt verärgert. »Søren mag niemanden anfassen. Das hat er mir selbst erzählt. Er wollte nur mein Höschen.«

»Okay.« Rebekka brachte ein aufmunterndes Lächeln zustande. Sie durfte jetzt keinen Fehler machen.

»Was hast du deiner Mutter gesagt, wenn du ohne Unterhöschen nach Hause gekommen bist?«

»Nichts. Meine Mutter hat das nicht gemerkt.«

»Du hast ihr nichts erzählt?«

Karina sah Rebekka verblüfft an und schüttelte ihren blonden Kopf. »Nein, das war doch unser Geheimnis. Das hat Søren gesagt.«

»Von wem bekommt Søren sonst noch Besuch?«

Das Mädchen zuckte mit den Schultern und machte einen gelangweilten Eindruck. »Das weiß ich nicht, aber ich weiß, dass auch andere Kinder kommen. Das hat Søren erzählt. Deshalb hat er auch immer Kekse und Limo im Schrank. Manchmal hat er auch Süßigkeiten. Ich liebe Süßigkeiten.«

»Hat er gesagt, wie die anderen Kinder heißen?«

Rebekka legte ein Foto von Sofie vor Karina auf den Tisch. »Sieh dir das Bild gut an, Karina. Dieses Mädchen hier heißt Sofie und wohnt in der Nähe von dir und Søren. Hast du sie schon mal bei Søren gesehen?«

Das Mädchen beugte sich vor und sah sich das Foto an. Dann trank sie einen Schluck Limo und nickte. »Das ist die, die tot ist, nicht?«

Rebekka nickte ruhig.

»Sie war einmal da. Sie hat geklingelt, als ich gerade gehen wollte. Wir haben nur Hallo gesagt. Søren hat sich gefreut, als sie kam.«

Rebekka schauderte bei dem Gedanken. Sie war überzeugt, dass auch Sofie Søren ihr Höschen gegeben hatte, und plötzlich konnte sie die Ergebnisse der DNA-Proben kaum erwarten.

»Danke, Karina. Du warst uns eine große Hilfe.«

Karina nickte und blies noch eine große Kaugummiblase.

»Wo warst du?« Anita trat ganz nah an Steffen heran, lehnte sich gegen ihn, schnupperte, als könnte sein Geruch ihr verraten, wo er gewesen war.

»Ich war nur kurz bei Bo.« Er machte sich von ihr los, floh in die entgegengesetzte Ecke der Küche und hantierte mit irgendetwas herum, mit dem Rücken zu ihr, geistesabwesend. Trotzdem spürte er ihre Augen auf sich, klebrig und anklagend.

»Warum? Warum bist du drüben bei Bo, während ich hier sitze und dich brauche? Jetzt, wo Sofie tot ist?«

Ihre Stimme war schrill, und er seufzte laut. Er ertrug sie nicht mehr, jeder nähere Kontakt löste bei ihm eine Art heftige allergische Reaktion aus. Er bekam Atemnot, spürte den Puls im Körper rasen, und einen Moment lang stürzten die Erinnerungen auf ihn ein – ihre Streitereien, ihre Vorwürfe, die scharfen Nägel, die seine Haut aufrissen, ihre Augen, schwarz vor Wut. Sie hatte immer Schwierigkeiten gehabt, ihr Temperament im Zaum zu halten, und im Laufe der Jahre war es immer häufiger vorgekommen, dass er sie aus peinlichen Situationen hatte retten müssen, wo sie über die Stränge geschlagen hatte, nicht zuletzt vor den Kindern. Ihr Hausarzt hatte etwas von einer Depression gesagt. Depression? Anita musste sich einfach zusammenreißen. Ständig hing sie in der Küche herum, statt ihre täglichen Aufgaben zu erledigen.

Die grelle Stimme war in ein Brüllen übergegangen. Anitas Gesicht, das normalerweise blass war, hatte vor Wut eine dunkelrote Färbung angenommen, die Augen traten aus den Höhlen hervor, und ihr Mund glich einem schwarzen Krater. Der Anblick verursachte ihm Übelkeit. Die Lust, sie zu zerstören, sie zusammenzuschlagen, wuchs, und er ballte die Hände zu Fäusten, versuchte, diese Lust zu bekämpfen. Anita näherte sich ihm, trat ganz nahe an ihn heran. Sie roch säuerlich, ungewaschen.

»Du fickst sie!«, schrie sie. »Du fickst dieses kleine, blonde Luder aus Nummer achtzehn. Du bist so ein fieses Schwein ... Eine fremde Frau zu ficken, wenn unsere Tochter ermordet worden ist, das muss man sich mal vorstellen. Ich hasse dich! Ich hasse ...«

Steffen drehte sich mit einer schnellen Bewegung zu ihr um, legte die Hände um ihren Hals und drückte Anita mit einer solchen Kraft gegen die Wand, dass das Bild hinter ihr mit einem lauten Knall zu Boden fiel.

»Halt deinen verdammten Mund!«, zischte er, während Anita nach Luft rang und in seinem Griff zappelte. Ihre Füße erreichten den Boden nicht. Er drückte ein wenig fester zu, spürte ein Gefühl des Wohlbehagens im ganzen Körper. Anitas Augen traten hervor, sie wurde langsam blau.

»Mama!«

Patricks helle Stimme erfüllte die Küche, und Steffen ließ Anita los, die wie ein Sack Kartoffeln auf dem Boden zusammensank, während sie nach Luft rang. Der Junge sah sie mit großen, erschrockenen Augen an. Dann ging er mit geballten Fäusten auf Steffen los und schlug ihn auf die Oberschenkel.

»Dummer Papa, du darfst Mama nicht schlagen!«, rief er und Steffen musste lachen. Er beugte sich zu seinem Sohn hinunter, griff ihn bei den Armen und schwang ihn sich über die Schulter. Patrick stieß einen lauten Schrei aus, eine Mischung aus Lachen und Weinen. Steffen ließ den Jungen in seine Arme rutschen und kitzelte ihn, dass er sich vor Lachen krümmte.

»Patrick?« Steffen lächelte ihn strahlend an. »Wollen wir uns die Schlangen ansehen?«

»Juchu!«, jubelte der Junge. Steffen trug ihn aus der Küche und ließ Anita als wimmerndes Häufchen auf dem Boden zurück.

SEPTEMBER

»Søren, verdammt!« Der Ermittler mit dem rotwangigen Gesicht, Gundersen, beugte sich über den Tisch. »Wir sitzen jetzt seit Wochen hier. Begreifen Sie es endlich. Wir wissen mit Sicherheit, dass Sie Sofie umgebracht haben. Sie lieben kleine Mädchen. Wie Sie wissen, haben wir die Ergebnisse der DNA-Proben von den Mädchenunterhosen bekommen, die wir bei Ihnen gefunden haben. Auf zwei der Höschen war DNA von Sofie, und auf vielen weiteren ist noch nicht identifizierte DNA. Karina hat uns von den kleinen Spielchen erzählt, die Sie mit ihr und den anderen Mädchen gespielt haben. Sie kommen nicht ungeschoren davon, Søren. Es ist aus. Erzählen Sie uns endlich, was genau an dem Tag passiert ist, an dem Sofie verschwunden ist. Hat Sofie Ihnen erzählt, dass sie an diesem Tag mit ihrer Familie einen Ausflug zum Naturspielplatz machen wollte? Haben Sie sie zufällig gesehen und Lust bekommen ...«

Gundersen kam immer näher. Søren konnte ihn riechen, sein Atem roch nach Kaffee und etwas anderem, etwas Säuerlichem, das Søren nicht identifizieren konnte. Er wich auf dem Stuhl zurück. Er war müde, und plötzlich spürte er Tränen über sein Gesicht laufen. Die Polizei hatte in den letzten Wochen jeden Tag auf ihn eingeredet, ohne Pause geredet und geredet. Einige Ermittler waren nett, boten ihm Limo und Kekse an und sprachen in einem kameradschaftlichen

Ton mit ihm, andere waren barsch und so einschüchternd, dass er sich Mühe geben musste, nicht in die Hose zu machen. Der Rotwangige war der Schlimmste.

»Es wird Ihnen sehr viel besser gehen, wenn Sie gestehen, Søren. Sie werden Ruhe haben, wir stellen Ihnen nicht mehr all die unangenehmen Fragen, wenn wir erst wissen, was mit Sofie passiert ist.«

Ruhe. Er sehnte sich nach Ruhe. Allein der Gedanke, dass die Fragen aufhören, die fremden Stimmen verstummen würden, war verlockend. Søren trank einen Schluck Cola. Sie war lauwarm und prickelte leicht auf der Zunge. Er musste nur sagen, dass er es getan hatte, dann war es überstanden. Das war einfach. Mehr bedurfte es nicht, sagten sie. Er räusperte sich leicht und blickte hoch.

»Ja, ich war es.«

Die Augenbrauen des Ermittlers schossen vor Überraschung in die Höhe. »Wiederholen Sie das bitte, Søren – ins Mikrofon.« Der Rotwangige zeigte auf ein kleines Mikrofon in der Ecke, das Søren bis jetzt gar nicht wahrgenommen hatte.

»Ich habe Sofie umgebracht. Ich war das ...« Seine Stimme erstarb. Die beiden Ermittler sahen sich zufrieden an.

»Lassen Sie mich jetzt in Ruhe? Ich möchte allein sein.« Die Worte purzelten aus seinem Mund, und er drückte seine verschwitzten Handflächen gegeneinander. Er sehnte sich nach Stille, er sehnte sich danach, seinem eigenen Rhythmus folgen zu können. Er vermisste seine Filme, den fröhlichen Karl Stegger und seine Kekse und seinen Tee. Er vermisste sogar die Mühe, die seine Mutter ihm machte.

Der eine Ermittler lachte laut auf. »Was sagen Sie da? Dass Sie Ihre Ruhe haben wollen? Jetzt?«

Søren nickte eifrig.

Gundersen rückte näher an ihn heran, sein Lächeln verschwand und machte einem harten Zug um den Mund Platz. »Søren Thomsen, Sie haben gerade einen Mord gestanden. Sie haben gestanden, Sofie Kyhn Larsen ermordet zu haben.« Der Ermittler machte eine Pause, und Søren bemühte sich, schnell zu nicken. »Ruhe ist das Letzte, was Sie bekommen, Søren. Das Allerletzte. Jetzt müssen Sie uns jedes einzelne Detail erzählen, alles was passiert ist – von dem Moment an, wo Sie Sofie aus dem Park mitgenommen haben, bis zu dem, wo Sie ihre nackte Leiche in dem Gebäude in Avedøre Holme versteckt haben. Fangen Sie ganz von vorne an.«

Søren sah ihn verwirrt an. Hatten sie ihm nicht versprochen …

»Søren Thomsen hat gestanden. Er hat endlich die Entführung und den Mord an Sofie gestanden. In zwei Stunden halten wir eine Pressekonferenz ab.« Gundersen schlug mit seiner breiten Hand auf den Tisch und konnte seine Begeisterung nur schwer verbergen. Er hatte ein schnelles Meeting einberufen, um die Kollegen zu informieren, die um ihn herumschwirrten wie die Bienen um den Honigtopf, während er begeistert von dem Verhör erzählte.

»Was sagt er konkret zu dem Mord?« Rebekka sah den Vizechef gespannt an. Es freute sie, dass die zahlreichen Verhöre von Søren endlich zu einem Geständnis geführt hatten. Sie hatte selbst einige davon geführt, und sie bezweifelte nicht, dass Søren sich etwas hatte zuschulden kommen lassen. Die Frage war nur, was genau.

»Ja, was sagt er?« Gundersen sah sie gereizt an. »Søren Thomsen hat sich über den Mord nicht in Details ausgelassen, was vermutlich damit zusammenhängt, dass er sich nicht so gut ausdrücken kann.«

Der Vizechef wandte sich der Versammlung zu, sein Lächeln wurde wieder selbstzufrieden.

Rebekka runzelte unwillkürlich die Brauen. »Sagt er gar nichts zu dem Mord, dem Transport, dem Tatort, dem Motiv?« Sie starrte Gundersen ungläubig an, der jetzt sichtlich gereizt war.

»Rebekka, wie du selbst weißt, ist der Mann nicht ganz normal. Bei Weitem nicht. Du warst es, die uns auf seine Spur gebracht hat, und dafür danke ich dir, aber jetzt darfst du uns nicht die Freude verderben. Der Mord an Sofie Kyhn Larsen ist aufgeklärt. Ein Kindermörder läuft nicht mehr frei herum. Wir alle dürften jetzt nachts besser schlafen.«

Unter den Zuhörern wurden hier und da Freudenbekundungen laut, doch Rebekka gab nicht so leicht auf. »Sofie war nackt – liegt dem Mord ein sexuelles Motiv zugrunde, oder wollte Søren keine Spuren hinterlassen? Sollte Letzteres der Fall sein, frage ich mich, ob Søren Thomsen überhaupt der Typ ist, der so weit denkt. So berechnend. Ich bezweifle, dass er dazu in der Lage ist.«

»Søren Thomsen ist nicht direkt geistig behindert, er ist höchstwahrscheinlich leicht autistisch oder leidet an einem ähnlichen Syndrom, aber es gibt keine Diagnose. In seiner Kindheit machte man anders als heutzutage keine solchen Untersuchungen. Aber er versucht aus seiner Andersartigkeit Kapital zu schlagen. Er gibt sich dumm, kindlich und unschuldig – ganz bewusst. Ich bezweifle nicht im Mindesten, dass der Mord an Sofie Kyhn Larsen sexuellen Charakter hat und dass man sie deshalb nackt gefunden hat. Ihre Sachen sind weiterhin verschwunden, möglicherweise hat Søren sie irgendwo als Trophäe versteckt – genau wie die Unterhosen der Mädchen. Er hatte einfach Glück, dass er auf der Leiche und am Fundort keine Spuren hinterlassen hat. Im Übrigen hatte Søren keinen Sex mit Sofie, weil er das nicht kann. Er erträgt keinen Körperkontakt zu anderen Menschen. Das bestätigen auch seine Mutter, seine ältere Schwester und die kleine Karina. Es passt alles perfekt zusammen, Rebekka.«

Sie nickte nachdenklich. Gundersen hatte in einigen Punkten eindeutig recht. Trotzdem war da irgendetwas, das nicht stimmte, das Gefühl, dass etwas falsch war.

»Wer hat ihn zu dem Geständnis gebracht?«

»Simonsen und ich.«

Gundersen nickte zufrieden und erntete Beifall von den Kollegen. Reza klopfte ihr auf die Schulter, lächelte sie müde an und flüsterte: »Die Ehre gebührt vor allem dir, Rebekka. Du bist auf den Mann aufmerksam geworden. Vielleicht bekommen wir jetzt etwas Zeit, unsere Überstunden abzufeiern, wenn das Material gesichtet und alles für den Staatsanwalt vorbreitet ist. Mensch, wie ich mich darauf freue!«

Rebekka nickte geistesabwesend, während sie sich auf die Lippe biss. Sie hatte Søren Thomsen direkt in die Höhle des Löwen gebracht, und sie hoffte bei Gott, dass kein Unschuldiger geopfert wurde.

»Stell dir vor, dieser Sonderling Søren Thomsen hat die Entführung und den Mord an Sofie Kyhn Larsen gestanden!« Eifrig erzählte Rebekka Ryan von dem Durchbruch in den Ermittlungen. Er hatte sie zurückgerufen, nachdem sie mehrmals versucht hatte, ihn zu erreichen.

»Was fehlt ihm?« Ryan klang überrascht.

»Der Mann hat irgendein nicht diagnostiziertes Syndrom. Er wohnt mit seiner Mutter zusammen, schwärmt für dänische Filme der Fünfzigerjahre und bezahlt die Mädchen im Viertel dafür, dass sie ihm ihre Unterhöschen überlassen. Bar auf die Hand.«

»Ich muss schon sagen, ich bin überrascht.« Ryans Stimme schnarrte und klang sehr weit weg.

»Wo steckst du gerade?«

»In Portugal. Ich komme in ein paar Tagen nach Dänemark. Ich rufe dich an, wenn ich gelandet bin, aber jetzt muss ich los.«

»Okay. Wir sehen uns.«

Rebekka legte auf und starrte einen Moment vor sich hin. Es war fünf Uhr nachmittags. Sie war sehr viel früher zu Hause als sonst, und das war auch nötig, denn in der Wohnung häuften sich schmutziges Geschirr und Klamotten, die gewaschen werden mussten. Trotzdem konnte sie sich nicht richtig dazu aufraffen. Sie beschloss, Michael anzurufen, und hoffte, dass er sich freuen würde. Sie hatten immer noch nicht miteinander gesprochen, seit er vor anderthalb Monaten ihre Wohnung verlassen hatte. Einen Augenblick zögerte sie mit dem Telefon in der Hand, dann rief sie ihn an. Es klingelte mehrmals, und sie wollte gerade auflegen, als er sich endlich meldete. Er klang überrascht.

»Störe ich?«, fragte sie. Im Hintergrund war Musik zu hören, vielleicht war seine Tochter Amalie zu Besuch.

»Nein, schon in Ordnung«, antwortete er, es klang aber nicht so.

»Was machst du gerade?«, fragte sie und wünschte, sie wäre bei ihm, läge auf seinem Sofa, während er in der Küche stünde und frische Schollen mit Kartoffeln und Petersiliensoße zubereitete, eine seiner Spezialitäten. »Hast du Gäste?«

»Ja«, antwortete er.

»Wen denn?«, fragte sie und bereute es sofort.

»Nur Bettina.«

»Na, dann will ich nicht weiter stören.« Sie hörte selbst, wie scharf ihre Stimme klang.

»Nein, ist schon in Ordnung, Rebekka.«

»Nein, ist es nicht. Wir reden, wenn *du* dazu bereit bist.« Sie legte auf und merkte, wie ihr die Tränen in die Augen stiegen. Ausgerechnet Bettina, die Sekretärin im Polizeipräsidium von Ringkøbing war und aus ihrer Abneigung gegen Rebekka nie einen Hehl gemacht hatte. Zwischen ihr und Michael hatte die Chemie dagegen von Anfang an gestimmt, und Rebekka und Bettina hatten insgeheim um ihn konkurriert. Es machte die Sache nicht besser, dass Bettina zu Michaels früheren One-Night-Stands gehörte. Lange Zeit bevor Rebekka aufgetaucht war, aber trotzdem.

Einen Augenblick juckte es sie in den Fingern, noch einmal anzurufen und sich abzureagieren, zu rufen und zu schreien, doch sie beherrschte sich. Stattdessen starrte sie intensiv das Telefon an und hoffte, dass Michael zurückrufen würde, um ihr etwas Nettes zu sagen, doch das tat er nicht.

Sie trottete in die Küche, warf einen bösen Blick auf den Abwasch und wollte sich gerade an die Arbeit machen, als ihr Handy klingelte. Mit Herzklopfen rannte sie zurück ins Wohnzimmer, und die Enttäuschung traf sie wie ein Schlag in die Magengrube, als sie sah, dass es Reza war. Sie meldete sich und zwang sich, fröhlich zu klingen.

»Hallo, ich wollte wissen, ob du Lust hast, heute Abend zu meinen Eltern zu kommen? Um neunzehn Uhr zum Abendessen? Wir haben doch so oft darüber gesprochen, dass du einmal persisches Essen probieren musst.«

»Heute Abend. Ach, ich weiß nicht ...« Sie zögerte. Sie hatte wenig Lust, ausgerechnet den heutigen Abend mit lauter unbekannten Leuten zu verbringen und gesellig zu sein.

»Stimmt irgendetwas nicht, Rebekka? Du klingst so traurig.«

Zehn Minuten später hatte sie Reza die ganze Geschichte von Michael erzählt, und es war ihm gelungen, sie zu überreden, zu ihm und seinen Eltern, Farida und Alireza Aghajan, zu kommen.

Farida Aghajan öffnete die Tür und schloss Rebekka mit einem herzlichen Lachen in die Arme, was Rebekka sich gern gefallen ließ. Sie trug ein weißes Kleid mit Goldmuster, die Arme zierten klirrende, goldene Reifen, und sie duftete kräftig nach einer Mischung aus Kräutern und einem süßen Parfüm.

»Willkommen bei der Familie Aghajan. Wir freuen uns so, Sie kennenzulernen«, sagte sie in fehlerfreiem Dänisch.

In der Wohnung duftete es nach Essen, und Rebekka wurde in ein großes Wohnzimmer geführt, das voller Menschen war. Der Anblick überwältigte sie, doch schon bald entdeckte sie Reza. Er kam auf sie zu, umarmte sie und versicherte ihr, dass sie ganz beruhigt sein könne, dass das nur die engste Familie sei und dass man sie gut aufnehmen werde. Rebekka lächelte. Die engste Familie, dachte sie und zählte vierzehn, fünfzehn Menschen. Ihre eigene engste Familie konnte sie an einer Hand abzählen.

»Lass mich dich ihnen vorstellen«, fuhr Reza fort und zog sie mit sich. »Das hier ist Sahar, meine liebste Schwester.« Reza zeigte auf eine reizende junge Frau, die Rebekka strahlend anlächelte und sagte: »Das sagt er nur, weil er keine anderen Schwestern hat. Herzlich willkommen, Reza hat viel von dir erzählt.«

Sie gingen weiter zu einem jungen Mann, der sie warm anlächelte. »Das ist Fadi, mein Vetter, und neben ihm sitzt Emir, mein kleiner Bruder. Und dort in der Ecke, das ist mein Vater.«

Ein älterer Mann mit einem grauen Bart erhob sich etwas beschwerlich und drückte Rebekka die Hand. Reza nannte ihr die Namen der restlichen Familienmitglieder, doch irgendwann konnte sie sich die Gesichter nicht mehr merken. Im selben Augenblick kam Rezas Mutter zur Tür herein, nahm Rebekka beim Arm und setzte sie zwischen Rezas Vater und den Bruder Emir. Kurz darauf wurden Schüsseln mit Essen aufgetragen.

Anfangs war Rebekka ein wenig verlegen. Die Augen der Familie ruhten auf ihr, und obwohl alle sehr entgegenkommend waren, fühlte sie sich befangen, fast ein wenig gehemmt. Reza warf ihr von der anderen Seite des Tisches einen beruhigenden Blick zu, und sie wischte sich die feuchten Hände an den Hosenbeinen ab und riss sich zusammen. Zwischen den Gerichten, die alle wunderbar schmeckten, gab es Tee und Dugh, ein säuerliches Milchgetränk, und nach kurzer Zeit war Rebekka ganz von den Erzählungen über den Hintergrund der Familie gefangen genommen.

Rezas Vater Alireza war ein blendender Erzähler. Rebekka war fasziniert von seiner Schilderung der Flucht aus Teheran über die kalten Berge, von der Angst, unterwegs ermordet zu werden, und der Anpassung an das neue Land. Sie entspannte sich, stellte Fragen und merkte, wie Reza sie hin und wieder ansah. Sie lächelte ihm zu und konnte nicht umhin, ein wenig neidisch auf ihn zu sein, wenn sie ihn zusammen mit seinen Eltern beobachtete. Sie schienen ihre gegenseitige Gesellschaft zu genießen. Während des Gesprächs streichelte seine Mutter ihm mehrmals zärtlich über die Haare, und Rebekka spürte einen Kloß im Hals.

Die Stunden flogen dahin. Gegen Ende des Abends kam Farida zu ihr und legte ihr ihre zierliche Hand auf die Schulter. »Kommen Sie, meine Liebe – ich möchte Ihnen etwas zeigen.« Sie nahm Rebekkas Arm und führte sie hinaus auf einen großen Balkon. Die Familie wohnte im achten Stock, und die Aussicht über den Nordwesten Kopenhagens war spektakulär. Hunderte von erleuchteten Fenstern strahlten ihnen im Dunkeln entgegen.

»Ist das schön!«, rief Rebekka, und Farida lächelte.

Einen Moment betrachteten sie schweigend die Aussicht. Rebekka hatte das Gefühl, dass Farida ihr gerne etwas sagen wollte, etwas Vertrauliches, deshalb schwieg sie und wartete ab. Farida räusperte sich. »Wir sind sehr dankbar dafür, wie gut es Reza geht und was er bei der Polizei erreicht hat.«

Rebekka spürte in der Dämmerung den Blick der Frau auf sich ruhen. »Reza ist ein tüchtiger und sehr beliebter Ermittler«, sagte sie.

Farida Aghajan zog ihren Schal zurecht, ihre Armbänder klirrten leise. »Jetzt muss er nur noch eine gute Frau finden.«

»Hm, ja.« Rebekka zuckte mit den Schultern und war einen Moment unsicher, worauf Farida hinauswollte. Sie glaubte doch wohl nicht etwa, dass Rebekka und Reza …?

»Sie sind doch Freunde, Sie und Reza. Erzählt er Ihnen nicht, mit welchen Frauen er sich trifft?«

Ihre Augen begegneten sich kurz, bevor Rebekka wieder zu den Lichtern der Stadt hinübersah.

»Reza und ich sind Partner«, antwortete sie. »In manchen Phasen sind wir rund um die Uhr zusammen, dann sehen wir uns eine Weile nicht so oft. Natürlich sprechen wir über persönliche Dinge, aber der Grat ist haarfein, und wir sagen uns bestimmt nicht alles. Ganz und gar nicht.«

»Sie wissen nichts von einer Frau?« Rebekka hörte die Enttäuschung in der Stimme von Rezas Mutter.

Sie schüttelte den Kopf. »Ich weiß nichts über Rezas Liebesleben, und wenn ich es täte …«

»Würden Sie es mir nicht sagen«, unterbrach Farida sie schnell.

»Richtig.« Rebekka lächelte. »Da haben Sie recht. Das würde ich nicht.«

»Sie sind eine gute Freundin für Reza.«

Farida lachte leise und drückte Rebekkas Arm. Dann schlossen sie sich wieder der restlichen Gesellschaft an.

Wenig später brach Rebekka auf und bedankte sich für den schönen Abend. Es freute sie, Rezas Familie kennengelernt zu haben. Der Abend half ihr, ihn etwas besser zu verstehen.

Auf dem Weg nach unten checkte sie ihr Handy. Sie hatte zwei SMS bekommen, und eine kleine Hoffnung flackerte in ihr auf. Ob Michael ihr geschrieben hatte? Oder vielleicht Niclas, obwohl er seit ihrem peinlichen Anruf neulich gar nicht mehr versucht hatte, sie zu erreichen.

Doch die beiden Nachrichten waren weder von Niclas noch von Michael. Die erste stammte von Dorte, die Rebekka zum Frühstück einlud, sobald sie Zeit dafür hätte. Die zweite war überraschenderweise von Simonsen, der ihr nur mitteilen wollte, dass Gundersen zu einem Bier in der Stammkneipe gegenüber dem Präsidium eingeladen hatte. Søren Thomsens Geständnis musste gefeiert werden.

Rebekka setzte sich ins Auto und fuhr Richtung Zentrum, während sie über die Einladung nachdachte. Eigentlich sollte sie nach Hause fahren und schlafen. Sie war unendlich müde – vielleicht war es das Alter, das sich langsam anschlich, dachte sie und schauderte. Sie beschloss, auf dem Heimweg kurz in der Kneipe vorbeizuschauen und Hallo zu sagen.

Die Stimmung war super, und durch den leichten Rausch fühlte Rebekka sich so schwerelos, als würde sie schweben. Die Stunden in der Kneipe waren wie im Flug vergangen. Trotz ihrer Vorbehalte gegenüber Gundersens Verhörmethoden hatte sie sowohl mit ihm als auch mit Simonsen angestoßen und sich dann lange mit Super über das Älterwerden unterhalten. Jetzt stand sie unter den Kollegen und fühlte sich richtig wohl. Ein plötzliches Bedürfnis zu rauchen meldete sich. In ihrer Tasche fand sie ein halb zerknülltes Päckchen und stapfte nach draußen, zündete sich eine Zigarette an und inhalierte gierig.

Die Nachtluft war herbstlich kühl, und sie fror. Gerade wollte sie die Zigarette wegwerfen, um wieder hineinzugehen, als Jonas Møller, der junge Ermittler, an ihrer Seite auftauchte. Er lächelte ihr zu, sie konnte seine weißen Zähne im Dunkeln ahnen.

»Du bist also auch eine der Unverbesserlichen«, sagte er und zündete sich selbst eine Zigarette an.

»In jeder Beziehung«, antwortete sie und inhalierte tief, was einen heftigen Hustenanfall auslöste.

»Geht es dir gut?« Er trat näher zu ihr, und einen Augenblick schien es, als wollte er ihr auf den Rücken klopfen. Sie spürte, wie ihre Wangen glühten, und räusperte sich laut.

»Alles in Ordnung, danke.«

»Sollen wir nicht reingehen und zusammen ein Bier trinken?«

»Das können wir gerne machen«, antwortete sie schnell und hoffte insgeheim, nicht zu eifrig zu klingen.

Jonas ging an die Bar, um Bier zu holen, und Rebekka setzte sich an einen Tisch in der Ecke und wartete. Sie betrachtete ihn, das eng sitzende weiße T-Shirt, das sich um seinen muskulösen Oberkörper schmiegte. Er kam schnell mit dem Bier zurück, sie unterhielten sich kurz über Søren Thomsen, und Rebekka lobte Jonas, der in seinem Bericht erwähnt hatte, dass Søren Thomsen schwarzhaarig sei. Jonas konnte nicht umhin, geschmeichelt zu lächeln. Seine Stimme war sanft und ließ sie an Seide zwischen ihren Fingern denken. Plötzlich verspürte sie Lust, ihn an sich zu ziehen und mitten auf die vollen Lippen zu küssen. Er beugte sich näher zu ihr hin, flüsterte ihr etwas ins Ohr, das sie nicht mitbekam, weil er so gut roch. Nach frischer Wäsche und einem guten Deo.

»Was hast du gesagt?«, rief sie und musste so kichern, dass ein bisschen Bierschaum auf ihrer Nasenspitze landete. Er wischte ihn mit der Hand ab, die trocken und warm war.

»Ich habe nur vorgeschlagen, dass wir gehen. In dem Lärm kann man sich gar nicht richtig unterhalten.«

Er sah sie an, verlegen und flirtend zugleich, und sie spürte, wie die Wärme sich in ihrem Unterleib ausbreitete.

»Stimmt. Lass uns gehen.«

Zunächst sprachen sie nicht miteinander, spazierten lediglich Seite an Seite über den Polititorvet Richtung Halmtorvet. Plötzlich fühlte sie Jonas' Hand in ihrer, und ein ruhiges Gefühl ergriff sie, verbunden mit der Gewissheit, dass sich schon alles fügen würde. Als sie die Ingerslevsgade erreichten, plätscherte das Gespräch zwischen ihnen leicht dahin. Jonas erzählte, dass er gerade erst in die Stadt gezogen sei, dass er sechsundzwanzig und seit einem Jahr fertiger Kommissar sei. Sie erzählte von ihrem Hintergrund, von ihrer Zeit beim FBI, von dem Sommerhaus in Veddinge Bakker. Sie sprachen über den aktuellen Fall. Der Mord an Sofie hatte einen starken Eindruck auf Jonas gemacht, er hatte eine Halbschwester in ihrem Alter. Sie kamen zum Sønder Boulevard und näherten sich dem Valbygårdsvej. Keiner von ihnen hatte ein Wort darüber verloren, wohin sie gehen würden, und plötzlich standen sie vor Rebekkas Haustür.

»Hier wohne ich«, sagte sie dümmlich und suchte in der Tasche nach ihrem Schlüssel.

»Ich weiß«, antwortete Jonas und ließ seine Hand unter ihren Mantel gleiten.

Sie schloss die Tür auf, und Rebekka hoffte, dass es nicht zu unordentlich war oder stickig roch, als Jonas sie auch schon mit festem Griff ins Schlafzimmer führte. Er küsste sie, ließ seine Zunge ihren Hals hinunterwandern. Er zog ihr den Mantel aus, den Pullover und erforschte mit den Lippen ihre Schulter und ihr Schlüsselbein. Dann stieß er sie sanft aufs Bett, knöpfte ihre Jeans auf und riss sie ihr herunter. Der Slip folgte, und dann spürte sie seine Zunge zwischen ihren Schenkeln. Einen kurzen Moment tauchten Michael und Niclas vor ihrem inneren Auge auf, mit vorwurfsvollem Blick, dann schob sie die Bilder weg, schloss fest die Augen und gab sich dem Moment hin. Sie näherte sich dem Höhepunkt, als ihr Handy klingelte und sie abrupt in die Wirklichkeit zurückrief.

»Shit.« Sie richtete sich auf und umfasste Jonas' Nacken. Er lächelte ihr zu, beugte den Kopf wieder vornüber. Das Handy klingelte weiter.

»Stopp, Jonas. Ich muss rangehen. Es könnte einer der Chefs sein.« Oder meine Eltern, dachte sie und spürte die alte Angst aufflammen, dass ihr Vater an seiner Lungenkrankheit sterben könnte.

Sie manövrierte sich aus dem Bett und rannte in die Diele, wo sie beim Betreten der Wohnung ihre Tasche hingeworfen hatte. Atemlos meldete sie sich.

»Rebekka? Bist du das?« Es war Reza.

»Natürlich bin ich das. Wer sollte es denn sonst sein?«, sagte sie ärgerlich.

»Du klingst so komisch.«

Sie warf einen Blick auf die Uhr. Sie zeigte 02:47.

»Es ist schon spät«, war alles, was sie herausbrachte.

»Ich weiß sehr wohl, dass es spät ist, aber du hast so oft gesagt, dass ich dich jederzeit anrufen kann.«

Ein Gefühl von Unruhe durchfuhr sie. Es war höchst ungewöhnlich, dass Reza sie privat anrief, das war bisher nur ganz selten vorgekommen, und dass er sie spät in der Nacht anrief, beunruhigte sie zutiefst.

»Natürlich kannst du anrufen. Ist etwas nicht in Ordnung, Reza?« Der letzte Rest Alkohol verflüchtigte sich und ließ sie müde und mit schmerzendem Kopf zurück.

»Es ist nur ...« Reza schwieg einige Sekunden, bevor er fortfuhr: »Dir ist doch aufgefallen, dass ich in der letzten Zeit etwas geistesabwesend war, mich krankgemeldet habe ...«

Sie rieb sich die Augen.

»Ja, stimmt«, antwortete sie zögernd.

»Es ist nur ...«

Plötzlich rief Jonas nach ihr. Reza verstummte und fügte schnell hinzu: »Oh, du bist nicht allein. Entschuldige, Rebekka. Vergiss es. Wir sprechen ein anderes Mal darüber.«

Rebekka kam nicht mehr dazu zu antworten, bevor Reza aufgelegt hatte. Sie starrte einen Moment auf das tote Telefon. Jonas rief erneut, und verärgert ging sie zu ihm zurück.

»Komm und leg dich wieder hin«, sagte er und sah sie mit einem Lächeln an, das sie vor Kurzem noch angetörnt hätte – jetzt aber nur ermüdete.

»Jonas, du musst jetzt gehen.«

»Wie bitte?«

»Es tut mir leid. Aber ich kann nicht ...«

»War das dein Freund, der gerade angerufen hat?« Jonas knöpfte sich die Hose zu, seine Stimme war hart, scharfkantig.

Sie schüttelte den Kopf. »Nein, das nicht. Ich habe keinen Freund. Ich kann nur nicht …«

Sie sahen einander an. Sie konnte ihm die Enttäuschung vom Gesicht ablesen, dann zog er sein T-Shirt an und verschwand kurz darauf mit der Jacke über der Schulter. Rebekka starrte einen Augenblick auf die geschlossene Tür, während sie das schlechte Gewissen plagte. Was war im Moment nur mit ihr los?

»Søren ist unschuldig. Er ist mein Sohn, und ich verlange, dass er mit mir nach Hause kommt. Sofort.«

Eine raue Stimme tönte durch die offene Tür. Rebekka hob die Augen von dem Bildschirm, vor dem sie sich den größten Teil des Vormittags verkrochen hatte. Nach dem Alkoholkonsum des gestrigen Abends und dem wenigen Schlaf fühlte sie sich erschöpft. Rezas später Anruf hatte sie den größten Teil der Nacht wach liegen lassen, und als sie ihn am frühen Morgen zurückgerufen hatte, war er nicht ans Telefon gegangen. Sie hatte Croissants zum Frühstück gekauft, Rezas Lieblingsgebäck, nur um zu erfahren, dass er sich krankgemeldet hatte.

»Mein Sohn soll sofort mit mir nach Hause kommen.«

Die raue Stimme wurde lauter, die Frustration war deutlich herauszuhören, und Rebekka erhob sich schwerfällig und trat auf den Gang, wo Super schuldbewusst vor einer sehr dünnen, älteren Dame stand, die Rebekka als Søren Thomsens Mutter wiedererkannte. Das Gesicht der Frau war faltig, und die dicke Schicht Puder, die aufgemalten

Augenbrauen und der verlaufene orangefarbene Lippenstift verliehen ihr ein unheimliches Aussehen und erinnerten Rebekka an den mordenden Clown aus einem Horrorfilm, dessen Titel ihr nicht mehr einfiel. Trotz des grotesken Äußeren der Frau war zu erahnen, dass sie einmal sehr schön gewesen sein musste.

»Kann ich irgendwie helfen?«

Die Frau drehte sich zu ihr um, nickte und kam mit unsicheren Schritten auf sie zu. Super warf Rebekka einen dankbaren Blick zu.

»Søren soll nach Hause kommen, und zwar sofort«, wiederholte sie atemlos, als sie Rebekka erreicht hatte.

»Das ist leider unmöglich, so wie die Dinge liegen.« Rebekka versuchte, so freundlich wie möglich zu klingen, wurde jedoch augenblicklich von der dürren Dame abgefertigt.

»Ich verlange, dass mein Sohn sofort mit nach Hause kommt. Søren hält das hier nicht aus. Er ist ein schwächlicher Junge, das ist er immer gewesen.«

»Kommen Sie doch mit in mein Büro, Frau Thomsen.«

»Ich heiße Elinor …«

»Kommen Sie mit, Elinor. Dann können wir uns in aller Ruhe unterhalten.«

Rebekka half der Frau in ihr Büro, platzierte sie auf einem Stuhl und schenkte ihr eine Tasse Kaffee ein. Elinor Thomsen trug ein schweres, altmodisches Parfüm, das den Gestank nach Urin jedoch nicht zu überdecken vermochte. Der beißende Geruch trieb Rebekka die Tränen in die Augen.

»Wo ist Søren?« Elinor Thomsen sah sich um, als hätte sie erwartet, dass Søren im Zimmer säße.

»Søren sitzt in Isolationshaft im Westgefängnis. Er wird des Mordes an Sofie Kyhn Larsen beschuldigt.«

»Søren ist unschuldig. Verstehen Sie das nicht? Er kann das nicht getan haben, das ist Unsinn. Mein Sohn ist kein gewalttätiger Mann, er würde nicht einmal im Traum daran denken, einem kleinen Mädchen so etwas anzutun. Absolut nicht.«

»Søren hat aber gestanden, Sofie Kyhn Larsen entführt und ermordet zu haben, Elinor.«

Elinor Thomsens Gesicht fiel in sich zusammen. Die Runzeln, die aussahen, als wären sie aus porösem Lehm, zersprangen, lösten sich in Staub auf. Dann rief sie empört: »Jemand hat ihn unter Druck gesetzt, gezwungen, bedroht …«

»Søren hat die Entführung und den Mord an Sofie gestanden, und niemand hat ihn dazu gezwungen. Das garantiere ich Ihnen. Außerdem hat er einen Pflichtverteidiger, der ihm zur Seite steht, wenn er das möchte. So ist das dänische Rechtssystem aufgebaut …«

Elinor Thomsen hörte nicht zu, sondern starrte Rebekka lediglich wütend an. »Søren redet gerne mit Kindern, weil er leider selbst noch eine Art Kind ist.«

Die Stimme zitterte leicht und versetzte Rebekka einen Stich ins Herz. Sie bezweifelte nicht, dass es eine schwere Prüfung war, ein Kind wie Søren Thomsen zu haben. Elinor Thomsen trank einen Schluck Kaffee, bevor sie fortfuhr.

»Søren ist so auf die Welt gekommen. Es war eine schwere Geburt. Wir hatten uns so gefreut, mein Mann und ich. Wir hatten ja bereits Anne-Mette. Sie ist nicht unser eigenes Kind, wir haben sie als Säugling adoptiert, und sie war so eine Freude für uns. Dann bin ich endlich schwanger geworden, sogar mit einem Sohn, und wir waren sicher, dass Søren uns ebenso viel Freude machen würde wie Anne-Mette.

Man sah es ihm damals nicht an. Als Kind war er wirklich hübsch.«

Elinor Thomsen kramte in ihrer abgenutzten, weißen Handtasche, deren Leder an mehreren Stellen gerissen war. Kurz darauf holte sie ein farblich passendes Portemonnaie heraus und fischte aus einem der Fächer eine Schwarz-Weiß-Fotografie. Sie zeigte einen kleinen Jungen mit wassergekämmtem, schwarzem Haar, der verlegen in die Kamera schaute. Sie schob das Foto mit leicht zitternden Fingern zu Rebekka hinüber.

»Sehen Sie ihn sich an. Das ist Søren als Dreijähriger. Er tut niemandem etwas zuleide.«

Rebekka griff nach der Fotografie. Søren hatte lieb ausgesehen als kleiner Junge, und mit den Augen einer Mutter betrachtet, war er bestimmt noch immer ein lieber, kleiner Junge, doch für die Polizei und die restliche Gesellschaft war er ein ausgewachsener Mann, der das Leben eines Kindes auf dem Gewissen hatte. Ein Mann, vor dem man die Gesellschaft schützen musste. Sie überlegte ihre Worte gut, die Situation war heikel.

»Es ist kaum vorstellbar, wie Ihnen im Moment zumute sein muss, wo Ihr Sohn wegen des Mordes an einem Kind im Gefängnis sitzt. Aber Søren hat gestanden, und wie Sie vermutlich wissen, haben wir in seinem Zimmer mehrere Mädchenunterhosen gefunden. Zwei davon gehörten dem Opfer, Sofie.«

Elinor Thomsen schnaubte laut. »Die Unterhosen beweisen gar nichts. Er kann sie gefunden haben, die Leute schmeißen doch alles Mögliche weg. Søren läuft gern herum und wühlt in Altkleidercontainern herum. Er hat niemandem etwas getan. Das schwöre ich. Und er soll mit mir nach Hause kommen. Er hält es nicht aus, so lange im Gefängnis zu sitzen. Er ist anders.«

Rebekka versprach der älteren Frau, sich persönlich darum zu kümmern, dass Søren in seiner Zelle keinen Schaden nahm. Kurz darauf setzte sie sie in ein Taxi nach Hause. Sie sah ihr vom Fenster aus nach. Elinor Thomsen war so alt und schwach, dass es aussah, als würde sie gleich vom Bürgersteig abheben, als sie in das Taxi steigen wollte. Glücklicherweise half ihr der Fahrer, sich ins Auto zu setzen, das schnell davonfuhr.

Mit gerunzelter Stirn trank Rebekka einen Schluck von ihrem Kaffee. Irgendetwas an der ganzen Sache störte sie und verstärkte die latente Unsicherheit, die sie die ganze Zeit bei dem Gedanken beschlichen hatte, inwieweit Søren Thomsen rein praktisch dazu in der Lage war, ein Kind zu töten, obwohl der Mord an Sofie Kyhn Larsen auf den ersten Blick zu einem Menschen mit seinem Profil passen mochte.

Sie ließ sich schwer auf ihren Bürostuhl fallen. Ihr Postfach war bereits voll von neuen E-Mails. Sie seufzte, vermisste Reza, den klugen Ryan, den verführerischen Niclas, doch vor allem vermisste sie eine Nachricht von Michael. Sie hoffte nur, dass sie Jonas erst einmal nicht über den Weg laufen würde. Sie hatte das Gefühl, als wären ihr die Worte ausgegangen.

Caroline streichelt mit der Hand vorsichtig über Perles schwarze Mähne. Das Pferd sieht sie mit seinen dunklen, glänzenden Augen von der Seite an, und Carolines Herz läuft vor

Liebe über. Sie hat Perle zu ihrem zehnten Geburtstag im Frühjahr bekommen, und bisweilen fällt es ihr immer noch schwer zu glauben, dass das Pferd wirklich ihr gehört. Der Geburtstag steht ihr noch immer lebendig vor Augen. Die zarte Frühjahrssonne, die durch die Gardinen schaute, die Eltern, die ihr lachend ein Tuch vor die Augen gebunden und sie zum Auto hinausgeführt haben. Sie waren mit unbekanntem Ziel losgefahren. Das Geräusch, als sie endlich aus dem Auto stiegen, das laute Wiehern und der Geruch, der beste Geruch der Welt, der Geruch nach Pferd, der ein Glücksgefühl in ihr ausgelöst hatte, heftig und kristallklar, aus feinen Silberfäden gewebt. Sie war so überrascht, dass sie sich erst sehr viel später bei ihren Eltern hatte bedanken können.

Caroline klopft Perle auf den Rücken und tritt aus der Box. Sie muss nur noch aufräumen, sonst wird Philipsen sauer, und sie hat etwas Angst vor ihm. Sie hat die Box ausgemistet, das Wasser ausgetauscht und Futter in den Trog gefüllt. Sie stellt den Besen an seinen Platz, den Eimer in die Ecke und legt Striegel und Bürste in den kleinen, roten Schrank. Draußen ist es bereits dunkel und windig, der Herbst naht. Sie zieht ihre Jacke an, sie ist ganz alleine im Stall, aber das Wiehern der Pferde ist wie ein zärtliches Flüstern.

Sie schließt die Stalltür, der Wind fährt ihr ins Haar, zerrt daran, und sie schlägt schnell den Kragen der Winterjacke hoch. Von Moncler, dunkelblau, mit einem echten Pelzrand an der Kapuze. »Nur das Beste für das beste Kind«, hat die Mutter gesagt, als sie im Geschäft am Strandvej standen, um eine Winterjacke zu kaufen. »Nur das Beste ist gut genug«, hat die Besitzerin geantwortet und sie gelobt, dass sie so früh mit dem Kauf der Wintersachen seien, denn dann bekomme man noch das Beste, hat die Dame hinzugefügt und die Jacke mit den mit Diamanten bestückten Fingern hübsch in Sternenpapier eingepackt. Anschließend haben sie Sushi gegessen, und Caroline hat es genossen, die Mutter für sich zu haben, mit ihr alleine zu sein.

Caroline weiß sehr wohl, dass ihre Eltern sie lieben, das sagen sie ihr oft, aber trotzdem sind sie fast nie zu Hause. Wie gut, dass wir Rocel haben, sagen sie, und vor Rocel war es Jocelyn und vor ihr Luisa, aber ganz das Gleiche ist es nicht. Caroline zieht sich die Kapuze eng um das Gesicht. Der Pelz kitzelt leicht in der Nase, sie hat Lust zu niesen.

Das Messingschild der Reitschule schaukelt im Wind hin und her, das Geräusch ist laut und knarrend, und eine einzelne Lampe mit einem kräftigen, gelben Schein dient als einzige Beleuchtung vor Ort. Die Lampe wirft Schatten über den verlassenen Hofplatz vor der Reithalle und den Ställen. Einen Augenblick bereut sie, dass sie darauf bestanden hat, alleine nach Hause zu fahren. Doch sie kann nicht anrufen und Rocel bitten, sie zu holen, sie hat ihr Handy vergessen. Caroline blickt schnell über den Hofplatz. Es ist nicht weit bis zum Bahnhof, sie kann die Abkürzung über den Parkplatz nehmen. Sie darf nicht zu spät kommen. Es sind nur zwei Stationen bis nach Charlottenlund, aber die Züge kommen nur alle zwanzig Minuten, und es ist nicht angenehm, allein auf dem Bahnhof zu stehen und zu warten. Sie läuft schneller und spürt den Hunger im Magen rumoren, sie hat ihr Schulbrot weggeworfen, es hat ihr nicht geschmeckt. Sie mag Rocel, aber belegte Brote sind nicht ihre Stärke. Das Roggenbrot war zerkrümelt, die Butter klumpig, und die Leberwurst war nicht richtig verstrichen, sondern lag wie ein in Scheiben geschnittener, unförmiger Klops mitten auf dem Brot. Hoffentlich sind ihre Eltern auch auf dem Heimweg. Sie liebt es, wenn sie zu dritt essen, das kommt so selten vor. Sie werden in der Küche sitzen, das ist so gemütlich, sehr viel schöner als in dem Esszimmer mit den großen Panoramafenstern zum Meer hin.

Caroline tritt auf den Parkplatz. Die Autos stehen verstreut im Dunkeln, und sie kann die Lichter des Bahnhofs Klampenborg ausmachen. Sie geht so schnell sie kann, der Geruch nach Pferd hängt noch immer in ihren Kleidern, und sie schickt einen Gedanken an Perle in ihrer Box. Sie sieht zu dem dunklen Himmel hoch, der mit mikroskopisch kleinen Sternen in hellem Gold gespickt ist. Der Wind bläst, doch sonst ist es still, ganz still, und Caroline fühlt sich mit einem Mal unsicher, ja, ängstlich, obwohl sie den Weg schon unzählige Male gegangen ist.

Plötzlich hört sie ein lautes, klirrendes Geräusch. Sie zuckt zusammen, bleibt mit klopfendem Herzen stehen und blickt sich erschrocken um. Zunächst sieht sie niemanden. Dann fällt ihr Blick auf eine leere Flasche, die über den dunklen, glatten Asphalt rollt, vorwärtsgetrieben vom Wind. Sie bleibt einige Sekunden stehen und ringt nach Atem. Gerade will sie weitergehen, als vor ihr eine Autotür knallt. Ein Augenpaar glüht im Dunkeln, und sie spürt zwei starke Arme nach ihr greifen. Caroline will schreien, das soll man doch, hat die Mutter gesagt, aber sie kann nicht. Der Schrei bleibt ihr im Hals stecken wie ein Kloß. Stattdessen tritt sie verzweifelt nach demjenigen, der sie mit einem kräftigen Ruck halb ins Auto zieht. Im Auto riecht es scharf, nach irgendetwas, was sie nicht kennt. Caroline tritt erneut, trifft, und der Griff um sie lockert sich. Sie fällt rückwärts aus der offenen Autotür, kommt mit dem Hinterkopf auf dem Asphalt auf, dass es laut knirscht. Eine Reihe kräftiger Blitze tanzt vor ihren Augen, der Schmerz ist intensiv, doch sie kämpft sich auf die Beine, torkelt geblendet weiter.

Sie kommt nur ein paar Schritte weit. Sie wird von hinten festgehalten, und etwas Feuchtes und intensiv Riechendes wird ihr auf Nase und Mund gedrückt. Dann gleitet sie ins Dunkel, mit Perle als letztem Bild auf der Netzhaut.

»Es sieht Caroline gar nicht ähnlich, sich so zu verspäten. Wir haben sie unzählige Male angerufen, doch ihr Telefon ist ausgeschaltet.«

Asger Nørvang war blass und lief händeringend im Wohnzimmer seiner Villa in Charlottenlund auf und ab, wo Rebekka und Simonsen gerade eingetroffen waren. Es war zehn Uhr abends. Rebekka hatte auf dem Sofa gelegen und geschlafen, als der diensthabende Beamte vor einer halben Stunde angerufen und berichtet hatte, dass ein zehnjähriges Mädchen aus Charlottenlund als vermisst gemeldet worden sei. Reza war nicht ans Handy gegangen, weshalb Rebekka zusammen mit Simonsen aufgebrochen war, den sie in Ydre Østerbro aufgesammelt hatte. Jetzt waren sie bei Carolines Eltern, Asger und Regitze Nørvang, die mit ängstlichen Stimmen erzählten, dass ihre zehnjährige Tochter Caroline längst von der Reitschule in der Nähe des Bahnhofs Klampenborg hätte zu Hause sein sollen.

»Wir sind etwas beunruhigt. Es ist schließlich noch nicht so lange her, dass ... dass das mit Sofie passiert ist, und obwohl der Täter hinter Schloss und Riegel sitzt, macht man sich doch seine Gedanken ...«

Asger Nørvang schwieg und reichte Rebekka ein Farbfoto seiner Tochter. Rebekka war verblüfft über die Ähnlichkeit der beiden Mädchen. Gleichaltrig, schlank, mit langen, blonden Haaren, regelmäßigen Zügen und großen, blauen Augen – ein Typ, den es hierzulande natürlich oft gab, aber trotzdem. Sie atmete tief durch und brachte ein optimistisches Lächeln zustande.

»Wann haben Sie Ihre Tochter das letzte Mal gesehen?«

Asger Nørvang blickte fragend zu seiner Frau hinüber.

»Weißt du, wann das war, Regitze?«

Die schlanke, gepflegte Frau sah ihren Mann mit einem panischen Gesichtsausdruck an, ihr ganzer Körper war in Alarmbereitschaft. Es war offensichtlich, dass sie nach einer Zeit suchte, an die sie sich klammern konnte. Dann schüttelte sie resigniert den Kopf.

»Rocel hat sie heute Morgen geweckt und dafür gesorgt, dass sie in die Schule kommt. Ich hatte schon früh eine Besprechung und gehe gerne noch vorher ins Studio. Ich trainiere bei Welcome-Fitness im Tuborg Havnevej.«

»Wer ist Rocel?«, fragte Simonsen und Regitze Nørvang blickte zu ihm hoch.

»Rocel ist unser Au-pair-Mädchen. Sie kommt von den Philippinen, nun ja, das tun sie ja fast alle.«

»Wo ist diese Rocel?« Simonsen sah sich suchend in dem geschmackvoll eingerichteten Wohnzimmer um.

»Ich denke, sie ist zu Hause. Vermutlich sitzt sie unten in ihrem Zimmer im Keller, da ist sie sehr gern, aber wir haben ja auch viel daraus gemacht. Wir können sie rufen. Machst du das, Asger? Nein, warte, ich gehe selbst.«

Regitze Nørvang stand von ihrem Stuhl auf und durchquerte mit schnellen Schritten die Diele. Einen Augenblick sahen sie ihr nach, dann richtete Asger Nørvang den Blick wieder auf Simonsen und Rebekka.

»Meine Frau ist gerne aktiv. Es ist nicht ihr Ding, mit den Händen im Schoß dazusitzen und zu warten, das macht sie verrückt, sagt sie. Sie ist den Weg von der Reitschule zum Bahnhof hin- und hergelaufen und hat auch an den Bahnhöfen Klampenborg, Ordrup und Charlottenlund nachgesehen. Wir haben den größten Teil von Carolines Klassenkameradinnen durchtelefoniert und die Klassenlehrerin angerufen. Und natürlich auch die anderen Mädchen aus dem Reitstall und Philipsen, den Bereiter. Leider ergebnislos.«

Asger Nørvang seufzte tief und ließ den Blick an Rebekka und Simonsen vorbei zu den Fenstern wandern. Schwarze Dunkelheit umgab das Haus. Draußen blies der Wind und ließ Rebekka leicht schaudern. Das war kein Wetter, um sich draußen aufzuhalten, schon gar nicht, wenn man ein Kind war.

»Ist Caroline schon früher einmal nicht nach Hause gekommen? Vielleicht sogar abgehauen?«

Ein kleines Lächeln huschte über Asger Nørvangs Gesicht. »Nein, nie. Caroline ist ein verantwortungsvolles und pflichtbewusstes Mädchen. Sie kümmert sich vorbildlich um ihre Dinge, um die Schule, ihr Tanzen und nicht zuletzt um ihr Pferd, Perle, und wenn sie sich hin und wieder einmal verspätet hat, dann hat sie immer angerufen. Immer.«

Seine Stimme zitterte leicht, verständlicherweise belastete ihn die Situation, nicht zuletzt weil es auf elf Uhr zuging.

»Haben Sie außer Caroline noch andere Kinder?«

Asger Nørvang schüttelte traurig den Kopf. »Leider nein. Das heißt – ich habe einen Sohn aus einer früheren Ehe, aber Regitze«, seine Stimme brach leicht, »Regitze hat keine anderen Kinder, und sie hat Adrian nie richtig als ihren Sohn angesehen.«

»Hier ist Rocel.«

Sie drehten sich um. Regitze Nørvang brachte eine junge, asiatisch aussehende Frau mit langem, schwarzem Haar ins Wohnzimmer. Rocel errötete und sah verlegen zu Boden, als sie ihnen vorgestellt wurde.

»Sie müssen Englisch mit Rocel reden. Sie ist erst seit einigen Monaten hier und kann noch nicht genug Dänisch, obwohl sie natürlich auf die Sprachenschule geht, um es zu lernen.«

Rebekka und Simonsen baten darum, alleine mit Rocel reden zu können, doch nach zehn Minuten war ihnen klar, dass sie nicht mehr wusste als Carolines Eltern. Sie erklärte ihnen, sie habe Caroline zuletzt am Nachmittag gesehen. Caroline habe gesagt, sie wolle in die Reitschule gehen und spätestens um zwanzig Uhr zu Hause sein. Die junge Frau hatte keine Idee, wo das Mädchen sein könnte, und hielt daran fest, dass Caroline sich genauso benommen habe wie immer.

Simonsen rief die Eltern zurück ins Wohnzimmer. Asger Nørvang half seiner verweinten Frau zum Sofa und deckte sie fürsorglich mit einer Decke zu. Dann setzte er sich neben sie und sah Rebekka und Simonsen verzweifelt an.

»Wir müssen die ganze Zeit an das andere Mädchen denken, an Sofie. Das furchtbare …«

»Der Täter, der Sofie Kyhn Larsen ermordet hat, sitzt in seiner Zelle im Westgefängnis. Sie können ganz beruhigt sein …«, sagte Simonsen und fügte hinzu, dass sie versuchen sollten, keine voreiligen Schlüsse zu ziehen. Jedes Jahr verschwänden viele Kinder, und die meisten würden bei guter Gesundheit wiedergefunden. »Wir leiten eine größere Fahndung ein, um Ihre Tochter zu finden«, schloss er und ging in die Diele hinaus, um die nötigen Anrufe zu tätigen.

Regitze Nørvang atmete mehrmals tief durch. Es war offensichtlich, dass sie alles tat, um sich zu beherrschen und so gefasst wie möglich zu erscheinen. Rebekka bat darum, nach oben gehen und sich Carolines Zimmer ansehen zu dürfen.

Es war ein typisches Mädchenzimmer in Weiß und Türkis. Über dem Bett hing ein signiertes Plakat des Sängers Rasmus Seebach, und auf der Fensterbank standen eine Reihe von Fotos, die einen Grauschimmel zeigten, von dem Rebekka annahm, dass es sich um Perle handelte, Carolines Pferd. Das Mädchen war ganz offensichtlich ordnungsliebend, der Schreibtisch war aufgeräumt, und in den Schubladen, die Rebekka öffnete, lag alles, von den Bleistiften bis zum Papier, schnurgerade da. In ihrem Kleiderschrank sah es genauso aus. Alles war ordentlich zusammengefaltet, Hosen und Kleider hingen akkurat auf Bügeln. Sie ging Carolines Bücher durch: *Twilight* und andere Mädchenbücher. Sie entdeckte ein Freundschaftsbuch mit diversen Einträgen.

Rebekka ging wieder hinunter ins Wohnzimmer. Asger Nørvang hatte in der Zwischenzeit Tee zubereitet. Seine Frau saß mit einem Cognacglas in der Hand auf dem Sofa. Draußen hatte der Wind zugenommen. Irgendwo im Haus heulte ein Hund, und Rocel wurde geschickt, um ihn ins Wohnzimmer zu lassen. Kurz darauf kam ein schwanzwedelnder, weißer Labrador auf sie zugesprungen. Rebekka streckte die Hand aus und wurde mit einem feuchten Lecken begrüßt.

»Hat Caroline einen Computer?«

Das Ehepaar Nørvang nickte synchron. Carolines Laptop stehe im Computerzimmer unten im Keller. Nein, sie habe kein Facebook-Profil und sei gar nicht so interessiert am Internet wie viele Gleichaltrige, erzählte Asger Nørvang und ging in den Keller, um den Computer zu holen. Kurz darauf kam er mit einem MacBook und einem kleineren, türkisen Handy zurück. Kleinlaut sah er sie an.

»Ich habe das Handy meiner Tochter im Keller gefunden, der Akku ist leer. Deshalb haben wir sie nicht erreicht.«

»Ach, Asger.« Regitze Nørvang setzte sich abrupt auf. »Dann kann sie doch auch nicht um Hilfe rufen. Oh Gott, deshalb hat sie das Handy doch damals bekommen. Damit sie immer um Hilfe rufen kann.«

Regitze Nørvang beugte sich vor und ließ das Cognacglas los, das durch die Luft schwebte, um dann auf dem Fischgrätparkett mit einem leisen Klirren zu zerspringen. Sie bemerkte es nicht, schaukelte lediglich hin und her, eingepackt in ihre Decke, während sie leise, jammernde Laute von sich gab, die sich in den Nervenbahnen ablagerten wie das Geräusch eines Nagels, der über eine Tafel kratzt.

»Wir werden sie schon finden, meinst du nicht?«

Simonsen lehnte sich im Autositz zurück. Rebekka zuckte mit den Schultern, während sie all die Gedanken unter Kontrolle zu bringen suchte, die ihr durch den Kopf schwirrten. Sie betrachtete ihre Hände, die auf dem Lenkrad ruhten, und plötzlich wurde ihr bewusst, wie viel es ihr bedeutete, auf dem Fahrersitz zu sitzen, zu lenken – selbst wenn es um ihr eigenes kleines Auto ging. Sie hatte das Auto zu ihrem achtzehnten Geburtstag bekommen und es kaum erwarten können, den Führerschein zu machen. Das Symbolhafte der Fahrerlaubnis, die Möglichkeit, jederzeit wegzufahren, hatte sie tief berührt. Den Fahrlehrer hatte ihr Eifer belustigt. Er hatte kurz vor der Rente gestanden, sich Whisky in seine Thermoskanne geschüttet, wenn er glaubte, dass sie es nicht sah, und eine Menge schlechter Witze erzählt – trotzdem hatten sie auf den zahllosen Fahrten durch Ringkøbing und Umgebung viel Spaß gehabt, bis Rebekka endlich ihren Führerschein hatte.

»Ich weiß nicht«, antwortete sie und bog Richtung Stadt ab. »Ich muss zugeben, dass ich ein schlechtes Gefühl habe.« Sie sah Simonsen von der Seite an, um zu sehen, ob er sich über ihr »Gefühl« mokierte, aber das tat er nicht. Stattdessen saß er zurückgelehnt mit geschlossenen Augen da. Er sah müde aus. Auch er hatte gestern Abend in der Kneipe viel getrunken und mit mehreren der jüngeren Kolleginnen getanzt.

»Du glaubst also, dass sie einem Verbrechen zum Opfer gefallen ist wie Sofie?« Er schlug die Augen auf, sie spürte seinen Blick auf sich ruhen.

Sie zuckte mit den Schultern und schaltete. »Ich weiß nicht, was ich glaube, nur dass ich irgendwie beunruhigt bin. Søren sitzt in Untersuchungshaft, er kommt als Täter also nicht infrage, obwohl die Mädchen sich sehr ähnlich sehen. Aber es gibt auch große Unterschiede. Sie kommen aus komplett unterschiedlichen sozialen Schichten und Stadtvierteln. Die eine verschwindet an einem helllichten Sommertag mitten im Menschengewühl, die andere an einem einsamen Ort am späten Abend – zwei Monate später.

Es gibt auf den ersten Blick nichts, was sie miteinander verbindet. Und trotzdem. Dass zwei Mädchen innerhalb weniger Monate im Großraum Kopenhagen verschwinden, ist schon auffallend.«

Simonsen nickte. Er hatte die Augen wieder geschlossen. Rebekka schaltete das Autoradio ein, wo die verschwundene Caroline Nørvang bereits *das* Thema in den Nachrichten war. Als sie im Präsidium ankamen, wirbelte der Wind die Blätter über den Bürgersteig, schneller und schneller.

—

Am nächsten Morgen war das Verschwinden von Caroline Nørvang in aller Munde. Trotz der intensiven Suche war es ihnen nicht gelungen, sie zu finden. Der heftige Sturm hatte alles erschwert, nicht zuletzt für die Hunde, die das Gebiet durchkämmt, aber immer wieder ihre Fährte verloren hatten. Man hatte allerdings Blut auf dem Parkplatz vor der Reitschule gefunden und Proben ans kriminaltechnische Zentrum geschickt, wo untersucht werden sollte, ob es von Caroline stammte. Die Presse belagerte das Polizeipräsidium ebenso wie die Villa der Familie Nørvang. Brodersen und Gundersen nahmen an zahlreichen Besprechungen mit der Direktion teil, alle verfügbaren Leute wurden einberufen, Hubschrauber in die Luft geschickt. Gundersen scheuchte die Ermittler durch die Gegend und bekam einen Wutanfall nach dem anderen.

Rebekka betrachtete ihn von ihrem Bürostuhl aus, und fast tat er ihr leid. Es bestand kein Zweifel, dass er vor der Aufgabe seines Lebens stand. Es waren keine zwei Monate mehr, bis der Chef der Mordkommission in Pension gehen würde – und die Direktion hatte noch keinen Nachfolger benannt. Sie unterzog ihre Tasche einer Inspektion, um sicherzugehen, dass sie das, was sie für die heutigen Befragungen brauchte, bei sich hatte. In der Morgenbesprechung hatte sie Jonas gesehen, der in der entferntesten Ecke gestanden hatte. Als sie ihn freundlich angelächelt hatte, hatte er demonstrativ das Gesicht abgewandt. Sie schnaubte. Wenn er das so wollte, dann bitte.

Jetzt war sie auf dem Weg zur Reitschule, dem letzten Ort, an dem Caroline mit Sicherheit gewesen war. Reza war wieder aufgetaucht und saß neben ihr im Auto. Er hatte das Telefon am Vorabend ausgeschaltet, um ordentlich schlafen zu können, hatte er erklärt, und es tat ihm leid, dass Rebekka ein weiteres Mal mit Simonsen hatte losziehen müssen. Rebekka tat es ab, bedankte sich für das nette Abendessen bei Rezas Eltern und bedauerte ihrerseits, dass er sie im wortwörtlichen Sinne im Bett erwischt habe, als er sie mitten in der Nacht angerufen hatte.

»Wer war der Typ?«

»Du kennst ihn nicht. Und sorry, falls ich irgendwie seltsam war.«

»Nicht der Rede wert. Ich stand selbst ein wenig neben mir«, antwortete Reza nur, dann zeigte er auf die Bäume. »O Mann, was hat es gestern gestürmt.«

Rebekka nickte. Der Sturm hatte die Blätter von den Bäumen gerissen. Die Sonne stand tief und grell am Horizont, und der Polizeifunk knatterte laut. Das Piepen von einer SMS war zu hören. Reza fischte sein Handy aus der Tasche. Kurz darauf verschickte er selbst eine SMS.

»Mit wem korrespondierst du eigentlich so häufig in letzter Zeit?«, fragte sie und sah ihn verstohlen von der Seite an. Er klappte schnell sein Handy zu und steckte es in die Tasche.

»Ach, du weißt schon, Familienkram«, sagte er und erzählte eine Anekdote, wie Simonsen sich vor einem Zeugen blamiert hatte. Es gab unzählige solcher Geschichten, und normalerweise hätte Rebekka sich darüber amüsiert, doch jetzt spürte sie eine seltsame Unruhe im Körper. Sie wurde das Gefühl nicht los, ihren Partner im Stich gelassen zu haben. Auf die eine oder andere Weise.

»Was machst du da, Mark?«

Tanja sah ihn mit verschlafenem Gesicht über die Decke hinweg an, und Mark legte schnell ein paar Reklameprospekte auf die ausgeschnittenen Buchstaben. Er hatte gehofft, dass sie lange schlafen würde, was sie für gewöhnlich tat, und er merkte, dass er wütend wurde. Das passierte seit dem Tod seiner Schwester immer öfter. Die Wut glomm in seinem Körper wie ein Vulkan kurz vor dem Ausbruch. Eigentlich hatten sie gestern einen netten Abend gehabt. Sie hatten stundenlang GTA auf ihrer Playstation gespielt. Er liebte die Brutalität des Spiels – je blutiger, desto besser –, und mit der Zeit hatte auch Tanja es schätzen gelernt.

»Mark? Kommst du kuscheln?«

»Jetzt nicht. Ich muss das hier noch fertig machen. Schlaf weiter, wir können es uns später nett machen.«

»Was machst du denn da?«

Hörte sie denn nie auf? Warum musste sie ihn dauernd

kontrollieren und wissen, was er machte? Plötzlich erinnerte sie ihn an seine Mutter. Die war genauso. Deshalb wurde Steffen so wütend. Mark biss die Zähne zusammen. Wenn sie sich jetzt stritten, würde er nie fertig. Er musste sie loswerden – im Moment war ihre Einzimmerwohnung zu klein. Er stand auf, ging zu ihr hinüber, ließ seine Stimme einschmeichelnd klingen.

»Tanja, Liebste, hör zu.« Er fuhr ihr mit der Hand über den Nacken, sie schloss die Augen, lag abwartend da.

»Wenn du uns bei dem leckeren Bäcker etwas zum Frühstück holst …«

Sie öffnete die Augen, sah ihn fragend an.

»Was ist dann?«

»Dann hab ich eine Überraschung …«

Ein Lächeln breitete sich auf ihrem Gesicht aus. »Von Pandora …?«

Was zum Teufel war Pandora? Einen kurzen Moment hatte er keine Ahnung, wovon sie sprach. Dann fiel ihm das Armband ein, von dem sie seit Monaten quasselte.

»Ich sage nichts, es ist doch eine Überraschung«, antwortete er und blinzelte ihr zu.

Mit einem breiten Lächeln richtete sie sich im Bett auf. Kurz darauf knallte die Wohnungstür hinter ihr zu, und Mark setzte sich wieder an den Tisch und schaltete den Fernseher ein. Die verschwundene Caroline Nørvang flimmerte über den Bildschirm. Sie sah Sofie ähnlich, ein bisschen zumindest, und er merkte, wie sein Mund ganz trocken wurde. Er zappte durch die Kanäle, überall ging es um das Mädchen. Die Leute hatten Angst und versicherten, sie würden ihre Töchter momentan ganz besonders im Auge behalten. Ein Reporter fragte den leitenden Ermittler, ob es einen Zusammenhang zwischen der verschwundenen Caroline und der ermordeten Sofie gebe, doch der Kommissar ging nicht weiter darauf ein. Mark schaltete den Fernseher mit der Fernbedienung aus und erholte sich einen Augenblick. Dann wurde ihm klar, dass das Timing perfekt war. Ein weiteres verschwundenes Mädchen würde Steffen Angst machen. Eine Heidenangst. Und wenn jemand Angst bekommen sollte, dann Steffen. Mark musste lächeln, dann holte er die Gummihandschuhe unter dem Stapel von Reklamesendungen hervor, zog sie an, griff nach der Schere und begann, sorgfältig Buchstaben auszuschneiden.

Der Bereiter, Philipsen, hatte ein auffallendes Äußeres. Er war in den mittleren Jahren, klein, fast sehnig und hatte die längste und schmalste Nase, die Rebekka je gesehen hatte. Philipsen führte sie in ein provisorisches Büro am Ende eines Gebäudes mit Boxen auf beiden Seiten. Rebekka hatte schon immer den Pferdegeruch gemocht, Reza hingegen blinzelte und kniff den Mund fest zusammen. Nachdem sie Platz genommen hatten, fischte Philipsen ein kariertes Taschentuch aus der Jackentasche, wischte sich die Stirn ab und sah sie ernst an.

»Ich bin noch immer total schockiert, dass Caroline verschwunden ist. Ihre Eltern haben mich gestern Abend angerufen. Ich bin schnell noch einmal hergefahren, um nachzusehen, ob sie vielleicht im Stall eingeschlafen war oder sich in der Box bei einem der Pferde verletzt hatte, doch sie war nirgends auf dem Gelände.«

»Sie sind der Letzte, der sie gesehen hat, oder?«, meinte Reza.

Philipsen nickte. »Stimmt, wenn man vom Täter absieht.«

»Was wollen Sie damit sagen?« Reza sah den Bereiter interessiert an, dessen bleiche Gesichtsfarbe von einer leichten Röte überzogen wurde.

»Sie wissen schon, was ich meine. Vermutlich hat ihr jemand etwas angetan, etwas Widerwärtiges, sonst wäre sie doch ... nach Hause gekommen. Bitte unterlassen Sie die Andeutungen, dass ich etwas damit zu tun haben könnte.«

Philipsen wirkte verärgert. Er schien es gewohnt zu sein, sich Respekt zu verschaffen, und Rebekka konnte sich lebhaft vorstellen, wie die Mädchen im Reitstall ein klein wenig Angst vor ihm hatten. Reza antwortete ruhig, dass er keineswegs etwas angedeutet, sondern lediglich zu den Fakten Stellung bezogen habe.

Philipsen seufzte laut. »Ich habe Caroline gestern Nachmittag kurz gesehen. Sie ist wie immer gegen sechzehn Uhr gekommen und ist mit ihrem Pferd ausgeritten. Was anschließend passiert ist, weiß ich aus guten Gründen nicht, weil ich selbst wegmusste. Ich hatte um siebzehn Uhr eine Besprechung und bin gegen zwanzig Uhr zurückgekommen. Da war hier alles leer und dunkel, und es stürmte kräftig.«

»Sind Sie das ganze Gelände abgegangen, als Sie zurückgekommen sind?« Rebekka stand auf und streckte die Beine. Die Schemel, die Philipsen ihnen angeboten hatte, waren reichlich unbequem.

»Normalerweise gehe ich alles ab, aber ich muss zugeben, dass ich das gestern nicht getan habe.« Philipsen wischte sich erneut die Stirn mit dem Taschentuch trocken.

Er sah betreten aus. »Aber das habe ich natürlich nachgeholt, als die Eltern mich gegen einundzwanzig Uhr angerufen haben. Ich bin, wie gesagt, schnell hierhergekommen und habe alles gründlich abgesucht. Sie war nicht hier.«

»Wie lange kennen Sie Caroline Nørvang?«, fragte Rebekka.

Philipsen dachte gründlich nach, bevor er antwortete: »Ich denke, etwa zwei Jahre. Anfangs ist sie hergekommen und hat die anderen eingestallten Pferde geritten. Im Frühjahr hat sie dann ihr eigenes Pferd bekommen, einen Schimmel namens Perle. Sie liebt dieses Pferd und kommt jeden Tag her, auch an den Wochenenden. Sie macht mir den Eindruck eines pflichtbewussten Mädchens.«

»Hatte sie zu einem der anderen Mädchen engeren Kontakt?«

Philipsen zuckte mit den Schultern. »Das weiß ich nicht.«

»Sie sehen die Mädchen täglich. Da müssen Sie doch etwas gesehen und gehört haben?«

Philipsen schüttelte den Kopf, dann zeigte er mit beiden Händen auf seine Ohren. »Die sind verschlossen, wenn ich arbeite. Ich gebe Reitstunden, ich versorge die Stallungen, und das war's.«

Sie verabschiedeten sich von ihm, nachdem sie sämtliche Gebäude auf dem Gelände noch einmal durchsucht hatten. Philipsen zufolge sah alles wie immer aus. Kurz darauf standen sie draußen am Auto. Rebekka sah ihren Partner resigniert an.

»Das hat uns auch nicht klüger gemacht.«

Reza nickte leicht verbissen. »Stimmt. Auf mich macht er einen unangenehmen Eindruck, dieser Philipsen. Und, darf ich heute fahren?«

»Du willst fahren, sagst du? Be my guest.« Sie warf ihm die Schlüssel zu, und er fing sie mit einer Hand. »Du musst aber versprechen, anständig zu fahren«, fügte sie hinzu. »Ich fühle mich zurzeit nicht ganz wohl.«

Reza lächelte ihr zu und fuhr mit quietschenden Reifen los.

»Ich möchte mit Søren Thomsen reden.«

Rebekka stand in Brodersens Büro. Noch immer fehlte jede Spur von Caroline Nørvang, obwohl alle Ressourcen eingesetzt wurden, um sie zu finden. Caroline war wie vom Erdboden verschluckt, und genau wie beim Verschwinden von Sofie Kyhn Larsen wurde die Polizei mit Anrufen von eifrigen Bürgern bombardiert, die gerne helfen wollten und meinten, ein Mädchen im Supermarkt, in der Bibliothek oder allein in Hvidovre, in Haderslev oder sogar in Skagen herumlaufen gesehen zu haben, auf das die Beschreibung von Caroline passte.

Brodersen sah Rebekka zwischen den Papierstapeln hindurch an. Sein Blick war trübe, und sie empfand Mitleid mit ihm und erkundigte sich nach seinem Befinden.

»Ach, es geht so«, antwortete er leise und schenkte ihr die Andeutung eines Lächelns.

»Ich habe gehört, dass deine Frau wieder krank geworden ist«, fuhr sie fort. »Das tut mir leid.«

»Der Brustkrebs hat im ganzen Körper gestreut. Es ist nichts mehr zu machen. Hast du Marianne eigentlich schon mal getroffen?«

Rebekka nickte. Sie war Marianne Brodersen einmal vor vielen Jahren begegnet, als sie Praktikantin in der Mordkommission gewesen war und an einem größeren Abendessen teilgenommen hatte. Sie hatte eine vage Erinnerung an eine große, schlanke, gepflegte Frau mit einem stahlgrauen Pagenschnitt und klugen, braunen Augen.

»Weißt du, wir sind seit fünfunddreißig Jahren verheiratet und hatten uns darauf gefreut, den Ruhestand zuammen zu genießen. Wir haben so viele gemeinsame Interessen. Wir reisen gerne und spielen Golf, wir gehen ins Museum und lieben Musik.« Brodersen räusperte sich.

Rebekka blickte verlegen auf ihre Hände hinunter, die gefaltet in ihrem Schoß lagen, weiß und mit deutlich sichtbaren, sich windenden Adern.

»Unsere Pläne haben sich geändert, könnte man sagen. Jetzt bleibt uns nur noch wenig Zeit zusammen, und die möchte ich gerne nutzen. Ich werde im November gehen.«

Sie nickte und mied seinen Blick, weil sie befürchtete, dass ihr die Tränen kommen könnten.

»So ändert sich das Leben immer wieder«, fuhr Brodersen fort. »Man macht einen Plan, und dann passiert etwas ganz anderes. Kannst du dich erinnern, von wem die berühmte Zeile ist: Life is what happens to you while you're busy making other plans?«

»Von John Lennon«, antwortete Rebekka und sah zu Brodersen hinüber, der wehmütig nickte.

»John Lennon, genau. Weißt du, dass ich in meinen jungen Jahren ein großer Beatles-Fan war?« Er wartete ihre Antwort nicht ab, sondern fuhr fort: »Es ist mir damals gelungen, Karten für eins ihrer großen Konzerte hier in Kopenhagen zu bekommen, am 4. Juni 1964. Ich habe Marianne eingeladen. Damals waren wir seit ein paar Monaten ein Liebespaar. Es war ein phantastischer Abend, einer der besten in meinem Leben. Die Leute haben so getobt, dass das Konzert beinahe abgesagt worden wäre wegen des Tumults. Glücklicherweise ist es nicht dazu gekommen. Es war einfach großartig. Sie haben unter anderem *She Loves You* und *I Wanna Hold Your Hand* gesungen, und ich habe dabei Mariannes Hand gehalten. Das war sehr romantisch. Wir haben uns in der Menschenmenge aneinandergeklammert, es war klaustrophobisch und lustig zugleich.«

Brodersen lächelte verträumt bei der Erinnerung, und auch Rebekka musste lächeln. Sie stellte sich Brodersen mit pomadisierten Haaren und engen Hosen in einer Horde schreiender Fans vor.

»Nun gut«, der Chef der Mordkommission schlug mit den Händen auf den Tisch, »du willst mit Søren Thomsen reden, hast du gesagt?«

Rebekka nickte. »Ich bin mir darüber im Klaren, dass mein ursprünglicher Verdacht zur Festnahme von Søren Thomsen geführt hat, aber inzwischen sind mir Zweifel gekommen, inwieweit er unser Täter ist. Ich war bei den Verhören mehrmals dabei, und da ist irgendetwas …« Sie zögerte, suchte vergeblich nach den richtigen Worten und fügte dann hinzu: »Ich habe Angst, dass sich unser Blick auf Søren richtet und wir das sehen, was wir gerne sehen wollen.«

»Ich kann in Søren Thomsen durchaus unseren Täter sehen. Sofie Kyhn Larsen war keinen irgendwie gearteten sexuellen Übergriffen ausgesetzt, was sehr gut zu Søren Thomsens Profil passt. Den Ausführungen der Zeugen zufolge mochte er keine Berührungen …«

»Aber warum hätte er Sofie ermorden sollen? Er mochte sie doch«, wandte Rebekka ein.

»Vermutlich wollte sie bei seinen kleinen Spielchen nicht mehr mitmachen. Es kann sein, dass sie damit gedroht hat, ihn zu verraten. Es kann auch sein, dass sie ihn erpresst hat, Möglichkeiten gibt es genug.«

»Das stimmt. Mir fällt nur auf, dass er nie irgendwelche Details zu dem Mord preisgegeben hat. Was ist passiert? Wie hat er Sofie betäubt und vom Spielplatz weggetragen? Warum hat er ihre Leiche in diesen Rohbau in Avedøre Holme gelegt? Und was am wichtigsten ist: Wir haben keinerlei physische Beweise, die ihn mit dem Mord in Verbindung bringen, und er gibt immer wieder dieselbe oberflächliche Erklärung ab. Diese Erklärung kann sich jedes Kind aus den diversen Zeitungsartikeln zusammenstückeln. Er liefert kein neues Täterwissen. Und jetzt ist Caroline Nørvang verschwunden …«

»Es muss keinen Zusammenhang zwischen den Mädchen geben«, unterbrach sie der Chef der Mordkommission.

»Darüber bin ich mir im Klaren. Trotzdem ist es auffallend, dass innerhalb weniger Monate zwei ähnlich aussehende Mädchen in Kopenhagen verschwinden … Und wenn wir uns in einer Sache sicher sein können, dann ist es, dass Søren Thomsen nicht hinter dem Verschwinden von Caroline stehen kann. Er sitzt schließlich in seiner Zelle.«

»Ich bin einig mit dir, dass es ein höchst ungewöhnlicher Zufall ist, dass zwei kleine Mädchen verschwinden, aber lass uns erst einmal sehen, ob wir Caroline Nørvang nicht finden …«

»Das werden wir nicht«, brach es aus ihr heraus, und Brodersen sah sie überrascht an.

»Wie meinst du das? Du glaubst also, dass Caroline Nørvang tot ist?«

Rebekka nickte. Brodersen brummte ein wenig, während er nachdenklich mit seinem Kugelschreiber gegen die Tischkante klickte.

»Mir ist der Gedanke natürlich auch gekommen, aber es sind schließlich noch nicht einmal vierundzwanzig Stunden vergangen, seit Caroline verschwunden ist.«

»Das ist richtig, aber es wäre mir sehr wichtig, mit Søren Thomsen zu reden. Jetzt. Heute noch.«

»Rebekka, du weißt doch, dass er in Isolationshaft sitzt. Ich brauche eine Genehmigung von seinem Anwalt …«

»Das weiß ich, aber das lässt sich arrangieren. Ich muss mit ihm reden.«

Rebekka sah Brodersen eindringlich an, der schließlich tief seufzte und dann ein paar Anrufe tätigte. Einige Stunden später machte Rebekka sich auf zum Westgefängnis.

Es war ein verzagter Søren Thomsen, der zu Rebekka in den Besuchsraum geführt wurde. Sie gaben sich die Hand und setzten sich auf die hellblauen, gepolsterten Holzstühle. Draußen trommelte der Regen gegen die Fensterscheiben und erfüllte das Zimmer mit einem gleichmäßigen Rhythmus.

»Søren, wissen Sie, dass gestern noch ein Mädchen verschwunden ist? Sie heißt Caroline Nørvang.«

Rebekka versuchte, Augenkontakt zu dem Mann aufzunehmen, der weiter auf die Tischplatte starrte.

»Søren, bitte hören Sie mir zu. Ich bin mir nicht mehr so sicher, dass Sie etwas mit dem Mord an Sofie zu tun haben.«

Langsam hob Søren den Kopf und sah sie ungläubig an.

»Ich möchte Ihnen gerne helfen, Søren, aber dann müssen Sie mir auch helfen.«

Einen Augenblick war nur der Regen zu hören, der gegen die Scheiben klatschte, dann nickte Søren unmerklich, während Tränen die runden, bleichen Wangen hinunterliefen.

»Ich habe sie nicht umgebracht«, hickste er. »Ich habe sie doch gemocht. Sie war die Netteste von den Mädchen. Wir hatten es schön zusammen. Wir mochten dieselben Filme. Sie hat sie verstanden, obwohl sie noch so klein war. Das haben die anderen nicht. Die haben sich gelangweilt. Die wollten Barbie-Filme sehen und so was. Sofie haben meine Filme gefallen.«

»Hatten Sie an dem Tag, an dem sie verschwunden ist, Kontakt zu Sofie?«

Søren schüttelte den Kopf.

»Ich meine, haben Sie mit ihr gesprochen? Telefoniert? Oder sie getroffen?«

»Nein. Sofie hat entschieden, wann sie mich besucht hat. Ich habe ihre Telefonnummer gar nicht, ich weiß nicht einmal, wo sie wohnt.«

»Waren Sie an dem Tag, an dem sie verschwunden ist, auf dem Naturspielplatz?«

Søren schüttelte den Kopf. »Nein, ich habe sie an dem Tag gar nicht gesehen. Sie hatte mich zwei Tage vorher besucht. Wir haben einen Film gesehen, den mag ...«, Søren räusperte sich, »den mochte Sofie so gern. Und ich auch.«

»Was ist sonst noch an dem Tag passiert?«

Søren zuckte mit den Schultern. »Nichts. Wir haben Kekse gegessen …«

»Hat Sofie jedes Mal, wenn Sie sich getroffen haben, ihr Höschen ausgezogen und Ihnen gegeben?«

Søren schüttelte heftig seinen schweren Kopf. »Nein, nein. Darum habe ich sie nur hin und wieder gebeten.«

»Wie oft hat Sofie Ihnen ihr Höschen gegeben?«

»Ich weiß es nicht«, stammelte Søren. Das schwarze Haar klebte an seiner Stirn, und unter den Armen hatten sich nasse Schweißflecken gebildet.

»Sie müssen doch noch mehr Höschen haben als die, die wir gefunden haben?«

Schweigen. Søren schlug den Blick nieder, spielte mit seinen blassen Fingern.

»Søren«, versuchte sie es und zwang ihn schließlich, sie anzusehen. »Wir zwei können doch miteinander reden, ich höre mir Ihre Erklärung gerne an, ich möchte Sie verstehen, aber dazu müssen Sie mir alles erzählen, was passiert ist.«

Draußen vor dem Besucherzimmer war leises Stimmengemurmel zu hören und das klagende Weinen eines kleineren Kindes.

»Ich habe sie weggeworfen.«

»Wo?«

»Überall im Viertel. In Mülleimer und so.«

»Søren, haben Sie etwas mit Sofies Verschwinden zu tun? Sehen Sie mich an, wenn Sie antworten.«

Søren hob sein Gesicht, seine Augen blickten traurig. »Ich habe Sofie nichts getan. Ganz bestimmt nicht.«

»Warum haben Sie die Entführung und den Mord gestanden?«

Søren antwortete nicht, sondern sackte auf seinem Stuhl in sich zusammen.

»Es ist eine sehr ernste Angelegenheit, ein Verbrechen zu gestehen, das man nicht begangen hat, Søren. Verstehen Sie den Ernst der Situation?«

»Ja, aber die haben gesagt, dass ich sagen soll, dass ich es war …«

»Die? Von wem reden Sie?«

»Von dem großen Polizisten, dem mit dem roten Kopf.«

Ob er Gundersen meinte? Rebekka runzelte die Stirn und versuchte zu verstehen, was Søren ihr sagen wollte.

»Søren, Sie haben einen Mord gestanden, und deshalb sind Sie in einer besonders schwierigen Situation. Warum haben Sie gestanden?«

»Er hat mich dazu gebracht. Der Große«, jammerte Søren. Sein kräftiger Körper zitterte. »Der Polizist hat gesagt, dass sie mich in Ruhe lassen, wenn ich sage, dass ich es war.«

»Hat Gundersen das zu Ihnen gesagt?«

»Gundersen, ja, und der junge Polizist mit den Sommersprossen.«

Gundersen und Simonsen? Sie hatten Søren wohl kaum gezwungen zu gestehen, doch unter Druck gesetzt hatten sie ihn bestimmt. Wieder einmal hatte Gundersen sich über die Regeln hinweggesetzt. Rebekka war wütend. Zahlreiche amerikanische Untersuchungen belegten, dass besonders bei schwachen Menschen nicht viel dazu gehörte, sie dazu zu bringen, ein Verbrechen zu gestehen, das sie nicht begangen hatten.

Søren beugte sich zu ihr vor, die Stimme belegt vom Weinen. »Darf ich jetzt nach Hause?«

»Søren, Sie müssen Ihr Geständnis formal zurückziehen. Ich werde so schnell wie möglich Kontakt zu Ihrem Anwalt aufnehmen. Aber man wird aller Wahrscheinlichkeit nach Anklage gegen Sie erheben. Sie haben schließlich kleine Mädchen aufgefordert, bei Ihnen zu Hause ihre Höschen auszuziehen. Das ist strafbar, und Sie müssen zumindest damit rechnen, dass man Sie der Erregung öffentlichen Ärgernisses anklagt.«

Søren sah sie an. »Ich habe sie nie angefasst«, murmelte er weinerlich.

»Trotzdem, Søren. Das ist strafbar.«

Rebekka fühlte sich plötzlich erschöpft, müde, und es kam ihr so vor, als würde alles wieder von vorne losgehen.

»Ich möchte mit dir reden.«

Rebekka hatte fest an Gundersens Tür geklopft, und er hatte sie ungeduldig hereingewunken, während er sein Telefonat beendete. Jetzt bedachte er sie mit einem kühlen Blick.

»Ich hoffe, dass es wichtig ist, Rebekka. Ich habe, wie du siehst, sehr viel zu tun.«

»Das hier kann leider nicht warten«, antwortete sie ruhig und setzte sich.

Gundersen sah sie verblüfft an und wollte gerade etwas sagen, als sie fortfuhr: »Ich habe heute mit Søren Thomsen gesprochen.«

»Aha.«

»Er zieht sein Geständnis zurück.«

Gundersen wurde blass. »Was sagst du da? Was zum Teufel ist hier los?«

»Ich bin überzeugt, dass Søren Sofie Kyhn Larsen nicht entführt und ermordet hat. Und in Anbetracht dessen, dass wir noch ein verschwundenes Mädchen haben …«

»Rebekka, was soll das?« Gundersen ließ sich so schwer auf seinen Bürostuhl fallen, dass dieser einen knarrenden Laut von sich gab. Dann schrie er: »Es gibt nichts, absolut nichts, was Sofie mit Caroline verbindet! Das sind zwei völlig unabhängige Fälle. Søren Thomsen hat Unterhosen von kleinen Mädchen aus seinem Viertel in seiner Wohnung versteckt. Sofies DNA ist auf einigen der Unterhosen. Søren hat für den entsprechenden Tag kein Alibi. Darüber hinaus hat er die Entführung und den Mord gestanden. Was willst du mehr?« Gundersen zischte die Worte fast. Sein Gesicht nahm langsam eine dunkelrote Farbe an.

»Søren hat mir erzählt, dass du und Simonsen ihn unter Druck gesetzt habt, damit er gesteht. Dass ihr versprochen habt, ihn dann in Ruhe zu lassen, und dass er gestanden hat, weil er den Druck nicht länger ausgehalten hat. Wir haben ihn stundenlang verhört, Tag für Tag, Woche für Woche. Er war total fertig, und er ist leicht zu manipulieren. Ich glaube ihm …«

»Verschon mich mit deinen Vermutungen!«, brüllte Gundersen und ließ seine große Faust mit solcher Kraft auf die Tischplatte sausen, dass Rebekka vor Schreck leicht auffuhr.

Schnell fügte sie hinzu: »Søren Thomsen hält daran fest, dass er unschuldig ist. Es stimmt, dass er sich von den Mädchen die Höschen hat geben lassen und dass er sie ihnen abgekauft hat. Das ist eindeutig strafbar und muss Konsequenzen haben. Aber meiner Meinung nach hat er Sofie nicht ermordet und …«

Gundersen erhob sich halb von seinem Stuhl. »Søren Thomsen bleibt, wo er ist!«

Rebekka stand ebenfalls auf und verschränkte die Arme. »Ich könnte mir die Aufnahmen von dem Verhör aushändigen lassen …« Sie blickte dem Vizechef direkt in die Augen.

»Du rührst die Bänder nicht an!«

Gundersen richtete sich auf. In seiner vollen Größe wirkte er Furcht einflößend, und sie konnte gut nachvollziehen, dass er auf jemanden wie Søren Thomsen einen einschüchternden Eindruck machte.

»Ich weiß nicht, was du mit deiner persönlichen Vendetta bezweckst, Rebekka. Zuerst beschuldigst du mich, die Zeugin mit dem Foto von Sofies Vater manipuliert zu haben, und jetzt das. Simonsen und ich haben Søren gemeinsam verhört, als er den Mord an Sofie gestanden hat. Willst du einen Schuldigen freilassen? Denk doch mal an die Höschen, die wir bei ihm gefunden haben, oder vielmehr, die *du* gefunden hast. Sollen wir ihn nach Hause schicken, damit er weiter kleine Mädchen belästigen kann, Rebekka? Du weißt doch genauso gut wie ich, dass er es wieder tun wird. Das tun diese Typen immer. Kannst du das mit deinem Gewissen vereinbaren?«

»Du kannst dich entscheiden, ob du zu Brodersen gehen und die Sache aus der Welt schaffen willst – sonst mache ich es. Im Übrigen kannst du froh sein, dass Søren Thomsen nicht der Täter ist. Ich bin mir sicher, dass die Aufnahmen von dem Verhör beweisen, dass ihr ihn weit über das erlaubte Maß hinaus unter Druck gesetzt habt. Wir würden den Prozess aufgrund dieses Verfahrensfehlers verlieren.

Und das wäre fatal, wenn Søren Thomsen wirklich der Täter wäre, nach dem wir suchen.«

»Du brauchst mich nicht über die Verfahrensweisen bei einer Ermittlung zu belehren, danke«, zischte Gundersen.

Rebekka hielt den Augenkontakt. »Gehst du selbst zu Brodersen oder ...«

»Ich möchte dich bitten, aus meinem Büro zu verschwinden, und zwar sofort. Ich habe zu tun. Ich muss ein kleines Mädchen finden.«

Rebekka warf die Tür hinter sich zu. Das Blut pulsierte in ihrem Körper. Sie war wütend und stolz zugleich. Sie wusste, dass sie einen wichtigen Kampf ausgefochten hatte, und sie konnte nicht umhin, sich beim Gedanken an Gundersen zu freuen, der gleich zu Brodersen gehen würde. Denn das würde er, das wusste sie. Sie hatte sich gerade an ihren Platz gesetzt, als ihr Handy klingelte. Es war Reza, der sie bat, so schnell wie möglich zu ihm auf den Parkplatz zu kommen. Er erzählte, dass Asger Nørvang eben angerufen habe: Seine Frau sei verschwunden, und jetzt befürchte er, dass sie sich aus Verzweiflung über die verschwundene Tochter etwas antun könnte.

»Caroline! Caroline! Caroline!«

Regitze Nørvangs Rufe hallten laut zwischen den Bäumen im Bernstorf Park wider. Rebekka und Reza brauchten nicht lange, um die schwarz gekleidete Frau zu finden, die oben auf dem Schlosshügel herumirrte. Sie näherten sich ihr vorsichtig, gefolgt von Asger Nørvang, der berichtet hatte, dass seine Frau seit dem Verschwinden der Tochter weder geschlafen noch gegessen habe. Er war davon überzeugt, dass sie probieren werde, sich das Leben zu nehmen.

»Regitze!«

Sie näherten sich der Frau, doch sie reagierte nicht auf ihren Namen, sondern rief weiter nach der Tochter, während sie mit schnellen, kreisenden Armbewegungen zwischen den Büschen herumlief. Dann warf sie sich auf die Knie und begann mit den Händen zu graben wie ein Hund, dass die feuchte Erde in die Luft flog.

Rebekka kniete sich vorsichtig neben sie.

»Regitze.« Rebekka gelang es schließlich, die Aufmerksamkeit der Frau zu gewinnen. Regitze Nørvangs Anblick war erschreckend. Ihre Augen waren groß und schwarz, eingerahmt von verwischter Mascara, von der sich schwarze Streifen über die Wangen zogen. Sie öffnete den Mund und stieß einen lauten, tierischen Schrei aus, bei dem sich Rebekka die Haare im Nacken aufstellten. Trotzdem streckte sie den Arm aus und berührte vorsichtig den Mantelärmel der Frau.

»Regitze, ich denke, Sie sollten jetzt mit uns kommen. Sehen sie, Asger ist auch hier. Er vermisst Sie.«

Regitze Nørvang richtete den Blick auf ihren Mann, ohne ihn zu erkennen, dann schüttelte sie wild den Kopf.

»Ich muss sie suchen. Ich muss sie finden. Ich muss meine Tochter finden ...«

Rebekkas Griff um den Arm der Frau wurde fester. »Es ist besser, wenn Sie jetzt mitkommen.«

Regitze Nørvang versuchte, sich aus Rebekkas Griff zu befreien, doch Rebekka hielt sie fest. Schließlich gab die Frau ihren Widerstand auf, und Rebekka konnte sie langsam wegführen. Die Erde unter ihnen war feucht vom Regen und mit gelben Blättern bedeckt, und mit jedem Schritt sanken sie ein, wie in Treibsand.

»Sie haben die besten Lachssandwiches der Stadt, und da ich weiß, wie gern du Lachs isst, habe ich dir einfach eins mitgebracht, ohne dich erst anzurufen und zu fragen.«

Dorte stand freudestrahlend in der Tür zu Rebekkas Wohnung und hielt ihrer Freundin eine Tüte von einem Delikatessen-Take-away hin. Es war Abend, und Rebekka war gerade nach Hause gekommen, als Dorte angerufen und gefragt hatte, ob sie nicht schnell etwas zusammen essen wollten. Rebekka hatte gezögert, es war ein harter Tag gewesen, der damit geendet hatte, dass Regitze Nørvang in die Psychiatrie eingewiesen worden war. Trotzdem hatte sie das Gefühl gehabt, sich nicht drücken zu können, obwohl sie vor Müdigkeit total erschöpft war, und hatte mit unnatürlich frischer Stimme gesagt: »Na klar, komm vorbei.«

Dorte eilte in die Küche, holte ein Tablett heraus und packte die Sandwiches aus. Allein der Gedanke an Lachs verursachte Rebekka Übelkeit. Die Freundin hatte recht, normalerweise mochte sie Lachs, doch Fisch war das Letzte, worauf sie jetzt Lust hatte. Sie lächelte Dorte blass an, die sie aufmerksam beobachtete.

»Entschuldige, Bekka. Ich sehe dir an, dass Lachs nicht an oberster Stelle auf deiner Prioritätenliste steht. Manchmal bin ich so wahnsinnig ungeschickt, das hat Hans-David übrigens auch angesprochen, als wir uns neulich gesehen haben. Aber davon erzähle ich dir später. Soll ich dir schnell was anderes holen? Eine Pizza oder …?«

Rebekka hielt die Hand der Freundin in der Luft fest.

»Auf gar keinen Fall. Lachssandwiches sind gut. Weißwein?«

Rebekka hatte schnell eine Flasche kalt gestellt, als Dorte ihr Kommen angekündigt hatte, und die Freundin nickte erfreut.

»Gern. Was meinst du, sollen wir uns lieber aufs Sofa setzen? Das ist doch etwas bequemer als am Esstisch.«

»Von mir aus. Ich bin auch ein bisschen müde. Aber ich bin gespannt zu hören, wie es mit dir und Hans-David läuft. Wie war euer Date eigentlich?«

»Oh, don't mention the bloody war.« Dorte lachte laut und fügte hinzu: »Es war eine Katastrophe. Er war ziemlich engagiert, aber ich nicht. Mir gefällt das Singleleben langsam so gut, dass ich gar nicht sicher bin, ob ich überhaupt zurück in unsere alte, vorhersehbare Zweisamkeit will, wenn du verstehst, was ich meine.«

Rebekka verstand sie nur zu gut. Sie war selbst lange Zeit Single gewesen. Das Gefühl von Freiheit war ihr wichtig. Sie hatte noch nie mit einem Mann zusammengewohnt, weshalb ihr die Beziehung zu Michael sehr entgegengekommen war. Eine Fernbeziehung. Sex und schöne Stunden, wenn sie sich sahen, aber sonst keine praktischen oder gefühlsmäßigen Bindungen. Und dennoch … Sie hatten sich immer eine Gute-Nacht-SMS geschickt. Zu Beginn der Beziehung hatte dieses kleine Ritual ihr Sicherheit vermittelt und sich gut angefühlt, doch irgendwann hatte es sie nur noch genervt, und die wenigen Male, wenn sie es vergessen hatte, war Michaels verletzter Blick fast zu spüren gewesen, was das Gefühl, gebunden zu sein, noch verstärkt hatte. Jetzt war sie frei, völlig frei, und trotzdem war das Gefühl bittersüß.

Sie biss in ihr Lachssandwich und spürte sofort, wie der Fisch in ihrem Mund wuchs. Wie üblich konnte sie der Freundin nichts vormachen.

»Du magst den Lachs nicht. Ich hätte dich fragen sollen ...«

»Hör schon auf.« Rebekka schluckte den Lachs hinunter, bevor sie fortfuhr: »Ich bin im Moment irgendwie neben der Spur.«

»Wie meinst du das?«

Rebekka zuckte mit den Schultern – plötzlich war ihr nach Weinen zumute. Der Kloß im Hals wurde größer, und sie blinzelte schnell die Tränen fort.

»Ach, ich weiß nicht. Auf der Arbeit löst ein Fall den nächsten ab, und diese kleinen Mädchen ... das geht mir an die Nieren. Uns allen. Ich fühle mich ausgelaugt, müde. Der Kaffee schmeckt mir nicht, vom Lachs wird mir schlecht ...«

Dorte nickte, sie kannte das. »Du hast Stress, Bekka. Ich wäre auch total fertig, wenn ich in diesen Fällen ermitteln sollte. Herrgott noch mal, das ist doch verständlich. Außerdem hast du dieses Jahr keinen Sommerurlaub gehabt ...«

Rebekka nickte nachdenklich. Dorte hatte recht. Sie hatte nur eine Woche frei gehabt, nachdem der Mord an der Sozialarbeiterin Kissi Schack aufgeklärt worden war.

»Wenn das so weitergeht, musst du mir versprechen, zum Arzt zu gehen. Dich untersuchen zu lassen. Nur sicherheitshalber.«

Das versprach Rebekka, und anschließend redeten sie nonstop, bis Dorte widerstrebend erkannte, dass sie jetzt gehen *musste*, obwohl sie am liebsten geblieben wäre.

Rebekka war auf dem Weg ins Bett, als eine SMS auf ihrem Handy einging. Sie war von Ryan und nur ganz kurz: »Another one? Call me.« Sie rief ihn sofort an, glücklich, den Fall mit ihm durchsprechen zu können.

Ryan meldete sich beim ersten Klingeln, und allein der Klang seiner gedämpften Stimme wirkte beruhigend. Sie informierte ihn kurz über den Fall Caroline Nørvang, erzählte von Søren Thomsens falschem Geständnis, und Ryan fluchte leise, während sie mit ihrem Bericht fortfuhr.

»Verdammt, Rebekka. Ich fürchte, dass auch dieser Fall einen bösen Ausgang haben könnte. Das ist natürlich nur ein Gefühl, aber ein Gefühl, das auf meiner Erfahrung basiert und …«

»Ich habe dasselbe Gefühl«, unterbrach sie ihn.

»Gibt es irgendetwas, das die Mädchen miteinander verbindet, selbst wenn es nur eine Winzigkeit ist?«

»Absolut nichts. Wir sind alles durchgegangen. Sie kennen sich nicht, sie kommen aus unterschiedlichen Schichten …«

»Was verbindet sie typmäßig?«

»Sie sind gleichaltrig, sie sind ziemlich schlank, sie sind blond, haben blaue Augen, und außerdem …« Sie zögerte, was Ryan nach dem Grund fragen ließ.

»Na ja, dieser Punkt ist schwer in Worte zu fassen. Vielleicht könnte man sagen, dass beide Mädchen gefühlsmäßig ein wenig zu kurz gekommen sind. Für Sofie gilt das auch in materieller Hinsicht, wohingegen Caroline Nørvang ein typisches Leben der Oberklasse führt. Der Vater ist Facharzt, die Mutter Anwältin, und beide arbeiten viel. Sie wird meistens von einem Au-pair-Mädchen beaufsichtigt.«

»Gefühlsmäßig zu kurz gekommen. Interessant. So etwas spürt ein Täter, er weiß immer, wer infrage kommt. Sonst noch was?«

»Nein. Nichts.«

»Ich finde es sehr interessant, dass das erste Mädchen, wie hieß es doch gleich ...?«

»Sofie«, warf Rebekka ein.

»Genau, also, dass Sofie nackt war, aber ohne irgendwelche Anzeichen sexueller Aktivitäten. Was sagt dir das?«

»Dass vermutlich irgendein wie auch immer geartetes sexuelles Motiv dahintersteht«, antwortete Rebekka zögernd. Sie hatten die Tatsache, dass Sofie nackt war, ohne einem sexuellen Übergriff ausgesetzt gewesen zu sein, immer wieder in der Ermittlergruppe diskutiert, waren jedoch einig gewesen, dass das zu Søren Thomsens anormalem Charakter passte. Was dieser Umstand jetzt zu bedeuten hatte, wo Søren Thomsen sein Geständnis zurückgezogen hatte, wusste sie nicht.

»Ein Sexualmord ist natürlich am wahrscheinlichsten. Aber es gibt auch noch andere Möglichkeiten. Ich denke, dass der Mörder nicht aufgespürt werden will. Er, ich gehe einmal davon aus, dass es ein Mann ist, bringt das Kind um und zieht es aus, wirft seine Sachen weg und deponiert die Leiche im Wasser, um so viele Spuren wie möglich zu zerstören. Er will nicht entdeckt werden, aber es kann auch noch mehr bedeuten.«

»Und was?«, fragte sie.

»Mir ist der Gedanke gekommen, dass er sich auskennt.«

»Ich verstehe nicht ganz.« Rebekka rieb sich die Augen, versuchte, sich zu konzentrieren.

»Es kann sein, dass er sich mit Mordermittlungen, DNA und anderen technischen Beweisen auskennt.«

»Was sagst du da?« Rebekka hörte die Panik in ihrer Stimme.

»Ich sage, dass der Täter ein Insider sein könnte. Ein Ermittler.«

Rebekka erstarrte. Der Gedanke war ihr bisher nicht gekommen, doch Ryan hatte recht. Einer, der sich mit Ermittlungen auskannte, einer, der wusste … Eine unerklärliche dunkle Angst übermannte sie, und sie begann zu frieren, wie sie da auf dem Holzboden in der Dunkelheit stand, das glühende Handy in der Hand. Kurz darauf hatte sie sich wieder unter Kontrolle, kroch ins Bett und kuschelte sich in die Decke, während Ryan dazu überging, von seinen Meetings auf der Rundreise und nicht zuletzt von seinem Kollegen und Rivalen, Ted Palmer, zu erzählen, der offenbar viel Energie darauf verwandte, den Chef in den USA konstant über seine Erfolge auf dem Laufenden zu halten, und keine Chance ausließ, Ryan schlechtzumachen. Rebekka spürte Ryans heftige Frustration durch das Telefon und wünschte, sie könnte etwas Sinnvolles sagen, etwas, das ihm Hoffnung gab, doch ihr fiel nichts ein. Kurz darauf beendeten sie ihr Gespräch, und Rebekka versprach, Ryan zu informieren, sobald es etwas Neues gab.

Als sie schlafen ging, spukten Ryans Worte noch immer in ihrem Bewusstsein. Der Gedanke, dass es sich bei dem Täter um jemanden handeln könnte, der sich mit polizeilichen Ermittlungen auskannte oder vielleicht sogar selbst aus diesem Umfeld kam, war erschreckend. Rebekka zog die Decke fester um sich, sie fror plötzlich. Womöglich ist es jemand, den ich kenne? Der Gedanke war so widerwärtig, dass sie ihn sofort zur Seite schob. Sie schloss die Augen und versuchte, an etwas anderes zu denken, während Ryans

Worte weiter in ihrem Kopf kreisten. Es vergingen mehrere Stunden, bevor sie erschöpft einschlief.

Søren Thomsen wurde am nächsten Vormittag freigelassen. Gundersen selbst informierte die Medien im Rahmen einer Pressekonferenz, auf der er die Maßnahmen darlegte, die die Polizei in Verbindung mit der Suche nach Caroline Nørvang eingeleitet hatte. Ganz nebenbei erwähnte er, dass Søren Thomsen nicht länger in Untersuchungshaft sitze und dass die Anklage wegen Entführung und Mord fallen gelassen worden sei. Die Journalisten zogen weiter Parallelen zwischen dem Mord an Sofie und Carolines rätselhaftem Verschwinden, und Gundersen versuchte geschickt, nicht darauf einzugehen und sie stattdessen mit Informationen zu füttern, welche Gebiete der Stadt im Laufe des Tages duchsucht werden sollten, um das kleine Mädchen zu finden.

Doch die Fragen hagelten auf ihn nieder. Ließ man da nicht einen potenziellen Täter frei, und wie wollte die Polizei garantieren, dass er nicht wieder töten würde? Gundersen erklärte ruhig, dass nicht genügend Beweise vorlägen, um Søren Thomsen länger in Untersuchungshaft zu behalten.

Rebekka betrachtete den Vizechef von der Seite. Seit ihrem Zusammenstoß hatten sie kein Wort miteinander gewechselt, doch obwohl sie wütend auf ihn war und wusste, dass er die Regeln unterlief, musste sie zugeben, dass er nach außen hin einen ausgezeichneten Job machte. Genau wie Brodersen war er ein Politiker. Trotzdem konnte sie es nicht lassen, sich vorzustellen, wie sie, umringt von der Presse, vom aktuellen Stand der Ermittlungen berichtete. Rezas kryptische Worte, dass die Direktion sie als eine geeignete Nachfolgerin ansehen könnte, hatten ihrem Traum Nahrung gegeben, bis ganz an die Spitze der Polizei aufzusteigen, Einfluss zu erlangen, Macht. Und während Rebekka früher der Gedanke geängstigt hätte, die volle Verantwortung für eine Abteilung wie die Mordkommission zu tragen, stellte sie jetzt fest, dass sich das geändert hatte. Allmählich war sie bereit.

Der Pizzabote hatte gerade zwei Pizzen für Rebekka und Reza gebracht, als Super, der älteste Ermittler der Gruppe, atemlos in ihr Büro gestürzt kam.

»Wir haben noch eine.«

»Was meinst du?« Rebekka sah zu ihm hoch.

Er nickte mit hochrotem Gesicht ob der Kraftanstrengung. »Wir haben noch ein verschwundenes Mädchen. Nete Lindemann heißt sie. Sie ist zwölf Jahre alt und kommt aus Hellerup.«

»Das ist nicht wahr!« Rebekka merkte, wie ihr das Blut aus dem Kopf wich. Ihr erster Gedanke war Søren Thomsen, der gerade freigelassen worden war. Wenn Gundersen doch recht gehabt hatte …

»Die Nachbarn haben angerufen. Sie haben die Mutter bewusstlos zu Hause gefunden, und die Tochter ist weg.«

»Kann das Mädchen nicht bei jemandem aus der Familie oder bei Freunden sein?«

Super schüttelte den Kopf. »Nein, den Nachbarn zufolge, die die Familie sehr gut kennen, konnte die Mutter, bevor sie ins Krankenhaus gebracht wurde, noch murmeln, dass die Tochter verschwunden ist. Die Mutter ist krank, sehr krank. Krebs im Endstadium.«

Rebekka nahm den Zettel, den Super ihr reichte. Reza erhob sich ruhig und sah Super an.

»Die Nachbarn, sagst du. Gibt es keinen Vater?«

»Soweit ich weiß, nicht.« Super zuckte mit den Schultern. »Ich weiß allerdings nicht so viel. Brodersen hat mich nur gebeten, euch sofort da rauszuschicken.«

Drei verschwundene Mädchen innerhalb von zwei Monaten. Eins davon war ermordet worden. Was war mit den anderen? Das abendliche Gespräch mit Ryan tauchte in Rebekkas Gedanken auf, und ihre Kehle schnürte sich vor Angst zusammen. Sie eilten zum Auto hinunter und fuhren nach Hellerup, das, wie sie beide feststellten, beängstigend nahe an Klampenborg lag, wo Caroline Nørvang verschwunden war. Sie hatten nur wenig Informationen. Nete Lindemann wohnte mit ihrer Mutter, Ane Lindemann, alleine in einem Reihenhaus am Mindepark. Das ältere Ehepaar, das die Polizei alarmiert hatte, wohnte im Nebenhaus und nahm Rebekka und Reza in Empfang, als sie eintrafen.

»Wir sind so nervös wegen Nete«, brach es aus der älteren Frau heraus. »Sie hat mit ihrer Mutter einen Ausflug gemacht. Das Auto stand seltsam schräg geparkt auf dem Bürgersteig, als ich geklingelt habe, um mich zu erkundigen, ob es schön war. Niemand hat aufgemacht, deshalb haben wir aufgeschlossen und Ane auf dem Sofa gefunden. Bewusstlos. Aber Nete war nirgendwo. Ich habe das ganze Haus abgesucht.«

Ihre Stimme zitterte vor Erregung, und der Ehemann fügte erklärend hinzu: »Wir haben jeweils den Schlüssel für das Haus des anderen. Das ist ja ganz beruhigend. Wir gießen die Blumen und haben ein Auge auf das Haus des anderen.«

Die Frau nickte zustimmend und erzählte weiter. Während sie auf den Krankenwagen gewartet hätten, habe Ane Lindemann kurz das Bewusstsein wiedererlangt. Auf die Frage, wo die Tochter sei, habe sie gemurmelt, dass das Mädchen aus der Hütte am Esrum-See verschwunden sei. Die Nachbarn hatten entschieden, umgehend die Polizei zu verständigen, nicht zuletzt in Anbetracht von Carolines Verschwinden.

»Das klingt sehr seltsam«, sagte Reza und machte sich ein paar Notizen. »Hat die Mutter gesagt, wann das Mädchen verschwunden ist?«

Das Ehepaar sah sich fragend an und schüttelte synchron den Kopf. »Das haben wir nicht genau verstanden. Ane geht es sehr schlecht. Sie hat Krebs. Es war schwer zu verstehen, was sie gesagt hat. Sie hat nur gemurmelt.«

»Wie gut kennen Sie die Familie?«

Ein vorsichtiges Lächeln huschte über das Gesicht der Frau. »Gut. Sehr gut. Wir wohnen hier schon seit vielen Jahren, seit knapp vierzig, um genau zu sein. Ane und Nete sind vor ungefähr zehn Jahren eingezogen. Nete war damals noch ganz klein, ach, sie war so süß. Ane ist immer allein mit ihr gewesen, und unsere Kinder waren längst aus dem Haus. Ich hatte viel Zeit, und so sind wir langsam – ja, wie soll ich sagen? – eine Art Ersatzgroßeltern geworden.«

»Wer ist Netes Vater?«, wollte Reza wissen.

»Wir sind ihm nie begegnet. Er kommt aus irgendeinem arabischen Land. Sie hatten keinen Kontakt.«

Es konnte sich durchaus um eine familiäre Entführung handeln, dachte Rebekka sofort, was wiederum bedeuten konnte, dass das Mädchen sich bereits außer Landes befand.

»Wir würden sehr gerne ein Foto von Nete sehen. Es muss hier im Haus doch eins geben«, sagte Rebekka, und die Nachbarin verschwand im Wohnzimmer, um kurz darauf mit einem größeren, gerahmten Foto von einem brünetten, zwölfjährigen Mädchen zurückzukommen, das mürrisch in die Kamera blickte.

Rebekka verspürte sofort eine gewisse Erleichterung, als sie das Foto sah. Nete sah Sofie und Caroline überhaupt nicht ähnlich. Zum einen war sie zwei bis drei Jahre älter, zum anderen hatte sie dunkles Haar und braune Augen. Sie war ein kräftiges Mädchen, und unter dem Pullover ließen sich ein paar sprießende Brüste erahnen. Eindeutig ein Mädchen in der Pubertät.

»Sieht Nete noch immer so aus wie auf dem Bild?«, fragte Rebekka, und die Nachbarin nickte.

»Das Bild ist ganz neu, der Schulfotograf hat es gemacht. Ane hat sich so gefreut, als sie es neulich bekommen hat, sie war so dankbar, es noch sehen zu können.«

Die Stimme erstarb. Die Diele, in der sie standen, fühlte sich plötzlich eng an.

»Kann Nete weggelaufen sein?«, warf Reza ein.

Die Nachbarn tauschten Blicke, und der Mann räusperte sich leise. »Das kann man natürlich nicht ausschließen. Nete ist ein bisschen schwierig, und im Moment hat sie es ja auch nicht leicht, wo ihre Mutter ... im Sterben liegt. Aber ich glaube es nicht. Nete war immer sehr nervös, wenn sie in der Schule und ihre Mutter allein zu Hause war. Deshalb kann ich mir nicht vorstellen, dass sie weglaufen würde, so wie die Dinge jetzt liegen. Ane hat ja auch gesagt, dass das Mädchen auf dem Ausflug verschwunden ist.«

»Die Mutter des Mädchens ist also so krank, dass sie im Sterben liegt?«

Das Ehepaar nickte ruhig, und die Hand des Mannes legte sich über die der Frau und drückte sie. »Die Ärzte haben sie aufgegeben. Ihr ist gerade ein Hospizplatz drüben im Sankt-Lukas-Hospiz zugeteilt worden.«

Eine Amsel piepte in der Hecke vor dem Küchenfenster. Reza und Rebekka beschlossen, schnell das Haus zu durchsuchen, bevor sie der Mutter einen Besuch abstatteten, die den letzten Informationen zufolge ins Reichskrankenhaus gebracht worden war.

Reza übernahm den Keller, und Rebekka begann in der ersten Etage, wo zwei kleinere Schlafzimmer und eine Kammer lagen, die als Büro diente. An der Pinnwand über dem Schreibtisch hingen Fotos von Mutter und Tochter. Es war offensichtlich, dass sie viel gereist waren, Rebekka erkannte auf den Bildern Paris, New York und San Francisco. Sie öffnete die Schränke, sah kurz in die verschiedenen Schubladen, doch ihr sprang nichts ins Auge. Eine halbe Stunde später verabschiedeten sie sich von dem Ehepaar und fuhren schweigend zum Reichskrankenhaus.

Ein jüngerer Arzt nahm sie in Empfang, als sie in dem grauen Betonbau ankamen. Er informierte sie kurz über Ane Lindemann, deren Zustand ernst, aber stabil war. Sie war durch ihre Krankheit jedoch stark geschwächt und hatte seiner Einschätzung nach nur noch kurze Zeit zu leben, vermutlich nur noch wenige Tage. Der Grund für ihre Bewusstlosigkeit sei eine Überdosis an Medikamenten, erklärte er.

Bei dieser großen Menge an Medikamenten komme es nicht selten vor, dass die Patienten zu viele nahmen. Der Pager des Arztes piepste mehrmals in den Minuten, die er mit ihnen draußen auf dem grauen Linoleumgang stand, wo weiß gekleidete Gestalten lautlos wie Gespenster zu den Türen hinein- und wieder hinausglitten.

»Wir müssen mit Ane Lindemann reden, jetzt. Sofort. Ihre zwölfjährige Tochter ist verschwunden. Sie könnte in Gefahr sein.« Rebekka sah den Arzt eindringlich an.

»Sie schläft. Sie ist sehr schwach.«

»Es muss sein.«

Der Arzt machte eine widerstrebende Armbewegung, dann zeigte er ihnen das Zimmer von Ane Lindemann. Sie traten ein. Netes Mutter lag allein im Raum, ein kleines, blasses Gesicht auf einem Kissen, kahlköpfig wie ein Ei, selbst Augenbrauen und Wimpern waren fort. Auf dem Nachttisch lagen eine dunkelbraune Perücke und ein Seidentuch in Rottönen. Rebekka spürte einen Kloß im Hals. Draußen schien die Herbstsonne, und sie warf einen Blick aus dem Fenster. Das Leben draußen ging weiter. Die Leute spazierten mit Kinderwagen und Hunden vorbei, lachend, redend. Aus dem Imbisswagen an der Ecke wurden Hotdogs über den Tresen gereicht, die Autos hupten, ein Bus spuckte eine große Gruppe Fahrgäste aus und fuhr mit einem schwachen Sausen wieder an.

»Ane.« Rebekka legte vorsichtig ihre Hand auf die der Frau, die leicht zusammenzuckte. Sie schlug langsam die Augen auf und sah sie erschrocken an.

»Ich heiße Rebekka Holm, und das ist mein Kollege Reza Aghajan. Wir sind von der Polizei. Wenn wir es richtig verstanden haben, ist Ihre Tochter Nete verschwunden, oder?«

Die Frau sah sie zunächst verwirrt an, dann nickte sie leicht.

»Wir müssen mehr wissen, wenn wir sie finden sollen. Das ist wichtig. Wann genau ist sie verschwunden?«

»Heute Morgen.« Die Stimme war kaum hörbar, Rebekka musste sich vorbeugen, um sie zu verstehen.

»Wann genau heute Morgen?«

Ane Lindemann befeuchtete ihre Lippen. Ihre Augen blickten resigniert, leer. »Ich weiß es nicht. Ich bin in der Hütte aufgewacht und habe festgestellt, dass sie weg war. Es kann auch gestern Abend oder heute Nacht passiert sein.«

»In der Hütte? Wo waren Sie genau?«

»Mein Vetter hat eine Hütte am Esrum-See. Wir können sie nutzen, wenn wir wollen. Ich kann Ihnen die Adresse geben …«

Ane Lindemann schloss erneut die Augen. Ihr Brustkorb bewegte sich mühsam auf und ab, das Reden fiel ihr sichtlich schwer.

Einige Minuten später standen sie mit der Adresse der Hütte unten auf der Straße. Ane Lindemann hatte ihnen keine weiteren Informationen geben können.

»Du siehst besorgt aus, Rebekka«, sagte Reza.

Sie nickte, während sie die Autotür aufschloss. Am liebsten hätte sie ihm von Ryans Theorie erzählt, doch dann entschied sie sich zu warten. Stattdessen sagte sie:

»Wir haben zwei verschwundene Mädchen im Laufe von vierundzwanzig Stunden. Das ist mehr als besorgniserregend nicht zuletzt angesichts der Tatsache, dass wir bereits einen unaufgeklärten Kindermord haben.«

Reza nickte ernst, und Rebekka fügte hinzu: »Ich muss

gestehen, dass ich ziemlich verwirrt bin, was das letzte Mädchen, Nete Lindemann, angeht. Ich wundere mich …«

»Ich kann dir nicht folgen.«

»Nete sieht den beiden anderen Mädchen nicht ähnlich und …«, Rebekka zögerte, »… und die Wahrscheinlichkeit, dass wir es mit drei voneinander unabhängigen Fällen zu tun haben, ist doch gleich null.«

»Sie könnte ausgerissen sein? Sie ist gerade in die Pubertät gekommen, ihre Mutter liegt im Sterben, und sie hat keinen Vater und keine nahe Familie. Sie steckt in einer tiefen Krise, daran besteht kein Zweifel«, antwortete Reza, setzte sich ins Auto und legte den Sicherheitsgurt an. Rebekka blieb grübelnd neben dem Auto stehen.

»Kommst du?«, rief er.

Rebekka nickte nachdenklich, nahm auf dem Fahrersitz Platz und versuchte das Gefühl zu verdrängen, dass Nete nicht mehr auftauchen würde. Zumindest nicht lebend.

Die Bekanntgabe von Nete Lindemanns Verschwinden setzte in Kopenhagen eine Massenhysterie in Gang. Die Presse sendete live aus diversen Straßen und Gassen, die verlassen dalagen. Die Bevölkerung war verschreckt, und diejenigen, die es noch nicht waren, änderten ihre Meinung spätestens, nachdem sie die Nachrichten gesehen hatten, in denen ein Journalist nach dem anderen immer wieder betonte, wie gefährlich es gerade jetzt für minderjährige Mädchen sei, sich alleine in Kopenhagen und Umgebung aufzuhalten. Niemand könne sich sicher fühlen. Es gab

Reportagen aus mehreren Schulen, deren Direktoren zu berichten wussten, dass kein Kind allein nach Hause ging. Die Sicherheitsmaßnahmen wurden überall verschärft. Hubschrauber brummten wie schwarze Punkte in der Luft, und für die Suche nach den beiden Mädchen waren sowohl die Heimatschutztruppe wie auch der Zivilschutz einberufen worden.

Gundersen, Brodersen und Simonsen fuhren mit einer Mannschaft Techniker zum Esrum-See hinaus, um die fragliche Hütte zu durchsuchen und das umliegende Gebiet zu durchkämmen, in dem Nete und ihre Mutter sich aufgehalten hatten. Konkret deutete nichts daraufhin, dass die Hütte ein Tatort sein könnte. Sämtliche Fenster waren verschlossen, es gab keine Anzeichen eines Einbruchs oder eines Kampfes der einen oder anderen Art.

Währenddessen arbeiteten Rebekka und Reza weiter an den Hinweisen aus der Bevölkerung. Eine E-Mail aus dem Labor bestätigte, dass die Blutspuren auf dem Parkplatz in der Nähe des Bahnhofs Klampenborg von Caroline Nørvang stammten. Die Hoffnung schwand.

Irgendwann steckte Super den Kopf zur Tür herein.

»Sieh mal in deinen Posteingang. Wir haben noch einen anonymen Brief bekommen, der genau wie der erste in Hvidovre abgestempelt wurde.«

Reza stand auf und stellte sich hinter sie, während sie die entsprechende Mail öffnete und sich das Foto des Briefes ansah – ein gewöhnlicher weißer DIN-A4-Bogen mit ausgeschnittenen, farbigen Buchstaben. Sie erinnerten an die Buchstaben aus einem Katalog oder einer Reklame.

Steffen Olsen hat auch das neue Mädchen umgebracht.

Rebekka starrte den Brief mit gerunzelter Stirn an. Das

musste ein Dummejungenstreich sein. Hvidovre sagte ihr etwas. Sie fuhr sich mit der Hand über die Augen und drehte sich zu ihren Kollegen um.

»Wie ich schon letztes Mal gesagt habe, bin ich überzeugt, dass es sich um einen Dummejungenstreich handelt. Ich stelle mir einen Jungen oder einen jungen Mann vor, vermutlich Legastheniker …«

Sie verstummte abrupt. Sofies älterer Bruder Mark war Legastheniker. Ein legasthenischer junger Mann, der seinen Stiefvater nicht leiden konnte. Dann erinnerte sie sich, das Mark erzählt hatte, dass seine Freundin Tanja in Hvidovre wohnte. Natürlich. So musste es sein. Mark steckte hinter den anonymen Briefen.

Super wurde losgeschickt, um mit dem jungen Mann ein ernstes Wort zu reden, falls er gestehen sollte, hinter den Briefen zu stecken.

Rebekka stürzte sich erneut in die Arbeit. Ihre Hand schmerzte immer stärker, während sie einen Anruf nach dem anderen beantwortete, und sie musste in regelmäßigen Abständen aufstehen und die Hände ausschütteln, um weitermachen zu können. Gerade hatte sie den Hörer aufgelegt, nachdem sie ihre Zeit auf einen weiteren unbrauchbaren Hinweis verschwendet hatte, als Ryan zur Tür hereinkam. Rebekka sprang überrascht auf.

»Du bist zurück?«

»Ja, ich habe einen früheren Flieger bekommen als geplant.«

Reza nickte Ryan ein wenig reserviert zu und verließ wenig später mit der Tasche über der Schulter das Zimmer. Ryan setzte sich auf seinen Stuhl, schlug die Beine übereinander und sah sie abwartend an.

»Was ist hier los? Ich habe die panische Atmosphäre bis auf den Gang hinaus gespürt.«

»Es ist noch ein Mädchen verschwunden.«

»Ich weiß. Das hast du mir am Telefon erzählt.«

»Nein, ein drittes Mädchen ...«

»Wie bitte?«

Ryan wurde ganz blass, doch als Rebekka ihm von Nete Lindemann erzählte, fasste er sich und hörte ihr aufmerksam zu. Sie konnte fast sehen, wie sein Gehirn auf Hochtouren arbeitete, während eine Theorie die nächste ablöste. Sie reichte ihm ein Foto von Nete Lindemann, und er bat sie, noch einmal ganz von vorn anzufangen.

»Das klingt absolut merkwürdig«, sagte er anschließend und strich sich nachdenklich durch die spärlichen Haare.

»Das finde ich auch«, antwortete Rebekka eifrig. »Die ganze Geschichte, dass die Tochter aus der Hütte verschwunden sein soll, während die Mutter zu viele Tabletten genommen hat – ich weiß nicht.«

»Fahr hin und sprich noch einmal mit der Mutter. Sieh zu, ob du nicht mehr über ihre gemeinsame Geschichte herausbekommst. Es könnte sich um eine Familientragödie handeln.«

Rebekka nickte. Sie hatte bereits im Vorfeld beschlossen, noch einmal eingehender mit Ane Lindemann zu reden und deshalb das Reichskrankenhaus kontaktiert, um sich nach ihrem Zustand zu erkundigen. Dort hatte sie erfahren, dass Ane Lindemann auf eigenen Wunsch ins Sankt-Lukas-Hospiz gebracht worden war.

»Da fahre ich jetzt hin.« Rebekka stand entschlossen auf.

Ryan nickte. »Tu das. Ich muss noch ein paar Unterlagen

sortieren und bin womöglich noch hier, wenn du zurückkommst. Ruf an, wenn etwas ist.«

Ermutigt machte sich Rebekka auf den Weg.

Rebekka öffnete die Tür zu Ane Lindemanns Zimmer. Es war still und roch schwach nach Spülmittel. Das Zimmer war geräumig mit einer großen Fensterfront und einer Tür, die vermutlich auf eine Terrasse führte. An den weißen Wänden hingen einige Lithografien, und über Anes Bett hatte jemand ein großes Foto ihrer Tochter aufgehängt. Auf einem Tischchen flackerten ein paar Teelichter in farbigen Leuchtern und tauchten das Zimmer in ein gemütliches Licht.

Ane Lindemann lag in einem breiten Krankenhausbett und sah aus, als hätte sie auf sie gewartet. Rebekka zog sich einen Stuhl an ihr Bett und setzte sich. Der Tod war präsent, das spürte sie. Ane Lindemanns Augen lagen tief in den Höhlen, ihr Atem ging laut und rasselnd – eine beunruhigende Verschlechterung innerhalb nur weniger Stunden. Die Frau griff nach Rebekkas Hand und drückte sie einige Sekunden fest.

»Ich habe nicht mehr viel Zeit.«

Rebekka nickte ernst. »Es gibt ein paar Dinge, über die wir reden sollten.«

Die Frau schloss die Augen, doch die wimpernlosen Lider bedeckten sie nicht ganz, sodass der unterste Teil der Augäpfel sichtbar war.

»Mehrere Dinge stimmen nicht in diesem Fall«, fuhr Rebekka fort, »und ich glaube, Sie wissen warum.«

Ane Lindemann schlug die Augen auf. Einen Moment sagte keine von ihnen etwas, dann nickte sie unmerklich.

Rebekka räusperte sich. »Wollen Sie erzählen, oder soll ich Ihnen Fragen stellen?«

Eine Katze maunzte draußen in der Dämmerung, doch sonst war nichts zu hören bis auf das leise Surren der Heizung unter dem Fenster.

»Helfen Sie mir, mich aufzusetzen?«

Rebekka half ihr hoch und stützte ihren Rücken mit ein paar Kissen. Ane Lindemann stöhnte leise und befeuchtete ihre aufgesprungenen Lippen. Rebekka reichte ihr das Wasserglas vom Nachttisch. Die Frau sah sie dankbar an und trank einen kleinen Tropfen. Dann räusperte sie sich, und es brach aus ihr heraus: »Ich habe Nete auf die andere Seite hinübergeholfen.«

Die Worte waren kristallklar, sie durchschnitten den Raum und verschlugen Rebekka einen Augenblick lang die Sprache. Sie hatte nicht erwartet, dass das Geständnis so prompt kommen würde. Ane Lindemanns dunkle Augen suchten ihre.

»Sie müssen verstehen, dass ich das aus Liebe getan habe«, flüsterte sie und atmete tief ein. »Ich liebe Nete so sehr, und es hat mir fast das Herz gebrochen, wenn ich an ihre Situation, ihre Zukunftsaussichten gedacht habe. Sie hätte niemanden gehabt, wenn ich sterbe, niemanden, der sie wirklich liebt.«

Rebekka wurde schwarz vor Augen, sie musste sich zwingen zuzuhören.

»Ich war die Einzige, die sie geliebt hat. Ihr Vater lebt in Kuwait und hat sie nie gesehen. Wir haben uns damals auf Ibiza kennengelernt, es war ein Ferienflirt, mehr nicht. Wir haben danach keinen Kontakt mehr gehabt, er weiß nichts von ihrer Existenz. Meine Eltern sind tot – ich bin ein Einzelkind. Da ist niemand. Niemand.«

Ane Lindemann schnappte plötzlich nach Luft. Rebekka stand auf und schob ihr vorsichtig ein zusätzliches Kissen in den Nacken. Die Frau nickte, noch immer atemlos. Als sie ihre Atmung kurz darauf wieder unter Kontrolle hatte, fuhr sie fort: »Darüber hinaus ist Nete kein einfaches Mädchen, das muss ich schon sagen. Sie ist niemand, der leicht Kontakt zu anderen Leuten bekommt. Manche Menschen sprechen einfach die Fürsorglichkeit oder den Beschützerdrang anderer an, aber so ist meine Tochter nicht. Leider. Es braucht Zeit, bis sie einen an sich heranlässt.«

»Ane«, sagte Rebekka leise, »Sie sind jetzt formell des Mordes beschuldigt. Sie haben ein Recht auf einen Anwalt …«

»Das weiß ich, aber ich möchte Ihnen jetzt gerne die Wahrheit erzählen. Mir bleibt nicht mehr viel Zeit …«

Wieder ein tiefer, röchelnder Laut. Rebekkas Kehle schnürte sich zusammen vor Mitleid. »Ihre Nachbarn, das ältere Ehepaar, sie haben so liebevoll von Nete gesprochen.« Rebekka merkte, dass ihr die Stimme versagte. Sie fühlte sich seltsam matt, als würde alles Blut aus ihrem Kopf weichen.

»Gerda und Svend sind lieb, sehr lieb und waren während meiner Krankheit eine unschätzbare Hilfe. Aber auf lange Sicht können sie sich nicht um Nete kümmern. Sie sind zu alt. Gerda hat Hüftprobleme, Svend einen schweren Diabetes. Ich glaube nicht, dass ihnen mehr als einige Jahre bleiben, bevor sie in ein Altenheim oder ein Pflegeheim müssen. Darüber hinaus haben sie eigene erwachsene Kinder und Enkelkinder, sie haben genug mit sich selbst zu tun. Das stellt man fest, wenn man in einer Situation ist wie ich.«

Ein Schweigen entstand, das immer drückender wurde, bis Ane Lindemann es brach.

»Meine kleine Netemaus.« Ihre Stimme war belegt, als würde das Geständnis die Schleusen der Trauer öffnen.

Rebekka schluckte. »Was genau ist passiert, Ane?«

Die Frau führte ihre schmalen, blassen Hände zum Gesicht. Ihre Augen schlossen sich halb. »Ich hatte solche Angst, was wohl aus Nete werden würde, wenn ich nicht mehr bin. Ich konnte merken, wie er sich anschlich, der Tod, und ich fühlte mich so verloren, so allein mit allem. Ich habe mehrmals Kontakt zum Jugendamt aufgenommen, und sie haben mir etwas von Pflegefamilien und so erzählt, aber es ist ihnen nicht gelungen, eine Familie für mich zu finden, die mich entlastet hätte, obwohl ich im letzten halben Jahr darum gefleht und gebettelt habe. Nete hat meine Angst natürlich gespürt, wenngleich ich alles getan habe, sie vor ihr zu verbergen. Sie hatte Angst. Sie hat jeden Abend geweint, dass ich nicht gehen darf, wenn ich sie ins Bett gebracht habe. Wenn sie in der Schule war, hat sie in jeder Pause angerufen, um zu sehen, ob ich noch lebe. Es war furchtbar. Sie hat gelitten, und ich habe gelitten.«

»Hat sie gewusst, dass Sie im Sterben liegen?«

Ane Lindemann nickte. »Wir haben nicht darüber gesprochen. Das konnten wir nicht. Aber wir haben darüber gesprochen, dass wir uns auf der anderen Seite treffen. Irgendwann. Das hat sie ein wenig getröstet.«

Ane Lindemann griff erneut nach Rebekkas Hand und drückte sie so fest, wie sie es mit ihren kraftlosen Fingern konnte. Rebekka ließ es zu, während sie sich hart auf die Lippe biss.

»Wir haben immer gern geangelt, Nete und ich. Und wir haben regelmäßig die Hütte meines Vetters genutzt, die direkt am See liegt. Nete ist sehr gern dort. Sie hat mich immer wieder gebeten, für ein paar Tage dorthin zu fahren, und ich wollte ihr diesen Wunsch gerne erfüllen. Ich wusste ja, dass das unser letzter gemeinsamer Ausflug werden würde.«

Ane Lindemann schwieg. Kurz darauf schlug sie die Augen wieder auf und fuhr fort: »In den Tagen vor unserem Ausflug ging es Nete sehr schlecht. Sie war sehr gereizt, empfindlich. Vielleicht hatte es auch mit der Pubertät zu tun, ich weiß es nicht, aber ich habe mehrere Nächte wach gelegen und mir Gedanken gemacht. Ich sah keinen Ausweg, während ich gleichzeitig gespürt habe, wie mein Körper immer schwächer wurde. Eines Nachts habe ich dann den Entschluss gefasst. Als ich den ersten Schock überwunden hatte, dass ich so etwas überhaupt denken konnte, bin ich ganz ruhig geworden. Friedlich.«

Ane Lindemann lächelte vorsichtig. »Wir hatten einen schönen Tag. Die Sonne hat geschienen, wir hatten uns zu Hause Butterbrote geschmiert, und ich habe für Nete warmen Kakao in der Thermoskanne mitgenommen. Sie liebt warmen Kakao. Ich habe ganz viele Schlaftabletten hineingetan. Als wir in der Hütte angekommen sind, haben wir gegessen, und dann haben wir uns mit unseren Angelsachen ans Ufer gesetzt. Nete hat einen Barsch gefangen, einen kleinen, aber sie war sehr stolz. Als es gedämmert hat, habe ich sie gefragt, ob wir nicht mit der Jolle eine kleine Segeltour machen und die Sterne ansehen wollen. Währenddessen hat sie den Kakao getrunken. Sie ist schnell eingeschlafen. Als ich sicher war, dass sie nicht aufwachen würde, habe ich sie über Bord gestoßen. Sie war schwer, schwerer als ich angenommen hatte. Das war harte Arbeit für mich, ich habe doch fast gar keine Kraft mehr. Dann war ich an der Reihe. Ich habe eine Überdosis Tabletten genommen. Der Plan war, dass ich auch sterben würde. Wir wollten uns doch auf der anderen Seite treffen.«

Ane Lindemanns Stimme wurde immer trockener, während sie sprach. Rebekka reichte ihr in regelmäßigen Abständen das Wasserglas, und sie beugte sich mühsam vor, um ein wenig zu trinken. Sie sah Rebekka dankbar an, bevor ihr nackter Kopf auf das Kissen zurückfiel.

»Ich weiß nicht, wie lange ich in der Jolle gelegen habe. Mindestens einige Stunden. Ich bin wieder zu mir gekommen, als ich vor Kälte gezittert habe. Die Sonne ging langsam auf, das Wasser war völlig still. Es sah schön aus. Ich war erschüttert, dass mein Plan nicht aufgegangen war, dass ich nicht auf der anderen Seite angekommen war. Ich bin an Land gerudert, habe unsere Taschen geholt und bin nach Hause gefahren. Ich habe mir noch mehr Tabletten aus dem Medizinschrank geholt und eine Menge genommen, ich *wollte* nur noch sterben. Dann erinnere ich mich erst wieder, dass Svend und Gerda mich geschüttelt haben. Sie haben mich natürlich nach Nete gefragt, und ich habe sie angelogen. Ich konnte es ihnen nicht erzählen, das habe ich nicht übers Herz gebracht …«

Ane Lindemann verbarg das Gesicht in den Händen. Die Tränen sickerten durch ihre Finger hindurch. Rebekka ließ sie weinen, während sie ihren schmalen Handrücken streichelte.

Eine Stunde später überquerte Rebekka den halb leeren Parkplatz vor dem Hospiz. Der nächtliche Himmel war schwarzblau mit kleinen weißen Sternenpunkten. Sie fröstelte in ihrem dünnen Mantel, setzte sich in das kalte Auto, steckte den Schlüssel ins Zündschloss und verlor sich in ihren Gedanken. Anes Geschichte ließ sie nicht los. Sie hatte Brodersen angerufen, der über den Ausgang erleichtert schien und sagte, sie würden am nächsten Morgen im Esrum-See nach Nete suchen. Eine Weile erwog sie, Ryan anzurufen, brachte es aber nicht fertig, sondern schickte ihm stattdessen eine SMS. Kurz darauf kam eine zurück. Sie ging davon aus, dass sie von Ryan war, stellte jedoch überrascht fest, dass sie von Niclas kam. *Hallo, Rebekka. Habe mehrmals vergeblich versucht, dich anzurufen. Denke, wir sollten reden. Ruf an. Drück dich, Niclas.*

Verwirrt legte sie das Handy weg, stellte den Fuß aufs Gaspedal und donnerte los.

Bo bewegte sich im Schlaf. Er war zurück in der Straße, in der er als Kind gewohnt hatte. Im Traum tranken er und Steffen Maibowle in den dunkelblauen Liegestühlen im Garten ihrer Großeltern. Die Luft war gesättigt von Vogelgezwitscher und dem Geruch der Grillkohle, und die Maibowle klebte im Mund. Es war eine der schönsten Erinnerungen, die er von damals hatte, und er hegte und pflegte sie und war froh, dass er oft im Traum dorthin zurückkehren konnte.

Plötzlich weckte ihn der Ton der Türklingel, und er warf

einen schnellen Blick auf den Wecker. 02:21. Wer zum Teufel läutete mitten in der Nacht? Das Klingeln hielt an, und er sprang aus dem Bett. Die Nachbarn würden aufwachen, wenn er nichts tat, und wenn er eines nicht ertrug, war es die Auseinandersetzung mit ihnen – aktive Ehepaare im Alter seiner Eltern, falls diese noch leben würden. Er lief zur Gegensprechanlage und wäre beinahe über seine Sportschuhe gefallen.

»Ja«, murmelte er in den Hörer und hörte Steffen, der in kommandoartigem Tonfall verlangte, hereingelassen zu werden, und zwar sofort. Kurz darauf stand sein großer Bruder vor ihm, ein wenig außer Atem. Bo verstand nicht, wie er so schnell die Treppe hatte heraufkommen können, wo doch der Fahrstuhl kaputt war. Er selbst brauchte lange, um die Treppe zu bezwingen, und war immer ganz blau im Gesicht, wenn er oben in seiner Wohnung angekommen war. Es war schon schön gewesen, Sofie als Einkaufsboten zu haben – damals.

»Das perverse Schwein. Hast du das gehört?«

Steffen sah seinen Bruder mit großen, Furcht einflößenden Augen an, und Bos Angst wurde größer. Was jetzt? Er schüttelte heftig den Kopf.

»Dieser Einfaltspinsel, dieser Søren Thomsen, der den Mord an Fie gestanden hat, ist freigelassen worden. Sie meinen, dass er es doch nicht war. Sie haben ihn einfach gehen lassen. In seine Wohnung zurückgehen lassen, damit er noch mehr Mädchen umbringen kann. Und jetzt ist wieder ein Mädchen verschwunden!«, rief Steffen.

»Was? Woher weißt du das?«

»Aus den Nachrichten. *Ekstra Bladet* hat bei mir angerufen. Die wollten einen Kommentar. Einen Kommentar. Ich sollte denen einen Kommentar dazu liefern, verdammt. Das Schwein muss kastriert werden, und das mach ich gern!«

Steffen lief der Speichel aus dem Mund, und seine Augen hatten denselben wilden Ausdruck, an den Bo sich von früher erinnerte. Sein Bruder stand kurz vor einem Kurzschluss, was ihn unberechenbar machte. Bo schluckte. Er war noch immer benommen von dem abrupten Aufwachen. Sein Bruder versetzte ihm einen Stoß.

»Zieh dir was an. Wir müssen los.«

»Wohin?«

»Wir statten dem Einfaltspinsel einen Besuch ab und geben es ihm.«

»Nein, Steffen.« Bo streckte die Hand nach seinem Bruder aus, bekam sein T-Shirt zu fassen und spürte den warmen, pulsierenden Körper unter der Baumwolle. »Nein, Steffen«, wiederholte er, »das ist zu gefährlich. Es ist doch gar nicht sicher …«

»Doch, das ist es. Komm jetzt. Du bist mein Bruder. Vergiss das nicht.«

Steffen schlug Bos Arm weg. Einen Augenblick standen sie einfach nur da und starrten sich an. Schließlich senkte Bo den Blick und ließ die Schultern hängen.

»Komm jetzt«, wiederholte Steffen. »Du siehst aus wie ein Junkie, so wie du da stehst. Und du stinkst.«

Bo nickte ernst. Er war in gewisser Weise ein Junkie. Vielleicht sogar ein stinkender Junkie. Aber er war kein Gewalttäter. Er trottete ins Schlafzimmer, fischte seine Jogginghose aus einem Kleiderhaufen auf dem Boden, zog sie an und steckte die nackten Füße in die Sportschuhe. Er nahm seine Jacke vom Haken und vergewisserte sich, dass die Schlüssel in der Tasche steckten und die Zigaretten ebenfalls. Dann nickte er Steffen kurz zu, bevor sie zusammen aus der Tür verschwanden.

Unten vor dem Haus standen zwei junge Männer aus dem Klub Kontra und warteten auf sie. Bo erkannte sie nicht gleich, ihre Gesichter waren zum Teil von Schirmmützen verdeckt. Sie begrüßten ihn mit einem kurzen Nicken. Der eine trug eine Adidas-Tasche über der Schulter. Sie sah schwer aus. Entschlossen gingen sie die Straße hinunter. Bo ging einfach mit. Es brachte nichts, Fragen zu stellen, er wollte ohnehin nichts wissen, nicht mehr als nötig involviert werden.

Die Straßen waren dunkel und glänzten in der Nacht, es hatte geregnet, und die Luft fühlte sich kühl auf der Haut an. Zehn Minuten später erreichten sie ein größeres, älteres Mietshaus. Steffen blieb stehen und zeigte zu ein paar Fenstern hoch, die alle dunkel waren.

»Da oben wohnt er. Dritter Stock links. Mit seiner alten, kranken Mutter. Er ist leicht zu überwältigen. Er ist klein und fett. Ich habe Handschuhe für uns alle.« Steffen gab jedem von ihnen ein Paar, das sie schnell überzogen. Dann nickte er einem der jungen Männer zu. »Und, Hassan, kommst du mit dem Schloss klar?« Der Typ, der Hassan hieß, nickte, und wenige Sekunden später war die Tür zum Treppenhaus offen.

Sie schlichen die Treppe hoch. Es roch schwach nach Schimmel und Essen. Auf dem Absatz öffnete der andere junge Mann die Tasche und zog ein paar keulenähnliche Gegenstände heraus. Steffen drückte ihm einen Hammer in die Hand, das Eisen fühlte sich durch den Handschuh kühl an. Dann war ein kratzendes Geräusch zu hören. Steffen schrieb etwas auf die Tür in der dritten Etage links. Bo kniff die Augen im Dunkeln fest zusammen. Der, der Hassan hieß, leuchtete mit einer Taschenlampe. *Pädoschwein* stand da. Bo spürte seinen Puls schneller werden. Währenddessen machte sich der andere Typ an der Tür zu schaffen, die kurz darauf lautlos aufglitt. Ein scharfer, stickiger Geruch schlug ihnen entgegen, als sie eintraten, und die beiden jungen Männer konnten es nicht lassen, Brechlaute von sich zu geben. Steffen wies sie an, still zu sein, woraufhin sie verstummten.

Unter Steffens lautlosen Anweisungen bewegten sie sich durch die Diele. Er wollte sich selbst um Søren kümmern, wenn Bo es richtig verstanden hatte, die jungen Burschen sollten nur das Inventar zerschmettern, und Bos Aufgabe bestand darin, sich zu vergewissern, dass die alte Mutter nicht per Telefon Hilfe orderte.

Steffen öffnete die erste Tür. Ein lautes Schnarchen war von drinnen zu hören. Bo nahm an, dass es Sørens Zimmer war. Er spürte in der Dunkelheit Steffens Erregung, spürte seinen massigen Körper vibrieren. Hassan und der andere Typ gingen weiter ins Wohnzimmer und begannen, die Möbel umzuwerfen. Es wurde laut. Bo eilte zu der Tür gegenüber, öffnete sie einen Spalt breit und hätte sich beinahe übergeben, als ihm ein Gestank nach Urin und etwas anderem Undefinierbaren entgegenschlug. Eine Gestalt drehte sich im Dunkeln im Bett und grunzte leicht. Bo hielt den Atem an und lauschte. Bald darauf wurde der Atem der Person wieder regelmäßig.

Bo ließ das Licht der Taschenlampe durch das Zimmer wandern, er sah kein Telefon. Er wartete kurz, schlich sich hinaus und schloss die Tür leise hinter sich. Aus dem ersten Zimmer war eine Reihe halb erstickter Schreie zu hören und aus dem Wohnzimmer ein lautes Scheppern. Bo sah durch den Türspalt. Möbel waren umgeworfen, DVDs lagen durcheinander auf dem Boden, der Fernseher war zertrümmert und das Sofa aufgeschnitten. Als er einen Schritt vorwärts machte, knirschte eine DVD unter seinen Schuhen. Hassan sprayte in großen, schwarzen Buchstaben *Schwein* auf die Tapete. Als er ihm das Gesicht zuwandte, leuchteten Hassans Augen in den Löchern der Mütze wie die eines Raubtiers, und Bos Herz schlug hart und schnell unter seinem T-Shirt.

Plötzlich zerriss ein lauter Schrei die Luft, und Steffen kam aus dem ersten Zimmer gestürzt, während er mit etwas herumfuchtelte, das wie ein Kuhbein aussah. Die Schreie drinnen hielten an, laut und klagend.

»Beeilt euch, verdammt. Die Nachbarn hören uns. Wir hauen ab.«

Alle liefen zur Wohnungstür, polterten die Treppe hinunter und sprinteten über die Straße zum Park. Sie liefen weiter, bis sie bei Bos Wohnung waren.

»Meine Fresse, dem hab ich's aber gegeben.« Steffen lachte laut. Sie waren gerade zur Tür herein, noch immer außer Atem, und das Adrenalin pumpte durch ihre Körper. Bo schaltete das Licht an und bekam einen Schock. Steffens Gesicht war nass von Blutspritzern, genau wie sein T-Shirt und seine Jacke. Bo stützte sich einen Augenblick an der Wand ab, der zweite junge Mann lachte laut und sagte auf Arabisch etwas zu Hassan. Der nickte und klopfte Steffen auf die Schulter. Bo schwieg und starrte das Blut und seinen großen Bruder an, der in dem ganzen Rot weiß lächelte.

»Hast du nichts, was du den Jungs anbieten kannst?« Steffen sah ihn auffordernd an, und Bo zuckte mit den

Schultern, ging in die kleine Küche, öffnete den Kühlschrank und starrte in die kühle Leere. Dann holte er ein paar Bier und zwei Gramm Hasch aus dem Besenschrank und drehte einen Joint. Die jungen Typen zogen begierig daran, während Bo ihnen zusah. Nach einer Weile trat Steffen ins Wohnzimmer, er hatte sich gewaschen und eins von Bos T-Shirts angezogen.

»Ich habe meine Sachen in die Sporttasche zu dem anderen Zeug gesteckt und die Tasche ganz oben in deinem Schlafzimmerschrank versteckt. Du musst sie so schnell wie möglich loswerden.«

»Warum machst du das nicht selbst?«, erdreistete Bo sich zu fragen.

Steffen sah ihn höhnisch an. »Das verstehst du doch wohl, oder? Als Fies Vater bin ich am ehesten verdächtig. Sag mal, muss ich dir alles haarklein erklären, damit du es kapierst?«

Bo ballte die Fäuste, als Steffen sich als Vater von Sofie bezeichnete. »Du hast doch kein Alibi«, machte er weiter. »Sie werden dich verhaften.«

Steffen klopfte ihm hart auf die Schulter. »Entspann dich, Bruderherz. Ich habe alles unter Kontrolle. Vibs gibt mir ein Alibi. Das haben wir abgesprochen, die Polizei weiß von unserem Verhältnis. Komm, lass uns auch mal an dem Joint ziehen, bevor sie ihn aufgeraucht haben.«

Die Musik spielte leise, und das Wohnzimmer war mittlerweile neblig von Rauch. Der Joint ging herum, und bald wurde auch Bo ruhiger. Die Morgensonne ging hellrot zwischen den Dächern auf, die Dunkelheit verzog sich langsam.

Erst als die anderen gegangen waren und Bo auf seiner

Matratze lag, kehrten die Ereignisse der Nacht zurück. Er schloss die Augen fest und versuchte die Bilder zu verbannen, was ihm auch gelang, nur der Klang von Søren Thomsens Schreien ließ sich nicht fortschieben und hallte in seinen Ohren wider, endlos.

»Søren Thomsen ist zusammengeschlagen worden. Er liegt auf der Intensivstation. Es sieht ganz so aus, als ob ein Schlägertrupp ihn sich vorgenommen hätte. Die gesamte Einrichtung ist zertrümmert, und auf der Tür und in der Wohnung stehen Wörter wie Pädoschwein und andere Obszönitäten.« Simonsen fiel es sichtlich schwer, seine Erregung zu verbergen.

»Ist er schwer verletzt?« Rebekka sah den Kollegen besorgt an, der bestätigend nickte.

»Allerdings, sie hatten Keulen dabei. Ich weiß noch nichts Genaueres, aber es ist ernst. Er hat schwere Gehirnblutungen, das Nasenbein ist gebrochen, der Arzt hat etwas von einem Auge gesagt, das eingeschlagen sein soll, und er hat diverse Zähne eingebüßt. Die Ärzte wissen noch nicht, ob er durchkommt, und wenn ja, in welchem Zustand.«

Die Beschreibung von Søren Thomsens Verletzungen, die Simonsen bereitwillig aufzählte, verursachte Rebekka Übelkeit. Sie hatte die ganze Nacht kein Auge zugetan, hatte sich im Bett herumgewälzt, während sich die Geschichte von Ane und Nete Lindemann in ihr Innerstes gebohrt hatte.

»Das ist doch furchtbar«, sagte sie.

Simonsen schnaubte demonstrativ. »Mir tut er nicht leid.

Schon als ich ihn das erste Mal gesehen habe, wusste ich, dass er ein perverses Schwein ist. So etwas spürt man einfach.«

Rebekka quälte das schlechte Gewissen. Sie hatte die Aufmerksamkeit auf Søren gelenkt, sie hatte einen Durchsuchungsbefehl für seine Wohnung erwirkt, sie hatte die Höschen gefunden, sie hatte ihn in Untersuchungshaft gebracht, sie hatte ihn wieder herausgeholt, nur damit ein Schlägertrupp ihn vierundzwanzig Stunden später abstrafte.

»Ich möchte wetten, dass Søren Thomsen noch nie Sex hatte.« Simonsen hatte sich warm geredet. »Mit den kleinen Mädchen fühlt er sich sicher, mit denen kommt er klar. Er verdient wirklich eine Abreibung, selbst wenn der oder die Täter etwas über die Stränge geschlagen haben.«

Simonsen schwieg, und Rebekka spürte, dass er sie ansah.

»Ist es nicht einleuchtend, wer dahintersteckt?«, fragte sie leise.

»Wer?« Er glotzte sie einfältig an. Sie zeigte auf die Titelseite von *Ekstra Bladet*, aus der hervorging, dass Sofies Stiefvater, Steffen Olsen, rasend über die Freilassung von Søren Thomsen war.

»Steffen Olsen natürlich.«

»Warum sollte er das tun? Das wäre ein ausgesprochen dummer Zug.«

»Ich wüsste nicht, wer es sonst getan haben sollte. Hat Søren Thomsen etwas gesagt?«

Simonsen schüttelte den Kopf. »Nichts. Er liegt im Koma. Die Mutter ist mit einem Schock in die Klinik eingeliefert worden. Die Nachbarn haben Hilfe geholt, als sie aus der Wohnung Krach und Schreie gehört haben.« Simonsen erhob sich, streckte sich übertrieben und sah zu Rezas leerem

Stuhl hinüber. »Wo steckt Reza eigentlich? Ich finde, dass er sich in der letzten Zeit auch nicht gerade oft blicken lässt.« Simonsen sah Rebekka fragend an.

»Er hat sich krankgemeldet«, antwortete sie kurz angebunden und hatte nicht übel Lust, dasselbe zu tun.

»Ich wollte dir nur sagen, dass wir die Leiche von Nete Lindemann im Esrum-See gefunden haben.«

Rebekka war in den Fall Caroline Nørvang vertieft gewesen, als das Telefon klingelte. Es war Super. Jetzt, wo eine genauere Beschreibung vorlag, wo genau Ane Lindemann ihre Tochter in den See gestoßen hatte, hatten die Taucher nicht lange gebraucht, um die Leiche zu finden. Nete war vollständig bekleidet aufgefunden worden, und wies keine Anzeichen von äußeren Verletzungen auf.

»Wir fahren jetzt in die Rechtsmedizin, nachdem wir die Untersuchung des Fundorts beendet haben.«

»Es besteht kein Zweifel, dass sie es ist, oder?«

»Nein.«

»Gut, dann fahre ich zu ihrer Mutter«, sagte Rebekka. »Du kannst den Nachbarn der Familie Bescheid geben, die können sie identifizieren, sonst müssten wir auf den Gerichtszahnarzt warten. Die Mutter liegt, wie gesagt, im Hospiz. Sie hat gestern Abend gestanden, ihr bleibt nicht mehr viel Zeit.«

Sie legte auf und wurde von einer plötzlichen Traurigkeit übermannt. Eine Weile blieb sie sitzen und versuchte, sich vor dem Besuch bei Ane Lindemann ein wenig zu erholen.

Sie wollte gerade aufstehen, als das Telefon klingelte. Es war das Sankt-Lukas-Hospiz. Ane Lindemann war ruhig eingeschlafen.

Rebekka ging den Gang hinunter zu dem Büro, das für Ryan und Ted Palmer reserviert war, wenn sie in der Stadt waren. Erleichtert stellte sie fest, dass Ryan da war. Er saß mit ein paar von Rebekkas Kollegen zusammen und gab Anekdoten aus der Welt des FBI zum Besten.

»Rebekka!« Ryan strahlte, als sie den Kopf zur Tür hereinsteckte. »Komm rein.«

»Eigentlich wollte ich nur kurz mit dir reden. Wenn du Zeit hast.«

»Natürlich.« Ryan stand bereitwillig auf. Die Gruppe löste sich auf und verließ das Büro. Rebekka sah ihnen nach, drehte sich zu Ryan um und schilderte das traurige Schicksal von Ane und Nete Lindemann. Ryan sah sie ruhig an, während sie erzählte. Als sie fertig war, drückte er liebevoll ihre Schulter.

»Geht es dir gut, Rebekka?«

Sie hätte die Frage gerne überzeugt bejaht, doch ihr Mund wollte das Wort nicht formen, sie stammelte nur vor sich hin und merkte zu ihrer Verzweiflung, dass ihr die Tränen in die Augen traten.

»Rebekka.« Ryan sprach sanft ihren Namen aus und zog sie an sich. Sie ließ es geschehen, ließ sich von ihm in die Arme nehmen. Die fürsorgliche Geste öffnete die Schleusen, und sie brach weinend zusammen. Ryan sagte nichts, ließ sie einfach weinen, und als die Tränen langsam versiegten, hielt er sie ein wenig von sich fort und sah ihr in die Augen.

»Es ist traurig, wenn ein Elternteil sein eigenes Kind umbringt. Sehr traurig. Aber es ist leider eine Tatsache, mit der wir in unserem Job umgehen müssen.«

Rebekka wischte sich mit dem Ärmel über die Augen und schniefte. »Das weiß ich. Es ist auch nicht die Tatsache, dass sie ihr Kind umgebracht hat, die mich am meisten berührt, sondern dass sie keinen anderen Ausweg gesehen hat.« Sie zögerte, bevor sie hinzufügte: »Ich habe immer wieder mit Fällen zu tun, in denen Eltern, vor allem Väter, ihre Kinder aus Rache oder Eifersucht töten. Für diese Eltern habe ich nur Verachtung übrig. Aber Ane Lindemann hat ihre Tochter aus Liebe umgebracht. Ich habe diese Liebe gespürt. Doch sie hat gewusst, dass die Gesellschaft, in der sie gelebt haben, Netes Bedürfnisse nicht erfüllen konnte. Das finde ich so traurig. Wo ist das Netzwerk geblieben?«

Ryan nickte verständnisvoll, und ihr fiel auf, dass sie nie so dicht beieinander gestanden hatten. Er war kein Mann, den man umarmte, aber sie musste sich eingestehen, dass es sich gut anfühlte. Geborgen.

»Es ist wichtig, dass du deinen inneren Kraftraum findest, Rebekka. Und weiterkämpfst. Der Mädchen wegen. Du hast eine Mission. Du musst ihren Mörder finden. Im Übrigen wird im Haus bald eine gewisse Stelle frei, nicht wahr? Du kannst jetzt nicht zusammenbrechen.«

»Ich glaube nicht, dass ich eine Chance habe«, sagte sie, musste aber lächeln, als er sie ansah.

»Du hast große Chancen, Rebekka. Glaub an dich. Du machst das gut, und du kannst es noch besser machen. Wenn du den Täter kriegst ...«

Sie nickte, fühlte sich aber ein wenig überwältigt. In diesem Moment steckte Brodersen den Kopf zur Tür herein.

»Ach, da bist du.« Er sah sie freundlich an. »Ich wollte nur sagen, gute Arbeit. Ich bin sehr beeindruckt, was du im Fall Nete Lindemann geleistet hast, und ich werde dafür sorgen, dass man an höchster Stelle davon erfährt.«

Sie lächelte ihn matt an.

»Geh nach Hause, Rebekka«, fügte er mit einem Blick auf ihr verweintes Gesicht hinzu. »Du hast hart gearbeitet, und das sieht man dir an. Fahr in dein Sommerhaus, sammle ein wenig Kraft, und dann sehen wir uns morgen. Und versprich mir, dass du schläfst, so lange du kannst.«

»Ja, aber ...«

»Kein Aber. Ich bin dein Chef. Das ist ein Befehl«, antwortete Brodersen und verschwand den Gang hinunter.

Sie übersetzte Ryan, was Brodersen gesagt hatte und aus einem Impuls heraus lud sie ihn ein, mit in ihr Sommerhaus zu fahren. Sie merkte, dass sie rot wurde und kam sich wie ein Schulmädchen vor, das in seinen Lehrer verliebt ist.

»Das klingt phantastisch«, meine Ryan und lächelte. »Holst du mich in einer Stunde in meinem Hotel in der Havnegade ab? Ich muss nur schnell ein paar Dinge zusammenpacken.«

Das Sommerhaus roch ein wenig muffig, als sie am späten Nachmittag eintrafen. Rebekka öffnete die Fenster zum Lüften und zeigte Ryan die Küche, die ins Wohnzimmer überging, die beiden kleinen Schlafzimmer und das Bad. Sie gingen nach draußen, spazierten über das Grundstück, und

Ryan sah sich begeistert um und sagte, er habe sich jetzt schon verliebt: in das Holzhaus mit dem Gras auf dem Dach, in das große, schöne Grundstück und vor allem in das Meer, das am Ende des Wegs lag, so nah, dass man es sowohl hören als auch riechen konnte.

Als sie das mitgebrachte Sushi gegessen und jeder ein Bier getrunken hatten, beschlossen sie, einen Abendspaziergang am Wasser entlang zu machen. Die Sonne stand hellrot am Horizont, und es war windstill. Sie erörterten die Ermittlungen im Mordfall Sofie und das rätselhafte Verschwinden von Caroline, und Ryan erzählte von seinen letzten Meetings.

»Wie läuft es eigentlich mit dir und Ted?«

»Ach, du weißt schon. Ich denke, das ist wie bei dir und deinem Vizechef Gundersen.«

Rebekka musste lachen. »Wie Hund und Katze, meinst du?«

Jetzt musste auch Ryan grinsen. Die Dämmerung legte sich um sie, und kleine Wellen trafen glucksend auf die Brandung.

»Unser Chef, Castillo, hält mehr von mir. Dessen bin ich mir sicher. Er hat meine Karriere über viele Jahre miterlebt und meine Erfolge gesehen. Ich habe auch zehn Jahre mehr Erfahrung als Ted. Er spielt sich auf den Meetings in der Kommission in den Vordergrund und möchte einen bleibenden Eindruck hinterlassen.«

»Fürchtest du ihn?« Rebekka versuchte, Augenkontakt zu Ryan aufzunehmen, was in der zunehmenden Dunkelheit jedoch schwer war.

»Ich fürchte ihn nicht, aber ich habe Respekt vor ihm, das sollte man auch bei seinem Gegner. Immer. Sonst lässt man die Schutzwälle zu weit herunter und wird geschlagen. Du solltest auch Respekt vor Gundersen haben ...«

»Das habe ich doch auch«, unterbrach sie ihn. »Gundersen ist ein tüchtiger Polizist, obwohl ich seine Methoden nicht immer schätze. Ihm ist sehr bewusst, wie er nach außen hin wirkt, er ist ein Politiker, anders als ich.«

»Du darfst dich nicht so kleinmachen, Rebekka. Du solltest dir lieber bewusst machen, dass du Gundersen immer schlagen kannst, immer. Wenn du Brodersens Platz einnehmen willst, dann tu es.«

»Ja, aber ...«

»Ich weiß, wovon ich rede. Wenn du diesen Job willst, nimmst du ihn dir. Verstehst du?«

Rebekka nickte.

Als sie von ihrem Spaziergang zurückkamen, machte Rebekka den alten Kaminofen an, während Ryan eine Flasche Whisky aus seiner Reisetasche holte und ihnen einschenkte. Sie setzten sich auf das abgenutzte Sofa und sahen in die Flammen, die am Glas der Ofentür leckten. Draußen war es dunkel geworden. Ein bleicher Mond guckte hin und wieder hinter ein paar schwarzen Wolken hervor und beschien die dunkle Landschaft mit einem schwachen Licht.

»Ich denke gerade, dass ich nur sehr wenig von deinem Privatleben weiß – und du von meinem«, sagte Rebekka und sah verstohlen zu Ryan hinüber, der mit einem nachdenklichen Gesichtsausdruck einen Schluck Whisky trank.

Er drehte sich zu ihr um, seine Augen lächelten. »Da hast du recht. Wir haben meistens über Kriminalfälle geredet, als wir uns damals beim FBI begegnet sind – ja, und auch in der Zeit, die ich jetzt hier bin. Wir sind eins mit unserer Arbeit, du und ich.« Er lachte gedämpft und fügte hinzu, »Aber wie du weißt, bin ich in Harlan, Kentucky, geboren und aufgewachsen. Ich bin ein richtiger Hillbilly.«

»Das weiß ich«, meinte Rebekka lachend, »aber du hast mir zum Beispiel nie von deiner Kindheit erzählt.«

»Oh Gott, jetzt wird es ernst.« Er versetzte ihr einen kleinen Stoß mit dem Ellbogen.

»Ich bin immer ernst, Ryan. Inzwischen müsstest du mich eigentlich gut genug kennen, um das zu wissen. Erzähl mir, wie es war, in einer Stadt wie Harlan aufzuwachsen.«

»Ärmlich und hoffnungslos. Ganz einfach. Neunzig Prozent der Einwohner haben die Highschool nicht abgeschlossen und keine Zukunft. In meiner Kindheit haben die erwachsenen Männer in den Kohleminen gearbeitet – was ebenso gefährlich wie ungesund war. Heute steht es schlecht um den Bergbau. Die Arbeitslosigkeit ist enorm.«

»Was ist mit deiner Familie, mit deiner Mutter, deinem Vater?«

»Mit meiner Familie?«, meinte Ryan und seufzte. »Bergleute werden nicht alt. Meine Eltern sind längst gestorben, arm und zahnlos, und meine Geschwister sind mit großer Wahrscheinlichkeit da, wo sie immer gewesen sind – in Harlan. Im besten Fall leben sie davon, Moos oder Ginseng zu verkaufen, den sie in den Bergen finden, im schlimmsten Fall verkaufen sie Drogen. In den Appalachen gibt es leider doppelt so viele Drogensüchtige wie in den amerikanischen Großstädten.«

»Du hast also keinen Kontakt zu ihnen?«

»Ich habe nicht mit ihnen gebrochen, aber der Kontakt ist einfach im Sande verlaufen. Ich bin anders, ganz anders als sie. Ein Außenseiter.«

»Außenseiter klingt so negativ. Du bist FBI-Agent mit einem imponierenden Lebenslauf. Ich würde dich eher einen Musterbrecher nennen.«

Ryan lächelte ein wenig, was seine bernsteinbraunen Augen zum Leuchten brachte.

»Du hast recht. Ich bin ein Musterbrecher.« Er starrte gedankenverloren in das prasselnde Feuer, bevor er fortfuhr: »Ich bin jedenfalls der Einzige in der Familie, und da spreche ich von vielen Generationen, der die Highschool abgeschlossen hat, und zwar mit einem ausgezeichneten Abschluss, und der aufs College gegangen ist. Ich wollte einfach nur weg. Das war das Einzige, wovon ich geträumt habe. Ich wollte etwas werden. Etwas Großes, das Prestige und Macht bringt. Jeden Tag, wenn ich aus der Schule nach Hause kam und meine Pflichten erfüllt hatte, habe ich gelesen. Ich habe alles ausgeliehen, was es in der Bibliothek vor Ort auszuleihen gab. Die Bibliothekarin, Mrs. Evans, hatte noch nie einen Leser, der so unmäßig war wie ich, ansonsten war sie nämlich überhaupt nicht mit Lesern verwöhnt. Den größten Teil der Bücher hatte noch nie jemand in der Hand gehabt, die Einwohner von Harlan interessieren sich nicht für Literatur.« Er lachte rau.

Rebekka hörte zu, während sie sich Ryan als Kind vorstellte. Sie sah seinen sehnigen Körper vor sich, das rotbraune Haar und die Augen, die über zahllose Texte wanderten, begierig nach Wissen.

»Wann hast du gewusst, dass du Polizist werden willst?«

»Genau wie alle anderen Jungen war ich begeistert von Polizeiautos und Feuerwehrautos. Meine früheste Erinnerung ist die, dass ich zusammen mit meiner Mutter auf dem Bürgersteig in der Main Street stehe, um mir eine Parade anzusehen. Du weißt schon, so eine typisch amerikanische Parade mit Kostümen, Musikkapellen und Massen von amerikanischen Flaggen. Ich war noch nicht so alt, fünf Jahre vielleicht, und ich erinnere mich, dass ich meine Mutter an der Hand gehalten habe, was nicht oft vorkam, eigentlich kann ich mich nicht erinnern, dass ich sie sonst überhaupt angefasst hätte, aber an diesem Tag waren wir Verbündete. Irgendwann stolzierte ein großer, schöner Mann mit einem Sheriffhut und einem goldenen Stern an uns vorbei, und ich kann mich erinnern, wie sie mich an der Hand gezogen und gesagt hat: ›Ryan, guck mal, der Sheriff. Er ist ein großer Mann hier in der Stadt, und das kannst du auch werden. Du hast das Zeug dazu.‹ In dem Augenblick habe ich gewusst, dass ich Polizist werden würde, ein großer, mächtiger Polizist.«

Ryan lächelte und fügte hinzu: »Dieser Nachmittag in der Main Street in Harlan war für mich ein Aha-Erlebnis von ungeheurem Ausmaß. Ich beschloss, sofort lesen zu lernen, und ein paar Wochen später konnte ich es. Ich bin in die Schule gekommen und habe hart gearbeitet, zur großen Belustigung meiner Familie. Mein Vater hatte nur Hohn für mich übrig, er hat mich nicht verstanden, er hat gar nichts verstanden, geistig minderbemittelt, wie er war. Mein großer Bruder, den man heute als zurückgeblieben bezeichnen würde, war wütend über meinen Verstand und das Wissen, das ich mir langsam angeeignet habe, er hat mich aus Frustration oft zusammengeschlagen, und ich erinnere mich, dass ich immer mein Gesicht geschützt habe. Ich hatte panische Angst, mir den Kopf zu verletzen, einen Hirnschaden zu bekommen, an mein Elternhaus gefesselt zu sein bis zu meinem Tod. Der Gedanke, nicht wegkommen zu können, war meine größte Angst, und ich war mir darüber im Klaren, dass mein Ticket in die Freiheit mein IQ war. Weißt du, ich war immer von Menschen mit leeren Augen und schwarzen, zahnlosen Mündern umgeben. Meine Familie hat mich nicht verstanden, niemand hat mich verstanden. Ich hätte genauso gut von einem fremden Planeten kommen können.«

Rebekka spürte Ryans Blick auf sich ruhen. Sie nickte, rief sich das Gefühl in Erinnerung, anders zu sein. So hatte sie sich oft nach dem Tod ihres Bruders gefühlt. Endlose Spaziergänge am windigen Ringkøbing Fjord, fast immer allein bis auf die wenigen Male, als sie ihren Vater hatte überreden können mitzukommen, wenn seine kranken Lungen es denn zuließen. Sie erinnerte sich an die salzige Brise, die in die Wangen kniff und an ein paar Episoden mit Menschen, die sie kannten und die den Blick niederschlugen, wenn sie sie sahen, weil sie nicht wussten, was sie sagen sollten, und die sie deshalb mieden.

»Ich kenne die Einsamkeit und das Gefühl, alleine zu sein, sehr gut.«

»Das weiß ich, Rebekka. So etwas spürt man bei seinem Gegenüber. Uns beide verbindet etwas ganz Besonderes.«

Sie spürte, wie die Worte sie von innen wärmten. Ryan hatte recht, sie verband etwas Besonderes.

»Hat es denn keins deiner Geschwister geschafft, so wie du alles hinter sich zu lassen?«

Ryan schüttelte den Kopf. »Ich bin das zweitälteste von dreizehn Kindern. Acht Jungen und fünf Mädchen. Mein ältester Bruder Tom ist, wie gesagt, zurückgeblieben. Die anderen sind nur unbegabt und dumm. Ich weiß, das klingt hart, aber es ist die Wahrheit. So ist das mit den meisten

Kindern, die in tiefer Armmut leben. Wir bekamen oft Wurzeln oder Brei zum Abendessen, selten Fleisch. Wir hatten immer Hunger. Du wirst dir kaum vorstellen können, wie sich echter Hunger anfühlt. Das hohle Gefühl im Bauch, wie ein konstantes Scheuern. Das vergesse ich nie. So war es tagaus, tagein, und bis heute hat sich daran nicht viel geändert. Die Kinder leben noch immer in tiefster Armut, nur dass heute die Kost aus Burgern und Cola besteht. Ich wollte weg – das war das Einzige, wovon ich geträumt habe, wenn ich auf unserer Veranda saß, umgeben von Geschrei und Gejohle, dem Gebell der Hunde und dem Gegacker der Hühner. Ich wollte erwachsen werden, ich konnte es gar nicht erwarten.«

Ryans Beschreibung war so lebendig, dass Rebekka das Gefühl hatte, selbst auf der abgenutzten Holzveranda zu sitzen, während das Geräusch von der rostigen Aufhängung der Gartenschaukel in ihren Ohren knarrte. Sie sah den Mann an, der ihr gegenübersaß, sah, dass er sich, obwohl fünfzehn Jahre älter als sie, verblüffend gut gehalten hatte.

»Warum hast du nie geheiratet?«

Ryan zuckte mit den Schultern. »Das ist eine gute Frage, Rebekka, die sich wohl am besten damit beantworten lässt, dass mir die Richtige noch nicht begegnet ist oder ...« Er zögerte, drehte das Glas mit dem Whisky zwischen seinen kräftigen Fingern und ließ sich Zeit, über die Antwort nachzudenken. »Vielleicht mag ich auch nicht in trauter Zweisamkeit leben wie so viele andere. Ich bin immer meine eigenen Wege gegangen.« Er lächelte und fügte hinzu: »Weißt du, da, wo ich herkomme, heiraten die meisten sehr früh und bekommen dann eine Menge Kinder und leben den Rest ihres Lebens in Armut. Ich bin ehrgeizig, ich liebe meine Arbeit, vielleicht ist es einfach so banal, dass ich mit meiner Arbeit verheiratet bin.«

Sie prosteten sich zu und tranken aus. Rebekka verstand ihn. Trotz ihrer sechsunddreißig Jahre bekam sie ja nicht einmal eine Fernbeziehung auf die Reihe. Genau wie bei Ryan stand bei ihr die Arbeit an erster Stelle. Räume ich der Karriere die höchste Priorität ein, weil ich so ein Karrieretyp bin, dachte sie hin und wieder, oder weil ich noch nicht den Richtigen getroffen habe, um eine Familie zu gründen? Schnell schob sie den Gedanken beiseite. Das traditionelle Familienleben war nicht ihr Ding, zum Ärger ihrer Mutter, die sich regelmäßig über die fehlenden Enkelkinder beklagte. Wo doch Robin ihr nie welche schenken würde …

———

»Komm zu mir, meine Schöne. Ich pflanze Küsse auf dich – überall.«

Pernille musste beim Klang von Antonios Stimme einfach lächeln, über sein gebrochenes Dänisch, das leichte Lispeln, das über seine fülligen Lippen kam. Sie hörte ihm gerne zu, wenn er von seiner Kindheit in São Paulo erzählte. Es klang so exotisch, so ganz anders als das Reihenhaus in Hørsholm, wo sie achtzehn Jahre ihres Lebens verbracht hatte. Sie war froh, dass er noch ein weiteres Jahr in Dänemark bleiben würde, bevor seine Familie weiterzog. Antonio freute sich auch. Er liebe Dänemark, hatte er gesagt, mehr als alle anderen Orte, an denen er mit seinem Vater, der Diplomat war, seiner Mutter und seinen vier jüngeren Geschwistern gelebt hatte.

Pernille drückte fest Antonios Hand. Sie sah auf ihre ineinander verflochtenen Finger, sie mochte den Kontrast zwischen seiner hellbraunen Haut und ihrer weißen. Heute hatten sie schulfrei und liefen durch den Wald, um einen Platz zu finden, wo sie für sich sein konnten. Das Reihenhaus ihrer Eltern war zu klein, und zu Hause bei Antonio gab es immer die jüngeren Geschwister, die sie störten. Der Wald war friedlich. Hier konnten sie einander in Ruhe erforschen.

»Ich haben Decke im Rucksack.« Antonio lächelte ihr schief zu, und sie musste über sein Dänisch lachen, während sich ein kribbelndes Gefühl in ihrem Körper ausbreitete. Antonio war so romantisch im Gegensatz zu den Jungen, die sie bisher gekannt hatte. Er machte ihre Treffen immer zu etwas Besonderem, überraschte sie. Oft spürte sie die neidischen Blicke ihrer Freundinnen. Wenn sie ihnen ein Gedicht zeigte, das er für sie geschrieben, ein filigranes Armband aus seiner Heimat, das er ihr geschenkt hatte oder wenn sie von ihrem letzten Stelldichein erzählte. Sie taten ihr immer leid, wenn sie sah, wie sie sich mit ihren gleichaltrigen dänischen Freunden herumschlugen, einer Horde phantasieloser Versager. Ich liebe ihn, dachte sie mit einer plötzlichen Heftigkeit und merkte, dass sie das Gefühl froh und ein wenig ängstlich zugleich machte.

»Das da drüben sieht gut aus.« Antonio war stehen geblieben und zeigte auf eine Lichtung tiefer im Wald. Ein rieselnder Bach floss zwischen ihnen und der Lichtung. Sie stand direkt hinter ihm, konnte den Duft der besonderen Seife einatmen, die man offenbar in Brasilien benutzte, und ihr Begehren wuchs. Sie streckte die Hand aus, streifte sein nussbraunes Haar, das sich im Nacken kräuselte. Er drehte sich halb zu ihr um, seine Augen strahlten, ein Anblick, den sie nie vergessen würde, und streckte den Arm nach ihr aus.

»Komm, meine Schöne, wir müssen nur noch über den Bach. Wir springen – lass uns das zusammen tun.«

Sie nahmen einander bei der Hand, nahmen Anlauf und setzten zu einem gemeinsamen Sprung über den Bach an. Sie schafften es nicht bis ans andere Ufer, sondern purzelten ins kalte Wasser und schrien laut auf, als es durch ihre Kleidung drang.

»Oh nein, Scheiße!« Pernille kam schnell wieder auf die Beine und drehte sich zu Antonio um. »Alles in Ordnung?«

Antonio lachte. »Natürlich«, sagte er. »Jetzt müssen wir uns ausziehen.«

Pernille spürte, wie ihre Wangen zu glühen begannen, während Antonio auf die kleine Lichtung hochzukommen versuchte.

»Ups, ich bin in irgendwas gelandet. Gib mir mal eine Hand.«

Sie streckte ihm die Hand hin und fühlte sich ein wenig wacklig auf dem unebenen Boden.

»Oh.« Antonio blickte auf seine Hände, dann starrte er sie mit vor Entsetzen geweiteten Augen an.

»Was ist?«, fragte sie mit klopfendem Herzen. Er sah so merkwürdig aus, so hatte sie ihn noch nie gesehen.

»Fuck, fuck, fuck. Verdammt.«

Antonio sprang blitzschnell auf, während er hysterisch die Hände schwenkte. Ein Sturzregen von Tropfen stob durch die Luft, traf ihr Gesicht. Noch immer starrte Antonio panisch auf seine Hände, an denen etwas zu kleben schien, etwas Schmutziges. Dann beugte er sich vor, sah auf die Stelle hinunter, an der er gerade gestanden hatte und schrie.

»Antonio.« Pernille machte einen weiteren wackligen Schritt auf ihn zu. »Was ist?«

Antonio war kreidebleich und zeigte fieberhaft auf den Bach. Sie beugte sich ebenfalls vor, und einen Augenblick verstand sie nicht, was sie da sah, dann dämmerte es ihr langsam. Der zarte, blauschwarze Körper, der halb aus dem Wasser guckte, Arme und Beine, an denen die Haut an mehreren Stellen aufgerissen war, und das lange, zerzauste Haar, das sich im Wasser wellte. Antonio war auf einem toten Mädchen gelandet.

Der Anruf ging um 16:06 Uhr ein. Ein panisches junges Mädchen versuchte weinend zu erklären, was passiert war und wo sie sich befand. Man schickte einen Streifenwagen los, und erst als die Beamten eintrafen, wurde ihnen klar, wer da vermutlich gefunden worden war. Das Gebiet wurde sofort abgesperrt. Die beiden Schüler wurden auf direktem Weg zur Befragung ins Präsidium gefahren.

Rebekka und Simonsen nahmen sie in Empfang. Sie brauchten lange, um sie zu beruhigen, bevor sie mit der Befragung beginnen konnten. Besonders der junge Mann war außer sich vor Angst und zitterte die ganze Zeit während des stundenlangen Gesprächs. Als er erzählen sollte, wie er auf der Leiche gelandet war, wurde ihm plötzlich schlecht, und er musste den Kopf nach unten hängen lassen, um nicht ohnmächtig zu werden.

Im Lauf der Befragung wurde schnell klar, dass das Paar keine weiteren Informationen beizutragen hatte, und die beiden wurden entlassen. Rebekka begleitete sie den Gang hinunter zu den wartenden Eltern. Die junge Frau drückte ihren Freund an sich, um ihn zu trösten, während der junge Mann außer sich zu sein schien, wie gelähmt. Man bot ihnen eine Krisenintervention an, doch sie schlugen das Angebot aus.

»Ich finde aber schon, dass Sie mit einem Psychologen reden sollten.«

Rebekka legte Pernille die Hand auf den Rücken, die Jacke der jungen Frau war noch immer feucht nach dem unfreiwilligen Bad im Fluss. Pernille warf ihrem Freund einen fragenden Blick zu, der den Kopf schüttelte.

Rebekka sah beide eindringlich an. »Es gibt Experten für solche Situationen, und Sie sollten so gut wie möglich darüber hinwegkommen.« Sie begegnete Antonios düsterem Blick.

»Darüber komme ich nie hinweg. Niemals«, antwortete er leise und verschwand durch die Glastür.

»Na, dieses Erlebnis dürfte einen einschneidenden Einfluss auf ihr künftiges Sexleben haben«, sagte Simonsen kichernd, als Rebekka kurz darauf in ihr Büro zurückkam.

Sie warf ihm einen müden Blick zu und ließ sich schwer auf ihren Stuhl fallen, zu erschöpft, um die Bemerkung zu kommentieren. Was zum Teufel hatte er in Rezas und ihrem Büro zu suchen? Sie sah auf die Uhr, es war kurz vor neun, und ihr Arbeitstag war noch lange nicht zu Ende. Es wurde fast elf, bis feststand, dass es sich bei der Toten um die zehnjährige Caroline Nørvang handelte. Die vorläufige Untersuchung an der Fundstelle hatte ergeben, dass ihr genau wie Sofie Kyhn Larsen das Genick gebrochen worden war. Auch sie war nackt, ohne sichtbare Zeichen eines sexuellen

Übergriffs. Von ihrer Kleidung gab es keine Spur, doch die Polizeihunde fanden in der Nähe der Fundstelle einen Lederstiefel mit Klettverschluss. Der Stiefel war zur näheren Untersuchung an die Technik geschickt und die Obduktion für den nächsten Morgen um acht angesetzt worden.

Rebekka überlegte, ob sie Dorte noch anrufen konnte, da es bald Mitternacht war. Die Freundin meldete sich beim ersten Klingeln, und als Rebekka ihre Stimme hörte, gab sie ihrem Gefühl nach und erzählte mit tränenerstickter Stimme von dem Leichenfund und davon, wie energielos sie sich inzwischen fühlte.

»Bekka, jetzt gehst du zum Arzt«, sagte Dorte. »Du klingst völlig erschöpft. Das ist sonst nicht so ...«

»Sonst habe ich es auch nicht mit Kindern zu tun«, verteidigte sich Rebekka und spürte einen leichten Ärger darüber, dass die Freundin sich einmischte, obwohl sie sie selbst darum gebeten hatte.

»Stimmt, aber geh endlich hin.«

Rebekka versprach es. Und erzählte ihr anschließend, dass sie mit Ryan im Sommerhaus gewesen war.

»Ich finde, dass du diesen Ryan in letzter Zeit ziemlich häufig erwähnst. Gibt es da etwas, das ich wissen sollte?« Dorte lachte, und Rebekkas Mund verzog sich zu einem Grinsen.

»Zwischen uns ist nichts, falls es das ist, was du andeuten willst. Ich sehe Ryan als eine Art Lehrer, als Mentor, wenn du so willst.«

»So einen Mentor hatte ich auch mal. Erinnerst du dich noch an den Typen aus der Neurologie, den ich so attraktiv fand ...«

Rebekka musste lachen. »Diesen Professor, mit dem du bei der Weihnachtsfeier herumgemacht hast?«

»Genau den meine ich.«

»Das lässt sich aber nicht vergleichen. Ich werde mit Ryan nicht nach einer Weihnachtsfeier unter dem Schreibtisch landen. Nur damit du es weißt.«

»Wir werden sehen«, meinte Dorte, und Rebekka war froh, dass sie der Freundin nichts von Jonas erzählt hatte. Noch nicht.

Früh am nächsten Morgen waren sie ein weiteres Mal im Rechtsmedizinischen Institut versammelt. Reza war immer noch krank, doch Gundersen, Brodersen, Simonsen und Rebekka standen um den Stahltisch herum, während Inge Aamund untersuchte und erklärte. Es gab zahlreiche Übereinstimmungen zwischen den beiden Opfern. Carolines Genick war gebrochen, sie roch schwach nach Äther, was mit großer Wahrscheinlichkeit bedeutete, dass auch sie irgendwann betäubt worden war, und es gab keine Hinweise auf einen sexuellen Übergriff. Da Caroline nur zwei Wochen verschwunden und das Wetter kühler gewesen war, war die Leiche in einem weitaus besseren Zustand als Sofies. Doch im Gegensatz zu dem ersten Opfer wies Caroline an Armen und Beinen deutliche Abwehrverletzungen auf, sie hatte ein großes Loch im Hinterkopf, in dem noch Asphaltreste hingen, und sie hatte zwei Schläge ins Gesicht bekommen, wodurch sich ein Zahn gelockert hatte. Der größte Durchbruch war jedoch der, dass Inge Aamund ein schwarzes Haar in Carolines Mundhöhle fand. Die Augen der Rechtsmedizinerin strahlten über den Rand des Mundschutzes hinweg, und ein Raunen ging durch die Gruppe der Ermittler. Alle dachten an den schwarzhaarigen Mann, den die Zeugin Sofie Kyhn Larsen vom Spielplatz hatte wegtragen sehen. Mit einer guten Portion Glück waren sie bei ihrer Jagd nach dem Mörder ein Stück weitergekommen.

Einige Stunden später machten sie eine Pause, um sich an der frischen Luft zu erholen. Brodersen bekam einen Anruf aus dem Kriminaltechnischen Zentrum. Die Kollegen informierten ihn darüber, dass man auch am Klettverschluss von Carolines Stiefel ein schwarzes Haar gefunden hatte.

Sie suchten nach einem schwarzhaarigen Mann, der kleine, blonde Mädchen betäubte, entführte und ermordete.

Rebekka atmete erleichtert auf, als sie wieder in ihrem Büro saß. Trotz diverser Pakete Lakritzpastillen und einer Cola saß ihr die Übelkeit noch immer im Mund, und sie fürchtete, dass sie gerade wie ihr Partner Reza eine ausgeprägte Phobie gegen Obduktionen entwickelte. Sie ging ihre E-Mails durch und erkundigte sich im Krankenhaus, wie es Søren Thomsen ging. Der diensthabende Arzt teilte ihr mit, dass man Søren Thomsen am selben Morgen notoperiert habe, da das Gehirn durch die große Blutansammlung angeschwollen war. Man habe eine Lumbalpunktion vorgenommen, um den Druck zu mindern, doch alles in allem sei das kein gutes Zeichen, und das Risiko für einen dauerhaften Hirnschaden sei hoch.

Rebekka legte auf und starrte einen Augenblick stumm vor sich hin. Das durfte verdammt noch mal nicht wahr sein, dachte sie und machte sich auf nach Valby.

»Hier ist Rebekka Holm von der Mordkommission. Ich möchte mit Ihnen reden.«

Die Tür wurde ihr aufgedrückt, und sie stieg die Treppe sehr viel langsamer hinauf als beim letzten Mal. Steffen Olsen stand mit einem breiten Lächeln in der Tür, das jedoch langsam versiegte, als er Rebekkas angespannten Gesichtsausdruck sah. Er bat sie herein und führte sie in das Wohnzimmer mit den Terrarien. Sie konnte die Schlangen riechen, ein scharfer, süßlicher Geruch, und sie schluckte.

»Wir müssen miteinander reden.«

»Worum geht es?«

»Um Søren Thomsen.«

»Søren Thomsen?« Steffen sah sie verständnislos an. Rebekka zog die Titelseite von *Ekstra Bladet* aus der Tasche, faltete sie auseinander und zeigte auf das Foto von Steffen.

»Sie äußern sich hier in der Zeitung zu seiner Freilassung. Wie wütend es Sie macht, dass man ihn laufen lässt.«

»Ach, der …« Steffen zuckte gleichgültig die Schultern. »Den habe ich schon wieder vergessen.«

»Er hat Sie mit großer Wahrscheinlichkeit nicht vergessen. Er liegt im Krankenhaus, nachdem er in seiner Wohnung brutal zusammengeschlagen wurde.«

Ihre Blicke begegneten sich kurz. Steffens Augen waren genauso ausdruckslos wie die der Schlangen. »Darüber weiß ich nichts.«

Rebekka spürte ein leichtes, unsicheres Zittern von seinem muskulösen Körper ausgehen. Sie machte einen Schritt auf ihn zu, senkte die Stimme ein wenig.

»Ich bin mir sicher, dass Sie derjenige sind, der am meisten über den Überfall weiß, Steffen. Ich kann mir einen Durchsuchungsbeschluss besorgen und nach den Waffen suchen, die Sie und Ihre Mittäter benutzt haben. Ich würde darauf wetten, dass Sie Ihre Helfer im Klub rekrutiert haben. Was glauben Sie, wie die Stadtverwaltung sich dazu verhalten wird, dass Sie Schlägertrupps einsetzen?«

»Sie sind auf der falschen Fährte.«

»Wo waren Sie in der Nacht von Dienstag auf Mittwoch?«

Steffen warf einen schnellen Blick zur Dielentür hin, dann senkte er die Stimme. »Ich war mit Vibs zusammen. Mit Vibeke Dahl, Sie wissen schon. Sie können das natürlich überprüfen, aber seien Sie bitte diskret, ja?«

Steffen drehte sich zu einem der Terrarien um und betrachtete das Tier durch die Glasscheibe. Dann richtete er sich auf und wandte sich wieder zu ihr. Ein kleines, triumphierendes Lächeln leuchtete in einem Augenwinkel auf, und Rebekka wusste, dass das nur bedeuten konnte, dass er die Beweise längst beiseitegeschafft hatte. Ihr kam ein Gedanke. Ob Steffen alles bei Bo gelassen hatte? Sie verabschiedete sich und ging zur Eingangstür, wo sie sich noch einmal zu ihm umdrehte.

»Ich komme wieder.«

»Das würde mich freuen«, antwortete Steffen provozierend, und der Drang, ihn hinter Gitter zu bringen, wuchs.

Wütend lief Rebekka die Treppe hinunter und fuhr direkt zu Bo, der ihr zögernd aufdrückte. Der Aufzug war immer noch kaputt, und sie war hochrot im Gesicht und völlig außer Atem, als sie endlich in der obersten Etage ankam.

»Hallo, Bo. Vermutlich erinnern Sie sich an mich? Rebekka Holm.«

Bo nickte. Eine so schöne Frau wie sie vergaß er nicht.

»Ich möchte mit Ihnen über einen sehr brutalen Überfall auf einen Mann aus Ihrer Nachbarschaft reden. Søren Thomsen. Der Überfall war so brutal, dass das Opfer starke Gehirnblutungen hat. Es ist nicht sicher, ob der Mann überleben wird.«

Ihr Blick spießte ihn auf, und er merkte, wie ihm der Schweiß aus jeder Pore lief. Schnell schlug er den Blick nieder.

»Wo waren Sie in der Nacht von Dientag auf Mittwoch?«

»Hier«, murmelte er und spielte am Reißverschluss seines Pullovers herum. Er spürte, dass sie ihn weiterhin ansah. Ihr Blick brannte.

»Ich denke, Sie sollten mir in die Augen sehen, Bo – auch wenn Sie lügen.«

Er ließ den Reißverschluss los, hob vorsichtig den Blick, konnte ihr aber trotzdem nicht in die Augen sehen. Sie hatte recht, und er spürte die Sympathie für sie wachsen, obwohl sie ein Bullenschwein war, wie Steffen die Leute von der Ordnungsmacht immer nannte.

»Søren Thomsen ist der Mann, den wir anfänglich des Mordes an Sofie verdächtigt haben«, fuhr sie fort.

Er nickte unmerklich, wusste nicht, wohin er gucken sollte. Sie rückte näher an ihn heran.

»Bo, hören Sie zu. Ich glaube nicht, dass die Idee zu dem Überfall von Ihnen kam, obwohl ich mir darüber im Klaren bin, dass Sie Sofie sehr gemocht und wahrscheinlich hin und wieder Rachegelüste verspürt haben, das tun die meisten Angehörigen eines Mordopfers irgendwann. Aber Søren hat Sofie nicht umgebracht, und jetzt liegt er auf der Intensivstation. Es ist nicht sicher, ob er es überhaupt schafft, und falls doch, ist es nicht ausgeschlossen, dass er den Rest seines Lebens in einem Heim dahinvegetieren wird. Können Sie wirklich damit leben?«

Ihre Worte berührten etwas in ihm, und er spürte einen Kloß im Hals.

»Ich bezweifle, wie gesagt, nicht, dass Steffen hinter dem Überfall steht. Er sagt, dass er für die Tatzeit ein Alibi hat, und ich bezweifle auch nicht, dass er das alles hübsch arrangiert hat. Aber Bo, in Ihnen sehe ich etwas Gutes – ich glaube, dass Sie im Leben das Richtige tun möchten. Ich hoffe, dass ich recht habe.«

Er sah sie an, ihre Augen waren groß und eindringlich. Er schluckte den Kloß hinunter, ballte die Hände zu Fäusten. Jetzt war sie da, die Gelegenheit, Steffen zu bestrafen. Was würde der Bruder für den Überfall bekommen? Ganz sicher keine Haftstrafe auf Bewährung, und das würde bedeuten, dass er seinen Job als Leiter des Klubs verlieren würde, was ihn zweifelsohne brechen würde. Bo musste nur zuschlagen. Jetzt. Doch dann verließ ihn der Mut. Er konnte nicht. Steffen war sein Bruder. Er schüttelte den Kopf.

Die Ermittlerin sah ihn lange an, als würde sie spüren, dass er nahe an einem Geständnis gewesen war. Sie zuckte mit den Schultern, drückte ihm eine Visitenkarte in die Hand und sagte, dass er immer anrufen könne, Tag und

Nacht, wenn er Lust habe, sein Gewissen zu erleichtern. Sie war fast draußen auf dem Absatz, als sie sich umdrehte und einen großen Schritt auf ihn zu machte. Ihm fiel auf, dass sie gleich groß waren.

»Bo, wenn Sie nicht freiwillig reden wollen, sehe ich mich gezwungen, Sie an einem der kommenden Tage zu einer formellen Vernehmung ins Präsidium zu bestellen. Sie alle werden nicht ungestraft davonkommen.«

Sie stand ganz dicht neben ihm, nur wenige Zentimeter entfernt, und er konnte sie riechen. Sie roch nach Seife, und plötzlich wurde ihm sein eigener säuerlicher Körpergeruch bewusst. Er nickte und murmelte irgendetwas. Sie trat in den Hausflur.

»Ist es nicht langsam an der Zeit, dass Sie sich von Steffen befreien?« Sie wartete seine Antwort nicht ab, sondern verschwand die Treppe hinunter.

Er schloss die Tür und lehnte sich gegen den Türrahmen, während ihre Worte sich setzten. Sich von Steffen befreien. Der Gedanke war verlockend – das Problem war nur, dass er komplett unrealistisch war. Er würde nie frei sein.

Rebekka hatte beschlossen, nach der Arbeit noch einmal ins Sommerhaus zu fahren. Sie verspürte eine starke Sehnsucht danach, sie selbst zu sein, alleine zu sein, die Dinge zu durchdenken und vor allem zu schlafen. Die Müdigkeit war ein immerwährender Begleiter geworden, und jeden Morgen, wenn sie die Augen aufschlug, fühlte sie sich völlig groggy, gleichgültig wie früh sie am Abend zuvor ins Bett gegangen war. Sie hatte getan, worum Dorte sie gebeten hatte, und für den nächsten Morgen einen Termin bei ihrem Hausarzt gemacht, obwohl sie stark daran zweifelte, dass der Arzt etwas für sie tun konnte.

Die Kälte drang durch die Ritzen im Haus, es fühlte sich an, als würde in regelmäßigen Abständen eiskalte Luft hineingeblasen. Sie schauderte. Sie hatte zwei Paar Leggins angezogen, ein langärmliges Unterhemd und eine dicke Wollstrickjacke, und trotzdem wurde ihr nicht richtig warm. Die Dunkelheit lag wie eine schwere Decke auf dem Sommerhaus.

Rebekka machte die Lampe über dem Esstisch an, fuhr den Computer hoch und versuchte zu arbeiten, doch sie war unkonzentriert und hatte Schwierigkeiten sich zu sammeln. Sie spähte in die Dunkelheit hinaus und hatte plötzlich das Gefühl, von draußen beobachtet zu werden. Sie stand auf, ging schnell zur Terrassentür hinüber, vergewisserte sich, dass sie verschlossen war, und überprüfte anschließend die Türen zu Küche und Schlafzimmer. Alles war gut verschlossen. Sie war in Sicherheit, und trotzdem verspürte sie ein Gefühl der Unsicherheit. Seit Ryan erwähnt hatte, dass ein Insider, zum Beispiel ein Polizist, hinter den Morden an Sofie und Caroline stehen könne, hatte sie dieser Gedanke nicht mehr losgelassen.

Rebekka presste die Stirn gegen die kühle Scheibe, die auf den hintersten Teil des Gartens hinausging. Hinter den schwarzen Tannen stand der Mond am Himmel und schickte sein fahles Licht zu ihr herüber. Sie zog die Strickjacke enger um sich, rieb sich die Arme, fror aber weiter.

Am nächsten Morgen erwachte Rebekka früh vom Zwitschern der Amseln. Sie lag ganz still und lauschte, während sie versuchte, Leben in ihren Körper zu bekommen, der sich schwerer und müder denn je anfühlte. Schließlich kam sie auf die Beine, trottete ins Bad und erhaschte einen Blick auf ihr Spiegelbild. Die Erschöpfung stand ihr ins Gesicht geschrieben, die Augen waren geschwollen, und sie hatte einen bitteren Geschmack im Mund. Sie duschte kalt, schüttete eine Tasse starken Kaffee in sich hinein und schloss das Sommerhaus ab.

Die Fahrt in die Stadt war nicht belebend wie sonst, sondern anstrengend und lang. Sie fuhr hitzig, hupte die anderen Autofahrer an und fühlte sich nur noch erschöpfter, als sie anderthalb Stunden später vor der Praxis ihres Hausarztes im Søndre Fasanvej parkte.

»Ich fühle mich nicht ganz gesund … Ich weiß nicht …«

In dem Moment, in dem Rebekka über die Schwelle der Praxis getreten war, hatte sie bereits bereut, einen Termin gemacht zu haben. Das war vergeudete Zeit. Es war nur der große Arbeitsdruck, der an ihr zehrte. Sie war schließlich nicht mehr jung, sagten das nicht alle? Der Arzt, ein älterer Mann, der sich dem Rentenalter näherte, sah sie freundlich an.

»Erzählen Sie mir in Ruhe, wie Sie sich fühlen und welche Symptome Sie haben.«

»Mir geht es ausgezeichnet«, antwortete sie schnell. »Ich war in der letzten Zeit nur erschöpfter als sonst, müde, wenn Sie so wollen. Und mir war hin und wieder übel. Aber ich hatte auch sehr viel zu tun. Ich bin Ermittlerin in der Mordkommission, und ein Fall hat den nächsten abgelöst.«

»Das klingt nach einem harten Job.«

Sie nickte und spürte die Tränen im Hals kratzen. »Es ist bestimmt nur der Stress.«

»Aber wenn Sie schon einmal hier sind, kann ich Sie mir auch gleich einmal anschauen, finde ich. Damit wir nichts übersehen«, fügte der Arzt gutmütig hinzu und nahm sich reichlich Zeit, sie abzuhören und ihren Blutdruck zu messen. Alles war normal.

»Ich denke, wir sollten noch Blut abnehmen, und wie sieht es mit einer gynäkologischen Untersuchung aus? Liegt die letzte nicht ein paar Jahre zurück?« Der Arzt warf einen Blick auf ihre Krankenakte im Computer.

»Mir geht es nicht schlecht«, wandte sie ein. Sie ertrug den Gedanken an gerade *diese* Untersuchung nicht.

»Wie verhüten Sie? Soweit ich mich erinnere, nehmen Sie die Pille …?«

»Ich habe vor nicht allzu langer Zeit mit diesen Minipillen angefangen«, sagte sie und durchforstete schnell ihr Gedächtnis. Sie hatte sie doch nach Anweisung genommen oder …? In dem ganzen Stress hatte sie bestimmt ein paar Mal nicht daran gedacht.

»Haben Sie regelmäßig Ihre Periode?«

»Ehrlich gesagt nicht, ich hatte ein paar Zwischenblutungen, die ich auf den Stress und die Minipille geschoben habe. Die Periode hat auch früher schon öfter ein- oder zweimal ausgesetzt, wenn ich viel zu tun hatte.«

»Die Periode kann natürlich aufgrund von Stress ausbleiben, aber es kann auch eine Schwangerschaft vorliegen«, antwortete der Arzt und bat sie, sich auszuziehen. Ungläubig trat Rebekka hinter den Vorhang, zog Hose und Slip aus und setzte sich in den Stuhl, während ein heftiger Lachanfall sie quälte. Schwanger? Das war doch absurd, das grenzte an Wahnsinn. Sie wollte gerade einen witzigen Kommentar abgeben, als der Arzt die Diagnose stellte. Sie war schwanger.

Rebekka hatte keine Ahnung, wie sie anschließend ins Präsidium gekommen war. Sie erinnerte sich nicht an die Fahrt, wusste nicht, wo sie das Auto geparkt hatte, und bewegte sich wie ein Zombie die Treppe zu ihrem Büro hinauf. Reza saß wieder an seinem Platz, was sie normalerweise gefreut hätte, doch jetzt bekam sie Angst, er könne ihr ihren Zustand allein von ihrem Gesichtsausdruck ablesen. Sie nickten sich zu, Reza sagte etwas von einer Herbsterkältung, und sie brachte ein verständnisvolles Lächeln zustande. Sie gingen kurz die Tagesaufgaben durch, dann stürzten sie sich in die Arbeit.

Obwohl Rebekka alles tat, um sich zu konzentrieren, war der Rest des Tages ein einziger Albtraum, den es zu durchstehen galt. Immer wieder tauchte der Gedanke an die Schwangerschaft auf, und sie erwischte sich mehrmals dabei, wie sie mit der Hand über die fast unsichtbare Rundung ihres Bauchs fuhr. Es fühlte sich unwirklich an, dass sie, Rebekka Holm, Mutter werden sollte. Wollte sie das überhaupt? Wuchs da wirklich ein Kind in ihrem Bauch? Sie konnte es nicht fassen, und ihr kam der Gedanke, dass der Arzt sich geirrt haben könnte.

Plötzlich fiel ihr ein, dass Dorte einmal begeistert von einem Ultraschallinstitut für Schwangere in der Innenstadt von Kopenhagen erzählt hatte. In der Ny Østergade. Sie googelte es und rief mit leiser Stimme und angehaltenem Atem an, während Reza in der Mittagspause war. Die Klinik konnte ihr noch am selben Tag einen Termin um 17:30 anbieten, da jemand abgesagt hatte. Sie legte erleichtert auf, bekam wieder Luft, bald würde sie Klarheit haben. Sie stürzte sich erneut in die Arbeit, doch sie erledigte ihre Aufgaben auf eine mechanische Art, selbst ihre Stimme hatte einen anderen Tonfall. Sie spürte, dass Reza sie ansah, forschend, und streckte den Rücken in dem Versuch, normal auszusehen.

»Rebekka, geht es dir gut?«, fragte er plötzlich.

»Natürlich, warum sollte es mir nicht gut gehen? Ich bin zurzeit nur ein wenig müde«, antwortete sie und verspürte den Drang, in Tränen auszubrechen. Schnell ordnete sie ein paar Papiere auf ihrem Schreibtisch.

»Du sagst mir, wenn etwas nicht stimmt, ja?«, fügte er hinzu, und sie nickte.

»Gleichfalls. Wie geht es dir eigentlich? Du hast dich in der letzten Zeit doch auch nicht so gut gefühlt, oder?«

»Ich habe doch gesagt, dass nichts ist«, sagte er. Sie vertieften sich wieder in ihre Arbeit, doch den Rest des Tages spürte sie immer wieder Rezas besorgten Blick auf sich ruhen.

Um fünf entschuldigte sie sich mit Kopfschmerzen und eilte aus dem Büro. Es nieselte, der Wind war gnadenlos kalt und peitschte ihr ins Gesicht. Sie fand den Eingang zur Praxis sofort, lief die Treppe hinauf und stand kurz darauf in einem sterilen Wartezimmer, wo eine freundliche Sekretärin sie bat, Platz zu nehmen. Rebekka schälte sich aus dem Mantel, versuchte, nicht zu hyperventilieren, und griff nach einem dicken Wohnmagazin mit glänzenden Seiten, an dem sie sich festhalten konnte. Sie setzte sich und blätterte uninteressiert darin herum. Verstohlen sah sie sich um – in dem Glauben, dass noch andere Patientinnen als sie hier sein mussten, doch sie war allein.

Wenige Minuten später ging eine Tür auf, und eine Frau mittleren Alters in einem weißen Kittel kam mit einem jüngeren Paar heraus. Sie hielten einander an der Hand, der Mann blickte ernst, während sich die junge Frau mit einem vorsichtigen Lächeln über den Bauch fuhr.

»Rebekka Holm.« Die Frau in dem weißen Kittel sah sie auffordernd an, und wenige Minuten später lag sie auf einer Liege, während dieselbe Frau, die sich als leitende Ärztin erwies, einen Ultraschall machte. Rebekka versuchte, in dem verschwommenen grauen Bild auf dem Schirm Kopf und Steiß zu erkennen.

»Die kleine, unförmige Figur hier ist der Embryo, und der kleine Blinker da ist das schlagende Herz.«

Rebekka hatte das Gefühl, als würde jemand die Liege unter ihr wegziehen und sie immer tiefer ins Nichts fallen.

»Ist Ihnen schlecht?« Das Gesicht über ihr war ganz nah. Rebekka schüttelte den Kopf, nahm aber trotzdem den weißen Plastikbecher mit Wasser und trank ein paar gierige Züge. Es stimmte also. Etwas Lebendiges wuchs in ihr.

»Soweit ich das verstehe, haben Sie nicht damit gerechnet, schwanger zu sein?« Die Ärztin sah sie forschend an.

»Doch … oder nein. Mein Hausarzt hat mich heute Morgen gynäkologisch untersucht, weil ich in der letzten Zeit so müde war. Ich hatte keine Ahnung, dass ich schwanger bin. Ich habe den Termin hier nur gemacht, weil ich die Schwangerschaft mit eigenen Augen sehen wollte.«

»Hatten Sie gar keine Schwangerschaftssymptome?«

»Doch, aber ich habe sie nicht richtig eingeordnet. Ich war sehr müde, und mir war übel, aber ich war beruflich auch sehr eingespannt. Ich habe alles auf den Stress zurückgeführt.«

Die Ärztin nickte und erklärte weiter, was sie auf dem Bildschirm sah. Rebekka wagte zuerst nicht hinzuschauen, doch dann nahm sie ihren ganzen Mut zusammen und konnte langsam die grauweißen Nuancen auf dem Schirm voneinander unterscheiden. Sie starrte den kleinen beweglichen Klumpen an, während sie plötzlich von Gefühlen übermannt wurde. Ein heilloses Durcheinander aus Schock, Erleichterung, Trauer und leiser Freude. Und vor allem Verwirrung. Dass sie schwanger war, war das Letzte, womit sie gerechnet hatte. Sie war Ermittlerin, und in ihr steckte eine Chefin der Mordkommission und kein Baby.

»Sie können sich wieder anziehen und dort drüben auf dem Stuhl Platz nehmen.« Die Ärztin zeigte auf einen zusätzlichen Stuhl an einem größeren Schreibtisch und verschwand aus der Tür. Rebekka trat hinter den Vorhang und zog sich wieder an, während sie versuchte, sich von den dramatischen Ereignissen des Tages zu erholen. Sie trug ein Kind in sich. Das war eine Tatsache. Wer hingegen der Vater dieses Kindes war, stand nicht fest. Michael oder Niclas. Sie rieb sich kräftig die Augen. Scheiße.

Die Ärztin kam zurück und setzte sich ihr gegenüber.

»Gut. Ich habe mir aufgeschrieben, wann Sie Ihre letzte Periode hatten, und von dem Scan ausgehend kann ich errechnen, dass Sie in der zehnten Woche plus fünf Tage sein müssten. Das heißt, dass das Kind am einunddreißigsten März nächsten Jahres zur Welt kommen wird. In den nächsten Wochen werden Sie von Ihrem örtlichen Krankenhaus einen Termin für eine Nackentransparenzmessung bekommen und in der zwanzigsten Woche für eine Fruchtwasseruntersuchung. Sie können natürlich gern auch zu uns kommen, wir machen unter anderem einen 3-D-Ultraschall, auf dem Sie die Gesichtszüge Ihres Kindes deutlich sehen können. Mehr darüber erfahren Sie aus dieser Broschüre hier.«

Kurz darauf stand Rebekka im strömenden Regen unten auf dem Bürgersteig. Unentschlossen blieb sie einen Augenblick stehen, was ausreichte, um klatschnass zu werden. Dann hatte sie sich wieder so weit unter Kontrolle, um in die Adelgade hinüberzugehen, wo sie ihr Auto geparkt hatte. Sie setzte sich hinein, drehte den Zündschlüssel im Schloss und betrachtete die Scheibenwischer, die den Regen immer wieder mit einem leicht quietschenden Geräusch zur Seite schoben. Draußen donnerte es, und der Himmel wurde immer dunkler, bis ein Blitz ihn erhellte. Es regnete immer heftiger, Wasser strömte über die Frontscheibe. Plötzlich klopfte jemand kräftig gegen das Seitenfenster, und Rebekka zuckte zusammen und kurbelte das Fenster herunter. Ein gleichaltriger, total durchnässter Mann stand neben dem Auto. Er lächelte sie verlegen an.

»Ich wollte mich nur vergewissern, ob alles in Ordnung ist? Sie saßen so ... so verloren da.«

Erst da merkte Rebekka, dass sie bis auf die Haut nass war, und ihre Zähne begannen zu klappern.

»Danke ... ich ... mir geht es gut. Danke.« Sie kurbelte das Fenster wieder hoch, trat das Gaspedal durch und fuhr schnell los, während ihr die Tränen über das Gesicht liefen.

—

Rebekka hatte die ganze Nacht wach gelegen und nachgedacht. Sie hatte es nicht fertiggebracht, jemanden anzurufen, weder Dorte noch ihre Eltern, Michael, Niclas, Ryan oder jemand anderen. Sie wollte alleine sein. Stundenlang hatte sie auf dem Sofa gesessen, wo sie in eine Decke gehüllt und mit einer Tasse Tee in der Hand vor sich hingestarrt hatte. Sie hatte den Fernseher nicht eingeschaltet, keine Musik gehört, nur dagesessen und gegrübelt, während der Tee in der Tasse kalt geworden war.

Als die Morgensonne endlich durch die septembergraue Wolkendecke drang, war sie einer Lösung um keinen Schritt näher gekommen. Es war unbegreiflich, dass sie sich selbst in diese Situation gebracht hatte. Wie hatte das passieren können? Als Robin damals gestorben war, hatte sie sich geschworen, immer gut auf sich achtzugeben, ein Versprechen, das in besonderen Arbeitssituationen hin und wieder schwer zu erfüllen gewesen war, das sie jedoch im Privatleben bisher nicht gebrochen hatte.

Rebekka schnaubte. Sie fühlte sich ebenso jämmerlich wie die jungen Mütter aus den Fernsehtalkshows, die immer wieder schwanger wurden und oft nicht wussten, wer der Vater des Kindes war. Sie merkte, wie ihr die Tränen kamen. Wollte sie überhaupt ein Kind?

———

»Wir würden gerne mit dir reden. Und zwar sofort. In meinem Büro.«

Der Ernst in Brodersens Stimme war unverkennbar, und Rebekka spürte die Angst im Magen flattern. Benommen durch die kurze Nacht war sie eben ins Büro gekommen, als ihr Handy geklingelt hatte. Sie warf einen schnellen Blick auf Rezas Schreibtisch. Er war noch nicht aufgetaucht, und sie fragte sich, ob er wohl wieder krank war. Sein Schreibtisch sah anders aus, registrierte sie, doch erst auf dem Weg aus der Tür stellte sie fest, was fehlte. Rezas Computer war fort. Er hatte doch gestern noch auf dem Schreibtisch gestanden, als sie das Büro verlassen hatte, oder nicht? Sie eilte den Gang entlang zu Brodersens Büro, klopfte an und öffnete vorsichtig die Tür.

Gundersen saß bereits dort, er wandte ihr sein großes, rotwangiges Gesicht zu und schaute sie finster an. Ihre innere Unruhe wuchs.

»Setz dich, Rebekka.«

Brodersen zeigte einladend auf den Stuhl vor seinem Schreibtisch, und sie nahm Platz, während ihr Tausende von Gedanken durch den Kopf schossen. Gab es etwas an ihren Ermittlungen in den Mordfällen Sofie Kyhn Larsen und Caroline Nørvang zu bemängeln? Trotz des ausgefallenen Urlaubs und ihrer enormen Müdigkeit, für die sie jetzt den Grund kannte, hatte sie sich redlich bemüht, ihr Bestes zu geben. Einen optimistischen Augenblick lang kam ihr der Gedanke, sie hätten sie zu einer Besprechung gerufen, um ihr den Job als Chefin der Mordkommission oder als Vizechefin anzubieten oder … Schlagartig wurde ihr klar, dass der Traum, Brodersens Nachfolgerin zu werden, erst einmal in den Hintergrund treten musste, sollte sie Mutter werden.

»Mir ist sehr wohl bewusst, dass ich in den letzten Monaten nicht ganz auf der Höhe war«, begann sie und wollte gerade mit ihrer etwas zaghaften Verteidigung fortfahren, als Brodersen sie mit einer einzigen Handbewegung unterbrach.

»Hier geht es nicht um dich, Rebekka. Es geht um Reza.«

»Um Reza?«

Das Blut wich ihr aus dem Kopf, und sie spürte, wie ihr Mund trocken wurde. Was war passiert? War Reza ernsthaft erkrankt? Hatte er einen Unfall gehabt? War er tot? Sie griff nach der Tischplatte, verspürte den plötzlichen Drang, sich daran festzuhalten.

»Was ist mit ihm?« Sie starrte abwechselnd Brodersen und Gundersen an. »Ich weiß schon, dass er in letzter Zeit etwas neben der Spur war, aber er hatte wohl privat eine Menge um die Ohren.«

»Wir haben Kinderpornos auf Rezas Computer gefunden.«

Die Antwort kam von Gundersen, und sie spürte seinen scharfen Blick auf sich brennen.

»Was sagst du da?«

»Rezas Computer ist voll mit Kinderpornos.«

Rebekka sprang von ihrem Stuhl hoch. »Kinderpornos? Das kann einfach nicht sein. So ist er nicht. Nicht Reza.«

»Leider doch, Rebekka«, sagte Brodersen leise. »Wir haben seinen Computer beschlagnahmt, es sind große Mengen harter Kinderpornos darauf. Von der übelsten Art, unter anderem vollzogene Vergewaltigungen von Babys.«

»Nein …«

»Doch, Rebekka. Es ist verständlich, dass du deinen Partner schützen willst, aber du musst der Realität in die Augen sehen. Reza ist mit sofortiger Wirkung vom Dienst suspendiert, solange der Fall untersucht wird. Wir haben DNA aus seiner Mundhöhle entnommen, wir haben auch seinen privaten Computer zu Hause beschlagnahmt und zur Untersuchung an die Technik geschickt, und wir haben seine Wohnung durchsucht …«

»Habt ihr etwas gefunden?«, fragte sie und sah sie abwechselnd an.

»Bei ihm zu Hause haben wir nichts gefunden …«

»Genau das meine ich. Jemand, der pädophil ist und darauf steht, Kinder und sogar Babys zu vergewaltigen, hat so etwas bei sich zu Hause. Private Fotos, Videofilme, Zeitschriften, Kindersachen …«

»Rebekka, beruhige dich bitte. Wir haben Rezas privaten Computer an die Technik geschickt. Mehr wissen wir zum derzeitigen Zeitpunkt noch nicht.«

Rebekka vergrub das Gesicht in den Händen, während sie zu verstehen versuchte, was sie gerade gehört hatte.

»Ich kann das nicht glauben«, war alles, was sie dazu sagen konnte.

»Simonsen wird in der nächsten Zeit dein Partner sein. Er ist damit völlig einverstanden, hat es quasi selbst angeboten …«

Simonsen. Rebekka wollte protestieren, doch ihr war plötzlich schwindelig, das Büro drehte sich wie ein Karussell, und sie blieb sitzen, ohne ein Wort zu sagen.

»Gut, Rebekka, dann machen wir weiter. Wir haben schließlich immer noch zwei Morde aufzuklären, und jeder unserer Schritte wird genau verfolgt.«

Brodersen gab ihr zu verstehen, dass sie für den Moment entlassen war, und Rebekka erhob sich wütend.

»Ihr ruft mich hier rein und braucht knapp drei Minuten, um mir mitzuteilen, dass der Kollege, mit dem ich die letzten acht Monate zusammengearbeitet habe, darauf steht, sich Vergewaltigungen von kleinen Kindern anzusehen, und dann schickt ihr mich wieder weg. Das ist nicht in Ordnung. Wo ist Reza jetzt? Woher wollt ihr wissen, dass sich nicht jemand anderes in seinen Computer eingeloggt und die Fotos heruntergeladen hat? Unsere Büros sind schließlich nicht abgeschlossen. Wie seid ihr überhaupt auf den Gedanken gekommen, *seinen* Computer zu durchsuchen?«

»Immer mit der Ruhe, Rebekka.« Gundersens Stimme durchschnitt die dicke Luft. »Wir haben einen Hinweis bekommen, und wir haben diverse Computer durchsucht, nicht nur Rezas. Näheres können wir dir nicht sagen, da eine interne Untersuchung läuft.«

»Von wem habt ihr den Tipp?«

Keiner der beiden antwortete ihr. Brodersen trat um den Schreibtisch herum und stand kurz darauf neben ihr, sie konnte sein Aftershave riechen, es war seit Jahren derselbe Duft. Rebekka erhob sich und merkte, wie ihre Beine zitterten.

»Rebekka, du scheinst sehr aufgewühlt.« Brodersen legte ihr die Hand auf den Arm. Normalerweise fand sie eine solche Geste beruhigend, doch jetzt beunruhigte sie sie. Sie zog den Arm weg, spürte die Verzweiflung im Hals kratzen und eilte zur Tür.

»Rebekka, lass uns doch …«

Sie blieb nicht stehen, sondern lief den Gang entlang und schaffte es gerade noch in die Damentoilette, bevor ihr die Tränen in die Augen schossen. Lange saß sie auf dem Toilettendeckel und weinte, bis sie sich ganz leer fühlte. Dann fischte sie ihr Handy aus der Tasche und rief Reza an. Er meldete sich nicht.

»Wie gut kennst du deinen Partner, diesen Reza?«

Ryan brach das Brot in zwei Stücke, krosse, hellbraune Krümel fielen auf die rot karierte Tischdecke. Sie hatte Ryan angerufen, als sie sich nicht länger auf die Arbeit hatte konzentrieren können, und er hatte ihr vorgeschlagen, sich zu einem frühen Abendessen zu treffen. Das passte ihr gut, denn sie hatte sich entschlossen, ins Sommerhaus zu fahren und dort zu übernachten und über ihre Situation nachzudenken.

Jetzt saßen sie in einem Restaurant in der Havnegade – bei Tony. Sie hatte den ganzen Tag versucht, Reza zu erreichen, doch ohne Erfolg. In dem Augenblick, als sie sich setzte, war sie auch schon mit der Geschichte von Reza und den Kinderpornos herausgeplatzt. Zunächst hatte sie das Gefühl, ihren Partner zu verraten, sich illoyal zu verhalten, doch mit fortschreitendem Bericht überzeugte sie sich selbst, dass es nicht anders ging. Wenn jemand Reza helfen konnte, war das Ryan. Er hörte ihr aufmerksam zu, und sie sah dankbar zu ihm hinüber, während sie von ihrem Mineralwasser trank und über seine Frage nachdachte.

»Ich denke, dass ich Reza ziemlich gut kenne. Wir sind, wie gesagt, seit ungefähr acht Monaten Partner und kommen super miteinander aus. Wir verstehen einander auch ohne Worte, unterstützen uns gegenseitig und übernehmen, wenn der andere das braucht. Ich habe nie, absolut nie das Gefühl gehabt, dass er auf Kinder steht. Nie.«

»Umso mehr verstehe ich, dass du geschockt bist.«

»Es ist nicht bewiesen, dass Reza etwas damit zu tun hat«, antwortete sie schnell und schärfer als beabsichtigt.

»Da hast du recht. Nichts ist bewiesen, noch nicht«, sagte Ryan und lächelte ihr beruhigend zu. »Ich bin mir sicher, dass die interne Untersuchung klären wird, was Sache ist, und wenn Reza unschuldig ist, dann wird sich das herausstellen. Aber ich bin dennoch beunruhigt, das muss ich zugeben.«

Rebekka blickte in Ryans besorgte Augen, und ihre Hoffnung schwand. Der Gedanke, dass ein Insider hinter den Morden an Sofie und Caroline stehen könnte, tauchte wieder auf. Man hatte schwarze Haare auf Carolines Körper und Stiefeln gefunden – und Reza hatte schwarze Haare. Rebekka schob den Gedanken zur Seite. Es war undenkbar, dass er etwas mit den Morden zu tun hatte. Undenkbar.

Sie aßen einige Minuten schweigend, bevor Ryan erzählte, dass sich der Endspurt zwischen ihm und Ted heftiger und hässlicher gestaltete denn je und dass ihr Chef täglich anrief, um sich über die Meetings zu informieren.

»Das ist typisch Castillo, uns bis zum Schluss unter Druck zu setzen. Die Einführung eines europäischen Amber-Alert-Programms ist Work in Progress, und das weiß er. Ein Fall wie der von Madeleine McCann hat das Interesse daran gesteigert, ebenso wie die ermodeten Mädchen bei euch. Aber wie gesagt, Geduld ist nicht Castillos Stärke. Er ist ergebnisorientiert wie sonst keiner. Ted fährt vor Ungeduld übrigens bald aus der Haut.«

»Geht es dir nicht genauso?« Rebekka schnitt das letzte Fleischbällchen durch, sie hatte eine ganze Portion Spaghetti mit Fleischbällchen vertilgt. Das Gericht war Tonys Spezialität und schmeckte hervorragend. Jetzt musste sie ja auch für zwei essen, dachte sie und fühlte den Drang, Ryan von ihrem Zustand zu erzählen. Sie knüllte die Serviette zusammen und besann sich. Das Kind musste ihr Geheimnis bleiben, bis sie mit Sicherheit wusste, was sie wollte.

»Ich habe übrigens deinem Chef, Brodersen, gegenüber erwähnt, dass du in Erwägung ziehst, dich als seine Nachfolgerin zu bewerben«, sagte Ryan plötzlich. Als er ihren erschrockenen Gesichtsausdruck sah, fügte er eilig hinzu: »Denn das erwägst du doch noch, oder?«

»Oh.« Rebekka trocknete sich sorgfältig den Mund mit der Serviette ab. »Ich weiß es genau genommen nicht«, gestand sie und hörte selbst, wie unreflektiert sie klang.

»Es überrascht mich, dass du deine Meinung geändert hast, du hast auf mich so entschlossen gewirkt, als wir das letzte Mal darüber gesprochen haben.«

»Mir war immer bewusst, dass Gundersen der natürliche Nachfolger wäre, aber den Traum, irgendwann mal Chefin der Mordkommission zu werden, habe ich natürlich noch immer. Ich hatte nur nicht geglaubt, irgendeine Chance zu haben, bis Reza erwähnt hat, dass ich eine mögliche Nachfolgerin sein könnte. Es klang, als hätte er mit Brodersen darüber gesprochen.«

Sie merkte, dass ihre Wangen leicht glühten, dann sah sie Ryans gerunzelte Stirn.

»Hat Reza das wirklich gesagt?«, fragte er, während die Furchen auf seiner Stirn tiefer wurden.

»Ja, das hat er. Warum? Du siehst so überrascht aus.«

»Ach, es hat bestimmt nichts zu bedeuten.« Ryan zuckte mit den Schultern.

»Was?«

»Brodersen war durchaus aufgeschlossen, was die Vorstellung angeht, dass du seine Nachfolgerin werden könntest, aber er hat auch keinen Hehl daraus gemacht, dass ihm der Gedanke neu war – weder er noch die Direktion hatten dich bisher in Erwägung gezogen.«

»Ist das wahr? Dann muss ich Reza missverstanden haben.«

»Die Chance besteht immer noch, Rebekka. Ich habe lange und eingehend mit Brodersen über deine Führungsqualitäten gesprochen. Er wird darüber nachdenken, ernsthaft.«

Ryan lächelte, hob sein Glas, um mit ihr anzustoßen, und sie lächelte verwirrt zurück. Sie hatte das Gefühl, keine weiteren Informationen aufnehmen zu können, doch obwohl sie am liebsten die Gedanken abgeschaltet hätte, war sie dazu nicht in der Lage. Ganz im Gegenteil, die Gedanken drehten sich in ihrem Kopf, immer schneller und immer erschreckender.

Warum hatte Reza den Eindruck bei ihr entstehen lassen, dass sie eine mögliche Kandidatin für Brodersens Nachfolge sein könnte, wenn er nie mit ihm darüber gesprochen hatte? Und wusste Ryan etwas über Reza, hatte er mit seiner Erfahrung gespürt, dass irgendetwas an ihrem Partner suspekt war? Rebekka schob den Gedanken beiseite. Doch die Unsicherheit schlich sich heran und setzte sich im Bauch fest wie ein gefangener Schmetterling.

Wie im Halbschlaf fuhr Rebekka nach Veddinge Bakker. Eine Gruppe schwarzer Wolken hing wie ein Stück dünner, schwarzer Tüll vor dem zunehmenden Mond. Draußen war es kalt. Obwohl sie ihren Wintermantel angezogen hatte, drang die Kälte bis in die Knochen. Sie schauderte und schaltete das Autoradio ein. Die Musik erfüllte den Wagen, unterbrochen von Werbung und Wettermeldungen, die vor einem Herbststurm über Seeland warnten. Sie wechselte den Sender, aber dort brachten sie noch mehr Werbung. Schließlich schaltete sie das Radio mit einem verärgerten Ausruf aus.

Sie war gerade auf die Autobahn gefahren, als sie, einer plötzlichen Eingebung folgend, an der nächsten Ausfahrt wieder hinunterfuhr. Bis zu Rezas Wohnung war es nur ein knapper Kilometer, und wenn er schon nicht ans Telefon ging, würde sie ihm zu Hause einen Besuch abstatten, um eine Erklärung zu bekommen, was hier eigentlich vor sich ging. Wenige Minuten später parkte sie vor seinem Wohnblock. Sie war noch nie bei ihm zu Hause gewesen, hatte ihn aber hin und wieder nach der Arbeit nach Hause gefahren. Aghajan stand auf der Klingel.

Sie klingelte mehrmals, doch niemand öffnete. Dann trat sie auf dem Bürgersteig ein paar Schritte zurück und spähte an dem Haus empor. Reza wohnte in der zweiten Etage rechts, und sie sah, dass die Fenster leer und dunkel waren. Sie klingelte erneut. Noch immer keine Spur von Reza. Einen Augenblick stand sie unentschlossen da und trippelte in der Dunkelheit auf der Stelle, dann läutete sie bei einem der Nachbarn. Als sie erklärte, dass sie eine besorgte Kollegin von Reza sei, wurde sie nach kurzem Zögern hereingelassen.

Sie nahm den Fahrstuhl in die zweite Etage, stand auf dem dunklen Treppenabsatz, suchte nach Rezas Wohnungstür und drückte den Finger auf die Klingel, wechselte zwischen kurzen und langen Klingelsignalen. Keine Reaktion. Sie legte das Ohr an die Tür, lauschte und kniete sich anschließend auf die Fußmatte, während sie durch den

Briefschlitz nach ihm rief. Die Wohnung machte einen dunklen und verlassenen Eindruck. Sie stand mühsam auf und ging mit schweren Schritten die dunkle Treppe hinunter. Als sie wieder draußen auf dem Bürgersteig stand, peitschten ihr dicke Regentropfen ins Gesicht und sie eilte die verlassene Straße hinunter zu ihrem Auto.

Rebekka hatte gerade die Tür zum Sommerhaus aufgeschlossen, als ihr Handy klingelte. Es war Brodersen.

»Wir haben die Ergebnisse der DNA-Proben von Caroline Nørvangs Leiche. Ich möchte dich gerne sofort in meinem Büro sehen.«

Rebekka merkte, wie sich ihr Hals zusammenschnürte. Allein Brodersens Tonfall konnte sie entnehmen, dass etwas nicht stimmte, absolut nicht stimmte.

»Ich bin im Sommerhaus. In Veddinge Bakker.«

»Allein?«

»Ja, allein. Wo ist das Problem?«

»Rebekka, hör gut zu, was ich jetzt sage«, Brodersen sprach gedämpft, vertraulich, und ihr Griff um das Handy wurde fester.

»Wir haben Rezas DNA auf der Leiche von Caroline Nørvang gefunden.«

Rebekka wurde kurz schwarz vor Augen, sie musste sich am Küchentisch festhalten. Ihre Tasche fiel mit einem lauten Knall auf den Boden.

»Ja, aber wie …?«, murmelte sie verwirrt.

»Die beiden schwarzen Haare, die wir auf Carolines Leiche und auf einem ihrer Stiefel gefunden haben, sind beide von Reza Aghajan. Leider.«

»Nein!« Sie hörte ihren eigenen Schrei und bekam Angst.

»Rebekka. Wir können Reza nicht finden. Sein Handy ist ausgeschaltet. Ist er bei dir?«

»Nein, ist er nicht. Ich bin heute Abend bei ihm vorbeigefahren ...«

»Das weiß ich.«

»Überwacht ihr ihn? Oh Gott ...«, flüsterte sie.

»Natürlich tun wir das. Er ist gefährlich, Rebekka.«

Der Schwindel nahm zu. Die blaue Küche drehte sich, schneller und schneller. Sie konnte das Handy fast nicht mehr halten.

»Du kennst Reza am besten, Rebekka. Hast du eine Idee, wo er sein könnte?«

»Nein«, flüsterte sie heiser. »Ich habe keine Ahnung.«

»Wir müssen ihn so schnell wie möglich finden. Bevor noch mehr passiert ...« Brodersens Stimme war unheilverkündend.

»Ihr müsst euch irren. Reza würde so etwas nie tun. Das weiß ich. Ich habe eine gute Menschenkenntnis. Reza ist ein guter Mensch.«

»Du hast dir nichts vorzuwerfen, Rebekka.«

»Ja, aber ...« Rebekkas Stimme ging in einem lauten Rauschen unter.

»Ich kann dich nicht hören, Rebekka ... Bist du ... noch ... da?« Brodersens Stimme war abwechselnd ganz nah und ganz weit weg. Mal hatte sie Empfang, mal nicht. Rebekka fluchte innerlich.

»Reza ist nicht unser Mann. Das weiß ich«, rief sie so überzeugend wie möglich ins Telefon.

Gerade war Brodersen wieder deutlich zu verstehen.

»Soll ich nicht ein paar Leute schicken, die dich holen?«

»Das ist verrückt ... warum sollte Reza *mir* etwas tun?«

»Ich könnte mir durchaus vorstellen, dass er dich aufsucht und versucht, dir seine Situation verständlich zu machen, damit du ihm hilfst.«

Nach dem Gespräch stand Rebekka einen Augenblick mit geschlossenen Augen da. Sie zitterte so heftig, dass sie ihre Bewegungen nicht kontrollieren konnte, und ließ sich auf den Boden gleiten, da sie Schwierigkeiten hatte aufrecht zu stehen. Sie konnte einfach nicht fassen, was da passierte. Eine Kaskade von Episoden, die sie zusammen mit Reza erlebt hatte, wirbelte an ihrem inneren Auge vorbei. Ein lachender Reza, ein aufmerksamer Reza, ein nachdenklicher Reza. Sie rief sich das Bild von Rezas Mutter in Erinnerung, wie sie beim Abendessen ihrem Sohn über die Haare gestrichen hatte, eine Bewegung voller Zärtlichkeit.

Ein Windstoß schlug hart gegen die Terrassentür, und Rebekka kam wieder zu sich, stand auf, ging zur Tür und griff nach der Klinke. Die Tür war verschlossen, und sie spürte, wie sich Erleichterung in ihrem Inneren ausbreitete. Einen Augenblick stand sie einfach nur da und starrte in die Dunkelheit hinaus. Sie wollte sich gerade umdrehen, als sie draußen plötzlich eine Bewegung ausmachte. Sie erstarrte kurz, strengte sich an, etwas zu sehen, doch die Finsternis war undurchdringlich, und sie sah nichts bis auf ihr eigenes Gesicht mit den weit aufgerissenen Augen, das von der Scheibe reflektiert wurde. Sie ärgerte sich plötzlich, noch keine Gardinen aufgehängt zu haben.

Dann ging sie schnell durch das Haus, vergewisserte sich, dass die Fensterhaken ordentlich geschlossen waren und die Küchentür abgesperrt. Sie beendete ihren Rundgang in dem kleinen Schlafzimmer, das eine Tür zum Garten hatte. Sie drückte auf die Klinke, die Tür war nicht abgeschlossen, und sie drehte schnell den Schlüssel im Schloss. Dann ging sie zurück ins Wohnzimmer, wo sie alle Lampen und den kleinen tragbaren Fernseher anschaltete – sie brauchte Stimmen um sich. Das Bild war undeutlich, die Antenne eindeutig durch den Sturm in Mitleidenschaft gezogen. Draußen heulte der Wind, sie spürte den Puls im Körper hämmern, hart und rhythmisch, und ein schleichendes Angstgefühl machte sich in ihr breit. Sie musste etwas essen, trinken, etwas finden, um die Angst zu betäuben.

Sie öffnete den Kühlschrank, ließ den Blick suchend über die Fächer wandern. Da waren etwas Roggenbrot, ein kräftiger Käse, ein paar Tomaten, eine halbe verschimmelte Zitrone und ein Liter Magermilch. Sie schloss den Kühlschrank wieder. Sie musste etwas tun. Das Einzige, was ihr noch einfiel, war Tee kochen. Sie setzte Wasser auf und ging dann zum Fernseher und klopfte einige Male fest darauf, damit das Bild deutlicher wurde. Ein Nachrichtensprecher wurde erkennbar, doch es rauschte noch immer, der reinste Wortsalat. Verärgert zog Rebekka den Stecker heraus. Der Fernseher verstummte augenblicklich.

Die Stille im Wohnzimmer ängstigte sie, und sie stand einen Augenblick unentschlossen da, während sie die Möglichkeiten durchging. Sie konnte nach Hause fahren. Der Gedanke an ihre Wohnung im Valbygårdsvej war einerseits verlockend und andererseits auch wieder nicht. Sie war hier sicher. Niemand würde ihr etwas Böses tun, allein der Gedanke war absurd. Reza war ihr Partner, ihr Freund, und selbst wenn er hinter den ungeheuerlichen Morden steckte, was zu glauben sie sich weiterhin weigerte, bedeutete das noch lange nicht, dass sie selbst in Gefahr war.

Der Wasserkocher klickte, und sie goss den Tee auf, während ihr Blick aus dem Küchenfenster schweifte. Ein bleiches Gesicht starrte sie direkt aus der stürmischen Finsternis an, und Rebekka erschrak so, dass sie den Wasserkocher mit einem lauten Schrei auf den Boden fallen ließ. Kochendes Wasser spritzte an ihren Beinen hoch.

»Rebekka, Rebekka, ich bin es, Ryan.«

Er rief durch das geschlossene Fenster, klopfte fest dagegen, doch einen Augenblick war sie außer Stande, sich zu rühren, bevor sie wieder zu sich kam und die Küchentür öffnete. Ryan stand vor ihr, füllte den Türrahmen aus. Er streckte die Arme nach ihr aus.

»Entschuldige, Rebekka. Ich wollte dich nicht erschrecken. Ich habe geklopft, aber du hast nicht aufgemacht.«

»Meine Güte, hast du mir eine Angst eingejagt!« Rebekka spürte, dass sie am ganzen Körper zitterte. Kalte, feuchte Luft strömte ins Haus. »Komm schnell rein, es ist kalt.«

»Was für ein furchtbarer Sturm. Die Fahrt hierher war der reinste Slalom, ich musste so vielen Ästen und anderen Sachen ausweichen, die auf der Straße lagen.«

Ryan trat ein, er hatte eine größere Reisetasche über der Schulter und seine Aktentasche unter dem Arm. Er lächelte sie herzlich an, und sie hätte sich gerne gegen ihn gelehnt und geweint. Das Ganze fühlte sich so unwirklich an, und am liebsten hätte sie sich in seine Arme verkrochen und wäre dort geblieben, bis sich alles aufgeklärt hatte und das Weltbild ihr wieder bekannt vorkam.

Sie zeigte auf das Schlafzimmer neben der Küche.

»Du kannst deine Sachen da reinstellen, wie letztes Mal.«

Ryan nickte, trat in das Zimmer, schaltete eine Nachttischlampe an und ließ seine Tasche auf eine der beiden Liegen fallen. Währenddessen setzte Rebekka neues Teewasser auf und durchsuchte die Schränke nach etwas Süßem. Sie fand eine Packung Schokokekse und richtete sie schnell in einer der Porzellanschalen ihrer Tante an. Ryan machte den Kaminofen an, als wäre er hier zu Hause, und kurz darauf saßen sie Seite an Seite auf dem Sofa, während sie dem Sturm lauschten, der draußen tobte.

»Ich hoffe, dass es okay ist, dass ich einfach so hereingeplatzt bin.« Sie spürte, dass er sie ansah, nippte vorsichtig an dem glühend heißen Tee und nickte ruhig.

»Ich hielt es für das Beste, bei dir zu sein, so wie sich der Fall entwickelt hat und wo Reza verschwunden ist.«

In Rebekka stieg ein leichter Ärger auf. Der Gedanke, dass Reza zwei kleine Mädchen ermordet haben sollte, ging ihr nicht in den Kopf. Wieder spürte sie Ryans Blick auf sich, forschend. Als könnte er ihre Gedanken lesen.

»Ich weiß, dass du es im Moment schwer hast, Rebekka. Das verstehe ich gut. Ich bin mir darüber im Klaren, dass du schockiert bist, das war ich auch, als Brodersen mir von dem Ergebnis des DNA-Tests erzählt hat. Reza macht den Eindruck, als wäre er ein guter Ermittler, und ich finde es auch schwer zu verstehen, was er getan hat, doch seine Haare auf dem Körper des Mädchens und auf ihrem Stiefel sind Beweise, die ihre eigene Sprache sprechen.«

Rebekka nickte schwach, während ein beginnender Kopfschmerz gegen die Innenseiten ihrer Augen hämmerte. Die Ereignisse der letzten Monate kamen ihr wie ein einzigartiges Durcheinander vor. Sie konnte sie nicht mehr sortieren, sah nicht mehr klar.

Ryan legte ihr beruhigend die Hand auf den Arm.

»Es ist nur …« Sie biss sich fest auf die Lippe. »Es ist nur so schwer für mich zu verstehen. Mit meinem Hirn und meinem Herzen zu verstehen, dass Reza zwei Morde begangen haben soll, und das an Kindern. An Kindern.«

Sie schluckte, spürte, wie ihr die Tränen in die Augen traten. Ryan nickte verständnisvoll.

»Morde an Kindern sind nicht zu verstehen. Absolut nicht zu verstehen. Glücklicherweise.«

Rebekka biss sich nachdenklich in die Wange und spürte den wohlbekannten Blutgeschmack, der sich in der Mundhöhle ausbreitete. Der Sturm hatte weiter zugenommen, die Scheiben klirrten leise wie Porzellan in einem wackligen Schrank.

»Du siehst aus, als würde dich etwas an der Sache stören.« Ryan sah sie aufmerksam an.

Sie nickte zustimmend. Da war etwas, das sie störte. Sehr sogar. »Das stimmt.« Rebekka richtete sich auf dem Sofa auf, spürte eine Art Energiestoß. »Da sind mehrere Dinge, die ich nicht verstehe, Dinge, die keinen Sinn ergeben. Zum einen ist es der Tathergang selbst, der mich in beiden Fällen stört. Sowohl Sofie als auch Caroline ist das Genick gebrochen worden, indem der Täter ihnen ein Knie in den Rücken gedrückt und ihren Kopf mit einem festen Ruck nach hinten gezogen hat.«

»Das ist korrekt, ja.«

»Das ist eine eiskalte Methode, unpersönlich, schnell.«

»Das stimmt, ja.« Ryan sah sie fragend an.

»Wenn wir davon ausgehen, dass Reza hinter den Morden steht …«

»Rebekka, wir nehmen das nicht an. Wir wissen es.«

»Okay, wir wissen, dass Reza dahintersteht«, verbesserte sie sich und merkte, dass sie noch immer Schwierigkeiten hatte, es auszusprechen. »Reza ist pädophil. Er steht auf kleine, blonde Mädchen im Alter von neun bis zehn Jahren. Er entführt Sofie, bringt sie schnell um, zieht sie aus und deponiert ihre Leiche auf dem Baugelände in Avedøre Holme.« Rebekka schwieg kurz, während sie einen Schluck Tee trank. »Er wartet zwei Monate, dann tut er es wieder. Er entführt Caroline, schlägt ihr mehrmals auf den Kopf, da sie mehr Widerstand leistet als Sofie, bringt sie um, zieht sie aus und deponiert die Leiche im Wald. Diesmal hinterlässt er jedoch zwei Haare, eins auf einem Stiefel, was mich etwas wundert, da er bei der ersten Leiche sehr darauf bedacht war, keine Spuren zu hinterlassen. Was mich jedoch am meisten wundert, ist die Tatsache, dass Reza, wenn er denn pädophil ist, doch darauf stehen muss, Sex mit Kindern zu haben. Aber keins der Mädchen war einem sexuellen Übergriff ausgesetzt. Er bringt sie um wie bei einer Exekution. Wenn er keinen Sex mit ihnen will, wäre es doch wahrscheinlich, dass er auf den Mord selbst steht, dass er es genießt, sie umzubringen. Aber das tut er nicht, denn beide wurden schnell durch einen Genickbruch getötet. Schnell. Warum? Warum entführt und ermordet er sie, wenn ihm das keine sexuelle Befriedigung bringt? Das verstehe ich nicht.« Sie sah Ryan interessiert an.

»Das ist nicht so einfach, wie du es darstellst, Rebekka.« Ryan sah sie ernst an. »Reza kann durchaus pädophil sein und auf kleine Mädchen stehen, auf die Entführung, auf die Ohnmacht der Kinder, auf den Mord selbst oder die Tatsache, dass er sie auszieht – ohne dass wir sichtbare Beweise dafür gefunden haben. Wenn du wüsstest, was ich über die

Jahre gesehen habe, worauf diverse Täter stehen. Für einige ist es allein das Machtgefühl, auch die psychische Macht über das oder die Opfer. Es kann sich um rituelle Morde handeln, das ganze Setting hat vermutlich die eine oder andere Bedeutung für ihn, die wir wohl nie bis ins Detail erfahren werden. Was das Hinterlassen von Spuren angeht, können viele Dinge zum Tragen kommen. Es kann reines Glück gewesen sein, dass er das erste Mal keine Spuren hinterlassen hat, während es ihm das zweite Mal eben nicht gelungen ist. Es kann auch ein Ausdruck von Größenwahn sein, dass er überzeugt ist, unfehlbar zu sein, und dass die Polizei nichts herausbekommen wird, weil es beim ersten Mal funktioniert hat. Es kann auch sein, dass er gestört worden ist und sich deshalb beeilen musste ...«

»Du hast recht, trotzdem stimmt da irgendetwas nicht. Brodersen hat erzählt, dass die Kinderpornos auf Rezas Computer von der übelsten Art waren, sogar Babys werden darin misshandelt. Wenn Reza auf so etwas steht, warum vergewaltigt er dann seine Opfer nicht, wenn er die Möglichkeit dazu hat?«

»Ich kann dir durchaus folgen ...«

Draußen vor dem Fenster war ein lautes Knacken zu hören, und beide zuckten zusammen. Ob das Reza war?, konnte Rebekka noch denken, bevor Ryan sie mit auf den Boden riss und ihr ein Zeichen machte, weiterhin geduckt zu bleiben.

»Mach das Licht aus«, flüsterte er. »Er braucht nicht zu sehen, was wir machen. Er ist möglicherweise bewaffnet ...«

Rebekka gehorchte, stumm vor Angst, und kroch auf allen vieren an der Wand entlang, während sie das Licht an den verschiedenen Schaltern löschte. Kurz darauf lagen

Küche und Wohnzimmer im Dunkeln. Ryan bewegte sich auf sie zu.

»Sind alle Türen abgeschlossen und die Fensterhaken zu?«

Rebekka murmelte ein Ja und hatte trotzdem ihre Zweifel. Hatte sie im Schlafzimmer die Tür zum Garten abgeschlossen?

»Wo ist deine Pistole?« Ryans Stimme war dicht neben ihrem Ohr.

»In meiner Tasche in der Küche …«

Ryan bewegte sich schnell dorthin, und kurz darauf hörte Rebekka das charakteristische Klicken von einer Pistole, die entsichert wurde. Nein, er durfte Reza nicht erschießen. Sie wollte es gerade laut sagen, hatte jedoch das Gefühl, dass jemand direkt draußen vor dem Haus war. Auf der anderen Seite des Fensters. Sie starrte mit wild aufgerissenen Augen in die Dunkelheit hinaus, konnte aber nichts sehen.

»Reza«, flüsterte sie und fuhr mit der Hand über das Glas.

In dem Augenblick kam Ryan mit der Pistole in den Händen zu ihr hingeschlichen.

»Nein, Ryan.« Rebekka griff tastend nach der Waffe, bekam den Lauf zu fassen und hielt ihn mit aller Kraft fest. »Du darfst ihn nicht erschießen. Das musst du mir versprechen.«

»Rebekka.« Ryan klang wütend. »Wir haben es mit einem pädophilen Mörder zu tun, der zwei kleine Mädchen umgebracht hat. Ich bitte dich. Reiß dich zusammen.«

»Ja, aber …« Sie biss sich fest auf die Lippe. Ryan hatte recht. Trotzdem kämpfte ihre ganze Intuition dagegen an, dass Reza etwas mit den Morden zu tun hatte.

»Hier, nimm deine Pistole, ich nehme den Baseballschläger, den ich in deinem Schrank gesehen habe. Wir teilen uns auf. Ich übernehme die Rückseite des Hauses, den Küchengarten und den Garten bis runter zum Waldweg, du übernimmst die Frontseite, den Schuppen und die Garage.«

Sie nickte unmerklich, während sie die Pistole fest an sich drückte. Stumm zogen sie sich ihre Jacken an, Ryan holte den Schläger aus dem Schrank, öffnete vorsichtig die Terrassentür und verschwand in der Dunkelheit. In dem Moment, in dem Rebekka nach draußen trat, schlug ihr ein kalter Wind entgegen, der ihr fast den Atem raubte. Sie konzentrierte sich und trat auf das regennasse Gras hinaus.

Der Wind heulte laut im Dunkeln, sie konnte die Bäume nur erahnen, die kräftig durchgeschüttelt wurden. Mehrmals fiel sie beinahe hin und musste aufpassen, das Gleichgewicht nicht zu verlieren. Ein schwaches Knarren drang durch den Wind zu ihr. Rebekka wusste, dass sie an der Schaukel sein musste. Sie ging weiter zu den hohen Tannen, versuchte nach allen Seiten zu spähen, blieb immer wieder stehen und horchte, doch der laute Wind übertönte alles. Sie fror. Endlich war sie am Geräteschuppen, tastete mit den Händen das raue Holz ab, fand die Tür und schob sie langsam auf, wobei die Scharniere laut knirschten. Rebekka huschte hinein und sah sich um, doch der Schuppen war leer.

Sie trat wieder hinaus, schlich sich vorsichtig weiter zur Garage, als sie plötzlich ganz in ihrer Nähe Schritte im Gras zu hören meinte. Sie blieb stehen, kauerte sich schnell zusammen und merkte, wie ihre Hände so unkontrolliert zitterten, dass sie beinahe die Pistole fallen gelassen hätte. Ihr Puls hämmerte hart an der Außenseite ihres Halses und überdeckte für einige Sekunden alle anderen Laute. Da war nichts. Rebekka atmete tief durch, eilte weiter und war kurz darauf an der Garage, wo ihr und Ryans Auto wie zwei dunkle Kolosse standen. Sie durchsuchte alles, so lautlos wie möglich, Meter für Meter, doch die Dunkelheit war so dicht, dass es schwierig war, überhaupt etwas zu sehen, und sie verließ sich vor allem auf ihr Gefühl. Die Garage war leer.

Sie bewegte sich wieder zurück zum Haus und hatte es fast erreicht, als sie im nassen Gras ausrutschte und hart auf dem Bauch landete. Die Pistole flog ihr aus der Hand. Rebekka stöhnte, kam auf die Knie und suchte mit den Händen das nasse Gras ab, während der Wind ihr ins Gesicht peitschte. Ihre Finger fuhren durch Grasbüschel und schmierige Erde, doch die Pistole war weg. Sie fluchte laut und eilte ins Haus, das sie nicht abgeschlossen hatten. Einen Augenblick kämpfte sie gegen den Drang an, das Licht einzuschalten, sie fühlte sich plötzlich verletzlich, wie sie da in der Küche stand, unbewaffnet und allein. Wo Ryan wohl war?

Rebekka wartete eine gefühlte Ewigkeit, lehnte sich gegen die Wand, bereit sich zu verteidigen, während sie dem Wüten des Sturms draußen und ihrem klopfenden Herzen lauschte. Etwas bewegte sich im Dunkeln einige Meter von ihr entfernt, und ihre Kehle schnürte sich vor Angst zusammen.

»Rebekka?«

Sie atmete erleichtert auf. »Ich bin hier. Ich habe meine Pistole im Gras verloren. Sie ist weg.« Sie hörte, wie ihre Stimme vor Angst zitterte und ihr Atem in schweren, unregelmäßigen Stößen kam.

»Verdammt«, rief Ryan ärgerlich, und sie wand sich innerlich, kam sich unprofessionell und ungeschickt vor.

»Der Wind …«, begann sie, wurde jedoch vom Klingeln ihres Handys unterbrochen, das sie auf dem Küchentisch liegen gelassen hatte. Sie starrten es beide an, dann streckte sie die Hand danach aus. Die Nummer auf dem Display war unterdrückt.

»Ich bin's. Reza.« Seine Stimme ging in einem heftigen Rauschen unter, dann verschwand sie kurz. Rebekkas Puls wurde schneller, und sie signalisierte Ryan, dass es Reza war.

»Rebekka«, wiederholte er, »ich muss mit dir reden …« Die Verbindung war plötzlich unterbrochen, dann war seine Stimme wieder da: »Rebekka, ich habe mir das Handy meines Vetters geliehen. Sie suchen nach mir. Wir müssen reden …«

Rezas Stimme verschwand erneut, und nach einer Weile begann das Telefon zu piepsen.

»Sag ihm, dass er herkommen soll.« Sie hörte Ryans Stimme dicht neben ihrem Ohr, roch sein maskulines Aftershave.

»Die Verbindung wurde unterbrochen.«

»Was hat er gesagt?«

»Er hat gesagt, dass wir reden müssen«, antwortete sie.

»Natürlich will er mit dir reden. Du bist seine einzige Chance.« Seine Stimme hatte einen höhnischen Unterton. »Hat er gesagt, wo er ist?«

»Nein, aber ich glaube nicht, dass er hier war. Das muss ein Tier gewesen sein oder nur der Wind.«

Sie sah Ryans Augen in der Dunkelheit glühen.

»Wahrscheinlich hast du recht. Lass uns das Haus durchsuchen und abschließen. Wir machen das besser zusammen, da du deine Waffe verloren hast«, sagte Ryan, und seine Hand schloss sich fester um den Schläger.

Sie brauchten nicht lange, um das kleine Haus durchzugehen, in dem es nur wenige Verstecke gab, alle Türen abzuschließen und ein paar Lampen im Wohnzimmer anzumachen. Rebekka warf einen schnellen Blick auf die gelbe Plastikuhr an der Wand. Es war 22:53. Draußen wütete der Sturm mit unverminderter Stärke, heftiger Regen peitschte jetzt gegen die Scheiben.

Sie setzten sich an den Esstisch. Ryan hatte die Whiskyflasche herausgeholt, schenkte ihnen großzügig ein und reichte ihr ein Glas. Rebekka nahm den Alkohol zögernd an. Sie sollte das nicht, dachte sie, sah aber gleichzeitig ein, dass sie etwas zur Stärkung brauchte. Als sie miteinander angestoßen und den Whisky probiert hatten, sah Rebekka Ryan entschlossen an.

»Ich weiß sehr wohl, dass wir heute Abend viel darüber geredet haben, aber ich wäre dir dankbar, wenn du den Fall noch einmal mit mir durchgehen würdest. Reza hält offenbar daran fest, dass er unschuldig ist, und ich glaube ihm … ich möchte ihm gerne glauben«, berichtigte sie sich.

»Rebekka.« Ryan sah müde aus, und sie schaute ihn flehend an. Er schwieg einige Sekunden, seufzte tief und sagte: »Okay, Rebekka. Dann machen wir das, aber ich tue das nur deinetwegen.« Er verschwand im Gästezimmer und kam kurz darauf mit seiner Aktentasche wieder. Sie klappte schnell ihren Laptop auf, es war wichtig für sie, alles aufzuschreiben in der Hoffnung, eine Struktur in das Ganze zu bekommen.

»Als Allererstes …« Ryan sah sie ernst an. »Hast du einen Beweis, dass Reza *nicht* unser Mann ist?«

Rebekka schüttelte den Kopf, während ein Gefühl von Mutlosigkeit langsam von ihr Besitz ergriff. Das hatte sie nicht. Ganz im Gegenteil, sie musste zugeben, dass sich Reza in den letzten Monaten seltsam verhalten hatte. Er hatte regelmäßig das Präsidium verlassen, war oft zu spät gekommen, hatte sich mehrmals krankgemeldet und insgesamt anders gewirkt als sonst, gestresst, gejagt.

»Gut. Dann denk bitte zurück. Du hattest Ferien, als das erste Mädchen verschwand und Brodersen dich zurückgerufen hat?«

Sie nickte.

»Was hat Reza zu der Zeit für einen Eindruck auf dich gemacht?«

Rebekka durchforstete ihre Erinnerung, während sie an dem Whisky nippte, der auf den Lippen brannte.

»Es hat mich überrascht, dass er an dem Tag, an dem Sofie Kyhn Larsen verschwand, nicht in den Ferien war, wie er es geplant hatte.«

»Und weiter?« Ryan stellte sein Glas auf dem abgenutzten Holztisch ab.

»Er hat einen verwirrten Eindruck gemacht, erinnere ich mich, aber das habe ich bestimmt auch. Wir waren schließlich auf Ferien eingestellt und nicht auf Mord.«

»Gab es Zeiten in der Ermittlung, wo du dich über sein Verhalten gewundert hast? Lass dir ruhig Zeit, das ist wichtig.«

Ryan schenkte sich noch einen Whisky ein und wollte auch ihr nachschenken, doch sie hielt die Hand über das Glas, während sie über die Frage nachdachte.

»Ich erinnere mich, dass ich mich gewundert habe, weil Reza die Zeugin nicht mit verhören wollte, die höchstwahrscheinlich als Einzige den Täter gesehen hat. Die Zeugin hat gesehen, wie Sofie vom Spielplatz zu einem dunklen Auto getragen wurde. Das ist mir … merkwürdig vorgekommen. Darüber hinaus …« Rebekka zögerte, spürte Ryans Blick auf sich ruhen und beendete den Satz: »Darüber hinaus konnten wir ihn an dem Abend nicht erreichen, an dem Caroline verschwunden ist.«

Rebekka senkte die Stimme. Das Gefühl, ihren Partner zu verraten, war wieder da.

»Ich befürchte, dass das, was du gerade erzählt hast, für Rezas Schuld spricht. Natürlich wollte er nicht dabei sein. Er wusste schließlich, dass die Zeugin ihn wiedererkennen würde, und natürlich konnte er an dem Abend nicht mit zu den Eltern des verschwundenen Mädchens hinausfahren, denn da hatte er alle Hände voll damit zu tun, die Leiche loszuwerden …«

Ihre Blicke begegneten sich. Alles wies auf Reza hin, und diese Erkenntnis verursachte ihr ein Engegefühl im Hals. Sie hatte sich immer vorgestellt, dass sie zusammen im Job alt werden würden, grau und erfahren. Hatte vor sich gesehen, wie sie beide wichtige Stellen einnahmen, die Karriereleiter erklommen.

»Ich kann es noch immer nicht fassen«, sagte sie mit schwacher Stimme.

Ryan sah sie mitfühlend an. »DNA lügt nicht, Rebekka.«

Sie saßen eine Weile schweigend da und blickten in die Flammen des Kaminofens. Rund um das Haus wütete der Sturm, und hin und wieder war ein lautes Knacken von einem Baum zu hören, der umknickte. Ryan trank seinen Whisky aus und stellte das Glas mit einem kleinen Knall auf dem Tisch ab.

»Ich würde gern warm duschen. Mir ist noch immer kalt von unserem Rundgang draußen.« Ryan sah sie fragend an, und sie nickte. Natürlich. Es waren Handtücher im Badezimmerschrank, er brauchte sich nur zu bedienen. Ryan verschwand und zog die Tür hinter sich zu. Rebekka lehnte sich auf dem Sofa zurück, schloss die Augen und versuchte, ihre Gedanken und Gefühle unter Kontrolle zu bekommen. Ihr Körper war so schwer, als wäre sie hundert Jahre alt. Sie war gerade dabei einzunicken, als ihr Handy sie weckte. Die Nummer war wieder unterdrückt. Reza? Sie blinzelte und meldete sich schnell.

»Hallo?«

»Rebekka, die Verbindung ist grauenhaft, ich habe mehrmals versucht, dich anzurufen.«

»Ich weiß. Ich bin im Sommerhaus, so ist das hier oben oft. Ryan ist auch hier. Wir müssen reden, Reza. Was zum Teufel ist los?«

»Ryan ist bei dir?«

»Ja.«

»Rebekka, Ryan hat Brodersen auf mich aufmerksam gemacht.«

»Nein, das kann nicht sein. Ryan will dir helfen, er will uns helfen, wir sitzen hier mit unseren Computern und sehen, ob uns irgendetwas einfällt.«

»Rebekka.« Es rauschte erneut in der Leitung. »Check seinen Computer. Sieh, ob du irgendetwas findest.«

»Wie meinst du das? Das kann ich doch nicht.«

»Mach es. Da muss etwas sein …«

Das Gespräch war weg. Rebekka saß einen Augenblick da und starrte ihr Handy an, während sich eine kalte Angst in ihrem Bauch einnistete. Sie hörte das Wasser im Badezimmer laufen und fischte Ryans Laptop aus der Aktentasche. Rasch fuhr sie ihn hoch, nur um festzustellen, dass man ein

Passwort brauchte, um sich einzuloggen. Sie biss sich auf die Lippe, legte ihn zurück und warf einen Blick in die Tasche. Sie enthielt einige Papiere, die sie flüchtig durchsah. Es handelte sich hauptsächlich um Amber-Alert-Berichte und um eine Mappe mit dem Titel *Missing children in Europe* von der EU-Kommission.

Rebekka suchte weiter und fand unter den Berichten ein paar Kabel. Dann zog sie den Reißverschluss eines größeren Innenfachs auf und entdeckte einen USB-Stick. Sie streckte die Hand danach aus, sah ihn einige Sekunden lang an und wollte ihn gerade zurücklegen, als ein Impuls sie den Stick in ihren Computer stecken ließ. Eine Menge Dateien tauchte auf dem Bildschirm auf, und ihr Blick wanderte an ihnen hinunter. Sie klickte wahllos eine an. Zahlenkolonnen, mit denen sie nichts anzufangen wusste. Sie klickte eine andere an, irgendwelche Grafiken, schloss sie und klickte auf einen Ordner mit dem Namen *Craddle*. Er enthielt Bilddateien, von denen sie die oberste anklickte. Kurz darauf war ein Farbfoto von einem Kind zu sehen, einem kleinen Mädchen von höchsten vier oder fünf Jahren, das Oralsex mit einem Erwachsenen hatte, einem behaarten Mann, dessen Gesicht nicht zu sehen war. Rebekka wurde schwarz vor Augen, und ihre Hände begannen heftig zu zittern. Sie hörte, wie im Bad das Wasser abgestellt wurde. Trotzdem klickte sie die Bilder weiter durch. Ein neues furchtbares Foto von einem vergewaltigten Kind erschien auf dem Bildschirm. Der Ordner *Craddle* enthielt riesige Mengen an kinderpornografischem Material. Insgesamt 1927 Fotos.

Rebekka war einen Augenblick wie paralysiert, während sie Ryan draußen im Bad hantieren hörte. Dann riss sie den USB-Stick aus dem Computer, warf ihn zurück in die Mappe und klappte ihren Laptop zu. Im selben Moment ging die Badezimmertür auf und Ryan trat mit nacktem Oberkörper in die Küche. Er lächelte ihr zu, erstarrte jedoch abrupt, als er ihren Gesichtsausdruck sah.

»Rebekka, was ist los? Du siehst aus, als hättest du ein Gespenst gesehen.«

Sein Blick wanderte an ihr hinunter und verweilte lange auf ihrem Handy, das auf dem Sofatisch lag. Dann zog er sich ein T-Shirt über den Kopf und kam zu ihr. Sie bewegte sich nicht, und er ließ sich schwer neben ihr auf das knarrende Sofa fallen. Draußen tobte der Sturm immer heftiger.

»Gut. Arbeiten wir weiter an dem Fall Reza.« Ryan griff nach ihrem Laptop, sie wollte ihn daran hindern, doch stattdessen nickte sie nur apathisch. Die letzten Kräfte schienen aus ihr herausgesickert, seit sie die kinderpornografischen Fotos gefunden hatte. Der Computer erwachte zum Leben und ein gigantisches Foto eines sieben- bis achtjährigen Mädchens nahm den gesamten Bildschirm ein. Sie starrte direkt in die Linse, die Augen kugelrund vor Angst, die Wangen streifig von Tränen. Rebekka schluckte schwer, als ihr klar wurde, dass sie vergessen hatte, die Datei zu schließen, nachdem sie die Bilder von Ryans USB-Stick kopiert hatte. Einen Augenblick sagte keiner von ihnen ein Wort, dann spürte sie seine kräftige Hand auf ihrer Schulter.

»Was ist das, Rebekka?« Seine Stimme war leise, doch wenn man ihn gut genug kannte, war deutlich, dass sie vor Wut zitterte. Sie antwortete nicht, sondern saß unbeweglich da, während sie versuchte, die Situation unter Kontrolle zu bekommen.

»Die Bilder waren auf deinem USB-Stick«, antwortete sie tonlos. »Reza hat gesagt, dass du Brodersen den Tipp gegeben hast, dass er sich Kinderpornos herunterlädt.« Sie drehte sich zu Ryan um und sah ihn fest an.

»Warum hast du in meinen Sachen herumgewühlt?« Ryan sah enttäuscht aus.

Rebekka holte tief Luft und antwortete: »Weil Reza mich darum gebeten hat. Er hat angerufen, während du im Bad warst. Er hat gesagt, dass du die Direktion auf ihn aufmerksam gemacht hast. Sind das dieselben Fotos wie auf seinem Computer?«

»Rebekka! Was ist los mit dir? Natürlich sind das dieselben Bilder. Als Rezas Computer beschlagnahmt wurde, habe ich sämtliche Fotos auf einen USB-Stick heruntergeladen, damit wir die Menschen finden können, die das strafbare Material ins Netz gestellt haben. Es geht um eine große Menge Fotos, und es geht um harte Kinderpornografie.«

»Ja, aber Reza hat gesagt …«

Rebekka verlor für einen Augenblick den Faden. Sie verstand überhaupt nichts mehr.

»Ich habe die Aufmerksamkeit nicht auf deinen Partner gelenkt, Rebekka. Brodersen und die Direktion haben mich zu einer Krisenbesprechung gerufen, als unparteiischen Experten sozusagen. Wir haben die Fälle der ermordeten Mädchen diskutiert. Irgendwann habe ich erwähnt, dass ein Insider hinter den Morden stehen könnte. Die Direktion hat eine geheime Untersuchung anberaumt, und dabei hat man die Fotos auf Rezas Computer gefunden. Man hat aus seiner Mundhöhle DNA entnommen, und die hat mit der DNA übereingestimmt, die auf Carolines Leiche und auf ihrem Stiefel gefunden wurde.«

Das Misstrauen und der Widerwille gegen Ryan schwanden. Sie musste zu den Fakten Stellung nehmen. Reza hatte sich anders benommen als sonst. Er hatte die Zeugin nicht treffen wollen, sie hatten ihn nicht erreichen können, als Caroline verschwunden war, und was am wichtigsten war: Rezas DNA war auf Caroline Nørvangs Leiche gefunden worden. Darüber hinaus war er trotz mehrerer Aufforderungen nicht im Präsidium erschienen. Sie seufzte laut.

Ryan sah sie aufmerksam an. »Rebekka, wenn ich dir helfen soll, ist es wichtig, dass du mir vertraust. Habe ich dir jemals einen Grund geliefert, das nicht zu tun?«

Sie schüttelte den Kopf, wagte ihm nicht in die Augen zu sehen, weil sie sich schämte.

»Du siehst müde aus«, fügte er mit sanfter Stimme hinzu. »Ist sonst noch etwas? Du wirkst anders als sonst.«

Einen Augenblick hatte sie Lust, sich ihm anzuvertrauen. Ihm von der Schwangerschaft zu erzählen, von dem Chaos mit Michael und Niclas und davon, wie untauglich sie sich im Moment fühlte – als Mensch und als Ermittlerin. Sie öffnete den Mund, die Worte lagen ihr auf der Zunge, es wäre so leicht. Aber sie ließ es.

»Ich bin müde«, antwortete sie nur, »müde und verwirrt.«

»Komm her, lehn dich an mich. Entspann dich.«

Rebekka tat, was er gesagt hatte, lehnte sich an ihn, spürte sein Herz rhythmisch unter seinem T-Shirt schlagen und schloss die Augen. Die Ereignisse der letzten Monate tanzten an ihrem inneren Auge vorbei. Es fühlte sich an, als würde sie alles durch ein Kaleidoskop sehen, in dem sich die ganze Zeit das Muster veränderte. Verwirrt fiel sie in einen tiefen Schlaf.

Rebekka erwachte davon, dass ihr rechter Arm eingeschlafen war. Sie richtete sich auf dem Sofa auf, schüttelte vorsichtig den Arm. Ryan schlief noch. Er schnarchte leise mit offenem Mund. Sie stand auf, streckte sich und ging zur Terrassentür. Draußen war es noch immer dunkel, doch der Sturm hatte sich gelegt. Stattdessen lag nun dicker, grauer Nebel über der Landschaft, der es erschwerte, Umrisse und Konturen zu erkennen. Sie schlich auf die Toilette, ohne zu spülen, um Ryan nicht zu wecken, denn er brauchte seinen Schlaf. Dann ging sie zurück in die Küche und warf einen schnellen Blick auf die Uhr über dem Küchentisch. 04:17.

Ihre Gedanken kreisten erneut um Reza. Sie musste ihn anrufen, versuchen, ihn zur Vernunft zu bringen, ihn überreden, sich zu stellen. Sie nahm ihr Handy vom Küchentisch, nur um festzustellen, dass sie kein Netz hatte. Sie fluchte leise und beschloss, zur Garage zu gehen, dort war das Netz für gewöhnlich besser. Sie schloss vorsichtig die Küchentür auf, trat hinaus in die Kälte und zog die Tür hinter sich zu.

Der Nebel lag vor ihr wie eine Mauer, und sie tappte Richtung Weg. In regelmäßigen Abständen tastete sie mit den Füßen nach links und nach rechts in der Hoffnung, ihre verlorene Dienstpistole wiederzufinden, doch sie fand sie nicht. Plötzlich türmten sich die Autos vor ihr auf, ihr eigenes stand ganz hinten unter der Dachtraufe der Garage, Ryans Mietwagen parkte dahinter. Rebekka schauderte, ihre Hände waren vor Kälte ganz steif. Sie rief Reza an, bekam aber keine Verbindung. Sie spürte ein paar Regentropfen auf der Nase. Versuchte es erneut. Noch immer kam sie nicht durch. Der Regen nahm zu, ihre langen Haare waren schnell triefnass, und ihre Zähne klapperten vor Kälte. Verdammt. Sie musste ihn erreichen. Reza hatte gesagt, dass er das Handy seines Vetters hatte. Ob er Fadi gemeint hatte? Fadi Aghajan. Sie musste seine Handynummer bei der Auskunft erfragen können. Oder sollte sie besser versuchen, Rezas Eltern zu erreichen und sie zur Einsicht zu bringen, dass ihr Sohn sich umgehend stellen musste?

Der Nebel hatte sich ein wenig gelichtet, dafür war die Luft schwer von Regen, und Rebekka war klar, dass sie sich unterstellen musste. Sie ging zu ihrem Auto und griff nach der Tür, die natürlich abgeschlossen war – wie immer, wenn sie das Auto verließ. Die Autoschlüssel lagen in ihrer Tasche in der Küche. Sie stöhnte verärgert und griff nach Ryans Autotür, die sich zu ihrer Überraschung öffnen ließ. Sie setzte sich auf den Fahrersitz und zog die Tür zu, machte das Licht an und atmete tief durch. Dann rief sie die Auskunft an, kam jedoch nicht durch, versuchte es erneut, hatte weiterhin keine Verbindung.

Sie fühlte sich plötzlich müde und erschöpft und ließ ihren Kopf auf das Lenkrad sinken, während sie einige Minuten dasaß und Kräfte sammelte. Sie wollte sich gerade wieder aufrichten, als ihr Blick auf etwas unter dem Sitz fiel. Vorsichtig ließ sie die Hand nach unten gleiten und bekam etwas Glattes zu fassen, eine Art Haar. Verwundert zog sie daran und sah zu ihrem Entsetzen, was sie da in der Hand hielt. Eine schwarze Kurzhaarperücke.

Einige Sekunden war Rebekka wie gelähmt, außer Stande zu reagieren. Dann traf sie die Erkenntnis mit einer solchen Wucht, dass sie laut keuchte. Sie erinnerte sich plötzlich daran, wie die Zeugin den Mann beschrieben hatte, der Sofie vom Naturspielplatz weggetragen hatte. *Die Leute verwandeln sich, verstecken sich, verkleiden sich …* Sie spürte die Angst durch den Körper pulsieren, und ihr erster Gedanke war, dass sie fortmusste. Doch wie sollte sie das ohne Autoschlüssel oder Handyempfang anstellen? Sie schaute sich panisch um, öffnete schnell das Handschuhfach in der Hoffnung, einen zweiten Autoschlüssel zu finden. Das Handschuhfach war leer. Erneut starrte sie die Perücke an, dann griff sie nach ihrem Handy. Bitte lass mich durchkommen, betete sie und wählte mit zitternden Fingern Brodersens Nummer. Es klingelte, und sie hielt den Atem an.

Während sie wartete, wurde die Autotür aufgerissen. Ryan stand ganz still vor ihr und blickte auf sie herunter. Sie sah zu ihm hoch. Einige Sekunden starrten sie sich mit brennenden Augen und offenen, verblüfften Mündern an, dann zog er sie mit einer Kraft von dem Autositz, die sie total überrumpelte und sie Handy und Perücke fallen lassen ließ. Rebekka schrie laut, während sie gleichzeitig wusste, dass es nichts nützte. Niemand würde sie hören. Sie waren allein. Um sie herum gab es nur Wald und verlassene Sommerhäuser. Ryan hielt sie wie in einem Schraubstock, ihre Gesichter waren nur wenige Zentimeter voneinander entfernt.

»Rebekka. Rebekka. Rebekka.« Ryan schüttelte in der abnehmenden Dunkelheit den Kopf. Ein Vogel schnarrte in einem Baum in der Nähe.

»Ryan.« Es tat weh, seinen Namen auszusprechen.

»Rebekka, verdammt. Warum musst du deine Nase unbedingt in alles hineinstecken? Du machst alles kaputt, du machst meinen ganzen Plan kaputt.« Ryans Stimme war gedämpft, fast liebevoll, und ihr stellten sich die Nackenhaare auf.

»Ich verstehe das alles nicht, Ryan.«

Ryan antwortete nicht, schleppte sie zum Kofferraum des Autos, fischte eine Rolle Klebeband heraus und zog sie mit sich durch den Garten zurück zum Haus. Es tat weh. Sie stolperte vorwärts und wäre mehrmals beinahe gefallen. Jedes Mal riss er sie an den Armen wieder hoch, ihre Muskeln brannten, und ihre Schultern fühlten sich an, als würden sie nach hinten verrenkt. Sie stöhnte laut auf, spürte die Tränen im Hals kratzen. Als sie ins Haus kamen, setzte er sie an den Esstisch und fesselte sie mit Klebeband an einen Stuhl. Er band ihre Beine an die Stuhlbeine und ihre Arme hinter ihrem Rücken zusammen. Es schmerzte, und sie konnte die Tränen nicht zurückhalten, ließ sie einfach die Wangen hinunterlaufen. Als Ryan sie fertig gefesselt hatte, zog er einen Stuhl neben sie, setzte sich und seufzte tief, während er bedauernd den Kopf schüttelte.

»Rebekka, du hättest mir vertrauen sollen.« Er sah sie enttäuscht an.

»Ich verstehe rein gar nichts, Ryan«, meinte sie weinend. »Warum machst du das?« Sie sah ihn flehentlich an.

»Mein Plan wäre fast geglückt. Ich war so nah dran«, antwortete er und hielt Daumen und Zeigefinger mit einem Zentimeter Abstand gegeneinander. »Du hast alles kaputtgemacht.«

»Wovon redest du?«

»Begreifst du immer noch nicht, Rebekka? Eigentlich hatte ich großes Vertrauen in deine Fähigkeiten als Ermittlerin ...«

»Ich verstehe das nicht ...«

Ryan seufzte tief.

»Reza war unser Täter. Und ich wäre derjenige gewesen, der die beiden Kindermorde hier in Dänemark aufgeklärt hätte. Castillo hätte in seine fetten Hände geklatscht und mir den Job als Chef unserer Abteilung gegeben, vor der Nase von Ted. Du hättest mir beim Kampf gegen Reza helfen sollen, einem Kampf, der hier oben geendet hätte, wo ich ihn mit deiner Pistole erschossen hätte. Natürlich aus Notwehr. Alles hätte gut geendet. Du wärst vermutlich auch nicht leer ausgegangen, und wenn du nicht diesmal Brodersens Job bekommen hättest, wärst du in jedem Fall die Nächste in der Reihe gewesen, die befördert worden wäre. Ich hatte dich in den Plan einbezogen. Ich wollte dir helfen, Rebekka …« Ryan klang aufrichtig verärgert und fügte hinzu: »Jetzt muss ich meine Pläne drastisch ändern, aber dafür kannst du dich bei dir selbst bedanken.«

Er stand abrupt auf. Sie sah ihn erschrocken an, während ihr Herz in der Brust hämmerte.

»Ryan, warte!« Sie musste ihn hinhalten, Zeit gewinnen. Brodersen hatte möglicherweise ihren Anruf angenommen, vielleicht hatte er sogar den Tumult mitgehört, als Ryan sie aus dem Auto gezerrt hatte, sie hatte ja nicht aufgelegt. Sie wusste, dass Brodersen jetzt ihre einzige Hoffnung war.

»Wir sind Freunde«, fügte sie hinzu und hörte selbst, wie verzweifelt sie klang.

Ryan lachte heiser. »Das *waren* wir, Rebekka, und du hättest dich wie eine Freundin verhalten, mir vertrauen sollen. Erst schnüffelst du in meinen Unterlagen herum, und dann durchsuchst du mein Auto. Warum hast du das getan?« Er sah sie zornig an.

»Ich habe nicht herumgeschnüffelt. Ich wollte Reza anrufen, ihn zur Vernunft bringen, damit er sich stellt.« Sie seufzte beim Gedanken an ihre eigene Dummheit. »Ich habe mich in dein Auto gesetzt, weil es angefangen hat zu regnen und mein eigenes abgeschlossen war. Ich habe nicht herumgeschnüffelt. Ich habe ... die Perücke ... zufällig gefunden. Mein Gott noch mal.«

Sie biss sich fest auf die Lippe und fügte schnell hinzu: »Ich verstehe das noch immer nicht, Ryan. Du musst mir zumindest erklären ...«

Ryan setzte sich wieder. »Was verstehst du nicht, Rebekka? Ich dachte, du wärst eine talentierte Frau, eine erfahrene Ermittlerin.« Er sah sie an, und sie erstarrte beim Anblick seiner Augen. Normalerweise waren sie braun und warm, sie hatte sie immer gemocht, doch jetzt war sein Blick kalt und schwarz. Sie schnappte nach Luft und stammelte: »Du warst ... das also?«

»Du meinst, ob ich die Mädchen entführt und ermordet habe?«

Sie nickte leicht. Durch das stramm sitzende Klebeband schliefen ihre Beine langsam ein.

»Natürlich war ich das«, antwortete Ryan, und Rebekka ahnte ein kleines Lächeln in seinem Mundwinkel. Sie kniff die Augen fest zusammen, konnte es nicht wirklich fassen.

»Warum ...?« Der Rest des Satzes blieb ihr im Hals stecken.

»Ich will Head of the Unit werden. Jetzt oder nie. Wie du weißt, ist Ted ein beinharter Konkurrent, und ich musste etwas tun, um den Blickwinkel auf mich und meine Fähigkeiten zu lenken, denn sonst hätte ich damit rechnen müssen, dass Ted mir den Job wegschnappt. Er ist trotz allem zehn Jahre jünger als ich.« Ryan räusperte sich leicht, bevor er fortfuhr: »Wir sind einen Tag früher hier angekommen, als ich dir erzählt habe. Ich wollte ein kleines, blondes Mädchen entführen – die stehen nämlich am höchsten im

Kurs –, sie umbringen und etwas von Teds DNA auf ihr zurücklassen. Die Perücke hatte ich zu Hause gekauft, sie ähnelt Teds Frisur. Ich bin in der Stadt herumgefahren und durch einen Zufall im Valby Park gelandet. Ich habe das erste der beiden Mädchen gesehen, sie saß ganz allein da, es war leicht. Ich habe sie in den Arm genommen und betäubt. Überraschenderweise hat sie keinen Widerstand geleistet, und ich habe sie ins Auto gepackt, bin herumgefahren und habe schließlich den idealen Ort gefunden, um die Leiche loszuwerden, nämlich das halb fertige Gebäude in Avedøre Holme. Ich bin davon ausgegangen, dass ein paar Handwerker sie bald finden. Aber es sind mehrere Wochen vergangen, über fünf, bis ihr sie gefunden habt, und ihr konntet auch keine DNA von Ted sicherstellen. Mein ursprünglicher Plan ist also missglückt, deshalb musste ich mir schnell einen neuen ausdenken.«

»Das ist doch Wahnsinn!«, rief Rebekka fassungslos.

Sie erinnerte sich plötzlich, wie eifrig Ryan sich eingemischt hatte, als Sofie Kyhn Larsen gefunden worden war, und stellte sich seine Verbitterung vor, als er hatte feststellen müssen, dass sein Plan fehlgeschlagen war.

»Warum Reza?«, fragte sie und spürte eine unbekannte Form von Hass in ihrer Brust aufflammen. Warum Reza? Der gutmütige, sanfte Reza?

»Das war eigentlich mehr ein Zufall, dass ich mich für Reza entschieden habe. In der Familie des ersten Mädchens gab es schließlich eine ganze Reihe möglicher Verdächtiger, und ich habe überlegt, ob ich es wagen konnte, einem von ihnen den Mord anzuhängen, bin jedoch zu dem Schluss gekommen, dass das zu riskant und zu beschwerlich wäre. Der Täter musste für mich zugänglich sein, damit ich zu jedem Zeitpunkt die Kontrolle behalten konnte.« Er machte eine Pause und rieb sich das Kinn, an dem rotbraune Bartstoppeln sprossen. »Reza war zugänglich. Er hatte schwarze Haare und eine ähnliche Frisur wie Ted, was wichtig war, da die Frau mich gesehen hatte, wie ich das Mädchen vom Naturspielplatz weggetragen habe. Da mein ursprünglicher Plan missglückt war, musste ich noch ein Mädchen umbringen, um eine DNA-Spur zu legen und nun ja, das wurde dann das Reitmädchen. Es war übrigens ein Kinderspiel, an Rezas DNA zu kommen.«

Ryan lächelte breit und fügte hinzu: »Rezas Haarbürste liegt in seiner Schreibtischschublade. Ich habe ein paar Haare entfernt und eins davon im Mund des Mädchens und das andere auf ihrem Schuh angebracht, den ich in die Nähe der Leiche gelegt habe. Ich musste sicher sein, dass ihr ihn findet.« Er lachte leise.

»Du hast falsche Beweise ausgelegt, die auf Reza hingewiesen haben?«

Ryan nickte, sichtlich stolz auf sich. Dann fuhr er ihr zärtlich mit der Hand über die Wange. Sie wandte angewidert das Gesicht ab.

»Brodersen und Gundersen sind wie zwei Hundewelpen, wenn sie mich sehen. Der leitende Special Agent Ryan Sullivan. Sie machen alles, was ich sage. Es hat nicht lange gedauert, sie davon zu überzeugen, in welcher Richtung sie suchen mussten. Die Mission war geglückt, bis du das große Finale ruiniert hast.«

»Das große Finale«, murmelte sie, und allein der Satz verursachte ihr eine Gänsehaut.

»Das große Finale sollte so aussehen: Du würdest herfahren, Reza würde dir folgen, verzweifelt bemüht, mit dir zu reden, und dann würde ich kommen, dich ›retten‹ und ihn niederschießen. Aus Notwehr, versteht sich.«

Rebekka kniff die Augen zusammen. Sie ertrug es nicht länger, in Ryans selbstgefälliges Gesicht zu sehen, während er ihr seine widerwärtigen Pläne unterbreitete.

»Du hast zwei kleine, unschuldige Mädchen umgebracht.«

Sie öffnete die Augen und begegnete Ryans Blick. Er zuckte mit den Schultern.

»Mir blieb keine andere Wahl. Beim ersten Mädchen war es leicht. Nummer zwei dagegen ... Das war ein widerspenstiges kleines Biest. Ich musste ein paar Mal zuschlagen.«

Beim Gedanken an Sofies und Carolines letzte Momente in Ryans Gewalt spürte Rebekka Wut in sich aufflammen.

»Das waren Kinder«, rief sie empört. »Kleine Kinder.«

»Ganz ruhig. Sie haben nichts gespürt. Das geht blitzschnell, wenn man jemandem das Knie in den Rücken drückt und den Kopf nach hinten zieht. Sie haben nichts begriffen. Sie haben nicht gelitten.«

»Wie kannst du so etwas tun? Um deine Karriere voranzutreiben? Deine Karriere?«

Wieder merkte Rebekka, wie ihr die Tränen über die Wangen liefen.

»Wenn man im Leben etwas erreichen will, muss man alle Tricks anwenden, Rebekka. Das weiß ich, seit ich ganz klein war. Du verstehst das nicht. Du wohnst in diesem Puppenstubenland, wo ihr so verdammt verwöhnt seid. Da, wo ich herkomme, herrscht das Gesetz des Dschungels und sonst nichts. Kindermorde sind spektakulär, die sorgen für Titelseiten, für Aufmerksamkeit. Deshalb habe ich mich für Kinder entschieden und nicht für irgendeine Straßenhure.

Jetzt, wo wir in dieser Situation geendet sind, kann ich dir auch ruhig sagen, dass ich nicht zum ersten Mal zu einer solchen Methode gegriffen habe.«

Rebekka starrte ihn ungläubig an und merkte, wie ihr am ganzen Körper der kalte Schweiß ausbrach.

»Du hast ... so etwas schon früher einmal getan?« Ihr Mund war so trocken, dass ihr der Satz fast zwischen den Zähnen stecken blieb.

»Kannst du dich erinnern, dass ich dir von dem Fall erzählt habe, der mich damals zum stellvertretenden Sheriff gemacht hat?«

Sie nickte, versuchte, den Mund mit Speichel zu befeuchten.

»Der Fall Arlette Fischer. Wie gesagt, schenken die Medien Kindermorden große Beachtung, so etwas sorgt immer für Titelseiten. Arlette Fischer war wohlhabend und weiß. Perfekt für meinen Zweck.«

»Heißt das, der Schwarze, der auf den elektrischen Stuhl gekommen ist ...«

»Otis Jackson«, warf Ryan ein.

»Otis Jackson, ja«, sagte Rebekka. »Er war also unschuldig?«

Ryan stand auf, ging zur Terrassentür und blickte hinaus. Draußen wurde es langsam hell, und der Nebel lichtete sich. Man konnte ein paar hohe Tannen erahnen, die sich in einen bleichen Himmel streckten.

»Wie man es nimmt.« Ryan zuckte mit den Schultern. »Unschuldig war der Mann wohl kaum. Er ist schließlich mehrmals verurteilt worden, unter anderem wegen Tiermisshandlung und Brandstiftung. Bis zu Überfällen, Vergewaltigung oder Mord wäre es nur ein kleiner Schritt gewesen. Das weiß so jemand wie wir. Man kann sagen, dass ich der Gesellschaft einen Dienst erwiesen habe.«

Rebekka konnte nicht anders, als vor Wut laut zu schnauben.

Ryan drehte sich zu ihr um und runzelte die Stirn. »Du weißt genauso gut wie ich, dass du in der Vergangenheit der meisten Mörder Brandstiftung und Tiermisshandlungen findest. Die meisten fangen so an, und Otis Jackson wäre da bestimmt keine Ausnahme gewesen.«

»Das mag sein«, wandte Rebekka ein, »aber du hast das vor allem deinetwegen getan.«

»Natürlich. Es war leicht, Arlettes Unterhöschen und ein Büschel von ihren langen Haaren in Otis' Keller zu verstecken. Der Fall wurde schnell abgehandelt. Nicht ein einziges Fragezeichen, was die Schuldfrage anging, obwohl Jackson weiterhin seine Unschuld beteuert hat, selbst als man ihn auf den Stuhl gesetzt hat. Die Staatsanwaltschaft hatte für die Todesstrafe plädiert und bekam ihren Willen. Ich habe einen riesengroßen Sprung auf der Karriereleiter gemacht, und alle waren glücklich.«

Arlette Fischers Familie und Otis Jackson wohl kaum, dachte Rebekka, schwieg jedoch.

»Nun, Rebekka.« Ryan veränderte den Tonfall. Er näherte sich ihr, während er mit den Fingern knackte.

»Du kommst damit nicht durch, Ryan. Reza weiß, dass du ihm das angehängt hast.«

»Das braucht dich nicht zu beunruhigen, Rebekka. Plan C steht bereit. Ich bin mir ganz sicher, dass Reza auf dem Weg hierher ist. Er bringt dich um, bricht dir das Genick, genau wie er das bei den Mädchen getan hat, und anschließend bringe ich ihn um. Mach dir keine Gedanken, ich werde

Brodersen schon erzählen, dass du Reza auf der Spur warst, dass du irgendetwas gefunden hast, du stirbst also trotz allem als eine Art Heldin …«

Es rauschte in Rebekkas Ohren. Die Angst verwandelte sich in Wut, die sich wie eine rote Säule in ihrem Körper aufbaute. Vergeblich versuchte sie, sich von dem Stuhl zu befreien. Sie saß unverrückbar fest.

»Rebekka, verdammt.« Ryan sprach mit ihr wie mit einem leicht übermüdeten Kind, seine Stimme war sanft, nachsichtig. Sie schauderte. Er setzte sich wieder auf den Stuhl neben sie, fuhr ihr mit den Fingern durch die langen Haare. Dann näherte er sich ihrem Ohr: »Du brauchst keine Angst zu haben, Rebekka. Es wird schnell gehen, genau wie bei den Mädchen.«

Er zog Handschuhe an, ging um sie herum und legte die Hände um ihren Kopf, während sie laut wimmerte.

»Ryan, hör auf – was ist, wenn Reza nicht kommt?«

»Dieses Mal habe ich mich abgesichert, Rebekka. Ich habe einige seiner Sachen bei mir, sodass kein Zweifel daran bestehen kann, dass er hier gewesen ist.«

Rebekka spürte Ryans Knie im Rücken. Die Tränen schossen ihr in die Augen. Sie sah ihr Leben Revue passieren. Die einsame Kindheit ohne Robin, die Eltern, Dorte, Michael, Niclas, Reza und das kleine unfertige Kind in ihrem Bauch …

Dann durchriss ein Schuss die Luft, so nahe, dass sie den Luftzug spürte. Ryan brüllte laut auf, sein Griff um Rebekkas Kopf lockerte sich, hinter sich hörte sie Glas bersten. Sie atmete tief durch und warf sich mit einer solchen Wucht zur Seite, dass der Stuhl unter ihr umkippte. Sie kam mit dem Kopf zuerst auf dem Boden auf, spürte den harten Aufprall, das Blut, das aus ihrer Nase spritzte, und anschließend den Schmerz im Körper. Dann wurde ihr schwarz vor Augen. Kurz darauf kam sie wieder zu sich, als jemand wiederholt ihren Namen rief.

»Rebekka, ist alles in Ordnung bei dir?« Es klang wie Reza. Verwirrt schlug sie die Augen auf und versuchte, den Kopf zu drehen. Sie sah Ryans Körper hinter sich, versuchte verzweifelt, sich so weit herumzudrehen, wie ihre fixierten Arme und Beine es zuließen. Ryan lag ungefähr einen Meter von ihr entfernt auf dem Boden und stöhnte laut, während er sich die Schulter hielt, aus der das Blut pulsierend entwich. Reza zielte mit einer Pistole auf Ryan, mit ihrer Pistole, die er in seinen blutigen Händen hielt. Das große Wohnzimmerfenster hinter ihm war zerborsten, und kalte Luft strömte ins Zimmer.

»Wir müssen dich in eine sitzende Position bringen.« Reza zog den Stuhl mit Rebekka hoch, legte die Pistole beiseite und entfernte schnell das Klebeband. Ryan polterte auf dem Boden herum, er hatte sich aufgerichtet.

»Verdammt, Scheiße!« Reza kämpfte mit dem Klebeband, während Ryan auf die Beine kam.

»Reza, pass auf«, schrie Rebekka. »Er hat einen Baseballschläger.«

Reza drehte sich zu Ryan um, der mit erhobenem Baseballschläger auf ihn zugewankt kam, und hielt die Pistole vor sich, er zielte direkt auf Ryan.

»Bleib stehen, Ryan!«, schrie Reza. »Stopp, oder ich schieße!«

Ryan blieb nicht stehen. Er war bleich, Reza musste eine Arterie getroffen haben. Trotzdem lächelte er und machte mit dem Arm eine ausladende Bewegung.

»Dann schieß doch, du Schwein. Schieß mich nieder, wenn du dich traust.«

Reza zögerte, er starrte ihn mit weit aufgerissenen, schwarzen Augen an, während er auf seinen Brustkasten zielte. Blitzschnell stürzte Ryan sich auf Reza. Rebekka schrie laut auf, und Reza drückte ab. Der Schuss traf Ryan mitten in den Brustkasten. Mit einem dumpfen Laut sackte er auf dem Boden in sich zusammen.

Danach war alles still. Rebekka rührte sich nicht, saß unbeweglich da, noch immer an den Stuhl gefesselt, während ihr das Blut über das Gesicht lief. Reza befreite ihre Arme und Beine von den letzten Resten Klebeband.

»Alles in Ordnung, Rebekka?«

Sie nickte schwach. »Was ist mit Ryan? Pass auf …«

»Er ist tot, Rebekka. Ich habe es noch mal überprüft. Eindeutig tot.«

»Bist du sicher?«, flüsterte sie und merkte, wie ihr die Tränen kamen.

»Ja«, antwortete Reza.

»Bist du durch das Fenster gesprungen?«

Reza nickte. »Das erste Mal habe ich durch das Fenster auf Ryan geschossen. Ich hatte keine Zeit, es erst einzuschlagen. Er wollte dir gerade das Genick brechen … Dann habe ich die Scheibe mit dem Pistolengriff eingeschlagen, aber ein paar Schnittwunden habe ich trotzdem abbekommen. Sie scheinen aber nur oberflächlich zu sein.«

Rebekka stand langsam auf und ging auf zitternden Beinen zu Ryans Leiche hinüber. Ein dunkelroter Fleck hatte sich auf seinem weißen T-Shirt ausgebreitet. Das Gesicht war blass und bereits eingefallen, wie sie fand. Sie betrachtete ihn stumm, während sie zu verstehen versuchte, dass ihr Mentor, ihr Ryan hinter all diesen Ungeheuerlichkeiten stand. Sie humpelte zurück zur Klappbank, hörte Reza leise telefonieren, vermutlich mit Brodersen. Ihr Kopf dröhnte, Arme und Beine fühlten sich noch immer taub an, und sie wurde von einem Tsunami widersprüchlicher Empfindungen übermannt. Sie konnte ihn nicht stoppen, hielt sich die kribbelnden Hände vors Gesicht und weinte leise vor sich hin.

Reza kam kurz darauf zu ihr und setzte sich neben sie. Er hatte sich ein paar saubere Geschirrtücher um die Hände gebunden, doch das Blut drang durch den provisorischen Verband und färbte ihn langsam rot. So saßen sie lange da. Schweigend. Draußen ging eine rote Morgensonne auf und verjagte die letzten Reste Nebel und Dunkelheit.

»Verdammt, Reza, das war knapp«, flüsterte Rebekka plötzlich. »Ryans Plan wäre fast geglückt, und ich hätte ihm beinahe geglaubt.«

Reza nickte und hörte Rebekka schweigend zu, während sie ihm Ryans Geständnis wiedergab. »Bitte verzeih mir«, flüsterte sie danach. »Und danke.«

Reza schenkte ihr ein kleines Lächeln. Sie musterte ihn. Er sah furchtbar aus. Verlebt. Die Haare standen in alle Richtungen ab, er hatte einen Dreitagebart, und die dunklen Augen waren von tiefen, schwarzen Rändern umrahmt.

»Woher hast du gewusst, dass es Ryan war?«, wollte sie wissen.

»Ich habe es nicht mit Sicherheit gewusst«, gestand er ihr. »Doch Brodersen hat kein Hehl daraus gemacht, dass Ryan den Verdacht auf mich gelenkt hat. Das hat mich misstrauisch gemacht. Deshalb habe ich selbst mit dem Gedanken zu spielen begonnen, wer wohl am ehesten als Täter infrage käme, *falls* die Morde an Sofie und Caroline wirklich auf das Konto eines Insiders gehen sollten, wie man inzwischen annahm. Ich habe ein paar Anrufe getätigt und unter anderem mit Ted Palmer gesprochen. Er hat mir erzählt, dass Ryan einen Tag früher als geplant nach Kopenhagen gekommen ist. Ted hatte er natürlich erzählt, dass er sich mit dir treffen wollte, aber ich wusste ja, dass er dich erst an dem Tag, an dem Sofie verschwunden ist, angerufen hat. Das war etwas verdächtig. Ich habe mir die Passagierlisten angesehen und entdeckt, dass er auch in Dänemark war, als Caroline Nørvang verschwunden ist.«

»Ich habe an dem Abend mit ihm gesprochen. Er hat mich angerufen und gesagt, dass er in Portugal sei«, unterbrach ihn Rebekka.

»Natürlich hat er das. Er war raffiniert. Zuerst habe ich gar nicht verstanden, warum er mir die Morde anhängen wollte. Ich habe geglaubt, es hätte etwas mit mir zu tun, habe es für den Ausdruck einer krankhaften Eifersucht gehalten, weil er vielleicht geglaubt hat, dass wir etwas miteinander hätten. Weißt du eigentlich mehr über ihn?«

Rebekka nickte. »Er kommt aus einer extrem armen Familie, in der mehr oder weniger alle geistig minderbemittelt sind. Ryan war sich schon sehr früh darüber im Klaren, dass er intelligent war. Er hat als Erster in seiner Familie die Highschool abgeschlossen. Ryan war ungeheuer ehrgeizig, für ihn gab es nur den Job, und er hätte alles getan, um an die Spitze zu kommen. Er hat nie geheiratet, hat keine Kinder. Hat nur für seine Arbeit gelebt, um Karriere zu machen.«

»Das klingt ganz nach mir«, sagte Reza mit einem traurigen Lächeln.

»Oder nach uns«, meinte Rebekka. »Aber Ryan war gefühlskalt, und das sind wir nicht.«

Reza nickte. »Talentiert, zynisch, berechnend und charmant. Das klingt nach einem waschechten Psychopathen …«

»Die Art, wie er von seiner Familie gesprochen hat, war gefühlskalt, wenn ich jetzt darüber nachdenke. Er hat nicht ein einziges Mal von einem Menschen erzählt, der ihm etwas bedeutet hat. Das hätte mich misstrauisch machen müssen …«

»Jetzt hör aber auf, Rebekka. Er war dein Freund. Ich will nicht, dass du dir Vorwürfe machst …«

»Vielleicht bin ich doch keine so gute Ermittlerin, wie ich geglaubt habe.«

»Das bist du, Rebekka. Versprich mir, nie daran zu zweifeln.«

»Reza, in den letzten Monaten warst du so …«, sie suchte nach dem richtigen Wort, »… so anders. Ist alles in Ordnung?«

Sie sah, dass er den Blick niederschlug und schwer atmete. Dann sah er zu ihr hoch. »Kannst du ein Geheimnis für dich behalten, Rebekka?«

Sie nickte, legte vorsichtig die Hand auf seine verbundenen Hände.

»Ich habe eine Beziehung gehabt, von der ich völlig besessen war. Ich war noch nie so verliebt, noch nie. Ich habe die Kontrolle verloren. Wir wollten zusammen Urlaub machen, eine Woche auf die griechischen Inseln, und dann ist im letzten Moment doch nichts daraus geworden, weil wir uns getrennt haben, gegen meinen Willen. Dann sind wir wieder zusammengekommen, dann haben wir uns wieder getrennt, und so ist es die letzten Monate immer wieder hin- und hergegangen.«

Reza stand die Verzweiflung ins Gesicht geschrieben, und Rebekka sah ihren Partner liebevoll an.

»Du musst hart bleiben, Reza …«

»Ich weiß, aber ich schaffe es einfach nicht.«

»Du musst ihr sagen …«

»Es ist keine Sie.«

Rebekka sah ihn mit weit aufgerissenen Augen an. Sie hätte nie gedacht, dass er … nicht ein einziges Mal. Und doch war es vollkommen einleuchtend, dachte sie. Natürlich war Reza schwul. Es konnte nicht anders sein. Sie beugte sich vor und küsste ihn auf die Wange.

»Verdammt, Reza. Das muss hart sein. Mit deinem Hintergrund und … den Erwartungen deiner Familie.«

Er nickte schuldbewusst. »Sie wissen es nicht«, sagte er leise. »Noch nicht. Jedes Mal, wenn ich es ihnen sagen will, verlässt mich der Mut, und ich bekomme es nicht über die Lippen. Es wird sie umbringen, ein wenig jedenfalls.«

»Die Wahrheit mag für sie erst mal schwer zu verstehen sein, doch mit der Zeit wird es besser werden, Reza. Das weiß ich. Nach und nach. Sie lieben dich.«

Er runzelte die Stirn, und Rebekka fügte hinzu: »Ich glaube, dass deine Mutter klüger ist, als du glaubst.«

Er nickte und lächelte schwach.

»Wolltest du mir das erzählen, als du mich damals in der Nacht angerufen hast?«

Reza nickte wieder. »Ja, ich wollte dir erzählen, dass ich … schwul bin. Aber dann hat mich der Mut verlassen.«

Sie beugte sich zu ihm hin. »Ich habe auch ein kleines Geheimnis. Willst du es hören?«, flüsterte sie.

Reza sah sie überrascht an, neugierig. »Na klar. Erzähl.«

»Ich bin schwanger.« Sie musste über Rezas schockierten Gesichtsausdruck lachen.

»Was für ein Geheimnis!«, rief er.

Von Weitem hörten sie Sirenen, die sich näherten.

»Warum hast du nichts gesagt?«, fragte er.

»Ich habe es gerade erst erfahren. Und weißt du, was am schlimmsten ist?«

Er schüttelte den Kopf.

»Ich weiß nicht, ob Michael oder Niclas der Vater ist…«

»Mensch, Rebekka«, rief er und starrte sie entsetzt an. Dann dämmerte es ihm. »Niclas Lundell, unser schwedischer Kollege?«

Sie nickte.

»Ach, verdammt.«

»Ich weiß. Aber pst, ich höre, dass sie im Anmarsch sind. Vergiss nicht, das ist unser Geheimnis.«

Reza nickte feierlich. »Natürlich. Du solltest dich jetzt besser startklar machen.«

Sie schüttelte entschlossen den Kopf. »Ich bleibe hier. Wenn ich das Haus so verlasse«, sie zeigte auf Ryans Leiche und die vielen Blutspritzer im Wohnzimmer, »wird es mir unmöglich sein, wiederzukommen und dieses Haus als wunderschönen und sicheren Platz zu empfinden.«

Reza verstand sie sehr gut.

Kurz darauf trat Brodersen ins Haus, gefolgt von vier Kriminaltechnikern und einem Vertreter der Staatsanwaltschaft. Ein Arzt erklärte Ryan Sullivan für tot, und wenig später traf der Rechtsmediziner ein, um die Leichenschau vorzunehmen. Das Haus wurde abgesperrt, es war nun ein offizieller Tatort. Rebekka und Reza erzählten Brodersen den Tathergang, während sie im Krankenwagen saßen, der vor dem Haus parkte.

Die Sonne guckte hinter grauen Wolken hervor.

Es vergingen mehrere Stunden, bevor die Techniker zusammenpacken konnten. Ryan wurde im Leichenwagen fortgebracht und Reza nach Kopenhagen gefahren, um genäht zu werden. Brodersen forderte Rebekka auf mitzukommen, doch sie weigerte sich, sie wollte bleiben, wo sie war.

Der Chef der Mordkommission ging als Letzter und ließ sie mit besorgter Miene zurück, obwohl sie ihm versichert hatte, dass es ihr gut gehe. Ihr fehle nichts, sie brauche nur Schlaf.

Als es im Haus wieder ruhig geworden war, stand Rebekka einen Augenblick da und ließ den Blick durch das Wohnzimmer wandern. Mit den Blutspritzern, den vielen Kreidestrichen und dem großen Fenster, das notdürftig mit ein paar großen braunen Pappen repariert worden war, sah es aus, als wäre eine Bombe eingeschlagen. Sie musste aufräumen, saubermachen, alles abwaschen, aber sie schaffte es nicht. Stattdessen ging sie ins Schlafzimmer und legte sich auf das Bett.

Sie hatte Schmerzen an der Stelle, wo sie mit dem Kopf auf dem Boden aufgeschlagen war, und ihre Schulter tat so weh, dass sie sich fragte, ob ein Gelenkband gerissen war. Sie rieb sich vorsichtig die Schulter, schloss die Augen und spürte, wie sich ihr Körper endlich entspannte. Gleichzeitig schwappten die Gedanken über ihr zusammen, schwarz und beängstigend. Sie sah Ryan vor sich. Ryan mit den bernsteinbraunen Augen, ihren Lehrmeister, und etwas in ihr zerbrach. Sie hatte das Gefühl, als würde sich ein Stück ihrer Seele lösen und in einer schwarzen, salzigen Welle davongeschwemmt werden.

Sie lag stundenlang wach, mit geschlossenen Augen, während unzählige Gefühle durch ihren Körper brandeten. Zweifel, Trauer, Schuldgefühle, Scham … Sie war von einem Freund verraten worden und hätte beinahe selbst einen Freund verraten. Würde sie jemals wieder jemandem vertrauen können? Würde sie jemals wieder sich selbst vertrauen können? Ihr war schwer ums Herz.

Doch in all dem Dunklen keimte eine leise Freude in ihr. Sie fuhr sich vorsichtig mit den Händen über den Unterleib und schloss die Augen. Draußen zwitscherte eine Amsel hartnäckig auf einem Baum. Endlich fiel Rebekka in einen tiefen Schlaf.

Sie erwachte anderthalb Stunden später von starken Unterleibschmerzen. Verwirrt setzte sie sich im Bett auf und wusste einen Augenblick nicht, ob Nacht oder Tag war. Sie fand ihre Uhr zwischen ein paar Kleidungsstücken auf dem Boden. 20:29. Sie rieb sich kräftig die Augen, schwang die Beine aus dem Bett und torkelte ins Bad. Der Boden unter ihren Füßen war kalt, doch sie spürte es nicht, zog nur ihren Slip herunter und sank auf die Toilette. Die Schmerzen waren jetzt so intensiv wie heftige Krämpfe, es zog im Schambein, und sie krümmte sich nach vorn, als sie merkte, dass etwas aus ihr herauslief. Sie spreizte vorsichtig die Beine und starrte in die Toilettenschüssel. Das weiße Porzellan war rot von Blut. Der Schmerz nahm zu, sie biss die Zähne fest zusammen, holte eine Binde aus dem Korb unter dem Waschbecken und kam langsam auf die Beine.

Sie stützte sich am Waschbecken ab und sah sich kurz im Spiegel. Die eine Gesichtsseite war geschwollen und blaurot verfärbt, in der Nase hatte sie blutige Krusten, und ihre Lippen waren aufgesprungen und fleckig von getrocknetem Blut. Behutsam betupfte sie ihr Gesicht mit kaltem Wasser, allein die Bewegung ließ Arm und Schulter schmerzen.

Vorsichtig ging sie in die Küche. Das Handy blinkte, mehrere Nachrichten waren eingegangen. Eine leicht angesäuerte von ihrer Mutter, die wissen wollte, ob Rebekka noch lebte, da sie nie anrief. Wenn sie wüsste. Eine Nachricht von Reza, eine von Brodersen und eine von ... Michael. Er wolle mit ihr reden, sagte er. Sie blieb eine Weile mit dem Telefon in der Hand stehen, brachte es nicht fertig zurückzurufen. Stattdessen wählte sie die Nummer des Krankenhauses in Hvidovre und ließ sich mit der Entbindungsstation verbinden. Eine freundliche Krankenschwester meldete sich. Rebekka erzählte von den Blutungen, und die Krankenschwester hörte ihr zu.

»Sie sollten besser vorbeikommen, damit wir Sie untersuchen können, doch die Menge an Blut lässt darauf schließen, dass Sie den Embryo verloren haben könnten.«

Rebekka versprach, so schnell wie möglich zu kommen. Sie ging zurück ins Schlafzimmer, blieb einen Moment stehen und versuchte, Kraft für die Fahrt zu sammeln. Sie musste sich saubere Sachen anziehen, nein – zuerst musste sie ins Bad. Sie setzte sich auf die Bettkante, zog eine dicke Wollsocke aus und warf sie auf den Boden. Dann konnte sie nicht mehr, rollte sich nur noch unter der Decke zusammen und begann heftig zu weinen.

OKTOBER

»Es tut mir leid, dass ich die Abteilung jetzt ausgerechnet nach so einer Geschichte verlasse.« Brodersen hatte Rebekka in sein Büro gerufen. Jetzt stand er mit dem Rücken zu ihr da und starrte aus dem großen Fenster. Es ging auf die Glyptothek hinaus, dahinter war das Tivoli zu erahnen.

»Du kannst auf ein langes und erfolgreiches Berufsleben zurückblicken«, beruhigte ihn Rebekka. »Und der Fall wurde aufgeklärt. Das ist es doch, was zählt.« Sie betrachtete seinen geraden Rücken unter dem glänzenden Sakko.

»Das stimmt, aber ich bin zutiefst beschämt, dass wir uns von einem raffinierten FBI-Agenten an der Nase haben herumführen lassen, der uns Schritt für Schritt gezeigt hat, wen wir verdächtigen sollen. Allein bei dem Gedanken dreht sich mir der Magen um, nicht zuletzt wenn ich an Reza denke. Wir haben uns natürlich unzählige Male bei ihm entschuldigt und ihm Sonderurlaub in Aussicht gestellt und was weiß ich, aber das Ganze ist trotzdem furchtbar peinlich.«

»Reza geht es gut. Ihr habt nur eure Arbeit getan«, sagte sie und sah, dass ihre Worte ihren Chef freuten. Reza war nach der dramatischen Episode in Rebekkas Sommerhaus zwei Wochen krankgeschrieben gewesen. Seine Hände waren mit über fünfzig Stichen genäht worden, doch ansonsten hatte er keine physischen Schäden davongetragen. Sie hatte täglich mit ihm telefoniert, ihr Austausch von Geheimnissen hatte es mit sich gebracht, dass eine neue Vertrautheit zwischen ihnen entstanden war. Es war Reza gewesen, den sie angerufen hatte, als sie mit der Nachricht, dass sie das Kind verloren hatte, in dem tristen Krankenhausflur gesessen hatte. Trotz der Schmerzen in seinen Händen war er gekommen, hatte ihr die Hand gehalten und sie getröstet. Reza war noch immer der Einzige, der wusste, dass sie schwanger gewesen war, und so sollte es auch bleiben, hatte sie beschlossen. Es gab keinen Grund, Michael, Dorte, Niclas oder die Eltern einzuweihen. Auch dieser Fall war abgeschlossen, dachte sie und empfand eine leichte Traurigkeit.

Sie richtete ihre Aufmerksamkeit wieder auf Brodersen, spürte, dass er noch etwas auf dem Herzen hatte. Sie schwiegen eine Weile, bevor sie herausplatzte: »Mich quält es auch, dass Ryan mich an der Nase herumgeführt hat. Ich muss jeden Tag daran denken, ich fühle mich so verraten. Ich habe ihm wirklich vertraut, ich habe zu ihm aufgesehen, wollte wie er sein, und ich muss gestehen, dass ich noch immer nicht begreife, was passiert ist.«

»Das tut keiner von uns. Ryan Sullivan ist ein erschreckendes Beispiel dafür, wie verschroben das Gehirn eines Mörders sein kann.«

»Hast du danach eigentlich mal mit Ted Palmer gesprochen?«, fragte sie, und Brodersen begegnete ihrem Blick. Ihr fiel auf, dass er in der letzten Zeit stark gealtert war.

»Das habe ich, mehrmals sogar. Er war auch hier, um eine Aussage zu machen. Ted Palmer ist natürlich schockiert, ebenso wie sein Chef. Aber ich denke, Ted Palmer ist auch erleichtert. Er reist jetzt zurück in die Staaten, um die Stelle als Head of the Unit anzutreten.«

Rebekka nickte. Sie verlagerte das Gewicht von einem Fuß auf den anderen und spürte den Blick ihres Chefs auf sich ruhen. Die Stimmung veränderte sich, wurde vertraulich. Brodersen räusperte sich.

»Marianne geht es inzwischen richtig schlecht. Sie sitzt im Rollstuhl. Es wird schnell gehen. Nicht auszudenken, wenn wir es nicht mehr schaffen.«

Seine Stimme war heiser geworden, als wäre er erkältet. Rebekka spürte einen Kloß im Hals und wusste nicht, was sie sagen sollte.

»Nun gut, machen wir weiter.« Der Chef der Mordkommission riss sich zusammen und brachte ein schwaches Lächeln zustande, während er auf sie zukam. Plötzlich blieb er stehen, ernst.

»Gundersen wird das Ruder übernehmen, aber das weißt du vermutlich schon?« Er sah sie an, sie begegnete seinen grauen Augen.

»Du bist tüchtig, Rebekka, und du wirst immer besser. Du musst nur noch ein wenig Geduld haben, bis du so weit bist. Verstehst du?«

Rebekka streckte sich, hielt seinen Blick fest. Sie nickte langsam. Sie verstand, obwohl es weh tat.

»Steffen und ich lassen uns scheiden.«

Anita Kyhn zog kräftig an ihrer Zigarette und blickte verstohlen zu Rebekka hinüber. Ausnahmsweise war Rebekka in die Langgade nach Valby hinuntergefahren, um einzukaufen. Sie schob gerade den vollen Einkaufswagen über den Parkplatz zu ihrem Auto, als sie plötzlich Sofies Mutter von Angesicht zu Angesicht gegenüberstand. Die zarte Frau war noch weiter geschrumpft, seit Rebekka sie das letzte Mal gesehen hatte, und verschwand fast in ihrem dicken Mantel. Rebekka hätte gerne etwas gesagt, doch ihr fiel nichts Passendes ein, weshalb sie stattdessen die Hand ausstreckte und nach Anitas griff und sie leicht drückte.

»Das tut mir leid«, murmelte sie.

Anita Kyhn warf die Zigarette fort, die den Bordstein hinunterrollte, bis sie in einem Kanalgitter verschwand.

»Das braucht es nicht. Es ist gut so. Unsere Ehe hatte schon einen Knacks. Als Sofie dann gestorben ist, ist sie zerbrochen …« Anita seufzte, fischte eine neue Zigarette aus der Packung, zündete sie an und inhalierte tief. Die Augen der Frau huschten über den grauen Parkplatz, und ihr Blick kam erst auf den nackten, schwarzen Bäumen zur Ruhe, die den Platz säumten.

»Aber ich bin erleichtert, dass er nichts damit zu tun hatte. Steffen, meine ich. Das hätte ich nicht ertragen.«

»Was wollen Sie jetzt machen?«, fragte Rebekka und ärgerte sich über die Schwäche, die sie aus ihrer Stimme heraushörte. Sie sollte der Frau Stärke vermitteln, den Glauben, dass sie eine Zukunft hatte.

Anita Kyhn zuckte mit den Schultern. »Steffen ist zu seiner neuen Flamme gezogen. Zu Vibs.« Anitas Stimme zitterte, als sie den Namen der Frau aussprach. »Mir ist allergnädigst erlaubt worden, in der Wohnung wohnen zu bleiben. Mit Patrick wechseln wir uns ab. Für ihn ist es schwer, vor allem, dass er seine Schwester verloren hat, aber auch, dass er mal bei mir und mal bei Steffen ist. Er macht sich dauernd in die Hose.«

»Was ist mit Mark?«

»Er ist zu seiner Freundin gezogen.« Erneutes Seufzen.

»Bekommen Sie Hilfe? Wenden Sie sich doch ...«

»Ich weiß. Es gibt Hilfe, es gibt Hoffnung, es gibt alles. An irgendeinem unerreichbaren Ort am Horizont.«

»Ja«, stimmte Rebekka ihr zu, »genau so fühlt es sich an. Unerreichbar. Aber Sie müssen daran glauben, dass es noch etwas Gutes im Leben gibt.«

Anita antwortete nicht, doch ein kleines Lächeln umspielte ihre blutarmen Lippen. Sie warf die Zigarette fort, obwohl sie noch nicht ganz aufgeraucht war, und verschwand Richtung Supermarkteingang. Die Zigarette glühte noch lange in der einsetzenden Dämmerung.

»Søren, du musst den Mund weiter aufmachen.«

Die Mutter drückte den Löffel mit Erbsensuppe gegen seine Lippen, die sich öffneten. Der Löffel stieß gegen die Vorderzähne und ließ es in seinem Kopf laut klirren. Er sah sie vorwurfsvoll an. Erbsensuppe war das Zweitschlimmste, das er kannte, glühend heiße Erbsensuppe war das Schlimmste. Sie begriff es nicht, schob nur den Löffel weiter in seinen Mund hinein und ließ die kochend heiße Suppe in seinen Schlund träufeln. Er stöhnte leise vor Schmerzen. Suppen waren immer zu heiß, brennend heiß, und sein Mund war voller Brandblasen, die kribbelten, brannten und ihm die Tränen in die Augen trieben. Er hätte der Mutter so gerne gesagt, dass sie pusten sollte, warten, bis das Essen genügend abgekühlt war, doch die Worte wollten nicht so, wie er wollte, und wurden nur zu einem verzerrten Murmeln und einer Menge Sabber, den sie ärgerlich wegwischte.

In ihm dagegen war alles so blank wie eine vereiste Schlitterbahn. Nur außerhalb von ihm war alles eckig, laut und beschwerlich, wie eine riesige Bergspitze, die konstant bezwungen werden wollte. Er beschloss, nur noch in sich zu bleiben. Da fühlte er sich sicher, und mit der Zeit hatte er sich an seine eingeschränkte Welt gewöhnt. Er erinnerte sich an den Kampf der Ärzte, als er im Krankenhaus lag. Sie hatten an seinem Körper gezerrt, mit lauten, eindringlichen Stimmen auf ihn eingeredet, die Gesichter ganz dicht neben seinem. Sie hatten sich im Krankenzimmer gedrängt: Physiotherapeuten, Ergotherapeuten, Sprachtherapeuten ... Die Mutter wurde in regelmäßigen Abständen zu ihm hereingebracht, saß auf dem Stuhl neben seinem Krankenbett und hielt mit ihren krummen Fingern seine Hand.

Die Ärzte redeten von einem Gehirnschaden, es war ernst, sie gebrauchten gewichtige Worte, schlugen ein Pflegeheim als gute Alternative für seine Zukunft vor. Nach anderthalb Monaten im Krankenhaus wurde er dann doch mit einem Anspruch auf eine mobile Pflegerin nach Hause entlassen. Die Mutter hatte hartnäckig darauf bestanden, dass sie ihn zu Hausse pflegen konnte, besser als irgendein Pflegeheim. Sie hatte auf den Tisch gehauen und die Ärzte davon überzeugt, dass sie nicht nachgeben würde. Søren sollte mit nach Hause.

Er lag den ganzen Tag in seinem Bett. Er hatte das Krankenhausbett der Mutter übernommen, sie hatte seins bekommen. Jetzt lag er in ihrem Schlafzimmer, das noch immer leicht nach Zigarettenrauch und Urin roch. Jeden Tag verbrachte er Stunden damit, den alten Fernseher anzustarren, der auf der Kommode gegenüber dem Bett stand, musste sich mit dem Sender begnügen, der eingeschaltet war. Er konnte den Kanal nicht wechseln. Die Versicherung hatte für die Schäden durch die Verwüstung bezahlt, und die Mutter hatte einen brandneuen Flachbildschirm für das Wohnzimmer gekauft. Er sehnte sich danach, dort zu sitzen und seine Filme auf so einem schönen Gerät anzusehen, aber das ging nicht. Sein Körper gehorchte ihm nicht, die Arme waren wie zu weich gekochte Spaghetti, die Beine ebenso, und die Mutter hatte nicht die Kraft, ihm ins Wohnzimmer zu helfen. Die Pflegerin kam zweimal am Tag, wechselte seine Windel, wusch ihn ein wenig und stellte anschließend für sie beide das Essen in die Küche, bevor sie wieder verschwand.

Søren seufzte laut. Die Mutter gab es auf, ihn mit Suppe zu füttern, und verschwand mit schleifenden Schritten wieder aus dem Zimmer. Auf dem Weg kleckerte sie ein wenig, die Suppe trocknete langsam auf dem abgenutzten Holzboden und wurde zu einer schwammigen Masse.

Draußen vor den schmutzigen Fenstern schien grell die Herbstsonne. Ein Sonnenstrahl traf sein Auge wie eine Fernlenkrakete, sodass es tränte. Er blinzelte kräftig. Durch die Kraftanstrengung lief etwas Speichel aus dem Mundwinkel, und er kämpfte mit dem linken Arm, um ihn wegzuwischen. Er seufzte erneut, rutschte ein wenig im Bett herum, soweit ihm das möglich war, und schloss die Augen.

Die Dunkelheit rief die Erinnerungen hervor, er erinnerte sich plötzlich an die ernst aussehenden Menschen mit den Zeitschriften *Erwachet* und *Der Wachtturm*, und ihm kam der Gedanke, dass sie es gewusst hatten, als sie einander begegnet waren. Sie hatten gewusst, dass das Fegefeuer genau auf ihn wartete. Deshalb hatten sie an seiner Tür geklingelt und so eindringlich mit ihm gesprochen. Er hatte nur nicht zugehört.

Der Polizeidirektor hatte einen dunkelroten Kopf wegen des ganzen Trubels, der in der Mordkommission herrschte. Die zahlreichen Reden über Brodersens ansehnliche Karriere hatten Stunden in Anspruch genommen, und die Stimmung in dem Saal, in dem Brodersen sich feiern ließ, war ausgelassen. Er war wie immer tadellos gekleidet mit einem Anzug und einem frisch gebügelten Hemd und verzog keine Miene. Marianne saß in einem Rollstuhl neben ihm, braun gebrannt, mit einem hübschen hellgrauen Turban auf dem Kopf. Hinter ihr standen zwei erwachsene Töchter und lächelten freundlich. Eine schöne Familie, dachte Rebekka und spürte einen Kloß im Hals, weil ihre gemeinsame Zeit bald zu Ende sein würde.

Sie drehte den Kopf leicht nach links und entdeckte Jonas, der schnell den Blick niederschlug. Sie hatten seit besagter Nacht noch immer nicht miteinander gesprochen. Demnächst würde sie ihn zur Seite nehmen und mit ihm reden, die Sache aus der Welt schaffen, sie konnten einander nicht ewig ignorieren. Aber das musste warten. Jetzt ging es darum, Brodersen gut in seinen Ruhestand zu verabschieden.

Ihr Blick wanderte zu Gundersen hinüber, der oben auf der Bühne stand und zufrieden über den vollen Saal blickte. Unter ihm würde sich die Atmosphäre an ihrem Arbeitsplatz verändern, und es würde Zeit brauchen, bis er ihr ihre

Kritik an seiner eigenwilligen Auslegung der Regeln vergeben hatte. Trotzdem hatte sie das Gefühl, dass sie irgendwann eine gemeinsame Basis finden würden.

Oben auf der Bühne gab Brodersen seinem Nachfolger die Hand und wünschte ihm alles Gute. Der Saal brach in rhythmisches Klatschen und Johlen aus. Eine Sekunde schwebte ein Bild an ihrem inneren Auge vorbei. Sie sah sich selbst dort oben stehen, während ihr die Verantwortung für die Mordkommission übertragen wurde.

»Stehst du hier herum und hängst Tagträumen nach?« Rebekka spürte einen leichten Klaps auf ihrer Schulter, drehte sich um und stand Reza gegenüber. Sie umarmte ihn und stellte fest, dass sie den kräftigen Geruch seines Aftershaves mochte. Reza zeigte ihr seine Hände. Die vielen Wunden waren bereits verheilt und zeichneten rötliche Streifen auf die braune Haut.

»Sie werden wieder schön«, sagte sie leise. »Und wenn nicht, wird das deinem Look etwas Eigenwilliges, Kantiges geben. Etwas, wovon man spricht, wonach man fragt.«

Reza lächelte sie schief an, legte sein Gesicht in ernste Falten und nickte zu ihrem Bauch hin.

»Geht es wieder einigermaßen?«, flüsterte er.

Sie spürte nach. Die erste Woche nach dem spontanen Abort hatte sie das Gefühl gehabt, dass ihr etwas fehlte, doch das Gefühl war langsam schwächer geworden und inzwischen ganz verschwunden. Sie war, was ihre körperliche Verfassung anging, wieder die Alte. Mit der Psyche sah es leider anders aus. Nachts, wenn sie in ihrem Bett lag, kam Ryan mit glühenden Augen zu ihr und verschwand erst, wenn sie das Licht einschaltete.

»Alles okay«, antwortete sie.

Gerade wollte sie sich wieder zur Bühne umdrehen, als Reza sagte: »Das freut mich, Rebekka. Übrigens, dieser dunkelhaarige Typ an der Tür, der sieht ziemlich gut aus, oder?«

Rebekka folgte Rezas Blick, der Jonas fixierte. Einen Moment wusste sie nicht, was sie sagen sollte, und schaffte es gerade noch, ein Gelächter zu unterdrücken.

»Allerdings«, antwortete sie ruhig und richtete ihre Aufmerksamkeit auf die Bühne. Kurz darauf war die Zeremonie vorbei. Die Leute standen zusammen und redeten. Ihre Stimmen stiegen summend zur Decke hoch. Rebekka drängte sich durch die Menge zu Gundersen hin. Am besten brachte sie es gleich hinter sich. Sie streckte ihm die Hand hin. Er sah kurz auf sie hinunter, bevor er ihre Hand ergriff und fest drückte. Sie hätte am liebsten aufgeschrien, verkniff es sich aber und gratulierte ihm stattdessen zu seinem neuen Titel. Er bedankte sich, und einen Augenblick standen sie sich linkisch gegenüber, bis sie von Simonsen unterbrochen wurden, der sie mit einer lustigen Anekdote unterhalten wollte.

Rebekka konnte ein Lächeln nicht unterdrücken. Selbst Simonsen hatte hin und wieder ein gutes Timing. Sie blieb eine Weile stehen, hörte zu, lachte ein wenig und zog sich dann diskret zurück, ließ sich von der Menge aufsaugen.

Bald darauf verließ sie das Fest. Die Luft war kalt und voller Schneeflocken. Sie streckte die Zunge heraus und ließ die Flocken darauf schmelzen. Dann ging sie mit schnellen Schritten und einem flatternden Gefühl von Freiheit im Bauch zu ihrem Auto.

NOVEMBER

Bo hatte die ganze Nacht kein Auge zugetan, hatte unbeweglich unter seiner dünnen Decke gelegen, während die Gedanken in seinem Kopf nicht zur Ruhe gekommen waren. Unter dem Regal hatte er ein altes Foto von sich entdeckt, er hatte es angestarrt, immer wieder, während er versucht hatte, sich sein damaliges Leben in Erinnerung zu rufen. In jungen Jahren hatte er davon geträumt, Automechaniker zu werden – denn er hatte Autos immer geliebt. Flüchtig erinnerte er sich an Mädchenkörper, spitze Brüste, weiche Kurven und vor allem an den Traum, einmal Ehemann und Vater zu werden. Das gerade beginnende Erwachsenenleben hatte vor ihm gelegen, verlockend und erschreckend zugleich.

Jetzt, fünfzehn Jahre später, lag er auf seiner Matratze, die direkt auf den Holzdielen lag. Er besaß nicht einmal ein ordentliches Bett. Das Leben hatte ihn im Stich gelassen, oder vielleicht hatte auch er das Leben im Stich gelassen. Tatsache war, dass nichts mehr übrig war. Steffen hatte sich von Anita getrennt und war ganz mit Ditte beschäftigt, einer neuen Frau, die er kennengelernt hatte, obwohl er mit dieser Vibs zusammenwohnte. Bo hörte so gut wie nie etwas von ihm, und wenn er sich selbst einmal dazu aufraffte, ihn anzurufen, hatte Steffen selten Zeit, mehr als ein paar Worte mit ihm zu wechseln, bevor er weiter musste.

Steffen hatte die Nacht bei Søren nicht ein einziges Mal erwähnt. War einfach davon ausgegangen, dass nichts nachkommen würde. Niemand hatte sie gesehen, sie hatten Handschuhe getragen, Bo hatte die Spuren beseitigt, sie hatten sich abgesichert. Steffen hatte recht behalten. Die Polizei hatte den Fall aufgrund mangelnder Beweise zu den Akten gelegt. Der selbstsichere Steffen. Bo hatte in der Zeitung von Søren Thomsen gelesen, in einem Artikel, in dem es um die mangelnde ambulante Versorgung ging, die die Stadt den Kranken zu bieten hatte, und das Foto von dem blassen, hirngeschädigten Søren hatte sich in Bos Erinnerung gegraben und festgesetzt, es marterte ihn Tag und Nacht. Er seufzte und zog sich die Decke bis unters Kinn.

Sofie war sein einziger Lichtblick gewesen. Es war so schön gewesen, wenn sie auf dem Sofa gesessen hatten und ihre Stimme das Zimmer ausgefüllt hatte. Er hatte ihr gerne zugehört, wenn sie von ihrem Tag erzählte, von den Freundinnen, der Schule und anderen Kleinigkeiten. Er war von ihren Besuchen nahezu abhängig gewesen, hatte ihr eine SMS geschickt, wenn zu viele Tage dazwischen lagen. Es war der schlimmste Tag in seinem Leben gewesen, als sie sie beerdigt hatten. Der weiße Sarg war so kurz gewesen, doch die vielen bunten Blumen hatten geleuchtet. Sie stammten von nahen Freunden, entfernten Bekannten und auch ganz fremden Menschen, die an diesem Abschiedstag ihr Mitgefühl hatten bekunden wollen. Bo hatte in der ersten Reihe gesessen und um Beherrschung gekämpft. Die Aufmerksamkeit hatte sich auf Anita und Steffen gerichtet, die Eltern, ihn hatte der Pfarrer nicht angesehen. Bo hatte sie von allen am meisten geliebt. *Sweet child o'mine. Sweet love of mine.*

Bo blieb liegen, bis der Morgen graute. Er hatte einen Entschluss gefasst. Dann stand er auf, ging mit nackten Füßen ins Wohnzimmer und legte sein Lieblingslied auf, *Sweet Child O'Mine*. Er drehte die Lautstärke voll auf, jetzt musste er die Nachbarn nicht mehr fürchten. Er brauchte ein paar Sekunden, um zu entscheiden, ob er es wert war, einen letzten Glimmstängel auf sich zu verschwenden. Er beschloss, ihn in vollen Zügen zu genießen, und öffnete die Balkontür. Die Kälte fegte ins Zimmer. Er zog an der Zigarette, blieb einen Augenblick in der Türöffnung stehen und sah über den Häuserblock, in dem er wohnte, über die identisch aussehenden Mietshäuser mit dem gemeinsamen Hof in der Mitte. Er war nie dort unten gewesen, fiel ihm plötzlich ein. Er hatte nie Lust dazu gehabt.

Er trat einen Schritt auf den Balkon hinaus, spürte den rauen Zement unter den nackten Füßen und dachte, dass man aus dem Balkon etwas Gemütliches hätte machen können, wenn man gewollt hätte. Jetzt war es zu spät, wie für so vieles andere. Er spähte über die Kante des Geländers, hinunter in den Hof. Der briefmarkengroße Rasen lag verlassen da wie gewöhnlich. Die Kinder mochten nicht auf der einsamen, halb verrosteten Schaukel schaukeln. Er sah, dass das Gras auf dem Platz mit Raureif überzogen war, und schauderte in seinem T-Shirt, die Kälte stach in die nackten Beine.

Über den roten Ziegeldächern ging eine bleiche Wintersonne am Himmel auf. Auf der gegenüberliegenden Seite des Hofs putzte eine Frau die Fenster. Bo atmete aus, die Wärme, die er verströmte, formte kleine Wolken in der Luft. Dann kletterte er schnell auf die Balkonbrüstung hoch, stützte sich mit der rechten Hand am Mauerwerk ab, versuchte, das Gleichgewicht nicht zu verlieren. Die Frau auf der anderen Seite hielt abrupt inne und schaute zu ihm herüber. Er sah ihren verblüfften Gesichtsausdruck hinter dem sauberen Fenster, die weit aufgerissenen Augen, den offenen Mund. Er hatte Lust, ihr zuzuwinken, ihr: »Auf Wiedersehen!« zuzurufen oder: »Jetzt wirst du was zu sehen kriegen!« oder etwas anderes Cooles. Der Song *Sweet Child O'Mine* war zu Ende, und er merkte, dass er lächelte. Dann sprang er.

Es hatte tagelang geschneit, und das Sommerhaus war von Schneewehen umgeben. Rebekka konnte die nackten, schwarzen Äste der Bäume unter dem Schnee nur erahnen. Sie hatte draußen vor dem Küchenfenster eine Garbe aufgestellt, um die sich jetzt zwitschernd die kleinen Vögel drängten. Sie mochte das Geräusch. Obwohl sie seinen Pullover, ihre dicken Leggings und Wollsocken angezogen hatte, zitterte sie vor Kälte, als sie den Kaminofen anmachte. Es würde einige Zeit dauern, bis das Haus richtig warm war, bis dahin mussten sie unter der Decke bleiben, dachte sie und spürte, wie sich bei dem Gedanken eine innere Wärme in ihr ausbreitete. Der Wasserkocher klickte, und sie goss den Tee auf, schnitt zwei Scheiben von dem selbstgebackenen Roggenbrot ab und steckte sie in den Toaster. Währenddessen holte sie den Käse und die Schwarze-Johannisbeer-Marmelade aus dem Kühlschrank und merkte, dass ihr Körper sich weich und entspannt anfühlte. Sie hatte den letzten Monat darauf verwandt, wieder zu Kräften zu kommen. Sie hatte geschlafen, sich beim Wein zurückgehalten und insgesamt versucht, etwas gesünder zu essen, als sie das bisher getan hatte.

Sie hatte ihre Laufrunden durch Boxen ersetzt, einen Sport, der sie interessierte und den sie als Herausforderung empfand, und sie hatte mit Winterbaden begonnen, angespornt durch ihre Nachbarin Karen-Lise, die sämtliche Wochenenden in ihrem Sommerhaus verbrachte und meinte, dass Rebekka Wikingerblut in den Adern habe. Sie hatte einfach damit angefangen, und das erste Mal hatte es sich angefühlt, als hätte sie einen rasanten Bauchklatscher gemacht. Trotzdem hatte sie der Sache noch eine Chance gegeben und nach ein paar weiteren Malen langsam Gefallen daran gefunden.

Das Brot war fertig. Sie nahm ein Tablett und richtete das Frühstück an. Sie schnupperte an ihrem Haar, nahm seinen einzigartigen Geruch an sich wahr und lächelte vor sich hin. Es war herrlich, ihn bei sich im Sommerhaus zu haben und wieder in seinen Armen liegen zu können. Trotzdem loderte die Unsicherheit in ihr. Er hatte ihr vor einigen Wochen eine SMS geschickt, hatte sich mit ihr treffen wollen. Sie hatte ihn prompt abgewiesen, aber er war beharrlich geblieben, und schließlich hatte sie entschieden, ihm eine Chance zu geben.

Sie hörte ihn im Schlafzimmer hantieren. »Rebekka, wo bist du?«, rief er, und allein der Klang seiner Stimme löste ein Ziehen in ihrem Bauch aus.

»Ich komme!«

Sie nahm das Tablett und ging durch das Bad zu ihm ins Schlafzimmer. Ein muskulöser Oberarm griff begehrlich nach ihr.

»Pass auf, dass du das Frühstück nicht umwirfst«, lachte sie und stellte das Tablett auf den kleinen Nachttisch.

»Unter die Decke mit dir. Sofort. Ich habe dich vermisst.«

Schnell kroch sie zu ihm und spürte ein leises Glucksen in ihrem Körper.

DANKE

Es ist ein langer, manchmal beschwerlicher, vor allem aber ein wunderbarer Prozess, einen Kriminalroman zu schreiben, der dann am besten verläuft, wenn man von Menschen umgeben ist, die einen großzügig an ihrem Wissen teilhaben lassen, einen ermutigen, wenn es schwierig wird, und einen anfeuern, wenn alles prima klappt. Deshalb möchte ich folgenden Menschen danken:

Jens Damborg, Vizekriminalkommissar der Reichspolizei (NEC), und Nikolaj Friis Hansen, Rechtsmediziner, weil sie immer für mich da waren, wenn ich Fragen hatte, und weil ihr großartiges Engagement für Rebekka nie nachgelassen hat.

Meinem Lektor Jacob Søndergaard für seine kompetente Beratung, seine Fürsorge und seine phantastischen Lachanfälle.

Den Mitarbeitern meines Verlags Rosinante & Co, wo ich mich jedes Mal willkommen fühle, wenn ich über die Türschwelle trete und von einem warmherzigen Lächeln und sprudelnder Arbeitsfreude begrüßt werde.

Der Gyldendal Group Agency für ihre effektiven Bemühungen, Rebekka in der Welt bekannt zu machen.

Jo Hermann für seine gründliche Korrektur.

Meiner Familie und unseren wunderbaren Freunden und Bekannten, die sich über meinen Erfolg freuen und nicht nur meine Bücher lesen, sondern sie auch als Geschenke für andere kaufen. Das werde ich ihnen nie vergessen.

Meinen wunderbaren Lesern, die mich immer wieder wissen lassen, dass Rebekka geliebt wird und in weiteren Fällen ermitteln soll.

Julie Hastrup, im September 2011